—— 北京市延庆区档案史志馆党建研究项目 ——

妫川儿女英雄谱

★延庆红色故事

林　遥◎主编

中国文史出版社

目　录

目　录

目 录

目 录

讲好家乡革命斗争的故事（序）

王久辛①

信仰和牺牲写就历史英雄的史诗，每一行文字都是英烈用热血和理想的激情点燃的火炬。

首都北京的延庆区地处北京西北，古称“妫川”。这是一片孕育了古老文明的土地，是中原与蒙古草原相接地带，其特殊的地理位置，使其成为华北通向蒙古草原与东北大地的咽喉要冲。明代时期，延庆构筑了以八达岭长城为防线的军事防御设施，成为外捍强边、内拱陵京的军事要塞。

抗日战争时期，以延庆为核心区的平北抗日根据地，横跨长城内外，像一把尖刀插入傀儡政权的腹心。境内海陀山主峰海拔2241米，是北京市第二高峰，也是平北军分区司令部及平北抗日根据地机关所在地。延庆人民在中国共产党的领导下浴血奋战、抵御外侮，为坚持晋察冀敌后抗战和夺取全国胜利做出了重大贡献。

解放战争时期，在延庆康庄，东北野战军第4纵队歼灭国民党第16军，占领平绥铁路康庄至青龙桥一段，切断平绥线，为推动北平和平解放创造了有利条件。

新中国成立后，为保障首都用水、防洪及发展需要，在地处北京上风上水的延庆，相继兴建官厅水库、白河堡水库等大型水利工程。延庆人民移民搬迁，劈山引水，为首都经济社会发展起到重要支撑、保障作用。

作为革命老区，在这块英雄辈出的土地上，一代代共产党人和革命志士胸怀崇高理想，与人民同呼吸共命运，谱写了一曲曲惊天动地的英雄

---

① 作者系我国著名军旅作家，首届鲁迅文学奖获得者，《中国武警》原主编，中国诗歌学会副会长。

赞歌。

历史是最好的教科书，有心有为肯吃苦来书写这本教科书的组织者和创作者，是我所敬佩的。据我所知，作为区委宣传部和区档案史志馆的党建研究项目，《妫川儿女英雄谱》这本书的创作团队踏遍了全区故事中战斗过的土地，访遍了能够回忆当年战斗的老战士。为了最大程度地收集好延庆地区革命史上的动人故事，主编林遥和他优秀的写作团队一起，怀着对革命英雄的崇敬，深入研读平北抗战历史资料《巍巍海陀山》《海陀风云》《平北抗日战争史话》《延庆革命史》等书籍，三年间，走遍了延庆，对挖掘到的素材，进行故事化的情节还原、历史文脉的梳理、思想精神的提炼和适宜今天阅读心理的再创作，为讲好家乡革命斗争的故事倾注了心血。创作者以生动的文笔，为妫川儿女可歌可泣的革命事迹和革命斗争历史，书写了动人的、可以流传于子孙后代的英雄史诗。

展现在读者面前的这本书，是地地道道的“通俗读物”，作者之所以放弃了“艺术”的表达，是他们认为“原汁原味”的“原生态”的故事，从读者的心理来考量，似乎更愿意被接受。所谓“教科书”要实现的目的，就是以最“原生态”的形状，实现最激动人心的效果。而这一部生动而有思想内涵的故事集，似乎也于无声处实现了“教科书”所要实现的目的，这不是更好、更艺术地完成了创作的初心吗？

《妫川儿女英雄谱》重新创作整理了80篇故事，里面有壮烈殉国的首任昌延县委书记徐智甫同志、县长胡瑛同志，有为救抗日干部英勇献身的岳坦同志，有宁死不屈、被敌人铡下头颅的卫兴顺同志，有铁骨铮铮的昌延联合县议长温克明老先生，也有大义凛然的董玉亭同志，还有刘胡兰式的女英雄贯桂珍同志和韩桂芝同志等。这些故事是艰难困苦、峥嵘岁月的见证，是枪林弹雨、英勇战斗的回响。

这本书把时空回拨到英雄所处的时代，内容生动，引人入胜，情节曲折，扣人心弦，且编辑精心，图文并茂。捧读这些故事，如俯身聆听革命前辈胸口的“心跳”，触摸他们伟大的灵魂，使后人得到精神的洗礼、思想的升华，从而信念坚定，筋骨强壮。

这些故事，我相信对于党员干部和群众、青少年来说，也是接受爱国主义、集体主义教育，革命传统、革命英雄主义教育等方面非常好的教材，对于弘扬党的光荣传统和优良作风，提高历史文化素养和思想政治素质，激发爱党、爱国、爱家乡的热情，都具有深远的历史意义和现实意义。

天地英雄气，千秋尚凛然。一个有希望的民族不能没有英雄。延庆民风淳厚，是崇尚英雄、成就英雄、英雄辈出的地方，每一处革命遗址、每一座烈士纪念碑、每一个感人至深的故事，都是弥足珍贵的精神财富，都是永不熄灭的精神火炬，都会赋予今天的人们以强大的精神力量。

“以史为鉴，可以知兴替”。这本故事集的出版，一定会为深化延庆地区革命历史研究、挖掘延庆革命资源、传播革命火种提供有益参考。同时，也会激励当代的英雄们为自己的家乡创造出新的奇迹。放眼看看吧：昔日荆棘满布、人迹罕至的藏身之所和游击战场，如今已是首都西北重要的生态屏障；昨天风展红旗的大海陀山，已成为2022年冬奥会举办地，举世瞩目；当年创建根据地的先烈已长眠妫川沃土，但留存下的革命精神，仍可光耀千秋。

站在新时代新起点的延庆，先后荣获全国文明城区、全国双拥模范城、国家卫生区、国家森林城市、国家全域旅游示范区、国家生态文明建设示范区、中国天然氧吧等荣誉称号。延庆人之所以能因绿色发展而显现蓬勃生机，正因为他们赓续着延绵不断的红色基因和革命的精神。

我完全有理由相信，《妫川儿女英雄谱》的出版，一定会激励延庆的广大党员干部、群众和青少年厚植爱国情怀，坚定奋斗意志，在未来的征程中展现出更新一代的“英雄谱”，为历史、为未来写出更加气壮山河的新史诗。

铁马从容杀敌回

白龙战平北

1940年5月的沙塘沟早已一片葱茏，几场透雨过后，到处绿波涌动。山上的杏树、槭树、榉树，还有许多叫不出名字的树木舒枝展叶，把莽莽大山装扮得苍翠欲滴。在稠密的树林中，时不时地传出阵阵啁啾的鸟鸣。

挺进军第10团的战士隐藏在灌木丛中，全神贯注地盯着山下蜿蜒的山路。战士们多么希望鬼子早点出现，早点进入白团长设下的埋伏圈，消灭这群双手沾满人民鲜血的恶魔，给无辜被害的乡亲们报仇。

“团长，你看!”警卫员压低声音，回头对白乙化说。

“来得好快啊!”白乙化捋着密密的虬髯，胸有成竹地挥了挥手，示意战士继续隐藏。

此时，白乙化沉着地隐蔽在一棵参天的松树后，目不转睛地盯着山下的敌人。对于白乙化而言，这样的战斗早已经司空见惯，而对于刚刚成立不久的红色政权——平北昌延联合县政府，却即将迎来第一场大战的洗礼。

最让白乙化担心的是，经过长途跋涉的战士还没有得到很好的休整，没有恢复体力。就在四天前的5月25日，团长白乙化奉命率领1营和团直属队从平西百宝岭出发，大部队直向着东方，躲过南口、昌平重镇据点，避开村庄，穿越田野，迈着矫健的步伐，在群山中挺进。白乙化清楚地记得，临行前自己向萧克司令员立下的军令状：“这次完不成开辟平北的任务，生不回平西，死不离平北。”

太阳跃出东山顶，千万缕金光像利箭一样穿过云层，照射在树梢、灌木和草地上，它是那么红、那么亮，像是在藐视那层不堪一击的薄云。白乙化登上山岗，脚下的碎石被踏动得哗哗滚落山下。但他却不看一眼，一路昂首从翠绿的杏树丛中穿过，踏着坡地野草走上去。山岗上的年轻战士

10团第一任团长白乙化

们，都卧伏在山窝窝里，用杨柳枝叶掩蔽着，紧握枪托，怒视前方。对面的青翠山岭，寂然无声。相距这样近，狗叫鸡鸣之声都能听见，这样的安静让所有人都觉得更加紧张。

突然，十几里外的东南山里传来一阵急促的枪声。

白乙化向旁边的平北地委书记苏梅一点头："可能是赵立业的9连和敌人接触了。"

崇山峻岭虽然阻挡着白乙化的视线，但听到东南山方向传来的清脆枪声，让白乙化长长地舒了一口胸中的闷气。白乙化早就憋着一股火，要和敌人拼个上下，见个高低。10团从平西一出发，就一直被敌人咬着不放。昨天部队刚刚到达沙塘沟，敌人便从十三陵、黄花城、大庄科和永宁派出四队，总共三千多人，直扑沙塘沟。白乙化得到情报，当晚命令3营9连连长赵立业和平北游击大队队长钟辉琨率队阻截南口、十三陵的敌人，自己率主力对付伪满洲军35团2营和一部分日军。

白乙化非常清楚自己的对手，这个阎冲被平北各县伪政权称作"太上皇"，带领伪满洲军第2旅35团，仗着装备好，弹药充足，受过日本人特殊训练，对"后七村"多次进行围攻"扫荡"，一直想把延庆划归到他的管辖范围。此处的老百姓因为他受了不少苦，损失巨大。开战之前，白乙化便对所有人说："这一仗非常重要，能不能打垮他们，刹住阎冲这小子的狂妄气焰，对开展平北地区工作至关重要。”

白乙化轻轻地拨开树枝，密切地观察着山岭那边的变化，寻找着敌人的火力点。突然，身旁有人低声汇报：“那边树枝有摇动。”

警卫员递过望远镜，白乙化侧依着松树，望着东北方向，低声说：“树林里有人影在动，能看见刺刀尖闪耀的白光……”说罢将望远镜递给1营长王亢，“注意黑松林方向!”

王亢举起望远镜一边顺着白乙化指引的方向观察，一边命令道：“2排长，对准松树毛子那疙瘩给我狠狠地打，打完挪个窝。”

命令刚下达，机关枪便兴奋地欢叫起来。子弹壳迸出来，在地上跳跃着发出闪闪的光。一发迫击炮弹横空飞去，在空旷的菜园地里炸开，向四周抛出细碎的弹片，尘土四面飞扬，炸裂开一团团黄白色的浓浊的烟雾，随即散发出强烈的刺鼻气味。

东南方山岭的枪声比刚才更加激烈了。此时，北面的董家沟、景而沟也都打响了。白乙化神情严峻，扭过头说：“南、北都打响了，敌人行动挺快啊。但主攻方向还不明朗，看来他们没有摸清我们情况。”

苏梅听了听东南方的枪声说：“东岭地形很好，如果只是泰陵来的那

沙塘沟战斗遗址

几个敌人，赵立业的9连和钟辉琨的游击大队能够顶住他们。”

白乙化回身指着东北方向说：“大庄科的敌人如果要进犯沙塘沟，一定经过沙门这道山岗，冲过王八盖子下边的小井沟，抢占沙塘沟后山。”

最让白乙化不放心的还是大庄科。那里的游击队枪支旧，新兵多，作战经验少，又缺弹药，吃过敌人不少亏。而他们的对手却是伪满洲军第2旅35团2营。这个营的营长叫苏庆生，性情凶狠残暴，杀人不眨眼，在战场上提着盒子枪督战，谁稍不听指挥，就任意枪杀。想到此，白乙化发出命令：“大庄科方向不要过早暴露我们的力量，先打消耗战，最后集中主力和他们决战。”

此时，10团特务连已经抢占了沙塘沟北山控制要点，王亢将1营的三个连隐蔽在沙塘沟东侧，敌人刚一靠近，枪声便像爆豆一样响彻山谷。6班的战士在冲击前进的途中遇到了营长王亢，王亢指着不远处的一堆大石头，声音盖过了阵地上的枪声：“快，挡住大石头后面的敌人!”

敌人似乎也看出王亢的部署，向6班猛力地射击。6班长周德礼仔细地听着敌人手里清脆的新三八式步枪声，辨别了一下他们的兵力，指挥全班向敌人身后包抄过去。周德礼一声令下，战士们齐刷刷地向敌群投掷出手榴弹，乘着手榴弹炸出的滚滚浓烟，冲进了敌群。

6班的战士包围了敌人，发现这一队都是日本兵。被打伤的鬼子右手握着刺刀，叽里呱啦地乱叫。战士们只好用刚学的几句日语向他喊道：“放下武器，缴枪不杀！优待俘虏。”短兵相接，敌人成了俘虏。周德礼还缴获了一支全新的双准星座的三八式步枪。

此时，山下的群众也在紧张地备战。在一个只剩下断壁残垣的院子里，正聚集着五六十名青壮年，有人手举碗粗的柳木杆子，有人扛着门板，一望可知这是当地村民自发组织的担架队。他们正聚精会神地听着昌延联合县县长胡瑛讲话。

胡瑛身披一件青布棉袄，站在石碾盘上，操着南方口音，嗓门很高，生怕人们听不见：“大家都要服从命令，听从队长张福的指挥，不能乱跑。”

胡瑛这时有些急躁，嘴唇上一撮黑胡须显得很严肃，声音沙哑地喊：“各队必须认真检查担架，架杆坚不坚实，绳子捆得紧不紧、牢不牢，丝毫不能马虎。注意伤员安全，抬下战场就立即送到急救站。就是这个东厢房，卫生队秦队长和医护人员都在这儿。”

枪炮声沉寂一会儿后又激烈起来了。小伙子们扛起担架，鱼贯而出，陆陆续续爬上山岗。山岭间、沟汊里、山坡上、丛林里，到处都是来来往往的人影。

东边的战斗更加激烈了，枪炮声震动着大地。白乙化站起来说：“我到后山去看看。”

此时，已经是下午四点钟了，战役打了近十个小时。敌人向后山2连阵地上又开始猛烈地进攻。炮弹、掷弹筒弹，像流星划破天际，看样子敌人要向后山阵地反击。

白乙化赶到后，立即下令：“停止还击，等他们上来，一口吞掉他们!”

战士们停止了射击，静静地趴在灌木丛中。2连长齐振武听到后山战斗激烈，身背一个白色大草帽向后山的阵地急速跑来。白乙化一眼看到齐振武，喊叫着：“快卧倒!”就在此时，敌人的一颗子弹击中了齐振武的头部。白乙化狠狠地捶击着已经被炮火炸得松软的焦土：“老齐……都稳住!等敌人上来再开火!”

阵地的寂静让敌人以为10团的火力不足，得意地向山上冲来。等敌人接近阵地后，战士们一齐把手榴弹投向敌群。手榴弹从天而降，像雨点一样洒向敌群。敌人正在往上冲，忽然看到满天黑乎乎的东西落下来，等看清楚是手榴弹时，手榴弹早轰轰地在头顶炸开了花。硝烟弥漫的山岭上，敌人有的被炸上了天，有的倒在地上，有的滚下了山坡。战士们一跃而起，喊杀声震得地动山摇。敌人的又一次冲锋被10团打退了。

日军和伪满洲军35团与10团打了一天，他们望眼欲穿地盼着泰陵和南口方向的援军，他们哪里知道，援军早已经被赵立业的9连和钟辉琨的游击大队挡在了山外。

战斗从早晨一直打到黄昏时分。在团长白乙化的指挥下，10团1营成功打退了伪满洲军发动的七次冲锋，击毙了35团团长阎冲的左膀右臂伪营长苏庆生，同时歼灭日伪军二百多人，缴获了大量武器。

10团初进平北就打了一个漂亮仗，这一仗，让嚣张的侵略者看到了抗日武装的力量，让无耻的汉奸看到了人民的勇气，让平北人民看到了人民军队的声威，也让刚刚建立起来的昌延联合县政府有了十足的底气向平北人民宣传“团结起来，打垮侵略者！”

当人们欢庆沙塘沟大捷的时候，白乙化团长带着10团的战士整装出发，奔向新的抗日战场。

把一切献给平北

腊月的北方寒风刺骨，雄伟的万里长城之北，更是冷得滴水成冰。入冬后的雪一场接着一场，皑皑白雪如一床巨大的毯子，将山野、村庄包裹得严严实实。位于延庆大庄科乡的霹破石村，此时却是暖意融融。男女老少的脸上都洋溢着欢乐的笑容，大家正在庆祝昌延联合县政府的正式成立。

霹破石村的一个场院里，在清幽的月光下，一个圆脸、中等个子、皮肤黝黑的小伙子站在一块大石头上，正慷慨激昂地对着满院子的人讲话。一个警务员模样的人挎着枪，站在旁边机警地观察周围的情况。

原来，场院里正在召开昌延联合县政府干部会。这个讲话的小伙子，就是年仅二十九岁的昌延联合县县长胡瑛。他是湖北人，毕业于延安抗日大学，1933年投身革命参加工农红军，1934年加入中国共产党，参加过中央苏区第四次、第五次反“围剿”斗争，曾任红军排长、连长、营长。1939年10月，中共冀热察区党委决定设立中共平北工作委员会，王伍任书记，史克宁任组织部部长。1940年1月5日，在“后七村”霹破石村建立了平北地区第一个抗日民主政权——昌延联合县政府，胡瑛就任县长。

刚上任不久，胡瑛凭借丰富的斗争经验，很快熟悉了平北“后七村”的环境和复杂的工作，做起群众工作来井井有条。

2月的一天晚上，胡瑛在县政府干部会议上语重心长地说：“同志们，红军长征虽苦，但今天昌延联合县的环境比长征还要苦。敌人天天‘扫荡’、搜山，我们要抗击敌人的进攻，开辟抗日根据地，必须有自己的武装，没有武装斗争是站不住脚的。”

有人沉默地摇摇头：“县长，不好搞啊。这边的老百姓被祸害怕了，他们不敢抗日。”

胡瑛却鼓励同志们：“不怕，我们有红军长征的经验。哪里有压迫，哪里就有斗争！”

胡瑛是这样说的，更是这样做的。踏着早春二月的轻风，他带头做起了动员群众的工作。在地头，在井边，在村口，到处都能看到胡瑛的身影，听到那熟悉的湖北口音。不到一个月，一支四十余人的昌延游击大队成立了，胡瑛兼任大队长。县游击大队成立后，配合主力部队，先是消灭了中心区的汉奸土匪，为当地百姓除害，争取民心，扫清工作障碍。接着又拔掉了大观头、莲花滩两个据点，在群众心中建立了信心。同时，为建立抗日民族统一战线，积极宣传党的抗日救国主张和政策。经过工作，打消了群众认为“八路军好是好，就是站不住脚”的顾虑，确信八路军真的要在这里扎根了，愿意跟着共产党八路军干革命。

胡瑛在三四个月时间内，几乎走遍了昌延县的五个行政区和各个村庄，发展党员二百多人，在五十余个村建立了村政权及抗日群众组织，争取到沙塘沟王明德、柳沟温克明、彭家窑胡成等知名人士拥护党的抗日主张，并帮助做抗日工作。根据地不断扩大，昌延联合县很快成为一块巩固的根据地。

1940 年 5 月沙塘沟战斗后，为甩开敌人纠缠，10 团东进开辟丰滦密抗日根据地，平北游击大队跳过延庆川，进到北山，开辟龙赤根据地。昌延联合县中只留下 10 团 9 连继续掩护地方干部开展工作。沙塘沟反击战的胜利，引起了日伪军极大的恐慌和不安，集中五千多兵力，从 5 月底开始，对昌延地区进行三个月的“拉网式”大规模“扫荡”，妄图摧毁这个刚刚建立起来的根据地。昌延地区的抗日斗争进入最困难时期。

而这时 10 团在密云的开辟阻力也很大，那里毗邻热河、丰宁，是伪满洲兵力重点布防区。胡瑛接连收到白乙化三封信，让 9 连与主力会合作战。9 连连长赵立业拉着胡瑛说：“昌延地区环境越来越残酷，敌人天天‘扫荡’，我们一走，昌延县政府怎么站得住脚？不如你跟我们一起走吧。”

胡瑛把手一摆：“我不能走！我是一县之长，县长不离县，离开不就失职了？”

9 连撤走后，斗争环境更加残酷，胡瑛鼓励县政府干部说：“干革命就不怕困难，有昌延人民的支持，我们一定能够战胜日本侵略者！”

几个月的爬山越岭、忍饥挨饿，胡瑛的老胃病更加严重了。但他不顾个人安危，仍然关心着其他同志。一次在大同沟老乡家，胡瑛把仅有的一碗玉米粥、一碗树叶给王毅和小田留下，胡县长还风趣地唱着：“没有枪，没有炮，敌人会给我们造。别急，粮食敌人也会送给我们的。来、来、来，你们有功，每人奖半碗树叶。”

徐智甫

昌延联合县县委书记徐智甫也为大家鼓劲：“布衣暖，菜根香，革命滋味长。”

徐智甫、胡瑛以野菜充饥，吃得全身浮肿，为了革命却不觉其苦。但是，当他们得知游击大队也已断粮数日时，徐智甫再也坐不住了，他主动请缨：“部队打仗没粮食可不行。老胡，你的身体不好，你看家，我带人去弄点粮食来。”

“老徐，你的身体也不好啊。”

徐智甫此时身染疟疾，开始一周发作一次，后来越来越重，以至一天发作数次。但徐智甫还是悄悄地带着昌延游击队队长王毅出了村。在王毅的搀扶下，连夜赶到了昌平的马池口。进村公所看到一个乡丁，他听出王毅的口音，知道是八路军，匆忙出去找来乡长。

徐智甫喘着粗气说：“马上给部队准备三百斤小米，山上已经断粮了。眼看大部队很快就要来了，不能让同志们挨饿。”

乡长答应了徐智甫的请求，要他们进家休息一晚再回去。徐智甫连连摇头说：“不能耽误时间了，我们连夜就回去。”

乡长看着疾病缠身的徐智甫：“徐书记，三百斤小米我们马上准备，你们也不能饿着。这是我家的几十斤粮食，你们带回去吧！”

徐智甫紧紧地握着乡长的手说：“我代表山区的同志们，谢谢您！”说罢和王毅每人背起一袋小米，迈开大步往回赶。

胡 瑛

虽然当时各项工作举步维艰，但徐智甫很乐观，斗争形势稍有缓和，回到“后七村”，他就唱起京剧《空城计》《借东风》等唱段，既鼓舞了士气，又活跃了气氛。

在同志们团结一心的共同努力下，多半年的光景，昌延联合县的工作慢慢有了起色，敌人也开始注意到了这个红色的火种。

1940 年 8 月 27 日傍晚，胡瑛邀徐智甫来到黄土梁老乡王金喜家。吃完王金喜老伴儿做的搅玉米疙瘩，两人开始研究部署部队走后如何开展抗日斗争。徐智甫后半夜又写了封信，叫王金喜送到牤牛沟村，那里的工作人员写了回信，王金喜带回交给徐智甫，这时天已大亮了。

早饭后，徐智甫、胡瑛、程永忠三人在屋里睡觉。王金喜在房前牵着拉碌碡的毛驴轧场，准备着秋收脱粒。不大一会儿，从老窝沟冒出很多穿黄军装的伪军，他们是前往西二道河一带“扫荡”的。后来才知道，这是伪满 35 团 3 营，营长姓于。

胡瑛这时走出门准备去厕所，一看敌人围了上来，抬手啪啪打了两枪，转身就往西北山垭方向跑去。日伪军见胡瑛往西北山上跑，举枪便乱射起来。当胡瑛跑到半山腰，腿被枪弹打断，坐在地上。日伪军想活捉胡瑛，一窝蜂地冲上来。胡瑛举枪就打，击毙两个伪军。敌人见无法靠近，就向胡瑛打来数发子弹。霎时，胡瑛倒在血泊中，英勇牺牲。

胡瑛的枪声，让屋里的徐智甫和通信员知道外面出了情况。徐智甫和通信员程永忠冲出屋子，就往西南方的河道跑去。徐智甫让程永忠去掩护胡瑛突围，结果程永忠也被敌人乱枪射中，倒在胡瑛牺牲地不远处。

徐智甫、胡瑛牺牲地遗址

徐智甫利用河道的大石头做掩护，向东南方向边打边撤，终因寡不敌众，不幸中弹。当敌人逼近时，徐智甫把最后一颗子弹留给自己，决然饮弹自尽，壮烈牺牲。

敌人跑上山，从胡瑛口袋里搜出昌延联合县政府的印章和文件，认出是县长。他们大喜过望，为了请功，残忍地把胡瑛和徐智甫的头颅割下，找了两个筐抬走，送回永宁伪35团的营部，挂在城门上示众，并将这个消息上报。

9月下旬，史克宁继任县委书记后带领新县委一班人在小金房村为徐智甫、胡瑛开追悼会。山谷中，人们默默地念着英烈的名字，每一个人都在心中立下誓言：一定要为两位烈士报仇，为平北抗日根据地的开创做出更大的贡献！

1949年春，徐智甫的遗骸被运回蓟县老家。1960年，迁入盘山烈士陵园。

1984年5月4日，中共延庆县委和县政府为缅怀先烈、教育后人，在胡瑛、徐智甫、程永忠牺牲的西二道河村西山坡修建了纪念碑，碑身正面题写碑文：青史先烈写，红旗后人擎。

临危受命

徐智甫和胡瑛牺牲之后，敌人以为他们取得了极大的胜利，摧毁了昌延联合县政府，为此大吹大擂，伪满洲国治安部大臣对此大为嘉赏。《盛京时报》报道："……治安部大臣对此赫赫之战果，大为嘉赏，乃授予赏金一千元，以资鼓励云。"虽然徐智甫和胡瑛的牺牲，给昌延联合县带来很大损失，给抗日工作造成相当大的困难，但是在党领导下的广大干部、群众始终保持团结、坚持斗争。组织上为了恢复昌延联合县的工作，中共平北地委立即决定让史克宁代理县委书记，迅速恢复昌延工作。

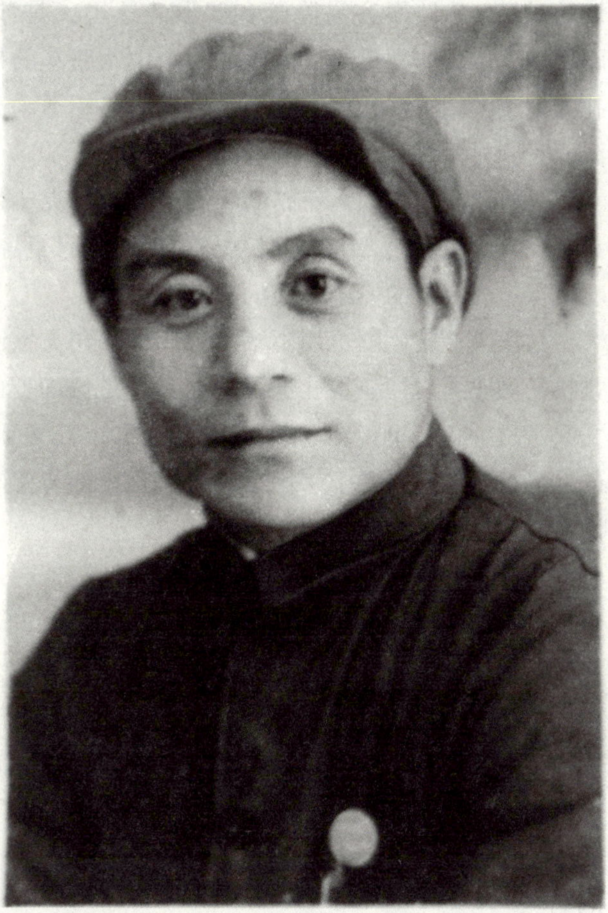

史克宁

史克宁是河北省涿鹿县保岱人，虽然出身地主家庭，但是在宣化师范读书的时候，看过很多社会科学的书籍，如《资本论》《共产党宣言》等。通过读这些书，他在思想上要求进步，向往马克思列宁主义，所以把自己的原名“文昭”改成了“克宁”。毕业后史克宁当过两年小学教员。七七事变之后，在家乡组织抗日救国会，并担任总务长。1938 年 3 月参军，5 月加入了中国共产党。八路军晋察冀军区第 4 纵队成立之后，史克宁在 12 支队担任宣传队队长。后来，又在萧克将军的挺进军 11 支队担任民运科长。徐智甫和胡瑛牺牲后，正是昌延联合县抗日战争最困难的时候，史克宁担任昌延联合县县委书记是临危受命。

一个夏天的傍晚，史克宁带着通信员来到小金房村。这是一个小山村，全村二十来户人家，多数人都姓司。村前、村后都是大山，遇到有敌情的时候，八路军容易隐蔽和躲藏。这里又是沙塘沟到延庆川的必经之路，地理位置非常重要，因此成为南山八路军的根据地。在延庆和永宁驻扎的鬼子、伪军都知道这个小山村是八路军活动和驻扎的地方，所以时常派探子到村里探听八路军的情况。

天色已晚，再加上一路的奔波劳顿，史克宁带着通信员住在抗战堡垒户司文兴家里。第二天上午，史克宁带着通信员准备走。司文兴先出门查看，保护史克宁的安全是他的头等大事儿。

村不大，转一圈也用不了多大工夫。司文兴刚转过半圈，就看见三个挑挑子做小买卖的一块儿进了村。一个是修面罗的罗匠，两个小炉匠。司文兴很机警，心里说：这村归齐也就二十几户人家，一下来仨做小买卖的，最可疑的就是一下来俩小炉匠，这里面肯定有问题。想到此，司文兴溜溜达达就迎上去了。

三人一看有人来，赶紧分散开，扯着脖子吆喝起来，还真有人出门看。司文兴走到罗匠跟前：“师傅，我们家的罗坏了，一会儿您给我修修。”

“好啊！”

司文兴一听，这人说话不是本地人，顺口问了一句：“您是哪儿人啊？”

再看这个罗匠，斜着眼打量了一下司文兴：“你修罗，问我哪儿人干吗啊？”

司文兴赶紧说：“随便问问，您等会儿，我这就回家拿罗去。”说着话，司文兴转身就往家走。

回到家，司文兴把情况告诉了史克宁。史克宁立刻从炕上跳下来，边穿鞋边说："这三个人可能是探子。"

"老史，你赶紧走。"

"不行，我一出村，肯定被他们盯上。老司，快把司文亮找来，咱们一块儿把这几个人收拾了！"

司文兴叫来自己兄弟司文亮，哥儿俩跟着史克宁就到了街上。

这会儿，三个小买卖人没一个做生意的，正在各家门口查看着脚印。史克宁躲在隐蔽之处，一看就明白这三个人是探子。史克宁朝司家哥儿俩一使眼色，哥儿俩就明白了。一个绕到前面堵住去路，一个跟着史克宁。史克宁从腰里把驳壳枪抻出来，和司文亮两个人蹑足潜踪走到三个小买卖人身背后，这时候，司文兴也到了三人前头。史克宁把枪一举，顶住了其中一个人的后脑勺："不许动。"司家哥儿俩一人负责一个，麻袋口朝下，把另两个人都给套上了。

"别出声，出声现在就打死你们。"

三个人吓坏了，几乎没有反抗，就被捆进司文兴家。史克宁亲自审问，果然是敌人的探子。史克宁觉得情况严重："这三人不能留着，要免除后患。"他让司文亮赶紧找人到村外挖坑。不大一会儿，挖坑的人就回来了："县长，坑挖好了，就在蕨菜洼。"

"送他们上路！"

几个人牵着三个探子向蕨菜洼走。到了那儿，让三个探子往坑里面跳，三个探子挣扎着就是不下去。史克宁就叫通信员："小张，捡大石头，把他们砸死。快！"

司文兴知道八路军缺子弹，砸死敌人是常有的事儿，可不知道为什么史克宁非要砸死探子。

"老司，他们回去一定向他们的主子报告，敌人知道了我们在哪儿，肯定来报复。到时候遭殃的不仅仅是我们，还有乡亲们。把探子砸死了，挖个坑埋了，敌人就不知道探子去哪儿了。我们还要处理好他们的物品，不能留下任何痕迹。"

后来，敌人还真到别的村里打听过探子的下落，可是怎么找也找不到。这下敌人有点坐不住了，下令扩大搜索范围，活要见人死要见尸。

命令下到了高庙屯。高庙屯是日伪军警三分局的驻地，三分局的伪军接到命令高兴了。这是个好机会啊，趁着搜寻的机会，可以到村里挨家挨户地好好“检查检查”。他们哪是检查？那就是抢！你还别拦着，谁要敢阻拦，立马抓起来，说你是“通共分子”，轻则打一顿，重则直接抓走。

昌延联合县政府得知这个消息后，决定端掉这个局子。

这天晚上，住在小金房的史克宁突然找到司文兴，很严肃地说：“今天夜里我们准备端掉高庙屯的局子，你再找两个人，和我们一块儿去。”

听说要和史克宁一起打局子，司文兴很高兴，他不假思索说出两个人名：司文成、司文亮。史克宁听了，点头同意。

司文兴把司文成和司文亮找来，史克宁分配了任务：“你们三个人，主要是锯电话线杆割电线，电线一断，我们就进攻局子。记住，割下来的电话线要盘好，能带回来多少就带回来多少。”

入夜，史克宁带着二十多个战士出发了。星斗满天的夜空下，各种树木错杂交织，黑黢黢地与远山连为一体。司文兴哥仨各拿着锯子，走在队伍的前面，在灌木丛中窸窸窣窣地寻找电线杆。

“找到了！”前边传来司文兴激动的喊声。

“你们去端局子，我们这就把电话线割断！”司文成和司文亮听到喊声，忙跑了过来。这时，司文兴已经割断电话线，啪的一声扔在地上。司文兴爬下杆子开始盘线，司文成和司文亮锯起电话线杆。电话线盘了大大的一盘，电线杆则被抬着扔到远处的山沟里。

史克宁带着游击队员悄悄摸到局子门口，站岗的哨兵坐在地上抱着枪正在打盹，没来得及反抗就被游击队员打晕了。进了大门，史克宁说：“快，放鞭炮！”

“好！”一个游击队员说完，擦燃洋火伸向鞭炮，填满火药的捻子一碰火焰便哧哧地燃烧起来，随即噼里啪啦的爆炸声就在铁桶里响起来。

“冲啊！杀啊！”

史克宁带着游击队员边开枪，边大声喊着冲锋。局子里的伪军没想到游击队会来端局子，根本没做准备。听到枪声和喊杀声响成一片，爬起来四散奔逃。史克宁带着游击队员冲进局子，里边早已空无一人，只有横七竖八丢在地上的枪支和堆放在墙角的子弹、粮食。史克宁看着眼前的这些宝贝，乐得直搓手：“清点一下数量，能带走的都带走。”

“有了枪和子弹，咱们就能好好教训小鬼子了！”一个游击队员拿起一把崭新的三八大盖，兴奋地说。

游击队员俯身收拾枪支、弹药和粮食，趁着夜色回到了小金房。整个战斗从攻进局子到撤出来，只用了十多分钟。

在史克宁的领导下，一年之内昌延联合县的工作全面铺开，粗具规模。到 1941 年初，不但计划开辟的五个区立住脚跟，又扩建了五个新区，各区都配置了书记、区长，建立了游击队、锄奸小分队和各种群众团体组织，为整个平北地区的抗战做出了重要的贡献。

十三壮士

漆黑的夜晚，繁星点点，初秋凉爽的夜风轻轻拂过延庆川的大地。姚金玉却翻来覆去睡不着，一闭上眼就想起前几天的事。

1940 年 9 月初，他被传唤到延庆警察署，伪警察 3 中队队长左尚志坐在椅子上，把脚跷得老高，口中抽着姚金玉送来的烟："你们村果真没八路军?"

"没有。我还能跟您说瞎话吗?"

"你少跟我打马虎眼，我可告诉你，现在皇军可是到处在找土八路，你要是敢知情不报……"

"我懂，我懂。"

"姓姚的，你别以为我抽了你的烟、拿了你的钱，就能给你办事。这几天皇军还得到你们村，你可得把事办圆全了。听懂了没有?"

"您放心，我都明白。"

"我可把丑话说在前头，真在你们村抓到八路军或是通共的人，就连我这队长的位子也坐不踏实。到时候别说日本人，我也饶不了你。"

夜更深了，万籁俱寂中，姚金玉感觉眼皮越来越沉，不由自主地闭上了眼，迷迷糊糊中很多模糊的人影出现在眼前，有人在吵嚷，有人在蹦跳。突然，有人掏出枪，嘡的一声。

姚金玉猛地坐了起来。

"老头子，老头子，外面打枪了。"姚金玉的老婆推搡着他。

"枪声!"

姚金玉觉得两眼一黑："坏了！郭聪还在大庙呢!"

几个月前，平北军分区政治部成立，段苏权担任主任，带领平北军分区政治部二十多人，挺进海陀山区。山高林密，道路错综复杂，为了让部队尽快上山，大柏老村的郭聪主动当起向导，带着部队上山。从此平北党政军领导机关以大海陀为依托，领导平北地区的抗日战争。

任务顺利完成，郭聪赶回大柏老村，推开自家草屋一看，摇摇欲坠的房柁下，顶棚已经塌了一半，炕上的草席子正被一窝老鼠侵占。于是郭聪转身向村东口的破庙走去。

破庙是村公所，里边住着一个看门的老道。老道正在屋里睡觉，听见门响警觉地披上衣服走出来：“谁？”

“是我，郭聪！”

门吱呀呀地开了，老道一把将郭聪拉进来：“你怎么回来了？快进来。”

“任务完成了，我回来看看。”

“你先吃点剩饭压压饿，我去把姚村长叫来。”

老道急匆匆地叩响了姚金玉的家门：“郭聪回来了。”

姚金玉觉得好像一道闪电从自己眼前划过：“在哪儿呢？”

“村公所，刚到。”

两人疾步赶到村公所，姚金玉一把拉住郭聪：“你咋这会儿回来了？”

“任务完成了，我回来瞧瞧。”

“瞧啥啊！现在太危险了。你不知道，自打你走了，鬼子、伪军到处找咱们的部队，跟梳头发似的把附近几个村梳了一遍，抓了好几个人。前两天警察署还把我也叫去，我一个劲儿地打马虎眼这才放我回来。他们这几天还要来呢。”

“我就是担心你们才回来看看。”郭聪听了心里也是怦怦乱跳。

姚金玉看出了郭聪的担心，安慰着说：“行了，看一眼也踏实了。你明天一早赶紧回山上去。村里一切都好，只要他们找不到咱们的队伍，他们也不能把我们怎么样。”

送走了姚金玉，郭聪头一挨枕头便睡着了。当他被人吵醒的时候，还觉得自己脚下是茫茫的海陀山麓，眼前的纷乱让他立刻意识到出事了。

此时，延庆警察署的伪军已经闯进了古庙，慌乱中，郭聪腰间的手枪吧嗒一下掉在炕上。

几个伪军看见了枪，没等郭聪反抗，就已经将他绳捆索绑了。

“哪儿来的这玩意儿？”左尚志目露凶光地盯着郭聪。

郭聪却显得异常平静，站起身，一言不发向大门走去。

村里一阵嘈杂，响了几枪，很快伪军们撤走了。

当姚金玉跑到村公所的时候，已经是人去屋空，只能跌足长叹。

警察署的审讯室传出一声声撕心裂肺的喊叫，审讯室里一股呛人的皮肉烧焦的味道，让人睁不开眼睛。

“好啊，好硬的骨头。说！你带着八路军去哪儿了？说出来给你留条命……”

郭聪被绑在柱子上，已经辨不清头脸。身上的血迹已经把所有的皮肉都盖上了，但是还能够听到从郭聪牙缝里挤出的冷笑。

“行，你不说，明天就是中秋节。过了节，老子把村里的人给你带来，让你们一块儿遭罪，看你说不说！”

农历八月十六日，也就是1940年9月17日，左尚志带着伪军和特务一百多人，把大柏老村围了起来。

他们刚进村，就碰见正准备出去割草的祁茂春。左尚志一把拉住祁茂春：“你们村长在哪儿住？”

“村长？不知道啊。”

“妈的，村长住哪儿不知道。”左尚志一个耳光打在祁茂春的脸上，“给我绑上！”

这时，藏在玉米秸堆里的副村长唐富汉听到找村干部，他想：这次来一定跟郭聪被抓的事儿有关系，不能让老百姓受欺负。他挺身钻出玉米秸堆，大步走到街上，冲左尚志一伙伪军说：“我是村副。把老百姓放了！”

左尚志向左右两边一摆手，几个伪军上前绑起了唐富汉。

“这个村都是他妈的通共分子，说，姚金玉呢？”

唐富汉想着敌人没有其他人跟八路军来往的证据，不会真的对大家怎么样，但是千万不能抓到村长啊！于是故作镇定地说：“长官，村长这几天没在家，出去了。”

“出去了？少骗我，今天我就是挖地三尺也得把姓姚的抓住！给我挨家搜！我就不信找不到姚金玉！”

姚金玉此时在村公所里，把最后一份文件丢进了火盆，对旁边的炊事员冯贵生说：“你先回家，找点别的活干吧。估计今后不用来村公所了。”

话音未落，村公所的大门已经被伪军踹开了。姚金玉和没来得及离开的冯贵生都被绑上带走了。

其实，看似猖狂得意的左尚志心里也忐忑不安：“日本人让我问出八路军的下落，郭聪是打死不张嘴。这几个人恐怕也难对付。不如把他们一起带到延庆，让日本人自己审。审出来人是我抓的，算我一半的功劳。审不出来，让日本人想法子。”

在延庆监狱里，众人被八号铁丝绑着双手，受尽日本指挥官毛利的审问和各种刑罚，始终没有一个招供。

最后指挥官毛利气急败坏地喊道：“我要把你们带到大柏老村去。当着村民的面儿给你们用刑。你们不招，看看老百姓招不招!”

1940 年 10 月 17 日，阵阵秋风把所有的树叶都吹得枯黄，脆生生地掉在地上。从延庆警察署开出一辆汽车，车轮无情地将枯叶碾成碎片，副驾驶室里坐着日本指挥官毛利，车上押着已经被打成残废的郭聪、姚金玉等十三名无辜被捕的群众。

汽车开进大柏老村，停在大柏老村南场上。伪军事先派人在南场挖好一个个深坑，在村东崖子上架着机枪。

他们把郭聪、姚金玉等十三人从车上用土筐抬到坑沿上。

大柏老村响起一阵阵锣声，刘老三爷边打锣边喊：“全村乡亲们，咱们快到南场上保村干部去。”

南场上立刻跪满了全村的男女老少，向拿着洋刀的敌人求情。

指挥官毛利看着眼前跪伏在地上的男女老少，微眯着眼睛说：“通共的结果只有一个，就是死。”说完，他挥起东洋刀向郭聪的头上狠狠地砍去。

郭聪已经被打断了双腿，半趴在地上。如果他没有被挖掉双目，一定会向敌人怒目而视；如果他没有被割掉舌头，一定会对敌人破口大骂。然而现在，当敌人的刀砍下，他只能用不屈的上身向前，向着海陀山的方向。

毛利砍掉一个头，用凉水冲一次刀，再砍一个又冲一次刀。就这样，十三名无辜乡亲惨死在敌人的屠刀下。大柏老村变成了炼狱之城、魔鬼肆虐的舞台，阳光仿佛也无法穿透这阴森恐怖的世界。

四周的群众不忍抬头，他们的泪水滴落在被热血染红的黄土地上，他们心中燃起熊熊火焰，热切地盼望着八路军快来吧，带领大家战斗，把无恶不作的日本侵略者赶出中国去。

神将赵起

1941年初，敌人集中主力部队对平北抗日根据地大海陀中心区进行连续“扫荡”，并先后在靠近中心区的前孤山、一道河、东山庙、雕鹗堡、佛峪口、常庄、王家楼、上昌等村庄建立多处据点，形成对八路军平北地区领导机关的包抄态势。为了粉碎敌人的进攻计划，平北游击1支队决定拔除海陀山周围敌据点，扭转被动局面，这项艰巨的任务交给了平北游击1支队3中队。

“这项任务听着很艰巨，但是仔细分析一下，也不是不能完成。”3中队队长赵起指着地图对大家说，“包抄平北地区领导机关的这些据点最大的就三个：前孤山、长杆岭、二炮。其中前孤山、二炮两个据点敌人多，长杆岭工事最坚固，其他六个据点实力一般。所以我们集中力量重点打这三个据点。”

赵起顿了顿：“这些据点里都有暗中支持我们抗日的伪军，各具体联系人要加紧与内应联系，继续做工作，争取以最小损失赢得最大胜利。”

赵起经过详细的调查，与同志们一起制订了周密的夜袭计划。

“关键是快，要打敌人一个措手不及，不能给他们互相救援的时间。你们看，我们如果走这一条线，就能逐个拔掉这些钉子……”

平北地区旧历三月，仍是北风凛冽。这天傍晚，赵起率领3中队从驻地出发了，顶风向前孤山行进，大约夜里九点钟左右，队伍到达前孤山下敌据点。

黑暗中敌人岗哨发现了人影：“站住！口令！”

走在队伍最前边的赵起大声呵斥：“自己人，你咋呼什么！”

伪军正要继续问些什么，赵起已经到了他面前，抬手就是一枪。距离近，枪法准，站岗的伪军没有来得及弄明白怎么回事，便应声倒地了。

赵 起

“哪里打枪?”据点里正在打牌的伪军听到枪响，乱成了一锅粥。伪军们抄起机枪，顺着堡垒的枪眼没头没脑地往外射击。

“机枪掩护，用手榴弹打!”赵起一声令下，数十名战士顶着密集的子弹冲到碉堡跟前。有人把两颗手榴弹顺着枪眼送进了碉堡。

随着轰轰的一阵巨响，据点里顿时黑烟滚滚，烈火熊熊。敌人的机枪成了哑巴，据点成了火海，受伤的伪军哭天喊地。五六个伪军仓皇逃命，还没出据点就被击毙。

不足二十分钟，这个人数最多的前孤山据点就被捣毁了。

赵起向战士们一挥手：“同志们！兵贵神速，咱们立即去下一个据点。”

“好。”3 中队的战士异口同声地回答，立刻向长杆岭据点扑来。

长杆岭据点四周修有三米多高的围墙，工事坚固，易守难攻。赵起带着3 中队接近长杆岭，并没有岗哨盘查。当他们小心翼翼地到达据点下，发现岗哨已经撤了。原来，敌人以为工事坚固，肯定万无一失，平日管理松散，放哨巡查并不严密。这时天已大黑，岗哨早已撤了。

“侦察班跟我先进据点查看情况，其他人掩护。”赵起低声命令着。

一个侦察兵用刺刀轻轻划开门闩，一行人悄悄摸进碉堡。只见据点里乌烟瘴气，人声喧哗，三十多个伪军，有的蒙着头呼呼大睡，有的在抽烟搓麻将，有的横躺竖歪吸大烟。

“不准动，举起手来!”赵起大喝一声，宛如晴天霹雳。伪军被吓得浑身颤抖，麻将、烟枪噼里啪啦地掉了一地。他们看到神兵天降的八路军，都边喊饶命边乖乖地举起手来。

赵起一枪未发又拔掉了长杆岭据点，缴获二十余支枪支、五千余发子弹。

“这个据点太坚固，以后有新的敌人防守的话，攻打会很难。咱们把它烧了得了。”战士们你一言我一语地说。

赵起微微点头：“留下几个人负责看守俘虏和烧毁据点，其他人按计划兵分三路，出发!”

看守据点的伪军，本身就是中国人，有的人是被强行抓来的，有的人是被生活所迫而加入伪军队伍混口饭吃的。很多伪军世代生活在当地，与游击队中的战士多是老乡，在游击队员的政治攻势下，各据点中早有内应，有的已约定好游击队一到就缴械投降，有的则趁游击队来的机会自己放火烧掉据点，逃回家去了。

三路勇士像三把利剑，挥向各自的目标，顺利完成任务。

凌晨四点，三路人马按约定时间会合到二司据点下，据点里灯火通明，据点门前却没有岗哨巡逻。

“估计伪军正在换岗，等一会儿抓个舌头。”战士们在寒冷的野外静静地等待。片刻时间，凛冽的冷风就将战士们的衣服打透。等了好长时间，还不见一个伪军出来。赵起说：“他们换岗怎么这么慢？这大冷的天，同志们出了汗，再一冻容易生病啊。真生病了，山上条件艰苦，不容易痊愈……不如冒险进去看看！”

听了赵起的意见，大家都点头同意。

战士们荷枪实弹，悄悄摸进据点。进去才发现，里面只有一个老汉坐在炉子边拿着烟袋打瞌睡。

赵起心中暗骂：这是要唱《空城计》啊！

“嘿——醒醒。”赵起用枪捅了捅老汉。

老汉迷迷糊糊地睁开眼睛，看到眼前围了一圈游击队员，吓了一跳，刚站起来，双腿一软，又扑腾一声跌坐在地上。老汉胆怯地举起双手：“饶命啊！我不是伪军！我是老百姓！”

“老百姓？”战士疑惑地看着老汉。

“您各位不知道！这个据点的伪军全没把你们八路军、游击队放在眼里，他们以为你们成不了什么气候，坚持了没几天就松懈了。白天，他们拿腔作势地比画着，晚上各回各家。为了掩人耳目，他们把我抓了来，彻夜开灯，假装据点内有人防守。”

得知眼前的老汉果真不是伪军，赵起温和地问：“大爷，您知道这些伪军都住在哪里吗？”

“你打听他们干什么？”老头揉了揉惺忪的睡眼。

“这是我们游击队赵队长！”一个游击队员抢着说。

“赵队长……哦，是不是那个端了大庄科局子的赵起？”

“叫赵队长！”游击队员立即更正。

“哎，跟老人说话和气些。”赵起打断了游击队员的话，俯下身对老汉说，“大爷，是我，端了局子后，我参加了八路军，就是支援冀东大暴动那支队伍——4纵队。他们打延庆，攻永宁，战四海，在花盆消灭了伪满洲军的一个营，那叫一个痛快！我参加的就是这支队伍。”

“哦，知道了，是咱老百姓自己的部队。”老头惊恐的表情消失了，“炮楼里的伪军说，上级如果来检查就进村找他们。我告诉你啊，伪军头子住在街里，这会儿说不定还抱着女人睡觉哩！”

赵起命令战士去把伪军一个个都掏出来。不到一个小时，垂头丧气的伪军一个个被押回了据点。当伪军听到赵起的名字的时候，都吓得脸色发白，哆哆嗦嗦地说不出话来。

在据点里，赵起对伪军们进行了教育，向他们宣传了党的政策，然后把伪军头子押回，交给平北抗日游击1支队队长处理，其余全部释放。

欢唱的鸟儿用歌声点亮东方的朝霞，明媚的阳光照耀大地。满载武器弹药、怀着胜利喜悦的赵起和他的战友们，步履轻松地返回海陀山根据地。平北军分区通报表彰了3中队一夜捣毁九个敌据点的战斗事迹，并给中队长赵起记大功一次。

从此，赵起的名字前就被老百姓加了“神将”两个字。身经百战的游击队队长赵起，最终也把他的满腔热血洒在了平北大地上，他的传奇故事被日夜流淌的妫河长久地传唱。

血染北寺沟

延庆区大庄科乡在抗战时期是平北抗日根据地。沙塘沟、霹破石、铁炉、景而沟、董家沟、慈母川、里长沟七个相邻村庄，本是明朝皇陵后的七个村庄，是当年平北抗日根据地核心地带，被称为“红色后七村”。而“后七村”的革命斗争与燕羽山西面的果树园、二司、三司有着千丝万缕的联系。

1942 年 4 月 2 日晚上，点点繁星点缀着浩瀚的苍穹，清明时节的纷纷细雨打湿了乡间的土路。夜雨笼罩的村头尚有一丝凉意，但却无法阻隔三司村的党支部书记王国清和村长张宗义心中火热的期盼。他们站在村口老槐树下的黑影中不住地往进村的方向张望。

“都这个点了，怎么还不见他们来？”王国清喃喃自语着。

站在一边的张宗义轻声地安慰着：“可能是路不好走，再等等。”

茫茫夜色中闪过一道人影，瞬间便消失在村中。

“老王，刚才好像有人。”张宗义警惕地说，“奔村里去了。”

“看清了吗？”

张宗义摇摇头。

“老张，他们来了。”王国清边说边从老槐树的黑影中向前跨了一步，举起右手向迎面走来的三条黑影挥舞着。

幽暗的夜幕中，三个人影深一脚浅一脚地向二人快步走来。走在最前面的是昌延联合县的组织部部长徐亮，身后跟着隐蔽区区长刘玉、书记苏瑞勋。

王国清上前一把攥住徐亮的双手，压着声音说：“徐部长，可把你们盼来了，快跟我进村！”

“路上不好走，耽误了点时间，让你们久等了……”

王国清和张宗义一前一后，带着三人到了张宗义家。

“脱鞋上炕，咱们仔细说。”

苏瑞勋指了指三个人脚上的鞋，王国清和张宗义都笑了。鞋底上挂着厚厚的泥，像唱戏穿着的厚底靴子。张宗义笑着说：“正好，咱们说着，这个交给她。”说着，张宗义指了指站在门口的媳妇。

女人让几个人上了炕，便在院里打来清水，磕掉鞋上粘的厚泥，然后刷去附着在鞋上的泥土。回头看时，微弱的油灯将几个人的身影映在窗户上。他们谈得是那么热烈，完全看不出已赶了半宿的夜路。

“这次征兵、征粮工作还得请你们二位多费心啊。”徐亮一边说一边注视着坐在炕沿上的王国清。

“部长，您就放心吧。你们坐着，我和宗义这就下户去。”

“这么晚了，乡亲们……”

“都知道你们快来了，乡亲们天天盼着你们呢。”

“好啊，有乡亲们的支持，就没有咱们打不赢的仗!”

王国清和张宗义趁着天黑，组织村里的积极分子们把这次昌延联合县政府征粮、征兵的消息迅速传递下去，回来时已至子时。

“苏书记、徐部长，本来应该让你们在这儿休息，可我家里……”说着，张宗义看了看站在一边的媳妇。

“老张，我们早就商量好了，还是去河套东窑院的蒋家。你们跑了一宿，别去了。我们自己过去。”

“那怎么行，虽然是熟道，这路滑天黑的……”说着，张宗义便跨出屋门，隐没在茫茫夜色中。

河套东窑院的蒋家并不远，在村里七绕八绕地走起来却显得艰难起来。张宗义领路健步走在前面，跟在后面的王国清警惕地查看周围的一切。五个人一路疾行东去。

然而，五个人的行踪还是被一双黑暗中的贼眼死死地盯上了。他叫韩付合，家里早就没了别人，种地嫌锄头沉，可还想着过舒坦日子。听人说当兵能吃粮，便去投奔了八路军。可谁知道，进了部队不但要扛枪训练，平时还得下地干活。韩付合心里咒骂着自己时运不济：“老子就不信，凭什么他们天天锦衣玉食，我韩付合就得受这份罪。走!”他连招呼都没打，扔了抗日的枪，连夜跑出了连队。

一心想着不劳而获的韩付合，看到了日本宪兵队贴出来的告示：报告共产党八路军，皇军重重有赏！“不受累，还会有钱？他们就是我韩付合的亲爸爸！”韩付合似乎找到了人生的新起点，开始寻找各种立功请赏的机会。

晚饭后被一泡尿憋出家门的韩付合，在村口看见了王国清和张宗义，慌忙躲在墙根下，意外发现两人一前一后护送着三个人进了村子。韩付合的心剧烈地跳动起来，眼前浮现出一堆堆的钞票来。他抚了抚因激动不断起伏的胸口，俯身贴着墙根远远地跟着五个人进了三司村。跟着跟着，五个人消失了。韩付合急得抓耳挠腮，暗骂自己没用，竟然把到嘴的肥肉给丢了。骂着骂着，他又诡秘地笑了，这里听听，那里闻闻。忽然，他在河套东窑院前停了下来。屋里的隐隐灯光和柴火的噼啪作响声，以及烟囱里冒出的缕缕炊烟，让他坚信自己的判断准确无误。

他躲过岗哨，三步并作两步地向柳沟据点跑去。虽然累得气喘吁吁，但一直没有停下来，他怕去晚了白忙乎一场。凌晨时分，他终于见到了驻扎在柳沟的伪军头目。

“你看清了吗？”

“不认识我亲爹，我也能认识他们啊！”

“他们就去了三个人？”

“您放心，就三人，骗我爹也不能骗您啊！”

“小子，你就这么对你爹啊！”

“长官，您这话说的，有爹管个屁用啊。给皇军效力，有我的好处，皇军才是我亲爹！”

“姓韩的，真有你的！”说着伪军的头目向韩付合伸出了大拇指。

4 月的初春已经没有了彻骨的寒意，但是绵绵阴雨却让凌晨显得更加阴冷潮湿。当三司村口站岗的民兵鸣枪报警的时候，敌人已经在韩付合的带领下，悄悄地包围了三司村河套东的窑院。

枪声像暗夜中的一道闪电，将县区干部从睡梦中惊醒，翻身坐起一把摸过手边的枪。经验告诉他们，出事了。

窑院的院子不大，四周是用石头砌的墙。当敌人爬上墙头时，石头墙轰隆一声倒塌了。敌人被砸得鬼哭狼嚎。屋里的县区干部和王国清一边向外冲，一边回头向冲进来的敌人射击。几个人跳过墙头，向北寺沟东台子跑去。

东台子的崖头很高，断壁悬崖像一把尖刀直插进大地。初春的石缝里刚刚顶出的青草嫩芽带着清明的雨水，又滑又腻，手抓上去一点劲都使不上。组织部部长徐亮催促着苏瑞勋、刘玉。“快，快往上爬。”王国清蹲下身子，让书记和区长踩着自己的肩膀往上爬。

敌人在身后像恶狼一样号叫着：“开枪，别让他们跑了！”

韩付合也指着正在往峭壁上攀爬的几个人：“在那儿呢！别让他们跑了。队长，抓活的……抓活的有赏……”

“对！抓活的！”

一句又一句疯狂的叫喊声不断传来。徐亮回头看见带路的韩付合，又想起当年情景。那时，韩付合抱着比自己还高的锄头，蹲在地头不愿劳动，徐亮就语重心长地对他说：“我们是人民的军队，是为老百姓扛枪的，怎么能想让老百姓养活咱呢？”现在，他带着伪军耀武扬威地向自己开枪，徐亮义愤填膺：“败类！”

说着，徐亮向韩付合打出两发子弹。韩付合听见枪响，猛地蜷缩起身体，像王八一样一头扎进身边的乱石中。

伪军头目一脚踹在韩付合高高拱起的屁股上，骂道：“狗屃德行，抓不住他们，没你的赏钱。”

韩付合哭丧着脸：“队长，我……我还要命呢！”

“你他妈的给皇军出力，还怕丢了你的狗命？给我冲！”

韩付合重新站起来，哆哆嗦嗦地向崖上比画着：“冲……”

徐亮又是一枪，随着子弹飞出，韩付合颤抖的冲杀声终于淹没在枪声里，倒在一旁结束了癞皮狗的一生。

徐亮看着战友们向崖头跑去，便躲在一块巨石后，甩手又是几枪。伪军被接连不断的枪声和飞驰的子弹拦住了去路，蹲下身子，向徐亮猛烈开火。

子弹像雨点一样，在区委书记苏瑞勋、村党支部书记王国清、区长刘玉的身后响着。苏瑞勋回头看时，自己的战友、掩护他们登崖的徐亮已经倒在血泊之中。

此时，天边已经露出一抹鱼肚白，飘着一朵黑色的浮云，遮挡着即将喷薄欲出的红日。

敌人的枪口无情地吐着罪恶的子弹，将苏瑞勋、王国清三人吞噬在东台子的崖头。区长刘玉大腿被敌人的子弹穿透，他拉过村长张宗义，将身上的文件包塞给他：“快跑，文件千万不能让敌人……”话未说完，又被敌人呼啸的子弹打断了。

抗战时期，平北军民隐蔽的藏身洞

张宗义揣起文件包，不顾一切地爬上崖头，冲出包围圈，在雾霭氤氲的山间大步疾驰。衣袖被子弹穿了好几个眼，裤腿被漫山遍野的荆棘撕烂，腿上、臂上的鲜血淌到地上。

回望北寺沟，眼前一片血色。

张宗义望着脚下的断崖，看看手中的文件包，默默哀悼北寺沟的四烈士。你们为抗战而亡，后人将世代牢记你们！

凤鸣大庄科

“刘书记——”

“哎，又忘了！”

“哦——先生，您歇会儿吧，这一口气走了三十多里了！”

“再走一会儿，争取在晌午前赶到。”

在一个群山环绕的小镇上，一前一后走来两个人。一个高个子，一身青色长袍，一副金边眼镜，看打扮是一位账房先生。另一个矮墩墩的，一身土灰衣裤，跑前跑后地拎东西，是个跑腿的小伙计。账房先生听到伙计叫自己书记，立刻摆手制止。直到小伙计改叫先生，严肃的脸上才又恢复了笑容。他推了一把肩上的褡裢，带着小伙计穿过来来往往的人群，大步向前走去。

刘文科

1942 年 11 月，昌延联合县县委派刘凤鸣到二区工作，任区委书记兼区长，组织上要他只身进入“无人区”，恢复二区工作，开展“反围子”斗争。刘凤鸣和县委交通员傅德玉以做生意为名，安全进入二区。为工作方便，刘凤鸣改名刘文科。

日头正在头顶的时候，刘文科和警卫员抵达了东三岔村，在二区老堡垒户家里的土炕上，刘文科向老乡们说出了自己的想法：“这个阶段，咱们的主要任务是发动群众，拆除围子，不让鬼子得逞！”

在场的人听了，都兴奋得睁大了双眼。

“山下每个村住多少户，有没有汉奸、特务，是哪几个村并成的围子，有谁是抗日的坚定分子……”刘文科盯着傅德玉，郑重地说，“这些，你一定要盯准。‘知己知彼，百战百胜’嘛！”

“保证完成任务，可是……”傅德玉话到嘴边又咽了下去。

“有话就直说，别有顾虑！”刘文科咬了一口红薯，笑着说。

“这个时期，日伪控制极严，具体情况还不太清楚，你一定不能下山进村！”傅德玉嘴里嘟囔着，像刘文科命令自己那样命令刘文科。

“好——我答应你！”

傅德玉一听，一脸愁容瞬间消失了。

“这围子可害人了。鬼子和一帮狗腿子端着刺刀威胁着十里八村的老百姓拆掉房子，搬进那个叫啥‘部落’里。俺们叫围子‘人圈’，不叫‘人圈’咋叫？把人关在里边，跟猪狗没啥区别！”老堡垒户提起围子，两眼充满恐惧。

“进去能出来吗？”刘文科手里捏着半个红薯，好奇地问。

“白天出来，晚上回去，放猪似的！”老堡垒户眼睛瞪得大大的，“围子双层墙，外头高里头低，鬼子在里头那层站岗，加上墙角的四个炮楼和门楼，往哪儿跑啊……只要一反抗，就会被活活打死……”

说到这儿，一屋子的人都沉默了，只有火盆里的柴火在噼啪作响。

刘文科拾起地上的干柴，丢进了火盆里：“困难就在眼前。跟鬼子斗，就像烧火，众人拾柴火焰高嘛！”这声音，虽然低沉，却充满力量。

经过一个多月的摸查，刘文科已经掌握了二区的基本情况，立刻返回县委汇报。县委听了汇报，有理有据，十分满意。研究决定，从汉家川开刀，除掉汉奸，拆毁围子，打开局面。

刘文科回到二区，立刻开始布置工作。在老堡垒户家的院子里，大家静静地听着。

“同志们，日伪突然增加军事力量，增派警察分驻各村，强迫群众修围子。”刘文科坐在台阶上，开始分析当前严峻的斗争形势，“伪满边防军35团，共建立四海、永宁、大庄科、周四沟、黄花城五个据点。团部驻四海，永宁及大庄科各驻营部一个。我们面对的形势更严峻了。”

刘文科停下来，看了看大家，又满怀激情地说："大庄科是昌延联合县二区中心。县委及时指示，要进行'合法'的斗争。我打算让各村甲长到大庄科日伪那里，代表全村群众反映问题，现在正是春耕大忙季节，如果青壮年都去修围子，就种不上庄稼了。'人误地一时，地误人一年'，鬼子也怕饿肚子，也知道这个理儿，这么说应该能答应。"

"那春耕结束咋办？"傅德玉问。

"可以'小胡同里逮猪——两头堵'。甲长拿着区长的命令，和日伪交涉：'你们叫修，八路军不叫修。如果我们修了，八路军要当汉奸处置；我们不修，你们又要我们的命。老百姓修也不是，不修也不是！让老百姓咋活啊？'这是总结出来的经验，可以推广！"刘文科想起了其他区的斗争经验，又加入了自己的想法。

"10团不在咱们这儿，区里只有二十多人的游击队。祁秉元虽然改编了，纪律性差，真和鬼子干起来就怕还不成。"一个老党员在鞋底上磕掉烟斗里的烟灰，担心地说。

"那就这样，确定哪个村先修什么地方，后修什么地方；围墙下边留好暗道，围子修成后，日伪包围就从暗道突围；向群众说明，修围子只是为了应付，是临时举措，等到时机成熟时再破坏。不管什么时候，只要接到命令，就突击拆毁。各村修围子的人数，由区里规定，或十人，或二十人。日伪来了，增加一些；日伪走了，减少一些，消极怠工。加强岗哨，彻底坚壁清野，同时在村外山沟盖窝棚、打窑洞，准备必要时可转移出围子分散居住。"

夜已经很深了，屋内的烛光还在不停地闪动。刘文科在屋里来回踱着步子。如果没有稳定的武装，工作起来会越来越难。他在头脑里把所有能想到的人都过了一遍，最后确定卫兴顺为游击队长的最佳人选。

"报告！"

刘文科正在盘算着眼前的工作，听到有人喊报告，忙向门口望去。

只见门口站着一条壮汉，高大的身躯把门挡得严严实实。

"卫兴顺前来报到！"

"说曹操曹操就到啊。快进来！"

"卫兴顺同志，现在任命你为二区游击队长！"刘文科扶着卫兴顺宽厚结实的肩膀说。

“刘区长，不要以为我家在汉家川，做工作就碍手碍脚的。党说咋干我就咋干，就是我爹当了汉奸，我也要干掉他！”卫兴顺是汉家川人，为了让区长对自己所做的工作放心，大声向刘文科保证。

“我相信你能在汉家川做好工作。”刘文科指了指放在台阶上的一叠告示，神情严肃地说，“叛徒是一颗定时炸弹，不除掉随时会爆炸呀！先贴告示，让叛徒不敢轻举妄动，然后再一个一个地解决！”刘文科拍了拍卫兴顺的右臂，“走，边走边聊。”

小院外边，青绿发亮的玉米已有一人高了，风一吹，哗啦哗啦地响。此时，朝霞已经染红了天空，映照着长势喜人的满川玉米，也映照着两个缓步徐行、热烈交谈的革命同志。

几天后的夜里，蟋蟀在草丛中呢喃。刘文科和卫兴顺秘密摸进汉家川围子里。劳累了一天的男女老少见有人进来，纷纷坐了起来，挤在用几根木桩子支起的房子里。不一会儿，连屋外也挨挨挤挤地坐了一圈。刘文科宣传共产党的声音，透过用秸秆围挡着的墙壁传出来。刘书记说了好多话，最清楚的就是“日本必败，中国必胜”。大家听了，激动得热血沸腾，好像浑身上下有使不完的劲。当刘文科说到叛徒的时候，群众就低声叫起来：“杀了他！杀了他！”

刘文科看了卫兴顺一眼，起身出了草房。他们一前一后，在几个老乡的带领下，绕过几棵大树，在一座砖房前停下来。

刘文科走上前去，轻轻拍打房门。“温队长，我闹疟疾了，要去看病。”

“看病？明个再去，老子睡觉哩！”屋里传来一阵骂声。

“撑不下去了，不看得死在你门口！”刘文科早想好了计策。

“他妈的，大半夜来这儿干号！”只听屋里踢里踏拉地一阵响，门吱扭一声打开了。温永兴揉着睡眼，刚要张口骂，躲在门旁的卫兴顺一手捂住对方的嘴，一手早把冰凉闪亮的匕首抵在了叛徒的脖子上。

“温永兴，你的死期到了！”刘文科看着脸色惨白的温永兴说。

温永兴看着眼前喷火的目光，往日的嚣张气焰早就荡然无存了。

“你害了高万章同志，今天就让你血债血还！”刘文科想到被害的同志，愤慨地说。

“呜——呜——”温永兴连连摇头，另一只手伸进腰里刚要掏枪，锋利的匕首已划破叛徒的咽喉，一股腥臭的血液噗的一声喷了出来。

刘文科和卫兴顺向天空连着打了几枪。耀眼的子弹升上夜空，划出条条美丽的曲线。

“共产党又回来了!”

“八路军又回来了!”

睡梦中的群众被清脆的枪声惊醒，纷纷跑到街上看。刘文科和卫兴顺趁热打铁，向群众说明铁杆汉奸已被镇压，还有几个要送到县政府处理，并组织骨干分子，发动群众拆毁围子。群众情绪被点燃了，拿着铁锨、镐头，不到一夜工夫，汉家川的围子就被拆毁了。外村搬来的群众，连夜搬回原村居住。

驻扎在大庄科的伪满洲军得到报告，气得暴跳如雷，派兵来“围剿”八路军。他们气势汹汹地来了，连八路军的影子也没见到，刚想驱赶百姓建围子，因为又有围子被拆了，匆忙掉头回去。回去了，还是什么也没看到。就这样，日伪被刘文科拖得疲惫不堪。后来，干脆躲在老窝里不出来了。

看到拆毁汉家川围子的有利时机，县委组织游击队与主力10团互相配合进行突然袭击，不到半个月，鹞子峪、王家堡、杏树台、二道关的围子全都拆毁了，取得了“反围子”斗争的第一个大胜利。

刘文科领导当地人民，形成了抗日的铜墙铁壁，摧毁了日伪“民匪分离”的阴谋，取得“反围子”斗争的决定性胜利。至今，在当地还流传着赞颂刘文科带领游击队拆围子的歌谣：“山桃花开红又红，八路军战士最光荣。刘书记领着拆围子，海陀山前立神功。”

虎胆英雄

天将转暖，突降大雪。只半天工夫，雪已经下了一拃厚。塞北千里江山，顷刻变作粉妆玉砌的世界。在纷纷扬扬的大雪中，一个黑影正迈着有力的步伐向南口方向走来。雪花簌簌地打在他的脸上，却掩盖不住满面的喜悦。

“从今天开始，正式任命你为九区区委书记兼区长。九区情况复杂，在关沟、桃峪沟一带开展工作不容易呀。你怕不怕?”昌延联合县县长郭韫拍着吴永顺的肩膀问道。

“不就是土匪嘛，我不但不怕他们，还得让他们怕我。我向组织保证，一定完成任务!”吴永顺豪气干云。

“我就知道你小子是好样的！要不怎么叫平北老虎呢。”昌延联合县八区区长张自锋也啧啧称赞起来，道出了1941年组织决定选派得力干部去关沟、桃峪沟一带创建九区时，他大力推荐吴永顺的原因。

想着与郭县长和张区长告别的情景，吴永顺浑身充满了力量，脚步更快了，他想快点到达位于昌平县南口镇西北的桃峪沟。桃峪沟有一股土匪，土匪头子姚万臣、姚万堂、姚万镇常带着土匪到这里抢掠，害得百姓不得安宁。开辟九区，必须先收编这股土匪。

不知不觉，吴永顺已经进了南口西山的山羊沟。山坳里，两间低矮的房檐上挂着冰柱儿。屋内熊熊燃烧的火盆旁，围坐着不少山里的汉子。吴永顺刚进屋，几个熟识的同志立刻把他围住了，上下打量着嘘寒问暖。聊了几句，大家纷纷坐下来。

“同志们，这是新来的吴永顺吴区长!”先于吴永顺到达桃峪沟的老王给大家介绍。火盆里的火焰越着越旺，映照着每一个人的面庞，人们心中也像那团烈火般熊熊地燃烧着。

第二天，天刚蒙蒙亮，小屋里就热闹起来。吴永顺和大家讨论如何团结抗日群众、怎样在山上自然村建立党组织和组建区游击队的问题。大家听得热血沸腾，纷纷叫吴永顺给自己安排任务。吴永顺笑了，对着写满密密麻麻小字的本子布置起来。只几天时间，九区各地都传来了好消息。

"区长，现在该收拾那些土匪了吧？"民兵队长山子瞪着眼睛、握着拳头兴奋地问吴永顺。

"同志们，群众基础有了，党组织和游击队也建立起来了，这是好事！"吴永顺浓眉一挑，刚毅的脸上流露出庄重的神情，"收拾是肯定的，但不是打。"

"为啥？他们害了那么多人！"山子不理解，眉头紧锁。

"日本特务冯德山、冯德中、王仲、王芝，这四个人明着为日本人干事，暗着为八路军到南口一带买布、买棉花，还帮着送到延庆南山10团供给处。"吴永顺看着山子，又看了看大家，"为啥能这样？思想工作到位了。山上的土匪也能帮咱们做事，所以我说咱们只能收，不能打！"

"要跟他们谈，我去吧！"老王站起来，目光炯炯地说。

"不，我亲自去，这样更能显示咱们的诚意！"

"那我也去，带上侦察小队！"山子急切地说。

"上山先不急。先让跟土匪有关系的冯德山与土匪联系好，然后再说上山的事。"

转天晌午，冯德山气喘吁吁地回来了。

"怎么样？"老王焦急地问。

"土匪头子姚万臣让我给传话：'听说姓吴的叫吴大胆，他如果有胆量，让他一个人上山，就见他；如果他要诈，就宰了他！'吴区长，你一定要小心啊，姚万臣心狠手辣，什么事都干得出来。我走了，不然鬼子该起疑心了。"说完，冯德山抹了一把汗，转身向山谷外跑去。

"吴区长，不能听他们的！要去，咱们就带着队伍一起去。"老王一说，同志们纷纷响应。

吴永顺却说："不，我一个人去！我是党的区委书记兼区长，我不去土匪们能相信我们党的力量吗？能认同我们党的抗日主张吗？他们能把枪口转向日本人吗？他们心里虚才那么说，我相信他们是被鬼子逼急了才当土匪的，他们本质上还是有血性的中国人。"

离开桃峪沟，只一个时辰，吴永顺就上了山。在一个小喽啰的带领下，吴永顺走进了聚义厅。土匪个个凝眉瞪目，荷枪实弹地把大厅两侧站得满满登登。

吴永顺站定脚步，朗声说：“西北玄天一朵云，乌鸦落进凤凰群。满屋都是英雄汉，谁是君来谁是臣？”

“甩个蔓！”大厅正中的太师椅上，一个秃头壮汉低头摆弄着手枪，头也没抬。

看那不可一世的派头，一定是土匪头子姚万臣。吴永顺毫不示弱：“二三蔓！”

“啪——”

姚万臣一抬手甩出一枪，挂在大厅的灯笼应声落在地上。

“试试吧，有本事再开口说话！”

姚万臣说完，所有土匪一起端起枪对着吴永顺。旁边的一个土匪递给吴永顺一把盒子枪。吴永顺接过手枪，闪身挥手，两个硕大的灯笼先后坠地。一颗子弹，打落两个灯笼，大小土匪见了，个个惊得目瞪口呆。

“有什么事，说吧！”姚万臣没见过枪法这么好的，先是一楞，然后一挥手，土匪纷纷收回大枪。

吴永顺放下空了壳的盒子枪，义正词严地说：“大敌当前，闲话不说。我就是九区区长吴永顺，今天是来告知各位英雄抗日大义的。”

土匪听吴永顺叫他们英雄，脸上露出了几分喜悦。

“共产党、八路军的抗日主张是共同抗日，只要枪口一致对外就是一家人。鬼子杀我同胞，占我国土，犯下了滔天罪行。我希望大家能以国家为重，参加我们的抗日队伍。”吴永顺停了停，正气凛然地说，“没想好的，我也不逼你们。但是咱要是个爷们儿，就别把眼睛盯着老百姓，京绥线日本人的列车上，有的是洋米、白面，还有枪支、弹药，有本事就去抢日本人的东西。”

“说得对！我们都是中国人，岂容日本鬼子在中国横行！”

“抢日本人的去，欺负穷百姓不算好汉。”

听了吴永顺的话，土匪们低声议论起来。

姚万臣也惭愧得无地自容：“加入不加入你的队伍，咱再商量。但是从此我们不跟共产党、八路军作对，也不打家劫舍、伤害百姓，往后只抢日本人的!”姚万臣在火盆旁踱着步子,“我姓姚的,如果违背诺言,任凭游击队处置。”

吴永顺顺利地回来了,没费一兵一卒,说服了山上的土匪。没有了土匪的侵扰,群众配合游击队频频破坏南口、居庸关的铁路,把日伪搞得焦头烂额。日伪在南口沿京绥铁路线各站贴出告示,悬赏五百两黄金捉拿吴永顺,可连吴永顺的影子也见不着。南口宪兵队多次派特务进山抓捕,不但没抓到吴永顺,连去抓人的特务也被游击队消灭了。这下,吴永顺虎胆英雄的名气更大了。

1942年,日军为了稳定华北、进攻西北,达到消灭抗日力量的企图,抽调了大批兵力进行大“扫荡”,制造无人区。冯德山等四个被收编的日本特务和个别区干部,在残酷的斗争中惧怕日军先后投敌。姚万臣也被日军用金钱和官位收买,当上了特务大队长。

1943年2月,下山看病的吴永顺和妻子孙学兰在路过冯家湾村时,被姚万臣一伙土匪抓住送到南口日本宪兵队请功领赏。

南口日本宪兵队队长山元大喜过望,想用刑罚制服吴永顺。可无论是灌辣椒水还是坐老虎凳,吴永顺都咬紧牙关,毫不屈服。几天下来折腾得精疲力尽,但都一无所获。吴永顺每次过堂回来,都高唱着“大刀向鬼子们的头上砍去”,《大刀进行曲》成了他的“止痛药”。

敌人见硬的不行就来软的,把大捆的钞票、银圆摆在他的面前,让他说出党的秘密,让他发表脱离共产党的声明。看着面前拿着钞票媚笑的敌人,吴永顺想起因为没钱治病两岁夭折的女儿吴来晓、饥饿而死的小儿子吴连早、因贫穷而当了童养媳的两个妹妹。这群披着人皮的魔鬼,给中国人民制造了苦难,还要诱惑自己跟着他们一起作恶。

吴永顺怒斥敌人:“只要你们日本人不滚出中国去,我们就没有好日子过,我就要跟你们对抗到底!”

1943年8月8日,吴永顺和三十二名被捕的干部、战士,被敌人推上了一辆卡车。前面卡车、摩托车上架着机枪,后面又是两辆坐满荷枪实弹的鬼子兵的卡车。车队行驶到大街上,围观的群众站立两旁。吴永顺站在卡车上高声喊道:“乡亲们!我叫吴永顺!是昌延县共产党的九区区委书记兼区长!中国人是杀不完的!日本鬼子早晚会灭亡!”说着,他又大声唱起《大刀进行曲》来。激昂的歌声响彻南口上空。围观的群众攥着拳头，含泪目送英雄渐渐远去。

“中国共产党万岁！”

“打倒日本帝国主义！”

在蒙蒙细雨中，从南口东南的沙河套里传来气壮山河的呐喊。

吴永顺牺牲了，但在虎胆英雄精神的感召下，九区的抗日队伍越来越强大，他们神出鬼没，不断打击着桃峪沟一带的侵略者。

无愧一甲子

五十六岁的温克明面对党旗放下右手，小声地问："我是不是最老的党员啊?"

"不，您有一颗年轻的心，您有青年的热血与激情，您有中国人刻进骨头里的爱国情怀，您肯定能成为最好的党员!"县委领导坚定地说。

"我还年轻?"

"您还年轻!"

说着说着，两双粗糙有力的大手随即紧紧地握在了一起。五十六岁的温克明怎么也想不到，年过五旬还能加入中国共产党，颠沛流离的经历蓦地浮现在眼前。自己出生在延庆柳沟村一个贫寒之家，靠吃百家饭长大，曾替人参军，十多年走南闯北，年逾不惑又返乡务农。1933 年土匪横行，自己在村里组织起武装"伙会"。在八路军第 4 纵队邓华支队的先头联络员戴焕章的引导下开始了解革命队伍。如今自己也成了这个队伍里的一员，面对党旗默默念叨着："从此以后，我整个就是你的!听你的话，跟你走。我替老百姓卖命，为共产主义牺牲一切!"

温克明老人从这天起，便始终没有忘记自己在党旗下的誓言。1941 年 3 月，在第一届民主抗日参议会上，温克明被选举为昌延联合县参议会议长。此刻老人心里充满了力量。他和县委领导互相道了一声珍重，才恋恋不舍地洒泪而别。

1942 年夏天的一个晚上，延庆县柳沟南堡街上，聚集着一百多民众。大家一边乘凉，一边听村里说书艺人王顺和弹弦人曹文撰的西河大鼓《粉妆楼》。

驻柳沟城内据点的敌人，被游击队吓破了胆，每天夜里派一个班的兵力，到城外巡逻放哨。这天晚上，伪自卫队的一个班十个人执行巡逻任务。他们听见热闹的说书声，就一溜小跑来到说书场。

“军爷，您里边请！”延庆县参议员胡成热情地招呼他们。

“说的啥书？”孙班长用手枪往后顶了顶帽子，乜斜着眼问。

“说的是《粉妆楼》！”胡成赔着笑脸边说边搬出两条长板凳，掏出烟递给孙班长，“您带着弟兄们先歇歇腿，我去给爷们沏茶。”说完，胡成转身倒茶去了。当他拎来茶壶把热气腾腾的香茶递给孙班长时，孙班长正叼着烟嘿嘿嘿地笑呢。原来，书恰巧说到妓女与淫汉那种“淫色劲儿”，露骨的打情骂俏让伪军颇为受用。他们个个歪戴着帽儿，嘴里叼着香烟，眯缝着眼睛听得津津有味，大枪早丢在了地上。

“不许动，缴枪不杀！”

正当伪军听得骨软筋酥的时候，书场上空响起一声霹雳。伪军低头摸枪，七八个黑洞洞的枪口已经对准了他们。在大枪后边，站着一个年过五旬的老者。此人宽脸膛，方海口，两道浓眉斜插入鬓，一双虎目烁烁放光。虽然穿着一身洗得褪了色的粗布裤褂，但身上隐隐透着一股杀气。

“温克明！”

“真是温克明？”

伪军看着眼前的老者，小声嘟囔着。

“你们说对了，我就是温克明！留下武器，八路军可以放你们一条生路。不然，就让你们站着进来躺着出去！”

“好，我们投降！”孙班长谄笑起来，然后扯着脖子喊，“交枪，交枪啊！”

伪自卫队员举起双手，稀里哗啦地站起来。

孙班长趁大家不备，撒腿就跑。温克明一抬手，叭的一枪将孙班长打倒在地。其他伪自卫队员傻了眼，慌忙跪倒在地举起双手。游击队缴获了十支大枪和不少子弹，迅速把敌人押出村子，钻进青纱帐，转移到燕羽山上。从此，柳沟一带传颂着温克明带领的游击队“神兵天将”的说法。

1943 年，温克明代表平北地区，参加了在河北阜平召开的晋察冀边区第一届参议会，见过边区首长，受到深刻教育，他的抗日热情更高了，工作更积极了。

1943 年 4 月的一天，温克明带着秘书张体芳，在石佛寺村镇压了一个罪大恶极的汉奸。接着走东家串西家，向民众宣传抗日道理直到半夜。两

温克明

个人又饿又累，不想麻烦村民，打算在村边的场房里凑合一夜。延庆4月的夜晚冷飕飕的，冷风呼呼地吹进徒有四壁的场房。两个人相互依偎着，直到后半夜才进入梦乡。

“温克明，你们被包围了，投降吧！”

睡着睡着，温克明隐隐听到有人喊自己的名字。他猛地睁开眼睛，侧身仔细听着，场房外一声声的叫喊不断传来。

“温克明，你打死了我们的孙班长，没想到你也有今天吧？”

温克明听了，恍然大悟。本来是十个自卫队员，孙班长被打死，还应该有九个才对，没想到竟让这小子跑了。从外边的叫喊声判断，敌人的数量不在少数，加上四周山头都被占领了，硬拼肯定不行。他冷静地做出分析，知道来者不善，立刻命令秘书：“小张，你年轻，赶紧跑，我来掩护。”“要走就一块儿走，要死就死在一块儿！”张体芳低声喊。“你年轻，有很多工作需要你去做！快走！”说完，他把张体芳推出门外，便大喊起来：“让你爷爷投降可以，得看你们有没有本事进来！”

日伪军听了，端着枪向场房摸进来。刚走近房子，温克明便开火了，日伪军像谷子捆一样纷纷倒地。没过一会儿，日伪军又嗷嗷叫着冲上来。温克明凭着一支枪，不知打死了多少个敌人，击退了日伪军的数次冲锋。日军急了眼，喊着骂着踢着，逼伪军往前冲。温克明又接连打死几个敌人，子弹打光了。敌人胆儿壮了起来，叫嚣着：“温克明，你被包围了，跑不了了！快出来投降吧。”温克明抄起一根木棒，躲在门后，连续打倒了三个伪军，接着又和七八个伪军扭打在一起。终因寡不敌众，温克明被打昏后，关进了南口警察署大牢。

第二天中午，被关了一夜的温克明听到牢门哗啦一声响，几个伪警察端着食盒走进来，满满登登地摆了一桌子。警察副队长孙森紧跟着走进来，皮笑肉不笑地说：“温老先生，让您受苦了！来人，倒酒！”温克明看了一眼孙森，哼了一声把头扭了过去。“老先生，喝杯酒，暖和一下。”孙森接过杯子，送到温克明面前，“您要是跟日本人干，绝对亏待不了您！”温克明挥手打掉杯子，飞起一脚把八仙桌子蹬了个四脚朝天，大吼：“投降，做梦！”孙森吓得一屁股坐在地上，结结巴巴地说：“你……你等……等……等着！”说完，带着伪军狼狈不堪地跑出了牢房。

晌午刚过，日本宪兵队长山本带着卫兵来到牢房。他瞪着一双鹰隼一样的眼睛，紧紧盯着温克明。看着看着，突然抽出军刀向温克明头上砍去。温克明面不改色，与山本怒目而视。眼看就要劈到温克明的头了，山本的刀突然停住了。

“呦西，你是好汉！钦佩！钦佩!”他哈哈大笑起来，“我们，喜欢你这样的英雄。希望你和我们合作!”

温克明没有说话，只是轻蔑地一笑。

山本以为温克明动心了，叽里呱啦地说得天花乱坠，回头看温克明时，温克明闭着眼睛假装睡觉呢。

“你倒是说话呀!”警察署长为讨好主子，站在一旁帮腔。

没等他说完，温克明霍地一下站起身来，指着警察署长的鼻子破口大骂：“你们这群民族败类，汉奸走狗，劝我叛变投降，没门儿！你爷我早已是共产党员了，就是要杀净你们这些汉奸走狗，把日本鬼子彻底赶出中国!”

山本听了，气得暴跳如雷：“用刑！用刑!”

温克明被拖走了，几次昏过去又被凉水喷醒。

看着气急败坏的鬼子，温克明又回以轻蔑的一笑。

敌人黔驴技穷，把温克明押到山谷的一棵老松树下。

“这是最后的机会了，到底投降不投降?”山本绝望地问。

温克明看了看壮丽的大好山河，斩钉截铁地说：“我是中国人！坚决不投降，让我投降，你们做梦去吧!”

“死了死了的!”山本嘶号起来。

温克明神态自若，高高地挺起自己的胸膛。

那是1943年5月最后的一天，是昌延人民永远不会忘记的一天。人们都记得，温克明那年整整六十岁。

“捐躯赴国难，视死忽如归!”人生一世，无非一个甲子，多数人因胸无大志而虚度此生。而温克明老人的这一个甲子，却写就了一曲气壮山河的英雄赞歌。

血染汉家川

初秋的夜晚，一片透明的灰云淡淡地遮住月光。田野上面，仿佛笼起一层轻烟。四周一片寂静，偶尔听到几声狗叫。卫兴顺和二区区委书记高万章一起带领游击队，在夜幕的掩护下，来到二道关伪甲长家门口。

卫兴顺环视一下周围动静，然后扒住墙头往北屋看。灯光映照在窗户纸上，隐约出现几道烟雾。卫兴顺猜出伪甲长正在抽大烟，飞身跃进院子，打开门闩，让高万章和队员们悄悄地跨进院子。

“为什么不交公粮?”卫兴顺一声大喝。

躺在炕上正吞云吐雾的伪甲长，看见屋里进来这么个人，一下子蒙了。他愣了愣神，连忙坐起来问：“黑灯瞎火的，你们要干什么?”

“为什么总是不交公粮?”卫兴顺又厉声喝道。

“公粮收不起来呀！我也没有办法!”听说是来催公粮，不是来要他命的，伪甲长认为有满洲军这座靠山，就把头摇得拨浪鼓似的，想蒙混过关。一听他说这话，卫兴顺火冒三丈，一把揪住伪甲长的衣服领子，气愤地说：“你心里明白，你把公粮送到满洲军那里，还敢撒谎?”伪甲长吓得缩着脖子，抱住脑袋，瑟瑟地发起抖来。站在旁边的高万章用手捅了捅卫兴顺的后背，暗示他不要发火。卫兴顺看了看高万章，松开手。

伪甲长一看他们没有动手，心里又打起小算盘来，不就几个八路军地方干部吗？不会把他怎么样。“粮食送给满洲军又咋样!”伪甲长话头又硬了起来。

“你和伪满军串通一气，成天背着手，在村里窜来窜去。你要么滴溜溜地转动着眼珠子，盯着从村里路过的青壮年，严加盘问，想抓住几个八路军；要么伸长耳朵，不是探听谁是党员，就是了解八路军游击队在哪里活动，像苍蝇一样到处乱叮。鬼子一来，你就把掌握的情况殷勤地献出来。

不给咱八路军送公粮，还这么嘴硬，真是头顶生疮脚底流脓——坏透了！”卫兴顺说，“我要把你做的坏事说出来，让你明白！与八路军、老百姓为敌，没有好下场！”

“和我们走一趟。”游击队员一拥而上，把伪甲长捆个结实，押着他走出村，来到小山沟。周围漆黑一片，呼呼的山风在耳畔低吟。伪甲长看到眼前的阵势，浑身筛糠，最后缩成一团瘫在那里。

“你投靠敌人当汉奸，抗拒抗日政府，不交公粮，只有死路一条。”卫兴顺处决了伪甲长。

事后，卫兴顺等人贴出了处决二道关汉奸甲长的布告，其他村的伪甲长，以后都不敢不送公粮了。老百姓唱着小调表达了心声：

瞎子走路没办法哪，
汉奸甲长是敌人的耳和眼哪，
咿呀咳呀呼咳，
除掉汉奸，
我们得安然，
大家一起去抗战呀，
咿呀呼咳。

在党的培养下，卫兴顺阶级立场更坚定，英勇善战。1940 年 9 月，在高万章的介绍下，他加入了中国共产党。没过多久，卫兴顺参加了平北八路军老 10 团。在袭击柳沟敌据点时，缴获了一挺轻机枪。卫兴顺在战斗中表现出色，10 团白乙化团长在全团表扬了他，并提他担任了 1 连 1 排的排长。

1942 年 10 月，由于叛徒告密，二区区委书记高万章被捕了。昌延县委又派刘文科到二区担任区委书记兼区长，领导二区人民进行“反围子”斗争，调卫兴顺任二区游击队长。

刘文科了解了汉家川围子情况。深夜，由卫兴顺领路，摸进围子，处决了温永兴等几个铁杆汉奸。刘文科和卫兴顺趁热打铁，组织骨干分子，发动群众拆毁了汉家川的围子。

趁着这个有利的时机，昌延联合县县委决定，组织游击队与主力 10 团互相配合，进行突然袭击，又将台自沟的五个敌炮楼烧毁，同时发动群众拆毁围子。不到半个月，鹞子峪、王家堡、杏树台、二道关的围子全都拆毁了，取得了“反围子”斗争的第一个大胜利。

通过“反围子”斗争的锻炼和考验，二区游击队越来越精干。卫兴顺的威名在敌人的耳边像一记春雷，轰得伪军成了热锅上的蚂蚁。

一天深夜，在队长卫兴顺的指挥下，游击队摸进了二道关据点，消灭伪军二十多人，打死五个鬼子，拔掉了敌据点。敌人到处挨打，恼羞成怒，四处捉拿卫兴顺。一天夜里，四五百敌人闯进了汉家川，烧毁了卫兴顺家的房屋，抓走了他的妻子，并扬言：“只要卫兴顺投降，交出刘文科，就放了他的一家大小！”

此时，游击队正埋伏在汉家川村东的山林里，看得真真切切。卫兴顺的妻子披散着头发，被敌人推搡在前面走，八岁的儿子在后面追着“妈妈，妈妈”地喊着号啕大哭。

卫兴顺紧握着拳头，双眼布满了血丝。他望着羸弱的妻子，紧紧地盯着号啕大哭的孩子，心里像无数把钢刀在搅动。但是他没有一滴眼泪，坚毅地向战士传达着命令：“没我的命令，谁也不准动！”

战士们看在眼里，都急红了眼：“队长！下命令吧！打这群畜生！”

“同志们！现在敌众我寡，不能因救我老婆断送革命力量，遭人骂！”他转回身对刘文科说：“刘区长，二区可以没有我卫兴顺的老婆，但不能没有区长，不能没有游击队，有我们在，仇一定能报！”

战士们眼看着亲人惨遭涂炭，都掉下了眼泪。

1944年3月的一天晚上，游击队夜袭周四沟后，卫兴顺带领游击队员进入了香屯村休息。战士们在王永贵家北屋大炕上刚睡着，大庄科、二道关、黄花城三个据点的敌人，突然包围了香屯村。一个连的敌人涌进了香屯村王永贵家的四合院。

敌人得意地向屋中的卫兴顺叫嚷着：“卫队长，快出来吧！到太君那里，给你个团长干干！”

卫兴顺一直不吭声，指挥着战士们从窗户门缝里一个劲儿地往外射击和扔手榴弹。刹那间，四合院内瓦砾飞溅，尸体纵横。敌人见劝降无效，就集中火力射击。游击队员英勇还击，最后把子弹都打光了。卫兴顺鼓励大家不能束手就擒，准备带领战士们白刃肉搏，杀开一条血路冲出去。不料刚打开门，一颗子弹就穿入了他的胸膛，敌人蜂拥而上，鲜血从卫兴顺的衣襟流下。他手扶门框，二目怒睁，威不可侵。

这时，一个戴眼镜的日本军官上来威逼劝降：“你的，区长刘文科在哪里？公粮在哪里？说出来，保证医好你的伤，给你个大官的干活。”

卫兴顺一言不发，艰难地移动双腿，逼近对方，突然啪的一记耳光打在了那个家伙脸上，他的眼镜飞出好远。日本军官暴跳如雷，咆哮着将卫兴顺五花大绑推到群众当中，逼着群众去找铡刀。任敌人如何鞭打、威胁，老百姓纹丝不动地站在那里。敌人无可奈何，自己找来铡刀，把卫兴顺的脖子按在铡刀床上，继续威逼劝降，妄图以此征服卫兴顺，吓倒老百姓。

卫兴顺不会屈服。1937 年 5 月，他曾因砸毁了伪警察分所，被投入热河省监狱，严刑拷打，吃尽日本人的苦头。卫兴顺恨日伪军，恨不得把他们一个个都撕碎。卫兴顺宁愿站着刀下死，也不会屈膝当顺羊。那时他就默默地告诉自己，只要能活着出去，就要跟日本鬼子干到底！

敌人失算了。卫兴顺的头被按在铡刀床上，高呼：“中国共产党万岁！”痛骂汉奸、走狗都没有好下场。卫兴顺慷慨就义后，敌人用木杆挑起他的头颅示众，木杆上挂着一张白条，上面写着“赤匪游击队长卫兴顺”。香屯村子附近的群众无不掩面痛哭，哀悼这位壮烈牺牲的抗日英雄。

刘文科闻讯赶来，敌人已经撤走。他和群众一起把卫兴顺的尸体安葬在山岗上。敌人杀害卫兴顺，想以此威慑老百姓，可敌人万万没有想到，延庆汉家川，这个传承慈孝文化的地方，凝聚起更加强劲的气壮山河的抗日力量。在埋葬卫兴顺尸骨的地方，当时就有很多二区青壮年自愿报名参加游击队，决心为卫兴顺报仇。两三天的时间，二区游击队又组织起来。这燎原的星火已经蔓延在延庆的大地之上，逐渐汇聚成一柄冲天的火炬，直上九霄。

春去，春来

1943 年初的延庆川，依旧蒙着一层厚重的阴霾。僵化的土地被冻得坚硬而龟裂。田边的枯树像一双双伸向苍穹的巨手，无声地呐喊着、叩问着老天爷：这苦难的日子什么时候才是尽头？春天什么时候才能降临到古老的大地之上？

虽然已经腊月二十三了，是旧历的小年，但妫河两岸一点过年的氛围都没有。县长郭韫和延庆县城东部沈家营一带的百姓一样愁眉不展，他知道越是临近年关，日伪军那些吃人的恶魔便越发疯狂。近几天，日伪军的活动更加频繁了，井庄、中羊坊、延庆、永宁，各个局子频频换岗，六七拨鬼子带着伪军反复到各村去“围剿”共产党，劫掠百姓。

后晌，县长郭韫带着通信员李春来、王三宝，秘密赶往曹官营，准备召集党员了解村内情况，布置春节前后的抗日工作。到了村口，郭县长派王三宝先去探探情况。

郭县长的愁容早就被李春来看在眼里，等待王三宝探路期间，李春来掏出了随身携带的小本子。这是一个用废纸自制的小本子，比手掌大不了许多，虽然本子里的纸张质地不同，但每一张都被李春来剪裁得整整齐齐，还用粗线密密地缝了边。

“报告县长，这是我的作业！”李春来略带调皮地将手里的本子递到郭韫面前。

郭韫接过本子，看着已经发黄的纸，上面规规矩矩地写着“春来”两个字。他紧锁的眉头稍稍有些舒展：“小鬼头，现在会写自己的名字了？”

“我听了您的话，不单要学会拿枪杆子，还得会拿笔杆子，等将来抗战胜利了，才能好好建设咱们的国家。”

郭县长脸上露出了久违的笑容，他继续翻看手中的小本，突然一愣，问道："小鬼，这是什么字？"

李春来伸长脖子，看了一眼，憨憨地笑着说："曹！曹官营的曹。今天咱们不就要去那儿吗？"

"小鬼，错了。这个'曹'字上面还有一个'草字头'哩。日本军曹的曹，也是这个字！"

李春来顿时觉得脸上发烧，可又不想就这样认错，一把抢过本子："对着哩，这个'曹'字就不能有草字头。我要让那些日本军曹脑袋搬家！"

郭县长被这句话逗得笑出了声。此时，王三宝折返回来，向郭县长报

这个"曹"字就不能有草字头

告，村里没有敌人，已经联系好了党员们，一会儿都去堡垒户曹广田家开会。

李春来悄悄地将小本子贴身藏好，三个人加快了脚步进了村。

曹广田家就在村东头。三人一进屋，立刻觉得暖融融的，村抗救会主任白永华、干部王春合已经盘腿坐在了炕上。白永华拉着郭韫上了炕，大家没有寒暄，直接开会谈工作。

李春来和王三宝轻轻走出屋，他们要做好站岗放哨工作。王三宝负责院里的保卫，李春来负责院外的安全，这是一直以来的习惯。而且郭县长不止一次嘱咐，不要听跟自己无关的会议内容。开始李春来有点不理解，他曾偷偷问过王三宝，三宝告诉他这是为了革命，现在斗争残酷，万一被敌人抓住，啥也不知道就啥也不会说。从那时起，李春来便懂得了，保卫郭县长的安全是第一位，其他事情知道得越少越好。

李春来轻轻走出院门，他扶了扶腰间的手枪，按了按别在两边的手榴弹，又把棉袄重新整理了一下，觉得外人看不出来了，才迈步走上街头。

李春来若无其事地在街上左看看右瞧瞧，正瞧见曹官营负责收集军粮、军鞋的粮秣张怀英从街上走过。张怀英也看见了李春来，她知道这一准儿是郭县长来布置工作了，便走到李春来身边小声说："春来，你们一会儿来大姐家吃黏馍馍啊。快过年了鬼子也不消停，你们可千万加小心。"边说边向四下看着。

"大姐，您放心，我会注意的。最近村里有啥情况没有？"

"都挺好。就是我们村的甲长，有事没事老往县城跑，看见他，你可得多留神。"

李春来轻轻地点点头，目送着张大姐回了家。

大街上阒无人迹，日头也渐渐沉落西山。一阵凛冽的寒风吹来，李春来更加警惕。突然，一个身影在不远处的村西口晃了一下。李春来迅速隐蔽好身体，注目向村口望去，他认出那个往县城方向走去的身影正是刚才张大姐说的甲长。李春来疾步转回曹广田家的院子，把自己刚才看到的一幕告诉了王三宝。王三宝点点头，示意他继续警戒，自己轻轻地敲了两下北屋的窗棂。

屋中的郭县长听见动静，低声道："我知道了，注意情况。"

李春来回到街口，此时夜幕已经笼罩了大地，黑暗之中，只能听到隐隐的风声。李春来紧紧地盯着村西口，生怕漏掉一点蛛丝马迹。

突然，村西口传来几声看家狗的叫声，随后听到远处有人声传来，跟着传来的是杂沓的脚步声。纷乱的声音在寂静的冬夜那么清晰。

李春来猛地拔出手枪，转身跑回曹广田家的院子，他着急地对王三宝说："快跑！西头有情况。"

声音未落，曹广田家北屋的油灯唰地被吹灭了，郭县长和屋中的人箭步冲出屋门。

李春来指着村西口的方向，低声说道："村西头来了好多人！你们快往东跑！"一边说一边接过郭县长的文件袋，"你们快走，我把他们拖住。"白永华和王春合拉起郭韫，跳过院墙向东跑去，王三宝跟在后面，不时地回头看村里的情况。

李春来迅速地把文件袋埋进碾棚外的粪堆里。此时，院外的脚步声已经更加清晰了。他一把拉开院门，二十多个鬼子和伪军，已经从西头冲过来，距街门不足五六十米。

啪！啪！李春来向敌人开了两枪。黑夜之中，敌人怕中埋伏，听见枪响立刻卧倒在地，向曹广田家的大门方向没头没脑地放起了乱枪。

李春来借着大门的掩护，从腰间抽出手榴弹，咬下导火索，向敌人丢了出去。手榴弹轰隆的爆炸声暂时压住了敌人的枪弹。李春来侧身向东望去，他多想知道此时郭县长、王三宝跑出了多远，是否离开了危险之地，但敌人的又一阵枪声牵住了他的视线。他知道，只要自己多坚持一分钟，郭县长就能撤离得更远。他伸手向腰间摸去，可是什么也没摸到，手榴弹已经用光了。

敌人也猜出院内没有太多的人，便起身向曹广田家的大门扑来。

李春来抬手，又向敌人打出了三枪。黑暗中又有一个敌人倒下了，但同时也暴露了大门之内只有一个人在防守。敌人疯狂地扫射，一颗子弹打中了李春来的左腿。李春来强忍着剧痛，扶着门框拼尽最后的力气将最后一颗子弹射向敌人。又一颗子弹飞来，击中了李春来的头部。

李春来倒下了，敌人闯进了院子，看见除了门口倒下的李春来，院内屋中空无一人。他们转身出了院子，向东追去，同时大喊着："你们跑不了啦，快投降吧！"

此时，郭县长和王三宝刚刚跑出村，发现敌人追来，他们一边跑一边开枪还击，眼看敌人快追上了，他们投出仅有的三枚手榴弹，借着手榴弹爆炸激起的滚滚浓烟，他们又向东跑出了几百米。突然，他们看见迎面过来一支队伍，原来是驻扎在连家营的游击队，听见枪声赶来救援。郭县长带领游击队，兵分两路，将曹官营村包围，准备歼灭来犯之敌。而狡猾的敌人看到支援的队伍，早吓得狼狈逃窜了。

郭县长跑回曹广田家的院子，一眼就看见血泊中的春来。他静静地蹲在李春来的身边，轻轻地为年轻的战士整理着衣衫，泪水大颗大颗地滚落。他从李春来的怀里摸出了那个小本子，翻开已经被血水洇红的封面，规规矩矩的“春来”两个大字映入眼帘。

“春来，你走了。用你年轻的生命换回了我和同志们的安全。春去了，春天一定会再来。”

城门上的头颅

1943年，延庆的深秋分外肃杀。一堆堆深灰色的云团，低低地压着大地，瑟瑟寒风中，路边树木枯黄的树叶纷纷飘落。延庆县城里更是阴森恐怖，随处可见荷枪实弹的日伪军，他们手中长长的刺刀泛着令人毛骨悚然的寒光。城门上挂着一颗血肉模糊的头颅，进出城的乡亲分外沉默，每个人都低着头，强忍住胸中的悲痛、压抑和愤怒。

守城门的日伪军拦住乡亲们，扯着嗓子喊道："共产党的区干部闫志光被我们处死了，今后谁再跟共产党八路军跑，也和他一样，脑袋被挂在城门上。"穿着打补丁衣裳、戴着破旧草帽的老百姓没有人抬头，他们多么想再看一眼英雄的容貌，又是多么不忍心看见英雄的惨状。大家悄悄抹着眼泪，越发憎恨这帮惨无人道的禽兽，在心里轻声说道："志光，好样的！"

1911年，闫志光出生在延庆县城南簸箕营村。虽然辛亥革命推翻了统治中国几千年的封建专制制度，但老百姓迎来的并不是富足与和平，而是军阀混战、外敌入侵，闫志光的家庭和所有苦难的农民家庭一样，饥寒交迫，受尽剥削。他的父母宁可忍饥挨饿，也一分一分攒钱供他读书，他们希望孩子能够通过读书成为文化人，改变命运。闫志光没能通过读书摆脱被军阀和侵略者奴役的命运，却通过学习古人精忠报国的故事，在心中种下爱国的火种。

1939年八路军来到"后七村"开辟工作，让二十八岁的闫志光看到了希望。闫志光积极参加革命工作，秘密加入中国共产党。每天，天不亮就急匆匆地出门，夜里披星戴月赶回家中。他严格遵守党的纪律——上不告父母，下不告妻儿。但细心的母亲还是发现了一些端倪，一向知书达理的儿子变得早出晚归沉默寡言，怎么如此反常呢？

八达岭烈士陵园纪念碑亭

老母亲放心不下，却又不敢问儿子到底在干啥。老人家安慰自己："志光这孩子打小就本分，不能干出为非作歹的事来。"

一天晚上，闫志光睡熟后，老母亲准备帮他清洗刚脱下的衣服。突然，老人摸到了一个硬邦邦的东西，心中一紧，翻出来一看，原来是一支手枪。

老人家哆嗦着手，唤醒了正在熟睡的闫志光："儿啊，你快告诉娘，你在外面到底干啥哟？"

闫志光望着慈祥的母亲，轻声说："娘，小鬼子来了之后，杀人放火无恶不作，咱们就这么受着？"他拉着老人颤抖的手，"娘，您放心。儿子干的是上对得起祖先、下对得起子孙的事。您不要往歪处想，也不要细问。"

母亲望着个头高挑、面庞白皙的儿子，似懂非懂地点点头。

后来有邻居猜测闫志光是不是当了土匪，他母亲总是说："我的儿子我最清楚，他不干土匪，他是顶天立地的汉子！"

在党的锻炼培养下，闫志光逐渐成长起来，被任命为昌延联合县八区党委组织委员。

来到八区后，闫志光和吴世荣、吴满光、佟荣、杨海荣、王志祥、张满仓，先后在簸箕营、岳家营、大浮坨、小浮坨、新宝庄一带发展党员，建立党支部，成立救国会、青抗会、妇救会、儿童团。马架窝棚中，他介绍热血青年面对党旗庄严宣誓投身革命；田间炕头上，他组织妇救会穿针引线做军鞋支援前线；夜深人静时，他派人赶着毛驴给八路军送去粮食和蔬菜。在闫志光的带动下，八区干部群众的抗战热情一天天高涨起来。

有高兴的就有难受的，闫志光把八区的抗日工作搞得红红火火，可把铁杆汉奸晏广斌气得不轻。晏广斌天天躲在屋里咒骂："一群穷棒子，天天上蹿下跳地搞什么二五减租。闫志光！等着老子收拾你！"

1943年秋末，田野里的庄稼成熟了，谷黍、豆类已割完，高粱、玉米还在风中摇曳。并肩走在簸箕营村东高粱地旁的垄沟上，闫志光和区干部张满仓心潮澎湃。闫志光下意识地摸了摸腰间的手枪，这是因为完成了任务，县委特意给他换的一把新枪，他想：要用从敌人手里缴获的武器，好好惩治那些害人的家伙。

"闫区长，我打听好了，姓常的住在簸箕营村五道庙里，他假扮成老道搜集咱们的消息，没少给鬼子送情报。"受到县委表扬的张满仓汇报道。

"这小子坏事干了一骡车，听说现在又帮着鬼子在南寨坡朝阳寺建据点，妄图居高临下控制咱们。满仓，这次咱们一定要干净利索地除掉他。"

俩人一边说着一边向五道庙的方向走去。

突然，北面的岳家营传来了村民的叫喊："'讨伐队'来了，快跑!"

闫志光和张满仓赶紧回头，一群蝗虫一样的伪军快速向这边移动。

"快！躲进高粱地!"

嗖！嗖！两道身影像敏捷的狸猫，钻进了身旁的高粱地。高粱地一人多高，翠绿的叶子挨挨挤挤，是天然的隐蔽屏障，被抗日军民亲切地称为"青纱帐"。闫志光和张满仓蹲伏在青纱帐里，屏住呼吸，透过高粱秆之间的缝隙向外望着。他们等着这股"讨伐队"过去，继续去完成锄奸的任务。

不一会儿，荷枪实弹的"讨伐队"奔跑到近前，敌人的声音也越发清晰："那个高个的，就是闫志光！皇军说了，抓住就有奖赏!"

张满仓一眼认出了走在最前面的晏广斌，伸手就从腰间掏出手枪。

闫志光用手死死按住了张满仓的手，镇定地说："不能硬来，他们人多。他们是来抓我的，你快从后面跑，我把他们拖住……”

“区长！我不走，死我也跟你死在一块儿……”张满仓的两眼仿佛能够喷出火苗。

“这是命令！”闫志光严肃地说，“别忘了我们的任务，去抓姓常的。”说着话闫志光狠狠地推了一把身边的张满仓，自己却弓着身子往相反的方向跑去，两旁的高粱秆哗啦啦晃动起来。

“就在这儿哪，往里冲，抓活的!”“讨伐队”的伪军吵嚷着，举枪向高粱地里扫去。

敌人的子弹从闫志光的身旁嗖嗖嗖飞过。跑出一段路程后，闫志光回头望了一眼，张满仓的身影已经消失在青纱帐中。他再无顾忌，挺身站了起来，随着身体的拔起，甩手向敌人的方向打出几发子弹。突然，闫志光觉得小腿一阵剧痛，一个趔趄倒在地上，他咬着牙用双手撑地，却怎么也站不起来。原来敌人的一颗子弹穿透了他的腿骨，顿时血流如注。

敌人包围过来，七手八脚把闫志光拖出高粱地，凶恶地摔在地上。

晏广斌狞笑着走上前来，说道：“姓闫的，你也有今天。太君说了，你的脑袋值不少钱呢!”

一个伪军的头目也叉着腰说：“你们县、区干部都有谁？说出来，就饶了你。”

闫志光忍着钻心的痛，斥骂道：“呸！你们这些无耻的汉奸，早晚都会有报应，不得好死!”

残忍凶狠的晏广斌，拿着抢来的菜刀，连砍带剁取下闫志光的头颅，扔进拾粪的挎筐。疯狂的敌人得意地带着烈士头颅回到县城，去找他们的主子邀功领赏。

一滴滴鲜血，染红了脚下的土地，控诉敌人的罪恶；一株株高粱，举着愤怒的火把送别英勇的烈士。烈士的头颅被悬挂在城门上，却没有闭上双眼，始终凝视着被蹂躏的延庆大地。广大群众沉默地站在城门下，却并没有被敌人吓倒，反而激发起更强的斗志，坚定了团结起来把鬼子赶出中国的信念。

闫志光牺牲了，八区的人民群众愤怒了，他们要完成烈士的遗愿，他们要为烈士报仇。簸箕营、岳家营、新宝庄的村民，扛着铁锹、镢头，与县大队一起，放火烧掉朝阳寺，活埋了与敌人勾结的汉奸常老道。

闫志光牺牲当晚，簸箕营的群众冒着生命危险，找到画匠为闫志光做了一个假头，趁着黑夜偷偷埋葬了烈士遗体。三十多年后的1971年，下屯公社簸箕营村革委会将当初草草掩埋的烈士遗骨，送回闫家坟，埋到闫志光出生的地方。如今，闫志光长眠在八达岭长城脚下的烈士陵园里，他的故事被后人永远铭记。

铁蹄踏堡垒

狂风怒吼，如同酷吏挥舞的长鞭子，肆虐着大地。光秃秃的树木被大风推搡着左右摇摆，满地枯黄的落叶被狠狠卷起到半空，随后又被无情地甩在地上。凶猛的大狼狗箭一般冲向被捆绑在场地中央的村民。瞬间，哭喊声、惊叫声响成一片，浓烈的血腥味儿迷漫在刑场的上空。

这是1941年11月13日，日军的铁蹄踏过平北地区，制造的令人发指的西羊坊惨案。

西羊坊村在延庆城北十五里，位于延庆盆地北缘，背靠清寺顶。据传在辽代，曾是萧太后牧羊的地方。这里依山傍水，土地肥沃，抗战时期，村北的隘口是八路军海陀山根据地的重要出口之一。特殊的地理位置，使其成为敌我双方必争之地。

一百二十六户人家的西羊坊村早已成为党的“堡垒村”。堡垒村是在抗战斗争环境极端残酷的情况下，觉悟群众舍生忘死隐藏保护共产党干部和人民子弟兵的村庄，是保护和积蓄抗战力量的基地。在抗日最困难的时期，西羊坊堡垒村的干部群众，经常比赛赶做军鞋，隐蔽照顾八路军伤病员，秘密进出海陀山给八路军根据地传递情报、运送军需生活物资。军民鱼水情在一蔬一菜、一针一线中传递着，加深着。

敌人也将这里视为战略枢纽，在此建了据点，修了岗楼，派驻了三十多个日伪军日夜把守。敌人的岗楼修得异常坚固，墙上布满了铁丝网，岗楼外挖了一圈深深的战壕，战壕内灌上水，布置了重重障碍。敌人依靠岗楼监视周边几公里范围内的群众，阻止海陀山根据地的同志们从此出入，妄图遏制平北八路军的各种军事活动，切断军民之间的鱼水联系。被肆意欺凌的老百姓，生活在“抬头见岗楼，到处是狼烟”的压抑之中。炸毁岗楼，捣毁敌人老窝，成为八路军游击队必须解决的问题。

1941 年 10 月的一天，龙延怀抗日游击队按照平北八路军的部署，准备摧毁西羊坊村北的日伪岗楼。游击队行动前，在岗楼附近侦察了地形，以及门口站岗人数、轮换时间的情况。游击队发现了岗楼的行动规律：两个伪军站岗，四个小时左右换岗；岗楼日伪军在岗楼的吃喝，都由村里给他们送上门。最终游击队决定由西羊坊村村长出面，以给岗楼日伪军送粮送菜为名，带领游击队进岗楼杀日伪军。

西羊坊村村长带领伪装好的游击队员走到岗楼门外，站岗伪军不敢放行。村长站在铁丝网外大声对他们说："给你们送粮送菜的。"恰巧出来一个伪军小头目，村长一看认识，老远就打招呼，恭敬地上前，点头哈腰地给小头目点上烟。小头目二话没说同意放行。村长指挥一队人推着独轮车，进入敌人据点。扮成送粮送菜的游击队员，迅速行动，打倒站岗的两个伪军，并在他们嘴里塞上破毛巾，将他们牢牢捆绑结实。游击队员直冲到伪连长卧室。伪连长和他的警卫员正躺在炕上蒙头大睡，二人被惊醒，还没来得及穿上外衣，就被游击队员打死在炕上。被枪声震醒的其他伪军朝着神兵天降的游击队员哀求："俺们投降！俺们是鬼子捉来当兵的呀！"说完，争先恐后地缴械。这次偷袭很成功，杀了铁杆汉奸，缴获了两挺轻机枪和一批军用物资，使西羊坊据点散了架。

驻扎在延庆县城的日军军官，听到西羊坊据点被游击队端掉了，气急败坏，吼叫着要报复，杀掉共产党和通共的人。

西羊坊当年被敌人烧毁的房屋所剩的墙脚

1941年11月4日，日军纠集伪蒙疆骑兵3大队、特务队、伪政府人员和警察1、2中队等八百多人，以“清剿”地下党、游击队为名，连夜偷袭西羊坊，包围了全村。

凌晨的空气里弥漫着破晓时的寒气，村庄刚刚从沉睡中醒来，缕缕炊烟次第升起。日伪军端着闪着寒光的刺刀，气势汹汹地闯进村子，踢开村民闩着的街门，挨家挨户进行搜查。有的妇女正在灶上烧火做饭，他们强行将其推搡着赶出家门；有的孩子还在炕上酣睡，他们吆五喝六地将其从家中拖出来。日伪军把全村男女老少四百多人驱赶到村南的大场上，把村民分为三排，将二十七名青壮年从中挑出，推到场地中央。其中机灵的李永来看势不妙，假装拐弯解手，悄悄逃跑。

日本军官挥着东洋刀嗷嗷吼叫：“说！谁是共产党？谁是游击队员？谁参与了破坏岗楼的事情？”

看着残暴的入侵者，村民紧咬嘴唇，没有一个人吭声。手无寸铁的他们，只能用沉默应对这群豺狼。大场上一片寂静，死一般的寂静。日本军官暴跳如雷，将东洋刀狠狠向下一挥，下令放火烧村。伪军们纷纷点起火把，扔向柴垛，扔向民房，顿时火焰四起。一阵西北风刮过，火势蔓延，全村成为一片火海。牲畜在大火中乱跑、嚎叫、翻滚，浓烈的烧焦味在空气中弥漫；房屋在大火中扭曲、落架、倒塌，院中晾晒的高粱、玉米全被烧成灰烬。

中午时分，满天布满厚厚的、灰黄色的浊云，天阴沉得可怕。日军见还无人屈服，便用绳索绑缚二十六名青壮年的双臂，连成一串押往县城。途中有两名青年趁机跑掉，其余二十四人被关进阴暗的延庆监狱。之后的九天，对二十四名无辜群众来说宛如身陷地狱，凶残的敌人对他们严刑拷打，逼问八路军、游击队的情况。烧红的炭块或者烧红的铁条烙烫肉体，伴随着吱吱的声音和焦煳的味道；蘸水的皮鞭猛烈抽打肉体，致使皮开肉绽、血肉模糊；棍棒打、用香烧、开水烫……敌人使尽了浑身解数，用尽了各种酷刑，但是这些热血男儿咬紧牙关，沉默着一字不说，没有一个人屈服。

11月13日，愤怒的敌人把两名年仅十六七岁的少年留在监狱继续关押，将其余二十二名无辜群众押到康庄刑场，把他们圈在铁丝网内，反绑在木桩上，架起机枪打“人头靶”，十名青年含恨倒在日军凶残的枪口下。

这些毫无人性的野兽，又想到更狠毒的招数，他们放进十多条狼狗，像看戏一样看着狼狗将人活生生咬死。

第一个被狼狗咬上的是白留满，他惨叫着哭喊救命。狼狗的利爪将他的衣服撕成树叶一样的碎片，狼狗从他的头上、脸上、身上啃下一块块滴着鲜血的肉。此时，白留满的爹也被关在铁丝网内，眼睁睁地看着不足二十岁的亲骨肉被撕扯得血肉模糊，心如刀绞，绝望地发出阵阵哀号，却无力救援。其他人也没能幸免于难，转瞬间，惨叫声连成一片，破碎的躯体相继倒在血泊之中。受害者有的被咬开胸膛，露出白茬骨头；有的被撕掉脸上的肉，成了半边脸，惨状目不忍睹。看着这血腥的场面，听着这凄惨的叫声，围观的日军发出阵阵狞笑。

这次惨案中，白氏老太太的老伴、儿子和哥哥都被杀害，三人都是被狗活活咬死的。西羊坊村共有二十二名群众无辜惨死，分别是：白留满、白长景、白长庆、白长友、白长雨、白长玉、白长根、白长林、白元华、白红元、白万场、白老雨、白志写、李三根、白小四、李六全、李所、朱小扁、陈德绪、陈德红、马全柱、马九所。全村被烧毁民房四百九十多间，损失粮食八百六十石、猪五十头、鸡四百五十只，抢走大牲畜无数；农具、木材家具、衣服等生产、生活用具全都成了灰烬，整个西羊坊村成为一片焦土。人们有家不能归，除四人留在村里外，其他人或者投靠亲友，或者四处流浪，流落他乡。直到 1942 年春天以后，部分群众才陆续回村，重建家园。

硝烟散去，和平归来。但无论过去多久，真相无法被掩埋，历史不会被尘封，苦难永远被铭记。1995 年，延庆县人民政府立下“西羊坊惨案纪念碑”。2015 年 6 月，在纪念世界反法西斯胜利七十周年暨抗日战争胜利七十周年之际，延庆县人民政府又为纪念碑修建了纪念碑亭，永远纪念 1941 年被日伪军屠杀的二十二名无辜村民。

人间地狱

一寸山河一寸血。从1931年9月到1945年8月，在日本对中国进行十四年的侵略战争中，制造了一系列令人发指、惨绝人寰的惨案。京郊延庆岔道万人坑中的一具具白骨，就是日军暴行的铁证。

岔道，位于八达岭长城脚下，延庆盆地西南边缘，关沟西北出口处，地势险要，是重要的军事要冲。

1943年春天，日军对平北抗日根据地实行“施政跃进”“强化治安”“固边政策”“联合讨伐”等暴政。日军计划修筑一条“封锁沟”，“封锁沟”西起长城脚下的岔道，东至妫河源头的永宁，全长八十里，沟宽八米多，深十米，每隔两里建一个炮楼。妄图通过这条“封锁沟”，切断南山昌延联合县抗日根据地与北山海陀山抗日根据地之间的联系，分割“蚕食”并最终消灭平北各抗日根据地。日军给这条沟起名为“惠民沟”，老百姓憎恶地叫它“毁民沟”。

为了修筑“封锁沟”，同年3月，日军从绥远、张家口、张北等多地抓来六千多名劳工，用装货的罐子火车向岔道运送。劳工就像牲口一样被塞在空气混浊的车厢里，人挨人，人挤人，根本无法动弹，拉屎、撒尿也全在车上。火车开了六百多里路，经过几天的颠簸，很多劳工生病，还有的劳工就闷死在车上。路上死去的劳工，被随手扔出车外，抛到荒郊野外，抛到冰冷的铁轨上，喂了饥饿的野狗。到工地以后，劳工们每天天不亮就被日军监工的皮鞭刺刀赶起来上工，起早贪黑干十七个小时以上的活儿，晚上还没有房子住，甚至连简陋的窝棚也没有，就睡在潮湿的露天地上。劳工们干的是牛、马、骡子等大牲畜的活儿，吃的是猪狗都不肯入口的发霉食物，喝的是从水沟直接舀出的脏水。即使这样，日军还怕劳工们吃得多，不让把饭做熟，还要在食物里掺进很多沙子和泥土。

岔道地处风口，春天的大地还未解冻，再加上山石坚硬，施工非常困难，又非常危险，死亡的劳工不计其数。有的劳工被塌方砸死，有的放炮时被崩死，有的因摔伤、砸伤、受冻而死。由于过度的劳累和非人的折磨，不少劳工得了痢疾。日伪军就用一尺长的玻璃管插入肛门内，往病人的肚子里灌凉水，导致病情严重恶化。还有不少人得了肺病、心脏病、关节炎等各种疾病。尤为严重的是，春夏时节霍乱流行，日军叫作“虎里拉”，这是一种蔓延很快、死亡率很高的恶性传染病。嗜血成性的日军哪管这些，仍然用刺刀逼着劳工去干活，对那些病情严重，实在干不了活的劳工，就把他们关进“集中营”。

“集中营”就是在地上挖一个有六间房子大的地窖。地窖里终日见不到阳光，阴暗潮湿，地上埋一口大缸解大小便。到了夏季，地窖臭气熏天，苍蝇蚊子成团，跳蚤多如牛毛，老鼠成群结队。几百病人在狭小的空间，不能躺，不能坐，只能挤在这个地窖里。最可怕的是夜间，不管蚊虫如何叮咬或拉肚子，不经过批准不准走动，以致地上、铺板上到处是大小便。凡是被关进这里的人，就踏进了死囚牢、活地狱，连发了霉的高粱面窝窝头都不给吃。断食以后，很多人很快饿死、病死。劳工当中流传着这

岔道“万人坑”遗址纪念碑

么几句话：“手里端着霉烂饭，身上披着麻袋片。到集中营再一看，劳工病死一大半。”这是当时真实的写照。

眼看生病的劳工再也不能干活了，日军就下毒手，把一批批劳工从地窖拉出来，从十多米高的岔道西北城墙上推下去；或者把奄奄一息的劳工拉到西北山脚下，推入一个方圆二十多米、深十多米的大坑，在坑里架上干草木柴，浇上汽油、煤油，纵火焚烧，近千劳工活活被烧死在“活人坑”内。日军说，劳工不配用子弹射击，用刺刀挑就解决了。在他们的眼里，中国只配成为被掠夺、榨取、统治的劣等民族，“支那人”根本就不是人，是征伐与消灭的对象，不需要有任何的怜悯和同情。他们杀中国人如碾死蚂蚁，连眼都不会眨一下。

挖沟是个重体力活儿，开始要把土往远处挑，等挖深了再往沟沿上扔。沟越挖越深，土越运越难，劳工们只好在沟里设置台阶，人站在台阶上往外扔土。有一天，三十多个日军来到沟前检查，看到工程进度慢，恶狠狠地叽里咕噜一番。翻译对着劳工高声喊：“太君说了，大沟挖了一个月还不到七尺深，你们的心是大大地坏了。今天要惩罚你们，现在开始互相打嘴巴。”

劳工们你看看我，我看看你，同病相怜，谁也不忍心下手。日军生气了，大吼一声：“浑蛋！”举起刀就朝一个劳工的胳膊砍了下去。鲜血四溅，空气里弥漫着一股肃杀的气息。劳工万般无奈，只好互相扇嘴巴。日军得意地哈哈大笑，翻译添油加醋地说：“太君要看你们打半个钟头。”

劳工们虽然极不情愿，却也不敢违抗，半个钟头后，这些人的脸、鼻子、嘴全都打肿了，流淌着鲜血。日军看到劳工血流满面，才喊着“开路”，狞笑着离去。劳工的心也在滴着血，屈辱和压迫使他们恨透了残暴的侵略者。

劳工经受不起魔鬼的蹂躏，伺机逃跑。日军杀一儆百，凡有抗拒行为者或逃跑抓回者，有时候被扒光衣服，高吊悬梁，皮鞭抽身，灌辣椒水，铁丝穿胛骨，狼狗咬，直至被折磨到断气；有时候被铁丝捆绑手脚推入数十米深渊摔死；有时候被铁丝捆住双手和双脚，再往伤口上撒盐，然后扔到河里去。有个二十多岁的青年，逃跑后被抓了回来。日军将他的衣服剥光，反剪两手捆在一根木桩上，身上涂满沥青，两眼染成红色，放到烈日下曝晒。青年被晒得像油煎一般，但始终没有求饶，只是破口大骂。半天工夫，这个硬汉就被折磨死了。日军经常百般残害劳工，连惨死的人也不放过，把逃跑劳工的人头割下来，挂在四周电网的木桩上、大门口、厕所里、过道旁，甚至吃饭的地方，震慑其他劳工。日军以杀中国人为乐事，手段越残忍，他们越开心。他们自认为是文明的民族，可从本性上显现出来的，分明就是豺狼、野兽，甚至比豺狼野兽还要凶恶、毒狠。他们犯下的暴行和欠下的血债，罄竹难书。

日本法西斯的残酷暴行，激起了劳工的强烈反抗。不少人聚众暴动，拆除沟墙，还有的在夜间打死监工，一起突围逃走。1943 年秋天，八路军 10 团三个连到处袭击那些监督挖沟的日军，劳工们伺机逃跑，一个多月就跑掉两千多人。日军修筑“封锁沟”，历经一年多时间也没有修成，最后不了了之，以失败告终。

现年八十六岁的村民张义是惨案的见证者。据老人回忆，当时村里只剩下几十个老人和孩子。日军将所有村民赶到一个院子里，而他们却住进村民家里。焚烧中国劳工那天，日军严密把守，禁止任何中国人观看。年仅九岁的张义，亲眼看到了焚烧尸体的浓烟弥漫在整个村庄上空。那一幕在张义心中留下了不可磨灭的屈辱印记，直到现在提起日军暴行，仍恨得咬牙切齿。

1965 年，延庆民政局组织力量对岔道“万人坑”进行挖掘，一具具尸骨，缺脚断臂，手足成灰，额烂头焦，还保留当年惨状。后来，政府在此建成“岔道万人坑纪念亭”，碑身刻着：“他们是民族屈辱的见证，他们的尸骨至今燃烧着熊熊烈火……”时刻提醒世人要铭记历史。1997 年，岔道“万人坑”被北京市政府确定为第一批爱国主义教育基地暨国耻纪念地。

铺路石

1944年10月，攻打沙城的战斗打响了。敌人仗着城坚炮利，龟缩在炮楼里疯狂地扫射，机枪的火焰交织在一起，子弹横飞，浓烟滚滚，阻挡着战士前进的脚步。战士们一次次冲锋，都被敌人的火力压制住了。

看着曾和自己朝夕相处的战友一个个倒在血泊里，龚海庆两眼迸射出仇恨的目光，他对连长大喊："连长，让我们上吧！"

连长看看他，镇定地说："敌人火力凶猛，我们不能强攻。你做好准备，随时听候命令！"

"是！"龚海庆大声回答。他紧握手中的枪，怒视着敌人的炮楼，眼里几乎喷出火来。

自从龚海庆离开生养他的家乡延庆大浮坨，加入邓华支队的那天起，他就暗下决心：不把小鬼子赶出中国，誓不回家！

那是1938年夏初，八路军第4纵队在杜家庄村完成改编以后，兵分两路挺进冀东。一路由司令员宋时轮、政治部主任伍晋南率领第12支队，过居庸关，经昌平、延庆、怀柔、密云，先一步开进冀东。

另一路由政委邓华、参谋长李钟奇率领第11支队，沿康庄、延庆、永宁、四海进入怀柔，沿途袭击康庄之敌。

邓华支队袭击康庄之敌后，大队人马打扫完战场，就沿着京包铁路往东行军，到了四孔桥，顺着大浮坨村西沙河套往北奔袭延庆县城。这时，在大浮坨村西沙河套边，刚刚十六岁的龚海庆正猫腰给毛驴割草。他累了直起腰时，发现一大队穿灰军装、戴灰军帽的队伍浩浩荡荡向这边疾步而来。

龚海庆吓得手里的镰刀差点丢在地上，他想：坏了！大兵来了。听人说，大兵到处抓人。他刚想拔腿就跑，又一想：咳！跑也得被他们抓住。

反正我是个穷孩子，看他们能把我怎样？想到这儿，他反倒安下心来，一屁股坐在了草地上。

这时，一个和他年龄相仿的兵向他走来，亲切地问道："小哥，你们这是什么村？"

龚海庆睁大了眼睛，上下打量着他，心里琢磨：哟，看样子和我岁数差不多啊，说话又和气，不像是坏人！想到这儿，龚海庆一字一句地说："我们村叫大浮坨！"

那人又问："小哥你今年多大啦？"

"十六！"

"嚯！十六啦！"

"咋，你还不信？看你也没比我大几岁哩！"

那当兵的呵呵地笑个不停。

"笑啥嘛？"

"小哥，你说得没错，俺十七，那你猜猜俺们是什么队伍？"

龚海庆挠着脑袋，傻傻地看着对面这个只比自己大一岁的兵，摇了摇头。

"俺们都是八路军！"

龚海庆眼前一亮："你们是八路军?！咱们穷人的部队?！"

"对！跟我们当八路军好不好？打日本鬼子，解放受苦受难的穷苦大众。"

龚海庆痴痴地问："俺行吗？俺的个子矮。"

那人连连解释说："多一个人，多一份力量，我参军时和你一样小，现在不也长大了？"

龚海庆听了战士这番话后，斩钉截铁地说："我家也很穷，常常吃不饱饭，我愿意跟你们当八路军去！"龚海庆挺了挺胸膛，感觉自己一下子长大了。

龚海庆没有回家，让别人给家里捎个口信，就跟着邓华支队走了，成为一名小通信员。不久，又光荣地成为一名八路军战士，因为机智勇敢又当了班长。后来，龚海庆跟随老10团活动在军都山一带，昌平、延庆、怀来、赤城、龙关等地的山山水水，都留下了他的足迹。

1943年的春天，天气乍暖还寒，龚海庆和部队来到刚被日军炮火洗劫过的龙关。虽然春风拂过，但依然显露着残垣断壁，破败不堪，街道两旁的房屋留着火燎烟熏的痕迹。

日军“扫荡”之后，留下一个日军小队和四个汉奸特务，在城堡中心设立了据点。特务队长人称张阎王，从他的外号就能看出凶恶残暴的本性。特务认贼作父，依仗日军的势力，抓人抢粮，无恶不作。有一次，常家窑村郑保长带着民夫去修炮楼，张阎王狗仗人势，硬说他是“磨洋工”，说声“打!”话音未落，几个特务抄起木棍，照民夫头上一棍子打下去。看民夫没有求饶，就抡起棍子，用力地继续打，几棍子就打得郑保长等人昏死过去。

汉奸走狗的罪行，对平北根据地人民的抗日斗争造成很大的威胁，老百姓恨之入骨，恨不能拧下他们的脑袋喂狗。

老10团转战龙延怀地区，听了群众的控诉，联想到这几个汉奸的罪行，决心为民除害。连长看到龚海庆灵活机智，便把锄奸的任务交给他和几名战士。接到任务的龚海庆密切注视着据点里特务的动向。

一天，接到给日军和特务做饭的自卫队员送来的情报：四个特务一起赌钱，张阎王总是输了不给钱，一名特务还到特务中队去告状。张阎王又气又恼又害怕，嘀咕着想逃跑。龚海庆把这个情况告诉了两名战士，三人商讨了计划。龚海庆安排他俩在鼓楼下面，距离敌据点很近，他自己在南街监视特务的行动。

第二天上午，张阎王果然出来了，走到鼓楼前向烟摊的沈掌柜要烟抽。沈掌柜说：“这里没有好烟，到家里去拿吧。”张阎王随沈掌柜往南街走去，隐藏在附近的两名战士看见机会来了，一使眼色，悄悄跟踪过去。在南街监视的龚海庆也发现了这个情况，在张阎王拿香烟的工夫，三个人碰面嘀咕几句。战士去找绳子，龚海庆在墙角处等待时机。

不一会儿，张阎王拿着十盒香烟从沈掌柜家大摇大摆地往回走。龚海庆假装在街上溜达，与张阎王碰个对面，擦肩而过。突然，龚海庆猛转身，将特务抱住，欲按倒在地，但没有按下去，两人扭打在一起。这时两名战士一个箭步冲上前，将张阎王牢牢地按在地上，用脚踩着让他动弹不得。张阎王拼命扭动身体，想要挣脱，还想喊救命。三个人迅速用准备好的旧毛巾堵住他的嘴，用牛皮绳紧紧地捆住胳膊，找来沈掌柜带路，出了城堡南门，来到城外的大沟里。常家窑村的自卫队员听到这个消息，找来镐和锹，七手八脚地挖了一个大坑。这时，龚海庆派自卫队回村，观察据点中日军和特务的动静。他和战士把特务捆在一棵大杏树上，数说其罪行。张阎王筛糠似的浑身哆嗦着说“我有罪，我有罪”，战战兢兢地请求宽恕。这时候，常家窑村的部分群众赶到这里，齐声喊：“狗汉奸，不干人事，砸死他！砸死他！”

正在这时，龙关城走出几个人，远处看像是日本兵和特务。为了防备万一，龚海庆他们把张阎王迅速推进坑里，用大石头结果了他的性命。这个作恶多端、死心塌地为日本鬼子卖命的汉奸，得到了应有的下场。这次干净漂亮的锄奸极大地震慑了敌人。龚海庆受到连队的表扬，抗战热情更高涨了。

六年的军旅生活已经把龚海庆锻造成一名优秀的战士。今天，面对着沙城炮楼里喷射的火焰，龚海庆的眼前模糊了，他想起自己参军后，这些并肩作战、出生入死的战友对待自己比亲人还亲。而今这些亲人牺牲在敌人的炮火之下，龚海庆觉得自己的心也像被火焰吞噬着一样焦灼。他再次向连长大喊：“连长，让我们上吧！”

连长看看这个勇敢的班长，大声说：“拿下这个炮楼！你一定要给我活着回来！”

“是！”龚海庆行了个军礼，转身带着一个班的战士，在机枪的掩护下向城楼冲去。机枪密集的子弹射向城头的敌人，敌人忙不迭地回击。龚海庆带着战士冒着硝烟，冲过封锁沟，随即倒地开始匍匐前进。子弹噗噗地打在龚海庆和战士身边的土地上，冒起缕缕白烟。

连长紧紧盯着冒着硝烟匍匐前进的战士，双眼闪烁着喜悦的光芒，随即紧锁着眉头大喊：“加强火力！”

机枪发出嗒嗒嗒的脆响，密集的子弹交织成一道火网。

龚海庆带着战士在机枪的掩护下，迅速地向前移动。二百米……一百五十米……一百米……越来越近了，战士可以清楚地看到城头上的敌人，以更快的速度向前爬去。突然，龚海庆身子一震，随即趴在了地上。停留片刻，龚海庆又抬起头向前爬去。敌人的子弹雨点般落在龚海庆身边，荡起阵阵烟尘。爬着爬着，龚海庆的身子又是一震，一股鲜血顺着后背的衣服汩汩地流了出来。

“班长！班长！”身后的战士焦急地喊起来。

“别……别管我……敌……敌人……”龚海庆断断续续地说，仇恨的目光瞪着城楼上射击的敌人。他还想再说什么，头却倏地垂了下来。

“冲啊——”战士们含泪看了班长一眼，大喊着冲向城头。红旗插上了沙城城头。那飘扬的红旗，红得那样鲜艳，红得那样庄重！那面红旗是龚海庆和已经牺牲战士的鲜血染成的。

英雄之所以被称为英雄，是因为他们极能控制自己，并且时刻准备为自己的信仰而牺牲一切。然而最伟大的英雄却是在胜利即将到来的时候为了理想而牺牲，龚海庆就是这样的英雄。为了信念，他甘愿做一块通向胜利的铺路石。

三里庄走出的英雄

1940 年夏末的一个夜晚，延庆旧县镇三里庄村安静得如同一个熟睡在摇篮里的婴孩。此时已是半夜，月色下的乡村朦朦胧胧，更增几分神秘。一个瘦长的黑影在夜色中健步疾行，旋即停在一户人家门前。昏黄的灯光映在窗棂上，屋中隐约传来妇人哄孩子入睡低声哼唱曲子的声音。

“黑影”在斑驳的门上轻轻地叩了几下。屋中的油灯瞬间熄灭了，接着传来惊恐的声音：“谁?”

“我，快开门。”

屋中的油灯亮了起来。随着一阵窸窸窣窣穿衣服的声音伴着急促的脚步声，门哐啷一声被打开，一个面容姣好、满脸泪痕的妇人站在门口。

“别哭，我这不是回来了嘛。”黑影低声说着跨进屋，随手关好门。

妇人将门闩插好，跟着进屋，她拔下发髻上的簪子，熟练地拨动着油灯里的灯捻，顿时，室内亮堂了许多。

“树明，你半年都没回家了……”妇人说着，眼泪又不由自主地淌了下来。

“形势所迫啊!”汉子轻轻地走到土炕前，望着炕上熟睡的孩子，轻轻摸了摸孩子肉乎乎的小手，随即俯下身用带着胡楂的嘴唇亲了亲孩子粉嫩的小脸蛋。孩子身上那熟悉的奶香味让他沉醉，他本想一把抱起熟睡的孩子，可他忍住了。让孩子好好睡吧，在这战火纷飞的年代，能甜甜地睡上一觉，是被铁蹄蹂躏的中国人的梦想。

他回过身吹灭妇人手里的油灯，顺势把妇人抱进怀里。妇人像一只温顺的小羊，依偎在他宽阔而又温暖的胸前。

“元娥，家里的事辛苦你了。”

“说这个干吗?”妇人推开他，“我给你做点吃的……”

“不饿。”他拉住妇人的手，侧身上了土炕。夫妻两人盘腿对坐，借着窗外清幽的月光畅谈起来。

“元娥，最近鬼子、宪兵到处抓我。你要记住不管是谁问你，你都说李树明死了……”

妇人一把捂住对面汉子的嘴：“我不许你胡说!”

汉子轻轻地拉住妇人的手：“为了你和孩子，为了一家老小的安全，你必须这么说!”

妇人含着泪问：“那，那今后你是不是就不回家了?”

汉子没有回答，他又将妇人抱在怀中：“元娥，你听我说。你男人不会做任何对不起你的事，他不回家是为了让老百姓过上好日子，为了不让小鬼子在咱家乡胡作非为。今后这世上没有李树明，只有马德。”

“马德?”妇人含糊地重复着。

“对！马德。”

这个改名为马德的男人原名叫李树明，1913 年出生在延庆县旧县镇三里庄村，1931 年考上乡村简易师范学校，毕业后被分配到延庆城北鲁庄村当教师。李树明家境殷实，加上教书有一份固定的收入，过着衣食无虞的生活。延庆沦陷后，日本鬼子烧杀淫掠，无所不为，看着同胞惨遭屠戮，李树明义愤填膺。1939 年，共产党八路军从平西来到平北，他们亲民爱民，矢志抗日，深受百姓拥戴。李树明喜出望外，坚信这支队伍一定能带领老百姓冲破黑暗找到一条光明之路。1940 年 1 月，在昌延联合县政府财政科长杨俊庭的介绍下，李树明正式加入了中国共产党，投入到抗战工作中。为了方便工作，更为了保护家人，李树明更名马德，与家人断绝了联系。

后来发生的事，证明他的担心并非多余。

1940 年 5 月，敌人在中心区的山边建立了许多据点，严密封锁，实行三个月大“扫荡”。因此，昌延联合县县委研究决定，采取“跳跃”方式，从南山跳过敌人的封锁线，向妫水河及北山开辟新区。昌延联合县发展迅速，到 1941 年初，已有十三个区、三百二十九个行政村，人口八万余。县域南到昌平，北达龙赤，西接龙延怀，东连丰滦密，西南隔平绥路与平西的昌宛联合县相邻。新区东西长约三十五公里，南北宽三十余公里，面积一千零五十多平方公里。这让日伪军万分惊恐，他们四处“扫荡”，抓捕共产党。

李树明当了八路军的消息很快被日本宪兵队、伪警察知道了。1941年夏天，日伪“讨伐队”的一伙人来到李树明家，“讨伐队”汉奸屈花三拉着李之茂的衣领子问：“你儿子呢?”

李之茂吓得两腿打战，磕磕巴巴地说：“走了。”

“走了？去哪儿了?”

“不知道啊！”

“不知道？他亲爹能不知道?！老东西，限你们三天交出你儿子，三天不交人，哼哼……”他指着身后的房子，“都给你烧了！”

一家人听了，吓得哆哆嗦嗦蜷缩在一处。

屈花三一把将抱着孩子的王元娥拉出来，吼道：“你是李树明的老婆?”

王元娥把头埋在胸前，吓得脸色惨白。

“你家男人当共产党，再不快找回来，一家都得死……”

“我男人死了……”王元娥大哭起来。

“真的死了?”屈花三咬牙切齿地问。

“死了，上月有人捎信来了，说死在外面了。”

“死了？死了也要看见尸首。”屈花三瞪着三角眼，恶狠狠地说，“再让你这老娘儿们多活几天。走！”

也许伪军相信了王元娥的话，他们觉得一个淳朴的农村妇女不会当着公公婆婆咒自己丈夫死。也许，他们愿意相信李树明真的已经死了。可是他们不知道，一个更响亮的名字——马德，让他们从此夜夜心惊胆战、不能安眠。

此时的马德又被任命为昌延联合县新开辟的十三区区长，负责昌平小汤山、秦城一带的革命工作。马德有文化，工作扎实认真，善于团结干部群众与敌人进行斗争，很快在各村成立支队，组织起救国会、青救会、民兵等组织，受到十三区干部和广大群众称赞：“马区长好，马区长带领我们打土豪！”

1944年8月，马德从昌延联合县政府“后七村”开会回来，路过十三陵西庄户时，在苍茫的暮色中看到一片残垣断壁。烟熏火燎的房架上搭着片草帘，场院里散落着碎砖乱瓦。原本人丁兴旺的一个大村子，几经敌人

"扫荡"洗劫，现在仅存四五十户人家。马德的心里一阵酸楚，眼泪瞬间溢满眼眶，得早点把小鬼子赶出中国去，让老百姓过上踏实日子，自己也早日回家奉养老人，照顾妻儿。他对通信员小王说："欧洲、苏联要向德军反攻啦，中国大反攻的日子也快到了。日本鬼子是秋后的蚂蚱，蹦跶不了几天啦。"

山路崎岖，步履艰难。他和通信员走到上庄区政府所在地时，天已经亮了，正赶上大家吃早饭。他刚端起一碗热腾腾的小米饭吃了两口，地下秘密交通员就急匆匆地进了屋。

"咋了?"

"您的一封鸡毛信。"

他打开信，上面写道："日伪军'讨伐队'，大约三百多人，今天要到秦城抢劫粮食，进行'扫荡'，请做好一切准备。"

马德放下碗筷，赶紧召集区干部和游击队员进行布置：通知秦城的老百姓，把粮食藏起来，人畜向康陵园一带转移隐蔽；区游击队分成两队，一队向小汤山方向走，引诱迷惑敌人；一队在秦城的南、东打枪，然后再迂回撤到康陵园一带。

布置完毕，立即分头行动。

中午时分，从昌平方向开来几辆汽车，一路尘土飞扬。日伪军警三百多人，打着太阳旗，呼喊着冲进秦城。一进村，除了一个特务模样的人，空空的村中连一个人毛也没看见。日军一个当官的，一把拽住特务："你的，人的，哪里去了?"

特务点头哈腰地献媚说："太君，老乡可能向北边康陵园一带逃了，咱们追吧。"

这时，小汤山方向响起密集的枪声。

日本军官将指挥刀一指："你的，错了，那边的枪响。"

日伪军匆匆忙忙地向小汤山方向追去。等他们到了小汤山，又听见秦城东面枪响，马上折向东追去。日伪军一会儿向北，一会儿向南，一会儿又向东，好一通折腾，跑了个腰酸腿软。

在秦城城南，日伪军追上了没来得及撤出战斗的游击队和民兵，双方交上了火。

马德正在这支殿后的游击队队伍里。他带领游击队员占领了一个小山岗，居高临下，打退了敌人的几次冲锋。十多具死尸横七竖八地躺在了山岗下。敌人越来越多，可游击队的子弹却不多了。马区长命令游击队："顺着山岗钻树林转移，我来掩护！"

游击队王队长回答："您是区长，您先撤，我掩护！"

马区长说："你先撤！我掩护！"

这时，敌人已经快冲上山岗了："抓活的……抓活的……"

呼喊声越来越近，越来越大。

马德急了，喊了一嗓子："我命令你，快撤！"

王队长没有办法，抹了一把眼泪，带着队伍钻进山岗下的树林。马德和通信员小王，为了拖住敌人，故意站到高处频繁射击，吸引敌人注意。直到战士们的身影都在密林中消失，马德和通信员才准备撤离，他们边开枪边快速向树林边转移。几个疯狂扑上来的敌人被打倒了，可是一颗子弹也打中了马区长的大腿。马德扑通一声栽倒在地。

通信员小王跑过来要背着他走。马德急了："你不要管我，你快跑，告诉县委……"话还没说完，一颗子弹打入他的胸膛，鲜血像泉水一样涌出来，洒在黄色的土地上……

增援的昌延联合县游击大队赶来了，将日伪军击退回昌平城里。当人们找到血泊中的马德时，他已经停止了呼吸。

"要为烈士报仇，要为马区长报仇！"这惊天动地的喊声，响彻十三区，响彻昌延大地。

青春永驻

自古英雄出少年，舍生取义耀妫川。抗战胜利前夕的1944年秋，40团的战士、延庆孟庄村的杜明，在攻打敌人据点时英勇牺牲，年仅十八岁。

“我要报名参军!”1944年春，听说40团来到孟庄村招新兵，十八岁的杜兴科兴冲冲跑来报名。

看着这个皮肤白皙、身材单薄的小伙子，40团1营1连连长傅子清拒绝道：“一看你就是个读书的娃娃，瞧你这小身板，我们军队的苦你可吃不消。先在村里当民兵吧。”

“你别小瞧人。我当过儿童团，给大海陀送过粮，我是老革命了。不信你问村长。”小兴科愤愤不平。

傅子清惊讶地看着帮忙征兵的村长。“他可是好孩子。”村长肯定道，“那是两年前，1942年的冬天，我们孟庄村接到抗日政府一封‘密信’，让村里赶快派人给大海陀八路军根据地筹送粮食和蔬菜。这个任务就是这孩子和他爹完成的。首长，您别看这孩子年纪不大，倒是个鬼机灵哩!”

听着村长的介绍，看着眼前瘦弱青年坚毅的目光，傅子清高兴地拍了拍杜兴科的肩膀：“好小子，收下了！不过当兵了，就不是普通老百姓了，革命军人嘛，最要紧的就是三大纪律八项注意。”

“连长，您放心，咱们部队到过我们村，对大家伙可好了，帮着俺家打水、扫院子，吃饭还给钱，我一直想当这样的兵，我一定当个好兵。”

“你这么单薄，到了部队我给你开小灶，增加训练，能受得了不?”

“能!”

傅子清欣赏这个小伙子，手把手地带杜兴科，经常跟杜兴科谈心谈话。傅子清知道杜兴科胆子大，敢发言，就让杜兴科给战士们讲村子里老百姓的苦日子，激发战士们的斗志。

“我叫杜明，今天的班务会由我讲俺们村发生的事儿。”训练休息时，战士们围坐在大柳树的浓荫下，杜兴科兴奋又有点紧张地说。

“你不是叫杜兴科吗?”战士们哄笑。

“我爹给我取名叫兴科，是希望我好好读书。可是日本鬼子来到了俺的家乡延庆后，到处杀人放火。前几年，就在离我们家不远的西羊坊，他们放狼狗残忍地咬死很多乡亲！命都保不住，还咋读书呀？要想过上安生日子，就必须把小鬼子赶出中国去！连长经常告诉我，咱共产党八路军是人民的军队，是打鬼子、让老百姓过上好日子的军队，所以从今天开始，我改名杜明，就是跟着共产党把我们的国家引到光明大路上去的意思。”杜明来了个竹筒倒豆子，把憋在肚子里的话一股脑儿地说了出来。

日军八达岭碉堡

战士们热烈鼓起掌来，有人竟轻轻抹起了眼泪。

由于小杜明在部队严格要求自己，训练时不怕吃苦受累，打仗时机智勇敢、作风顽强，参军几个月，就当上了班长。他担任班长期间，处处以模范行动带动全班，深受干部战士爱戴。在被任命为班长那一天，傅子清单独跟杜明谈了很长时间，告诉他如何带兵、如何练兵，最重要的是告诉他要严肃军纪。

“你当上班长，就跟普通战士不一样了。我们八路军论装备比不上小日本，论人数比不上伪警察，为什么我们能够打那么多胜仗？就因为我们纪律严明，赢得老百姓的支持。因此严肃军纪不是小事。我们要像爱自己的兄弟一样爱战士，更要像爱自己的父母一样爱百姓。”傅子清这一番话，被杜明牢牢记在心里。

有一次，班里战士小张裤子划破了，从长长的口子处露出肉来。小张说拿枪的手捏不起个绣花针，用细绳子绑个疙瘩凑合。杜明趁部队宿营，从房东大娘那里借来针线，穿针引线地给小张缝起裤子来。突然，部队命令紧急集合出发。杜明跟随部队跑出好几里，发现借来的针线还在衣兜里。几天后，杜明特意绕道回来，将针线还给房东大娘。大娘收回针线，感叹地说：“一根针也值当你单跑一趟送回来。多好的孩子，多好的军队哟！”

1944 年，国内解放区战场如火如荼地准备着局部的反攻。按照党中央和军区的指示，杜明所在的40 团采取主动出击的战术方针，把战争引向敌占区，扩大解放区战果，恢复许多敌占城镇村庄，消灭敌伪更多的有生力量。负隅顽抗的敌人不甘心失败，“蒙疆”“伪满”“华北”各地区敌伪轮流进行“扫荡”、奔袭和合击。

康庄镇附近的齐家庄据点距离铁路很近，在这个据点的保护下，敌人能够很容易通过火车保障物资、互相支援，是我们阻击敌人的极大障碍。为了攻克和逼退敌人据点，不让敌人势力连成一片，1944 年秋，杜明所在连队决定打掉这个据点。

连队借着夜色掩护，来到齐家庄附近，准备速战速决偷袭据点。

没想到那里的日伪军改变过去分散配备的办法，实行“肃正”伪军，加强特务工作，他们加强了夜间巡逻。一个巡逻的伪军发现了战士们，鸣枪示警。顽固不化的伪军快速部署，四个碉堡里架起机关枪，伪军站上了城墙，凭借居高临下的有利地形负隅顽抗。

由于这个据点战略地位重要，敌人将其修建得极其坚固，人员武器都很充裕。据点四周围墙高两米五，四角各有一个碉堡，每个碉堡可容纳一个班，围墙中央有一个三层大碉堡，可容纳五十人左右。

看到敌人碉堡过于坚固，很难攻克，连长傅子清知道这将是一场恶战。他考虑到很多伪军都是被日本人抓去当了伪军，本质上不想给日本人卖命，希望通过政治攻势动摇敌人，最大限度减少双方伤亡。于是他命令大部队卧倒等待命令，自己傲立在城下，高声喊道："城上的伪军听着，子弹射击，何人受伤？都是中国人，干吗给小鬼子卖命？"

没想到这里的敌人相当顽固，二话不说开枪扫射，机关枪像放鞭炮一般嗒嗒嗒地响个不停，喷射出的子弹交织成一道道火舌，连长傅子清被子弹击中，当场牺牲。

战士们跃身而起，要为连长报仇。嗒嗒嗒的机枪声再次响起，十几名战士也倒在血泊中。

"连长！"杜明也高呼一声纵身跃起，却被副连长一把按住。

"都趴下！听我的命令！"副连长大声喝道。

"连长！为连长报仇！"杜明眼睛都红了，吼了出来。

"都死了报个屁仇！智取！智取！"副连长声音哽咽。

杜明想起傅子清连长经常说的话："我们不光要勇敢，更要靠智慧打仗，争取用最小的代价，赢得最大的胜利。"其人已逝，声犹在耳。想到这儿，杜明冷静下来。"副连长，我们现在都听你的。你说吧，让我咋干。"

"杜明，带领你们班，用几束手榴弹炸掉敌人的火力点。"副连长看着一双双渴望复仇的血红眼睛，大声命令道，"其他人投手榴弹掩护。"

一个班十个人，杜明班的战士，现在只剩下六个。杜明看到战友牺牲，看着敌人机枪喷射的火舌，怒火中烧。他知道如果不把敌人的火力点炸掉，冲上去多少人都是送死。他暗下决心，不管付出多大代价，也要炸掉敌人的火力点，确保其他战士的安全，确保此次攻击取得胜利。想到这儿，他坚定地答道："保证完成任务！"

杜明和战士们迅速捆好手榴弹，一行人匍匐前进。据点里的敌人发现了杜明等人，用机枪疯狂地扫射，形成一片火网。副连长和战士们接二连三地扔手榴弹，掩护着他们。此时杜明和他的战友已经将个人生死置之度外，眼中只有喷射子弹的碉堡，他们一会儿爬，一会儿滚，一会儿又借着战友们扔出的手榴弹腾起的烟雾，站起来一阵猛跑。碉堡里，敌人的机枪越打越紧，子弹带着尖厉的啸声，从他们的耳边掠过。

一名战士倒下了，杜明等人继续奔跑！又一名战士倒下了，其他人继续前进！杜明等人终于到了碉堡下，他们猛然爬起来，一阵快跑，进入敌人的火力死角。

杜明先扔出一颗手榴弹。手榴弹没有被扔进碉堡，在火力点的墙上弹了一下，掉在墙下炸响，炸坏了几块城砖。怎么办？离得远扔不进掩藏火力点的窗口，离得近几束手榴弹巨大的威力势必要伤害到自己。

机枪的声音停了几秒，又密集地响了起来。

战斗打了这么长时间，不能再等了。

想到这儿，杜明忽然站起身来，一步站到碉堡下，身体紧紧贴住墙壁，踮起脚尖，用尽全力将几束手榴弹扔进窗口。

惊天动地的响声震耳欲聋，喷射着火舌的碉堡被炸飞了。

城墙上的敌人如同被拔掉芯子的毒蛇、被砍掉指爪的恶狼，乱作一团。

“冲啊！杀啊！”

战士们如同一群猛虎下山一样，呐喊着冲向据点。

连队攻下了齐家庄据点。清理战场时，战士们发现杜明和那六名战士烧焦的躯体。

杜明牺牲时年仅十八岁。英雄永垂不朽！

王家豆腐坊

“老乡，讨口水喝。”一个眉目俊朗的青年男子说着，放下背上的扁担，用袖口擦了擦头上薄薄的一层汗。扁担的两头各挂着一个筐，筐里放着针头线脑。

“先坐下歇歇。你来得正是时候，等一下趁热喝一碗豆浆。”正在推磨的小伙子爽快地招呼着。

另一个看上去年长一些的小伙子抬头笑了一下，继续一瓢一瓢地把豆子灌到磨眼里。

这是官庄子村唯一的一家豆腐坊，这家豆腐坊住着兄弟两个，哥哥叫王尚恩，弟弟叫王尚会。哥儿俩都是二十岁出头，高大魁梧，由于家里穷，父母早逝，二人均未娶妻，哥儿俩相依为命过日子。

青年放下扁担进了屋，自己找个地方坐下，看见屋梁上吊着两根交叉木棍兜着一锅豆腐，眼前的两个小伙子穿着打着补丁的粗布棉衣，正忙活着做另一锅豆腐，于是由衷感慨：“你们的生意还不错啊。不像我们走南闯北的小买卖人，这兵荒马乱的年头，辛苦一天了，吃饭都没着落。”

“现在年根儿上，老百姓再穷也得过年，买不起肉，至少也要买两块豆腐。平时没人做豆腐，我们哥儿俩也是吃了上顿没下顿。自从这帮小鬼子来了，大家伙日子没法过了。”王尚恩停下手中的活儿说道。

突然，一声尖厉的喊叫从街上传来：“你打死我也没用啊！”然后，是悲伤的哭泣声。

王尚会不推磨了，一个箭步蹿了出去，一把抓住地主王尚忠高高举起来的手腕，喝道：“有事说事，你还想打人不成？”

地主一看是王尚会，知道这小子有把力气，性子野胆子大，一下失了气势，争辩道：“欠债还钱，天经地义。”

“你看看他们家，两个孩子只有一条裤子，谁出门谁穿，你让他拿什么还你？你打死他，他就能还你钱了？再说，他今年没少给你们家干活抵债，架不住你利滚利，借你一个钱变成欠两个。”欠钱的人是王尚会的邻居，所以王尚会特别了解他们家的情况。

“他不还我钱，难不成还赖我?”

“你们家粮食成囤，牛羊成圈，大过年的你逼他干什么？逼死了他，明年谁给你卖苦力干活!”

地主王尚忠知道王尚会兄弟两人经常帮助穷人伸张正义，在穷人中很有威信。群众亲切地称王尚会是“二公道”，称王尚恩是“大公道”。地主又惧怕人高马大的王尚会动粗，啰唆两句就灰溜溜地回家了。

“幸亏是你二公道来了，要不大过年的我非挨一顿打不可。”邻居感谢道。

王尚会回到豆腐坊里，还在生气，恨恨地道：“日本人欺负咱穷人，地主也欺负咱穷人，土匪进村还欺负咱穷人。这日子什么时候是个头!”

“是啊，咱们穷人处处受欺负，可是咱们穷人为什么穷？想过好日子，咱们还是得靠自己抱起团来……”青年男子一拍大腿，压低声音说道。

“嘿！这话说到咱心坎里了。你叫啥？咋懂得这么多哩?”王尚会惊讶地问。

这青年正是龙延怀联合县成立后五区的区委书记白士英。此时是1940年的1月，段苏权带领蔡平等人开辟平北，其中王平负责开辟张山营、康庄一带，白士英负责开辟官庄子村一带。今天白士英见兄弟两人有一把力气，有一腔热血，就想发展两人加入抗日队伍。白士英认真地给哥儿俩讲起了中国共产党和八路军的政策。几天后，白士英再一次来到王家豆腐坊。

“王家兄弟，我有一封紧急的信，你们能帮我送到张山营去不?”

“这有个啥，跑个腿的事儿。”哥两个同时回答。

“别小瞧这封信，被抓住是要坐牢的。这一路上有好几个日本人的警察队啊，你不怕?”原来，白士英有一个重要信息，要送到在康庄开辟工作的王平手中，他也希望通过送信考验一下王家兄弟。

“上次你走了，俺哥儿俩觉得八路军是好军队，不像以前来我们村的那些军队，那来派跟土匪似的。俺知道你肯定是共产党八路军，俺愿意跟着你为咱穷人的部队干点事儿。”王尚恩拆开棉衣边，将信放进去，又将棉衣边缝上，问清送信的地点、联系人、接头暗号，赶紧出发去送信。

之后白士英又将到张山营、康庄等地送信、发宣传单等工作交给哥儿俩，二人都完成得很好，而且从不对乡亲和朋友泄露一个字。白士英也更加深入地了解了王家兄弟，他觉得二人胆大心细，守口如瓶，于是决定将王家豆腐坊定为党的秘密联络点。

白士英每次到大海陀一带发动群众开展工作，都到王家豆腐坊落脚，王尚恩、王尚会在白士英的带动下，也秘密进行宣传，带动更多穷弟兄进行抗日斗争。他们反压迫，反侵略，抗捐，抗税，组织游击小组，很快联系了武万英、张元春、赵枝等同志。大家经常在王家豆腐坊开会学习政策研究工作。由于王尚恩、王尚会、武万英在斗争中立场坚定，爱憎分明，机智勇敢，多次出色地完成任务，1940 年 1 月在豆腐坊组织了秘密入党仪式，王尚恩、王尚会、武万英三人光荣地加入了中国共产党，成为当地第一批党员。

寒来暑往，在各项工作中，王家豆腐坊一直充当着秘密联络站的功能。这是村里的会议中心和物资处，是根据地同志的落脚点和情报站，也是敌占区同志的中转站。

1942 年，一区区委书记方英没有抵挡住敌人的威逼利诱，叛变革命，将王尚恩、王尚会兄弟俩的情况出卖给敌人。日伪军恨透了王尚恩、王尚会，把他们两个人视为眼中钉、肉中刺，欲除之而后快，到处张贴通缉令，宣布活捉王尚恩、王尚会、武万英奖赏两万元大洋，同时敌人把官庄子列入非“治安区”。

1943 年春的一天凌晨，天寒地冻，大雪纷飞。同志们正在豆腐坊开会，准备偷袭敌人的龙关据点。村口放哨的王尚会突然跑进豆腐坊：“敌人又来‘扫荡’了，快通知全村人进山避一避。”

大家跑出门，敲着脸盆子通知村民躲避。张万春、张致礼注意到王尚会却往屋里跑，忙问：“你干吗去?”

“你们先走，我把枪藏起来。”王尚会焦急地回答。

二人突然想起来，准备偷袭龙关据点的自制手榴弹和汉阳造长枪还在豆腐坊呢。他们赶紧也往屋里跑，跟王尚会一起把手榴弹装进粪筐里，盖上豆腐渣，放进地窖里。当他们在窖口堆上玉米秸秆时，气势汹汹的敌人已经涌了进来。

“先抓共党，这个豆腐坊就是共党的据点。”伴随着声声狗吠，伪警长阴狠地叫喊着。

没来得及转移的王尚会、张万春、张致礼，被拿着枪的敌人推搡出去了。

“搜！说不定蔡平就在这屋里。”伪警长气急败坏地喊道。

警察里里外外翻了个遍，什么也没搜到。看着眼前空荡荡的屋子，伪警长急得直擦汗。“太君，蔡平就是这儿的县长，经常来这里。方英也说官庄子的秘密联络点就是这个豆腐坊啊。”

“统统带走！”日本军官吼叫着。

红日慢慢升了起来，雪霁初晴的银色世界分外耀眼。

王尚会、张万春、张致礼三人被推向村中心的雪地里，来不及转移的群众也陆续被敌人赶到这里。周围站着一圈端着长枪的伪军，雪亮的刺刀在雪的映衬下闪着寒光，一群洋狗摇着尾巴不断地跳跃鸣叫，铁链不断地抖动着。

“谁是最大的官，不说统统杀死！”日军头子恶狠狠地问。

狼狗疯狂地冲群众乱咬乱叫，锋利的刺刀已对准了前边群众的胸膛。

“王尚会，你赶紧老实交代，蔡平、白士英他们去哪里了？”伪警长得意扬扬地带着一个班敌人走进人群，把王尚会五花大绑捆了起来，拖到日军头目身前。

日军头目把东洋刀架在了王尚会脖子上，威胁道：“蔡平他们去哪里了，这些人里都谁是共产党？说了，我给你官做，比警长还大的官。不说，杀了你的头！”

王尚会怒目圆睁，愤怒地说：“我就是官庄子村最大的干部，在场的都是老百姓，你要杀就杀我。”

“八嘎！八嘎！”日军头目把东洋刀高高举起，狠狠地向王尚会的头上砍去。刀接近王尚会头时突然停住了。原来，日军头目想从王尚会口里套出党的秘密，见王尚会面对刺刀面不改色，便改变了主意。他转头吼道：“带走！”

“即使是铜头铁臂，你也不能扛过我们手中一样一样的刑具。要我说，你还是早点招了吧。”伪警长狠毒地说。

敌人把王尚会关进龙关监狱，后转到张家口宪兵队监狱。经过一年多的严刑拷打，王尚会已被折磨得骨瘦如柴，奄奄一息。敌人见硬的不行，就以高官厚禄加以诱惑。王尚会全身溃烂，仍不为所动。1944 年冬，知道必将灭亡的敌人疯了一样进行清狱，放出几百只狼狗残忍地将王尚会等几十名党的优秀儿女活活咬死。牺牲时，王尚会年仅二十六岁。

敌人用这种灭绝人性的手段消灭了抗日英雄王尚会的肉体，但是永远无法消灭他熠熠生辉的精神。巍巍海陀山不老，传唱英雄万古名！王尚会的英雄事迹如同火炬，引领着后来人前赴后继走上抗日的道路。

做梦也要杀鬼子

“有雨山戴帽，无雨山没腰。”6月的天说变就变，刚才还是响晴白日，转眼间便电闪雷鸣，大雨倾盆。千万根银线伴着滚滚的雷声和耀眼的闪电，在山间漫无边际地播撒开来。山顶、崖畔的树木、花草，在肆虐的风雨中摇晃。一个孩子挥舞着鞭子，大声呼喊着聚拢羊群，他的声音被雷声压住，他的眼睛被暴雨眯住，他的眼前白花花一片，什么也看不清楚。他的心中着急，生怕羊群有个闪失。

这个放羊娃叫康玉亮，是山下井庄村人。七岁时，父亲染病身亡。妈妈给有钱人家做饭、洗衣服，康玉亮给地主放羊、扛长活。即使这样，娘儿俩仍然过着吃谷糠咽野菜的生活。生活给予他的只有苦难，但苦难却锻造了他坚强的意志。

突然有一天，妈妈把小玉亮叫到身边神秘地说：“亮子，你知道不，共产党八路军来了。”

“妈，什么是共产党八路军？是红头发的土匪吗？”

“胡说，那都是人家瞎编的。我今天见着了，人家部队不抢老百姓的东西，还帮咱家扫院子挑水呢。八路军的首长说，等胜利了，让每户人家都有地，都能吃上饭。”妈妈压低了声音，脸上露出了久违的笑容。

几天后，妈妈告诉玉亮，她加入了妇救会。每天晚上，娘儿俩都边吃饭边聊天：部队在哪儿打胜仗了，哪家孩子参军了，村里又有谁参军了。妈妈说，玉亮听，好像有永远说不完的话题。

“妈，我想去当八路军。”

一天，妈妈刚走进家门，玉亮就一脸庄重地说。

“亮子，你不怕？”妈妈惊喜却又担心地问。

“不怕！”玉亮猛地站起来，“我要跟着八路军早点把鬼子赶走，让你

不再挨饿。"

"不，孩子！这不是咱一家的事啊！赶走日本人，让家家都有饱饭吃。"

玉亮凝视着妈妈，沉思着把拳头攥得更紧了。

晚上，玉亮做了一个梦。他梦见妈妈和乡亲们每人手中拿着一个大白馒头，中间有一个大锅，满满一锅猪肉炖粉条。每个人都在笑，自己高高兴兴地朝着妈妈跑去。突然，一群穿着黄军装的鬼子冲过来，举着枪将大家围起来，把热气腾腾的馒头和香喷喷的炖菜掀翻在地。一群狼狗蜂拥而上，抢吃撒在地上的食物。鬼子们见了，哈哈大笑。妈妈倒下了，乡亲们倒下了，血流了一地。康玉亮大叫着往前冲，伸手从腰间摸出一颗手榴弹，猛地把手榴弹丢进鬼子群中。在腾起的缕缕硝烟中，那个杀害村里人的鬼子头儿举着枪朝自己冲过来。康玉亮低头一看，发现自己手中也有一挺枪，一挺机关枪！康玉亮大叫着："小鬼子，我要杀了你给村里人报仇！"

"亮子，亮子，你咋啦?"

"妈，我刚才做梦杀鬼子呢!"

妈妈望着康玉亮一字一顿地说："打鬼子可不是闹着玩的，是真刀真枪啊。要想打鬼子，先得把本领练好。当上民兵了，就更应该练了。"

"哎!"康玉亮笑了，一骨碌爬起来。

此时，日出东方，康玉亮跟着民兵队长认真地练习起了打枪，学习着埋地雷。他们一起站岗放哨割电线，协助八路军打鬼子、运伤员，在敌人"扫荡"时保护群众转移。由于表现突出，康玉亮被任命为民兵队长。1942 年，康玉亮光荣地入党了。

1945 年 3 月 9 日早晨，永宁城里四百多日伪军突然来到井庄、马坊一带"讨伐"。村抗救会主任席海全得到消息后，立即让康玉亮带领十八名民兵，在村边路口埋地雷，并掩护群众转移。

"亮子，这次鬼子突然'扫荡'。部队现在北山战斗，咱们力量薄弱，但是民兵也是兵，咱们要负起保护老百姓的责任来。"

"您放心吧，就是死，我也要拖住小鬼子，给老乡们争取转移的时间。"

"不许胡说，我要你带着民兵既要完成任务，更要保护好自己。"

上午九时，敌人尖兵排果然来到井庄村北头。只听轰轰一阵巨响，地雷炸死炸伤十多个鬼子。后边的鬼子看看没有动静，就闯进村里来，他们弓着腰，举着枪，稍有风吹草动就啪啪啪射击。

康玉亮带着民兵隐藏在小胡同里，眼睛紧紧盯着敌人。“三、二、一，扔！”康玉亮一声令下，战士把手里仅有的一两颗手榴弹抛向敌人。随着几声巨响，十多个敌人被炸得飞上了天。趁着硝烟尚未散去，康玉亮带领民兵扭头向村东南张家沟山上转移。但是敌人太多了，他们发现民兵不再扔手榴弹，也不再打枪，就猜出民兵已经没有武器弹药了。

“追呀，抓活的领赏啊。”狡猾的敌人向东河套和柳沟包抄过来，康玉亮和民兵、村民共二十多人不幸被捕，被关进帅家胡同康长锁家的院子里。

敌人开始审讯了。一个高个子鬼子军官，挥舞着东洋刀，威胁说：“只要你们说出谁是共产党八路军，就把你们放了。要是不说，通通枪毙！”

大伙憋住一口气，紧闭着嘴唇一言不发。

鬼子军官唰的一声把东洋刀收回刀鞘，又说道：“大家别害怕，只要说出地雷是谁埋的，八路军跑到哪里去了，就保你们一条活命。快说！否则，就把你们都开枪突突了。”

这时候，为保护大伙的安全，康玉亮朗声说道：“我们都是种地百姓，只知道种地打粮吃饭的事儿，哪知道军队打仗的事儿呢？枪崩刀砍，我们也是不知道！八路何时来何时走，我们就更不知道了！”

“是呀，我们老百姓哪能知道这些事儿呀！”大伙异口同声地附和着。

鬼子军官盯着康玉亮看了一会儿，狞笑着把他从人群中拉出来，低声问：“你叫什么名字？”

“我叫王昌！”康玉亮大声说。

“八路的干活！”鬼子军官厉声说，“吊起来！”

几个鬼子兵蜂拥而上，把康玉亮摁倒在地，将胳膊拧到背后捆起来，吊在院子里的杏树上。

鬼子军官一挥手，旁边的两个鬼子抄起木棒，对着康玉亮没头没脑地打起来。

木棒乒乒乓乓地打在康玉亮的身上，仿佛打在大家的心上。由于用力过猛，一根木棒打折了，鬼子又换了一根更粗的。木棒每每落到康玉亮的身上，康玉亮都在树上猛地一晃，砰砰的声音在小院子里回荡。康玉亮身上的皮肉绽出一道道口子来，鲜血顺着衣服一滴一滴地滴在地上。康玉亮咬紧牙关，一声不吭。

“好样的！”鬼子军官走过来，假惺惺地说，“不就一个队长吗？至于给八路卖命吗？跟着我，有钱，还有女人。”

鬼子怎么知道我是队长？一定是出了叛徒。不管敌人使用什么刑罚，我都要严守组织的秘密。几年的战斗经历，让康玉亮积累了丰富的斗争经验。想到这儿，康玉亮瞪了鬼子军官一眼，咬紧牙关没有说话。

“还是队长！”鬼子军官以为康玉亮想做官，就笑眯眯地对着康玉亮的耳朵补充着。

“呸，老子是八路军，老子什么也不想要，就想要你的狗命！”康玉亮把一口带着鲜血的痰吐到了鬼子军官的脸上，破口大骂起来。

鬼子军官恼羞成怒，扯着嗓子咆哮起来：“来人，把他的耳朵给我割下来！”

“小鬼子，我日你祖宗！”康玉亮怒目圆睁，大骂这群强盗。

两个鬼子兵冲过来，一手抓住康玉亮的耳朵，另一只手挥刀把耳朵割了下来。

康玉亮大叫一声，头一歪昏了过去，鲜血流到脸上、身上。恍恍惚惚中，他看见了八路军首长，看见了村抗救会主任席海全，看见了妈妈。妈妈把他抱在怀里，对他说：“好孩子，你受苦了。”

“为了大家伙，死了也愿意。”康玉亮对妈妈说。

八路军首长拍着他的肩说：“康队长，你是好样的，有你们这些英雄的战士，我们就不怕小鬼子，我们一定能胜利。”

“对，一定让老百姓过上好日子。”康玉亮坚定地说。

……

突然，倾盆大雨从天而降，康玉亮瞬间淋得浑身湿透，他一个激灵，清醒了过来。原来是敌人打来一桶凉水，泼向了康玉亮。

康玉亮苏醒过来，缓缓地抬起头，深吸了一口气，斩钉截铁地说：“小鬼子，你们的末日不远了！”

鬼子军官愤怒了，他恨这个小伙子的坚强，宁死不屈的行为让他们在那么多穷百姓面前丢脸。他更怕这个小伙子眼中仇恨的目光，那目光仿佛化成利爪能把他们撕成碎片。鬼子军官丧心病狂地吼道：“死啦死啦地！”两个鬼子冲上前，举起刺刀向康玉亮的胸膛刺去。

康玉亮昂起头来，轻蔑地看了敌人一眼，望着在场的二十多个村民，高声喊起来：“打到日本帝国主义！中国共产党万岁！”

这高亢的声音传出小院，回荡在群山环抱的井庄村，回荡在旭日穿破厚重云层的天空中。英雄的鲜血喷射到鬼子的脸上，染红脚下这块孕育延庆儿女的肥沃土地。人们永远不会忘记这个坚定的革命战士，这个年仅二十五岁的英雄——康玉亮。

神　腿

巍峨的海陀山像一只猛虎，静静地俯卧在延庆川北部。山脚下的西五里营村此时正笼罩在晨光中，村外的地头边上正有一队民兵战士，在闫守甫的带领下，进行着日常的军事训练。只见闫守甫迈着矫健的步伐，飞快地跑在最前面，把其他战士远远地甩在后头。他不时回头望望跟在后面的战士，口中不住地喊着："同志们，甩开膀子，步子再快一点啊！"

后面的战士被闫守甫的呼喊声激励着，个个拼命地抡动双臂，脚下也像生了风一般猛跑。即便如此，他们还是被闫守甫落得老远。

"队长，等等我们吧！实在追不上你！"一个战士喊着，可脚下的步子却始终没有停止。

闫守甫在地头停住脚步，紧了紧腰带，深深地吸了一口气，对战士们说："好！今天的训练到此结束。"

片刻间，所有的战士便围到闫守甫的身边。

"大家休息一会儿，待会儿回村干活去！"闫守甫笑着对战士们说。

一个战士抢先一步站到闫守甫的面前："队长，教教我们，咋能像你跑得跟飞起来一样？给我们介绍介绍经验。"

闫守甫咧着嘴，微微一笑："这哪有啥经验，练就成了。"

"俺听过书，《水浒传》里有一个人跑得贼快，叫个啥——神行太保。我看咱们队长就应该叫神腿。"一个战士打趣道。

"《水浒》里的戴宗，那是有法术，跑的时候，腿上绑着神符。咱们可得凭着平时的锻炼啊。"闫守甫一边走一边和战士们说，"要想跑得快啊，第一这两条腿就不能僵着；二来这气得捯匀实；三嘛就是这两条胳膊得抡得开……同志们，咱们练跑可不白练啊。"

"没错。鬼子来了，咱们能快速隐蔽；打鬼子时，咱们能保证追上他们。”一个战士抢着说道。

“不单如此，今后往海陀山上送紧急情报，跑不快那就耽误大事喽。”闫守甫说着，哼起了他最熟悉的那支歌，“我们都是神枪手，每一颗子弹消灭一个敌人。我们都是飞行军，哪怕那山高水又深……”

西五里营的民兵战士跟着闫守甫，唱着《游击队之歌》向村中走去。

闫守甫1920年生在延庆张山营镇西五里营村，1940年7月参加了抗日工作，1944年6月加入中国共产党。曾任村民兵小队长武委会主任、支部书记，解放后担任过原姚家营乡副乡长等职。在抗日战争中因立场坚定、胆大勇敢、跑得又快，为革命事业做出了突出的贡献，被群众称为“神腿”。

闫守甫的“神腿”曾经救过掉队的八路军战士，多次为根据地传送情报。在抗日战争期间，一次又一次出色地完成了艰巨的任务，军区、民兵队没有一个人不佩服他。

那是1943年的年底，日本侵略者已深陷侵略战争的泥淖之中，军事、经济等诸多领域已经捉襟见肘。此时，伪蒙疆政府准备以“储蓄”及“飞机捐”的名义，掠夺二十万元巨款。在昌延五区，敌特准备讹诈十万以上。当时，延庆康庄铁路警察所的伪警察也四处为鬼子跑着筹钱的勾当。

1944年3月上旬的一天，妫水南岸宗家营村的一位群众积极分子，找到一区民兵队长、武委会主任闫守甫。他擦了一把汗，气喘吁吁地说：“今晚康庄铁路警察所的金翻译和特务闫九芝到保长家，要取走他们搜刮群众的五百块现大洋。闫队长，您得想想办法，可不能让他们得逞啊！”

“好，坏人不会得逞的。”闫守甫斩钉截铁地说。

送走积极分子，闫守甫立即和区里的干部碰头。区委书记王平、区长郭廷杰即刻下达命令：“一定追回这笔钱，还给群众。”

闫守甫连夜带着十六个民兵战士，直奔宗家营村。

宗家营离西五里营有四十里的路，别人走半天也到不了，闫守甫和民兵战士只用了两个钟头，便远远地望见了村里的灯火。越过妫水河，前面就是宗家营。虽然已进入河开燕来的季节，但延庆早春的妫水河冰面却未消融。从冰面上走过去，冰薄无法负重，有坠入深水的危险；找水浅的地方蹚过去，河水会打湿棉裤，给奔跑带来不便。

闫守甫环视四周，忽然向东头一指，悄声说：“从敌据点边上的大桥

抗日民兵所用枪头

过去。”

“木桥离敌人的据点太近了！”一个民兵压低了声音说，“这座简易的木板桥紧靠敌据点，是日伪军为了方便从妫水河北岸到南边的康庄镇往来临时搭的。”

“顾不了那么多了，伪军敢出来，咱们就跟他们拼，速战速决。”闫守甫说完，带着队伍向据点边的大木桥奔去。

一行人追款心切，急促的脚步声引来此起彼伏的阵阵犬吠。闫守甫立刻命令战士放慢脚步。临近据点，犬吠渐息。战士们屏住呼吸，躲过敌人据点，从桥上快速通过。

民兵从夜色笼罩的桥上通过，据点里的伪军已经看见了，但没有一个人吱声，因为他们已经看出日本鬼子败亡在即，都睁一只眼闭一只眼地混日子。眼见民兵带着武器从桥上经过，仍大门紧闭，仨一群俩一伙地闲聊。

闫守甫带着游击队员到了宗家营村，在夜幕的掩护下摸进了伪保长家。看着屋里屋外黑压压的一群人，伪保长吓出一身冷汗。伪保长毕竟见过世面，满脸堆笑地说：“闫队长，我跟您实话实说，您问的我都知道，康庄姓金的翻译带着现大洋三百元去了大营村。因为还有二百元没收上来，闫九芝等着取款。为了逃跑方便，他就住在最南头老赵家的小西屋里。我可都跟您说了，您得给我保密啊！”

“你放心，我不会让你为难的。”闫守甫答应了伪保长的请求，带着民兵迅速赶到村南头老赵家，堵住了闫九芝的屋门。民兵队顺利地搜出了闫九芝，押着他到康庄大营村去抓捕金翻译。

闫九芝是个铁杆汉奸，一路上磨磨蹭蹭，半天也走不了几步。一个性急的民兵气不过，朝着闫九芝的屁股就是一脚。这下闫九芝更逮着理了，一瘸一拐地不肯走，简直成了民兵队的累赘。

闫守甫早看透狗汉奸的诡计，在路过张老营村的时候，派四名民兵在张老营村把闫九芝看管起来，等着自己抓到金翻译后再一起返回。

闫守甫带着十二名民兵，继续飞跑着向大营村追去。这十二名民兵每天跟着闫守甫训练，现在已能和闫守甫并驾齐驱了。到了大营村，闫守甫找到了这个村的保长丁先。这家伙冥顽不化，死也不肯说出金翻译的下落。

闫守甫开始还平静地问着："丁先，你知道我们的政策吗？"

"什么政策？我不知道！"丁先翻着白眼问。

"坦白从宽，抗拒从严！"说着，闫守甫向民兵使了个眼色。

民兵走上前去，抬手在丁先的脸上留下了两个巴掌印。

"哎……你们不是不许打人吗？怎么还动手啊！"

"看来你对我们的政策还是了解的！你要是再不说，可就不是动手了！"说着，闫守甫晃了晃手中的枪。

丁先一看，知道今天是躲不过去了，才吞吞吐吐地说："金翻译刚打我这儿走，他回康庄铁路警察所了！"

闫守甫留下带来的十二名民兵，独自一个人沿着田间小路向康庄方向追去。

天色渐亮，房屋、树木已清晰可见，追着追着，闫守甫远远看到前面有人影晃动。那个人似乎也发现了后边有人，深一脚浅一脚地加快了脚步。一定是金翻译！想到这儿，

抗日民兵所用大刀

闫守甫加快了脚步。

闫守甫三晃两晃已追至金翻译身后，飞起一脚狠狠把他踢翻在地。闫守甫一个箭步冲上去，一手把枪抵在金翻译的头上，一手从金翻译怀里掏出搜刮群众的三百块现洋。

睡了一夜的太阳一跃登上山巅，延庆大地瞬间沐浴在万丈光芒之中。

闫守甫和民兵战士押着金翻译、特务闫九芝，怀揣着追回的现大洋，踏着金色的光芒向区公所走去。战士们高兴地唱着他们最熟悉的那支歌："我们都是神枪手，每一颗子弹消灭一个敌人。我们都是飞行军，哪怕那山高水又深……"

神枪木林森

1943年12月，从海陀山一路而下的北风，像一匹脱缰的烈马卷起尘沙冲进被日本侵略者占据的村庄。在寒冷的夜风中，在点点繁星和一弯新月的映衬下，一队穿着粗布棉衣的游击队战士正如离弦的箭一样奔跑。

顷刻之间，这队战士已经靠近海陀山下的黑龙庙村。一名游击队员问道："老木，要不要派几个同志先进村看看情况?"

叫老木的人显然是这支小分队的负责人，他轻轻点点头："可以，告诉同志们，一定要小心，千万别惊动了他们。"

几名游击队员的身影在黑夜的掩护下悄悄进入了村子，飞鸟惊起短暂的声音之后，村中重新恢复到一片寂静。过了一会儿，先进村的游击队员返回，低声跟老木说了几句话。老木点点头，然后一招手，带领十几名游击队员悄悄地进了村。

黑龙庙村不大。此时，家家户户早已睡下。村中唯有一处还亮着灯光，便是日伪军在这个村设立的炮楼。炮楼院里，站着两个站岗放哨的伪军，早困得没了精神，裹着棉衣，倚着墙角，抱着大枪，有一搭无一搭地闲聊着。

"听说北山上的八路没少打胜仗，现在连咱们过冬的煤都送不上来了。看样子，八路那边还会有大动作。"

"你就别说北山上的八路军了，单是那个木林森就够咱们受的。"

"可不，听说今年夏天，这个木林森在前平坊村太神庙门口，碰见一个骑马的伪警察。伪警察还想查查他的证件呢，结果枪还没掏出来，就让人家给拿住弄死了。可怜咱们这些当差的人啊，不干，日本人后边拿枪等着呢；干，说不准哪天就死了。"

"不好好站岗聊什么呢？木林森怎么了？怕了？怕了当初别干缺德事

啊!”两个伪军吓了一跳，回头一看，原来是伪军队长端着枪出来查岗。

“队长，大家都说姓木的是神枪，碰上他就是死啊。”

伪军队长听到这里，把眼一瞪：“老子骨头硬，只要八路敢来，我就跟他们拼!”

“队长，可别这么说，咱都是被抓来的，谁的命不是命啊!”

“行了，行了，你们都给我老实点，别说那没用的。屈三，到点了，出去转一圈看看有什么情况。”

话音未落，炮楼外面一个低沉的声音说：“不用看了，我们都到了!”原来，木林森和战士们已经悄悄潜入了炮楼院内，藏身在墙角的大树下。

声音不大，却像在炮楼里丢进了一颗炸弹，顿时炮楼里的伪军全部忘记了寒冷，一个个站得笔管条直，却忘了荷枪实弹。

伪军队长咽了一口唾沫，壮着胆子问：“谁?!”

“我，木林森!你不是说要跟我们拼命吗？我们来了，你拼吧!”

伪军队长被激得一把端起枪，抬起枪口就要射击。他的枪刚刚举起来，叭一声，一颗子弹从他的耳边飞过，打在了左边身后的青砖上。子弹和青砖摩擦出的火花吓得伪军队长顿时丢下了手里的枪，扑通一声跪在了地上：“八爷饶命，八爷饶命!”

低沉的声音已到身边，厉声喝道：“把门打开!”

还没等伪军队长反应过来，早有一个伪军一步上前，打开了炮楼的木门。

“炮楼里的人听好了，马上把你们的枪都扔出来。”

伪军队长腿一软，跪在地上，颤抖着问：“八爷，您是只缴枪，还是要人命?”

炮楼里的几个伪军一声不敢出，你看我，我看你。

“别废话，先扔枪!”

伪军队长带头把枪扔在地上，两个站岗的伪军也赶紧扔下枪，更多的枪陆续从炮楼屋里扔了出来。

借着炮楼里的灯光，跪在地上的伪军队长抬头看见一队战士已经站立在他的眼前。为首的是个中等个子的中年汉子，手里黑洞洞的枪口正对着自己的额头。

“我就是你们说的木林森!”

"八爷有什么吩咐，我们照办。"

木林森冷冷地说："今天来不为要你们的命，是为了救你们的命。小日本早晚会被赶出中国去。你们别忘了自己都是中国人，以前你们为鬼子干了不少坏事，以后不许再跟着他们干坏事，不许你们再到各村祸害老百姓，必须改邪归正，重新做人。"

"是，是。我们重新做人！"

"还有，鬼子到处'讨伐'，扬言要抓我……"

"不敢，不敢！我们都知道，您是出了名的神枪，刚才那一手我们领教了。"

"领教就好，再让我们知道你们祸害老百姓，就等着秋后算总账吧！"

"是，是。"

"今天你们的命先留下，你们的枪我们都带走了。如果你们鬼子头问下来，就说是我木林森借走的……"

"不敢，不敢！"

"告诉他们，我们有借有还，在消灭他们的战场上，到时候一准都还给他们！"

伪军队长像鸡啄碎米一样不住地磕头。一个伪军搀扶起跪在地上的队长："队长，他们撤了，快起来吧。刚才，幸亏您没从枪眼里往外看，要不一准就一命归天了。"

"你们愣着干什么？还不去追！看看姓木的往哪儿跑了！"伪军队长发疯似的叫嚷着。

"追？队长您不知道，木林森是飞毛腿，刚刚在河北边，一眨眼就能跑到河南边去。我们哪里追得上啊。"

他们哪里知道，此时木林森早就带着平北游击大队4中队的战士们，扛着缴获的枪送向海陀山了。

木林森被称为"神枪"，他的好枪法不是天生的，是练出来的。1940年初，木林森担任常里营村自卫军指导员，当年秋天，被调到龙延怀联合县一区工作。到达一区前，木林森先到朱家沟村进行军事培训。在培训基地，木林森苦练眼力、臂力、腿力，每天检查装弹、子弹上膛、调整瞄准，反复练习射击，体能训练锤炼着木林森的身体，更磨炼着他的意志。

他本就是个钢铁一样的汉子。在常里营村当自卫军指导员开展对敌斗争时，因汉奸告密，他被日军抓进了延庆警察队，进行一个多月的严刑逼供。他凭着钢铁般的意志，经受着酷刑的折磨，始终不说一句话，没有透露任何消息。家里人卖了十亩地，托人送钱送礼，才把他保释出来。此后，他便隐藏了自己的真名李光荣，化名木林森继续进行抗日斗争。军事训练就像一块砥石一般，把原本就意志如钢的木林森磨砺得更加锋芒毕露。险恶的敌人，复杂的斗争，把木林森锻炼成为一名机智勇敢、作战有方的共产党干部。

1944 年夏季，木林森为便于工作住在了小纸坊屯村。一天，村口放哨的民兵急匆匆地找到木林森："指导员，从大柳树方向来了三十多个伪军，是不是通知民兵？"

木林森沉着地说："你去通知乡亲们，把粮食藏好，让民兵保护好村子。我来对付伪军。"

木林森正要看看这群"黄狗"干什么坏事。他回到村公所，捡起一顶破草帽戴上，遮住半个脸，披上一件补丁摞补丁的破衣服，把裤腿挽起来，露出沾满泥土的旧鞋，挎上倚在墙边的破粪筐，然后慢条斯理地走出村公所，从小纸坊屯村南街头往西走去，边走边捡粪。

走了不远，果然看见了一伙伪军，斜腰拉胯地往这边走来。木林森并没有躲闪，迎着伪军的队伍走到他们跟前。

一个伪军小队长喝住了正在捡粪的木林森："嗨！捡粪的，木林森在你们村吗？"

听到问话，木林森把头低了低，用破草帽遮住了脸，慢条斯理地说："你说谁？"

"你聋了！木林森！"

"哦，您问他啊，刚才还在村公所门口站着呢！你们快点走，说不定能碰见。"一边说，一边用粪叉子指了指村公所的方向。

"捡粪的，我问你，他们在这儿有多少人？"

木林森心中暗笑：原来他们是来抓我的。好，那我就让你们有点收获带回去请赏。想到这儿，他放下粪叉："长官，你们快去吧，村公所没别人，就他一个。"

伪军小队长如获至宝，回身向身后的伪军说："兄弟们，把家伙都准备好，最好抓活的！"

一个伪军探头探脑地走到队长身边，低声说："队长，咱不能这么过去，听说姓木的手里有把德国造，打得又准，碰上准死。"

"放屁！咱们这么多人，害怕他一个不成。快！"

伪军壮着胆子向村公所门口走，可是一想起木林森手里的德国造，又犹犹豫豫不敢走快，他们怕村公所的大门就是地狱门，谁也不敢靠前。

那个伪军小队长看队伍停住了脚步，气得抬手向天打了一枪，口里不住地骂道："一群废物点心！一个木林森吓得你们连步子都迈不开了！"

此时，木林森早就丢下了手里的粪叉，从粪筐里拿出枪，找到一个大树隐蔽好自己的身体，望着伪军队长的背影，抬手就是一枪。

叭嗒一声枪响，伪军队长只觉得脑袋上像被人扇了一巴掌，头上的帽子随着枪响，掉在了眼前。伪军们一个个都被吓得趴在地上，只有伪军队长一个人两条腿像灌了铅似的，动也不敢动。

一个伪军捡起队长被打落的帽子，帽子上的枪眼还冒着青烟："队长，还抓吗？"

"抓个屁！快！快搀我回去换裤子！"

"回去怎么交代？"

"浑蛋，就说消息有误，木林森不在小纸坊村！赶紧撤！"

木林森一枪吓退伪军队长的事，顿时成了小纸坊村老百姓茶余饭后的美谈。

神枪木林森的美名，就这样在延庆大地上流传着。1945 年 8 月，他为解放康庄的詹大南司令员领路；1945 年 9 月 21 日，解放怀来时，他在东门营村动员群众支援前线；解放前，他在康庄这片土地上，与白色恐怖的敌人斗争；解放后，他仍然在这里建设新中国，护佑一方平安。正是无数像木林森一样优秀的党的好干部，让这一片热土永远充满生机和活力。

铁骨铮铮

1947年5月8日，正是十里八村的乡亲来延庆县城赶集的日子，可谁也没想到，一大早城内就戒备森严，三步一岗，五步一哨，如临大敌。接近中午，敌人的监狱牢门大开，一队荷枪实弹的国民党匪兵，押着一名戴着脚镣、手铐的年轻共产党员走了出来。

“这不是董所长吗?”赶集的乡亲们认出被国民党匪兵押解的是董玉亭。

乡亲们不顾一切地向前挤去，看望他们尊敬的董所长。可匪兵们却被这突如其来的阵势吓得手忙脚乱，赶紧端枪呵斥：“后退！后退！”围观的乡亲们为了多看董所长一眼，无视敌人的淫威，还是拼尽力气向前拥着。乡亲们望见董玉亭满身血迹，遍体鳞伤。但是，从他炯炯有神的目光里，依然可以看到他那刚强不屈的革命英雄气概。

“是他吗？一定是他。”1943年4月，昌延县抗日政府公安科成立，他被调到公安科工作。为了便于工作，他把原名王文礼改成董玉亭，秘密潜回魏家营村，发动群众建立锄奸组织，与敌人展开斗争。当时，魏家营村有两个汉奸，一个叫高玉峰，一个叫小老五。他们卖身投靠日本人，向敌人通风报信，破坏区政府抗日工作的开展。董玉亭请示公安科后，在一天晚上带领区小队几名同志，除掉了这两个民族败类。敌人恼火了，几次出动队伍抓捕董玉亭，但总是扑空。

在大街上围观的群众聚集得越来越多的时刻，董玉亭突然挣脱了匪兵的束缚。他不顾伤痛，拖着沉重的脚镣，大步走到人群中，面带微笑对大家说：“各位父老乡亲们，不要为我难过。请大家放心，我们的队伍一定会打回来的。国民党反动派是秋后的蚂蚱，蹦跶不了几天了！延庆一定会解放！我虽然等不到那一天了，我相信乡亲们肯定会等到那一天的。”

乡亲们的眼睛被泪水蒙住了，他们默默地看着眼前的董玉亭，不禁又回想起几年前的冬天。那是 1943 年 12 月，董玉亭到北山朱家沟平北专署公安科学习业务，学成后被任命为四区公安员。从此，他工作更加积极主动，昼夜活动在延庆城东地区，建立锄奸组织，巩固抗日政权，并多次潜入城里侦察敌情。群众说起董玉亭，赞不绝口；汉奸提起董玉亭，惶惶不安。

1945 年 3 月，平北抗日战争形势好转，驻扎在延庆的敌人龟缩在城里不敢轻易出来。为了解决城内粮食问题，敌人经常命令永宁之敌接济粮食。公安科得悉这一情况后，请示了县委，指派董玉亭带领区小队袭击敌人。一天，永宁的一个保长向游击队送信说：永宁敌人近日要往延庆送粮。董玉亭闻讯当即做出战斗部署，他把十二个队员分为三组，分别埋伏在永宁通往延庆的路上，以防敌人逃脱。

塞外初春，天气依然寒冷刺骨，队员们一连等了两天两夜。在第三天深夜，果然有一队骑兵押着两辆马车，满载粮食向董玉亭他们埋伏的这条路走来。董玉亭瞅准时机，喊声“打”，几名队员一齐开火，毫无准备的敌骑措手不及，仓皇逃去。董玉亭同队员活捉四个伪军，缴获三支步枪、三匹战马，还有两马车粮食，满载而归。延庆城的敌人恼羞成怒，放出风说：“谁要抓住董玉亭，赏大洋三千元。”

董玉亭听后风趣地一笑：“我这颗脑袋还值这么多钱，不简单呀！”

董玉亭的声音回荡在根据地同志的耳边，回荡在延庆城的街道上。“乡亲们，擦干眼泪！再见了！”说着他扭起了大秧歌，延庆城的乡亲们含泪看着他扭秧歌，不禁又想起了当年庆祝抗战胜利的军民联欢。

1945 年 11 月，抗日战争胜利后三个月，延庆县公安科改为县民主政府公安局，董玉亭被任命为延庆派出所所长。他带领全所干警认真执行党的锄奸反霸政策，对管界内的敌伪汉奸及时进行了管制，迅速建立了户籍管理制度，有力地维护了延庆地区的治安。在全县开展的清算斗争中，一些反动分子想溜，董玉亭带领干警在民兵的配合下，迅速抓捕了几十个血债累累的汉奸特务分子，审判后依法处决。延庆城东石河营村大地主王玺亭，在日伪统治时曾任延庆镇维持会会长，倚仗权势欺压百姓，家中还藏有两支手枪。董玉亭得知这一情况后，带人抓捕了王玺亭，收缴了手枪。

长期的奔波，过度的劳累，董玉亭积劳成疾，落下了胃病。每次发作，脸色焦黄，虚汗淋漓，连走路都很困难。局长张俊英再三叮嘱：“老董呀，我们既要革命，也要注意身体。身体可是革命的本钱哪!”

可是董玉亭总是憨厚地嘿嘿一笑：“没事儿，没事儿。”仍带病坚持工作。

1946年10月，国民党反动派占领延庆后，以土匪头子晏广斌、恶霸地主王玺亭为首的“还乡团”卷土重来，大搞反攻倒算。迫于形势，延庆派出所撤销，随县民主政府公安局转入北山坚持武装斗争。董玉亭找到张俊英局长，主动要求留在川区。同志们见他身体虚弱，都劝他随局机关转移，留下来目标太大，但最终也没有说服他。

董玉亭留下后坚持斗争。当时，“还乡团”大肆烧杀抢掠，无恶不作，整个川区斗争十分残酷。即使如此，董玉亭仍然坚持对地主恶霸、“还乡团”头子们的活动进行调查，始终领导着川区游击队的对敌斗争，及时向县委提供大量情报，有力地配合了县委开展革命斗争的工作，被县民主政府公安局誉为“战斗在敌人心脏中的勇士”。

敌人把董玉亭看成眼中钉、肉中刺，为了抓住他，绞尽了脑汁，挖空了心思。1947年2月1日晚11时，董玉亭正在阜高营村开展工作，突然得到报告，石河营伪大乡队长张凤元，带着一百多敌人要到杨户庄村抓他和其他区干部。

董玉亭马上想到还在杨户庄村工作的区委书记王志英，事不宜迟，必须尽快通知他转移。他飞快地向杨户庄赶去，但刚一进村就被敌人包围了。董玉亭非常机警，迅速鸣枪报警。敌人像一群恶狼似的扑了过来。他凭借地形熟，与敌人周旋，把敌人的注意力引向自己，掩护战友安全转移。

渐渐地，董玉亭撤到村子最北头，不远处就是地道口了。越来越多的敌人疯狂地扑了过来，他连连扣动扳机，打死了几个敌人。正要向地道转移，猛然觉得腿一颤，中弹负伤了。敌人狂叫着又冲了过来，他再次举枪的时候子弹光了。他掏出一枚手榴弹，顽强地冲向敌人。轰的一声巨响，数名敌人被炸得血肉横飞，董玉亭也昏了过去。

董玉亭被捕了。次日，延庆镇伪副镇长王玺亭，亲自赶来对董玉亭进行诱降和刑讯。

王玺亭一脸奸诈地说：“两年前，你说我是汉奸。我今天倒要让你看看我这个汉奸混得怎么样！”

严刑拷打没有让董玉亭吐出一个字。王玺亭实在没有办法，只好把他交给县伪警察局，关进大牢。

敌人又改变了花招。他们把董玉亭带进一间客厅，这里除了伪警察局长和几个警察外，还有两个面熟的人。伪警察局长告诉董玉亭：“这两个人是你以前的战友，他们来劝劝你，让你早点清醒清醒。”

董玉亭呸地啐了一口：“你们这两个败类！他们给了你们什么好处？敌人把你们当狗用，你们反把耻辱当光荣，到头来人民一定会审判你们这些变节投敌的癞皮狗！”

敌人见软硬都不行，终于决定向董玉亭下毒手。刑场设在延庆城的东门外，刽子手推搡着董玉亭，叫嚷着让他跪下。董玉亭斩钉截铁地说：“共产党员压根就没有下跪的习惯！开枪吧！”

乡亲们抹着眼泪，听着董玉亭在刑场正中高喊着：“没有共产党就没有新中国！”这喊声惊天地，泣鬼神。国民党刽子手向他射出了罪恶的子弹，他没有倒下，两眼血红，怒视着刽子手，吓得刽子手倒退好几步。

年仅二十六岁的董玉亭壮烈牺牲了，他把一腔热血洒在妫川，洒在生他养他的这片热土上。董玉亭短暂的一生，为党和人民做出了不朽的贡献，他是延庆人民的骄傲。为了弘扬和传承他的爱国精神，也为了纪念他，沈家营镇党委、镇政府于1985年在英雄的故乡——魏家营村村南，为他修建了革命烈士纪念碑。每年的清明节，沈家营地区的乡亲们到这里祭扫，表达对这位铁骨忠魂的英雄——董玉亭的缅怀和敬意。

妫川二女杰

从莲花滩的山脚下到柳沟只有十七里路，可是在郑英年的脚下却觉得越走越远，他不停地催促着身边的游击队员："快！快！"

初春的延庆川，严冬的寒意丝毫没有退却的意思，西北风依旧像刀割一样，划着人们的面庞。寒风中的游击队员们，却已经个个汗流浃背。

当他们抵达柳沟村，呈现在眼前的已是一片火海，滚滚浓烟。郑英年判定敌人可能正要逃窜或已经逃窜，一声号令，战士们冲进了燃烧着熊熊大火的村中。

眼前的惨景令人胆寒，火势有的地方奄奄将熄，有几处熊熊正旺。牛啊，猪啊，烧得伤痕累累，冒着油泡发出吱吱的响声，发出刺鼻的苦涩和腥臭难闻的气味。草垛、房屋都在燃烧。哗哗啦啦！房子一个个塌了架，冲起带火星的浓烟，一旋一旋升到高空。

"唉！晚了。"一个小时以前"还乡团"已经逃窜，南山游击队员扑了一个空。

自从延庆保卫战后，县委根据上级指示向广大群众深入宣传党的战略撤退方针，将党政机关撤往北部山区的白塔、赤城县大边村一带。县委在白塔村召开县、区、村干部会议，分析形势并制定了"坚持以南北山区为根据地的游击斗争"的工作方针。会后，县委将县、区领导干部组成两支队伍，一支由县委书记姜国亭带领，留在北山地区开展游击战争，另一支由县委副书记郑英年率领，前往南山地区活动。

当郑英年和久经沙场的游击队员们赶来救援的时候，被眼前的一幕惊呆了。这是 1948 年 2 月 6 日傍晚，"还乡团"带着保警队突然包围柳沟村，行凶后仓皇逃窜。此时，村里没有一个人号哭，他们全身绷得像石头，紧握双拳，直瞪两眼，怒视着眼前无情的烈火吞噬着他们的村庄。

郑英年手一挥，下达命令："救火！"战士们冲进火海，与熊熊大火展开搏斗。

郑英年冒着浓烟烈火，到各处查看受害情况。村口已经坍塌的城墙边，只有半个城门还静静地立着。转过墙角，一眼看到城墙边的枯树上悬着一块大木板，上面写了九个字："拥护共匪翻身的下场。"

大火被扑灭，全村已经被烧得面目全非。战士们整齐地站成排，他们举起了手，握着铁一般的拳头，激动着，愤怒着，数十人的游击队发出了一个声音："我们一定讨还这笔血债，我们誓死报这场血海深仇！"

此时，一个老人颤抖地说："他们，他们把贾桂珍、韩桂芝抓走了！"

老人口中的贾桂珍和韩桂芝是柳沟村的妇救会主任和委员。被抓走后，她们经受了百般折磨，咬紧牙关没有说出党的任何机密，最后被残忍杀害。韩桂芝牺牲时年仅二十九岁，贾桂珍牺牲时也只有三十二岁。

贾桂珍，家住延庆县东山九里梁下。抗日战争时期的延庆东山一带是伪满洲国的西南边境。1942 年，日本侵略者为实施其"固边政策"，制造无人区，以隔绝共产党、八路军与人民群众的联系，强逼群众拆毁或烧毁原有房屋，搬进围子里居住。天亮前和太阳落山后谁都不准进出，违者一律以"共匪"论罪，就地枪杀。在围子里，伪满实行严密的军事控制，百姓失去了起码的人身自由，如同牛羊被关在圈里，人们都把这人间地狱叫作"人圈"。那年冬天，贾桂珍一家不堪忍受这种非人的生活，举家逃难要饭，流落到柳沟村。

被逼得走投无路的穷苦人开始组织起来和敌人进行斗争。1943 年，贾桂珍的丈夫张满昌当上了村农会干部，经常给八路军送情报、送军粮，她在丈夫的影响带动下，毅然投身到抗日的行列中来。

1944 年，贾桂珍当上了村妇救会主任。这个苦大仇深的农村妇女在革命斗争中，懂得了只有共产党才能救穷人，要想赶走日本鬼子，必须跟着共产党走的道理。在党的领导下，她发动群众抗粮抗税，把好粮食都隐藏在南山山沿里，千方百计不让敌人发现。敌人急于弄到大批粮食，左一道命令，右一道告示，说什么不交粮食就杀头、枪毙，对群众进行恐吓，闹得凶极了。可是，村里有贾桂珍这样意志坚强、宣传得力的干部，穷苦的乡亲们很齐心，在敌人的威逼下坚持颗粒不交。

1945 年，抗日战争胜利，穷苦人家总算盼到了出头的日子。贾桂珍和其他村干部带领群众斗恶霸。斗争的磨炼，使她的革命意志更坚定了。6月，国民党反动军队向解放区疯狂进攻，被清算逃亡的地主也乘机卷土重来，反攻倒算，进行报复，给敌人通风报信。国民党的大部队白天来，地方反动武装地主“还乡团”夜里来，到处抓兵、抢粮，闹得鸡犬不宁。在白色恐怖下，不少村干部、共产党员被“还乡团”烧、杀、砍、铡，有的死在血泊之中，有的变节投敌。

忠于共产党的贾桂珍没有被敌人吓倒，仍在村里坚持对敌斗争。她经常联合村干部的家属，组织妇女给八路军、游击队往南山送军粮。一有机会就给妇女开小会，讲革命道理，动员人们同敌人继续斗争。同年腊月，她光荣地加入了中国共产党。

贾桂珍从来不是一个人在战斗，她身边还有一个同村的好姐妹韩桂芝。韩桂芝是村里的妇救会委员，她最信服的就是贾桂珍。家里人看到外面危险，悄悄对韩桂芝说：“桂芝啊，现在太危险了，别跟着贾主任干了，会丢命的。”

“贾主任是为乡亲们办事的，凭啥不叫我跟着她。再说，国民党反动派就是不想让老百姓过好日子，俺为啥还拥护它？”

韩桂芝不顾家人阻拦，还经常站在城墙上站岗放哨，发现敌人时就大声喊：“乡亲们快跑吧，北边发现敌人啦！”有时看见敌人离得很近了，她就爬墙串户，一一转告，让乡亲们悄悄躲避。

作为妇救会成员，每当上级来了什么任务，这姐俩总是积极承担起来。发动妇女做军鞋、军袜。为了保证质量，验收时她们一双双检查。有一次，韩桂芝发现一个地主婆交的鞋，鞋底纳得不结实，用手一掰，发现里边竟然是干草叶子絮的。她把地主婆带到贾桂珍面前，当场训斥了一顿。

一批军鞋做好了，妇救会的干部就连夜送往南山根据地。有时情况紧急，来不及及时送走，她们就冒着生命危险，把军鞋藏在自家炕洞或柴草堆里。

1948年2月6日，是阴历腊月二十七，即将迎来喜庆的新年，可也正是地主逼债、穷人躲债、国民党催粮要款的日子。这天傍晚，一群国民党保警队突然包围了柳沟村，企图抓捕村干部。有着丰富斗争经验的村干部，早已转移到山里，或在村里隐蔽起来，使敌人又扑了一个空。

保警队正准备离村的时候，那个因为做军鞋被批评的地主婆向敌人告密：“长官，别走，村里还有俩干部呢！走，我带您找去。”

在地主婆的带领下，敌人掉头就向贾桂珍家冲来。原来就在敌人挨户搜查的时候，贾桂珍藏在柴草堆里没有被发现。可她一心想着其他村干部的安全，没等敌人走远，就急忙跑到门口探听风声，准备发现情况后马上向山里送信，不想正撞上保警队将她拦住。

保警队恶狠狠地吼道："站住，干什么的？"

地主婆一脸奸笑地说："就是她，她是共产党的干部。还有一个姓韩的，在那边住。"

没等贾桂珍吭声，几个家伙七手八脚把她捆绑起来，推推搡搡押到柳沟城门广场前。此时，全村的百姓都被押到这里，广场前燃起了一堆大火。保警队用蘸着凉水的皮鞭，疯狂地抽打着贾桂珍的身体。但是贾桂珍始终紧闭着双唇。

地主婆在人群中上蹿下跳，大声地叫嚷着："把姓韩的娘儿们带来一块儿打，看她们说不说。"

敌人扒去了贾桂珍和韩桂芝的衣服，寒风中妫川女英雄像两棵傲然挺立的松柏，昂首屹立在敌人面前。

两个姐妹对视着，贾桂珍轻轻地问："好妹妹，你怕吗？"

"姐姐，我不怕。我相信我们的孩子会给我们报仇，我们的儿女会过上好日子。"

敌人将她们押到延庆县城关进监狱，对她们天天提审、日日拷打。

敌人严刑审讯，韩桂芝义正词严抗辩。1948 年 2 月 17 日，敌人在延庆城东门外铡死数人，对韩桂芝进行逼降，韩桂芝毅然走向刑场，躺在铡刀口，壮烈牺牲，时年 29 岁。后人誉之为"刘胡兰式的女英雄"。而当时贾桂珍正怀孕，但惨无人道的保警队哪管这些，他们用麻绳蘸上冷水，狠狠地抽打她。贾桂珍被打得遍体鳞伤，浑身是血。但她咬紧牙关，不说出关于党的一个字。敌人把她打昏过去，然后用冷水浇醒再打，又打昏过去，再用冷水浇醒继续打，贾桂珍始终坚贞不屈。

1948 年 2 月 24 日，敌人经过半个多月的审讯拷打，依然一无所获。恼羞成怒的敌人将贾桂珍拖到县城东石河营村边的妫河南岸，用刺刀将她杀害。

为了中国人民解放战争的胜利，两位普普通通的农村妇女，共产党党员贾桂珍和普通群众韩桂芝，用自己宝贵的生命挫败了敌人的罪恶阴谋，显示了妫川女儿高尚的革命气节，人民永远怀念她们。

西辛庄的硬汉子

1951年春节刚过，延庆县城街面上的买卖铺户有的还没有开业，城中的深巷里时而传出几声爆竹的脆响。县委书记罗林坐在办公桌前，看着手里的材料，不时用红铅笔在材料上圈点。

几个月的“三反”“五反”运动工作颇见成效，下一步要把工作重点转移到县政府工作人员的甄别上，这可是个不小的挑战。先不用说全县的村镇，单是县城里就有六名旧警察，都是国民党时期值班房的老油条，出警、报户口、巡逻，就连街面上的交通都是他们负责。

罗书记擎着笔，自己安慰自己：“万事开头难，好在人不多，先从旧警察开始，抓紧时间，两个礼拜就能完成。”

这时候，一阵电话铃声打断了罗林的思绪，电话的另一端是侦捕股的许股长。罗书记接起电话，听着听着，目光变得严肃：“老许，可靠吗？”

“非常可靠！”

“好，立即抓捕，我马上就到你那边去。”

很快玉皇阁街口的三间简易木板房里坐满了人。罗书记和侦捕股股长老许坐在长桌后面，老许将桌上的油灯捻拨了拨，一束橘红色的灯光打在一个中年民警的脸上。这张脸看起来很消瘦，消瘦得似乎只是在骨骼外面蒙了一层皮，双眼深深地塌陷在眼窝里，并不高耸的鼻子此时显得异常突兀而又不合时宜。

“于顺和，说说你的事吧！”

“我对不起人民，对不起新政府……”

“说实质问题。”

“我不该给国民党反动派做爪牙，一直站在人民政府的对立面，我有罪……”

"于顺和，你和于金良是什么关系？"

"他是我叔伯兄弟……"

"1942 年，于金良同志和宋毅同志牺牲的时候，你在做什么？"

"我还在……西辛庄务农……"

"这件事有证明人吗？"

"有！有！我爹能证明。"

"你爹？根据我们掌握的材料，你爹在抗战期间一直给鬼子和伪军办事，至于你……我们还是希望，你能自己交代。"

于顺和低垂着头，完全看不见他的脸，他的双手死死地插进凌乱干枯的头发中。他始终不太敢抬头，更不敢回忆十年前的往昔。

于顺和从小就看不起于金良，拿于顺和他爹的话说："这小子是有娘生，没娘养。"

自从于金良的爹妈过世之后，于顺和他爹就惦记上西辛庄东头于金良家的几亩地了。于顺和他爹把于金良叫到自己家，让老婆给煮了几个鸡蛋，塞到于金良手里："侄子，别怪你叔我嘴酸，现如今你爹妈都没了，你小小的年纪守着这几亩地可有什么用呢？"

于金良看着叔叔，一脸的无奈，把鸡蛋放在桌上："叔，那您让我怎么办呢？"

"孩子，你怕不怕吃苦？"

于金良摇摇头。

"叔给你找个吃饭的营生，你乐意不？"

于金良点点头。

没过几天，于顺和他爹赶着一匹小毛驴，带着于金良到了北平一家袜子厂。于顺和他爹一个人回到西辛庄后，拿着地契找到村长，两张变一张，从此西辛庄便再没了于金良这个人。

于金良在袜厂当学徒工，一干就是五年。五年中从来没回过西辛庄，更不知道如今的西辛庄是个什么样子。不是他不想回去，而是袜厂掌柜舍不得他走。于金良的聪明让袜厂掌柜对他另眼相看，他从一个普通的织袜工，慢慢长成了前面柜台上能独当一面的大伙计。

1939 年的冬天，于金良被掌柜叫到身边，掌柜给了他一个不大的小包袱，让他把包袱送到西山指定地点。于金良先是一惊，出于本能还是答应了，他早就听说西山上有八路，他不知道包袱里是什么，更不知道掌柜为什么选择了他。但他知道掌柜是好人，八路是为穷人打仗的队伍。临走的时候，掌柜嘱咐他："东西送到了，想着让他们开个收条，路上小心点。"

彼时的北平城，已经是日本人的天下，出阜成门的时候，鬼子宪兵挨个检查。于金良拿着良民证还被喝令打开身上的包袱，直到检查了所有的随身物品，才出了阜成门。

当于金良回到柜上，把包袱皮和收条交给掌柜的时候，掌柜笑了。于金良从掌柜的笑容中看到了信任与尊重。

没过几天，柜上来了两个熟悉的面孔，于金良一眼就认出，是西山上开收条的人，他按捺不住心中的惊喜叫出掌柜。掌柜将两人让至后屋，于金良不由自主地拿起门板就要关门，掌柜伸手拦住："金良，不用关门，关门更不安全。前面有事你叫我就行。"

于金良看着掌柜目光中流露出来的信任，憨憨地笑了。

从此，于金良和掌柜便心照不宣，每次去西山"送货"必是于金良。可是袜厂的秘密还是被敌人知道了，一天晚上，掌柜把于金良叫到身边："金良，别耽误，现在就走，先去德胜门找个地方住一宿，明天早上一开城门，赶紧出城。"

"掌柜的，我去哪儿？"

"去平北！回老家！现在西山的力量已经转移到海陀山了。我这儿有一封信，把信交给一位姓蔡的同志，他会安排你的。"

"掌柜的，我问您，您是不是……"说着于金良用手比画了一个"八"字。

掌柜笑了，拍拍于金良的肩膀，什么都没说。

半个月后，在海陀山下的南碾沟，于金良见到掌柜口中姓蔡的同志。身边的人都管他叫县长，于金良心里一个劲儿地打鼓："我是本地人，怎么不知道山里还有县长？"

旁边的人笑着对于金良说："现在这里已经是龙延怀联合县了，这是我们的蔡县长。"

"叫我蔡平吧，于金良同志，你的情况我们都了解了，你打算留在我们这儿，还是准备回西辛庄参加游击队啊？"

"我是西辛庄的人，我回老家参加游击队。"

"好，我给你写封信，你回去找当地的宋毅同志，他会给你安排的。"

陶庄、鲁庄、西辛庄、张庄、赵庄、八里庄，这连片村子就在延庆城的北边。出县城八里便是八里庄，再往西便是西辛庄。自从鬼子占领了延庆城，这片村子便成了北山游击队下山进县城的落脚点，宋毅便是负责和游击队联系的接头人。

宋毅拉着于金良的手，热情地把他让进自家屋里，两人盘腿坐在炕上谈起了于金良走后村里的情况。于金良这才知道，原来他叔已经当了汉奸。

于金良回村的消息，于顺和和他爹也知道了，父子二人打着自己的算盘："顺和，你兄弟这会儿回来，不知道干什么来了，你可小心着点。他要问地的事，你可千万别跟他争论，一推六二五。地契在咱们爷们儿手里，他不敢怎么样。再说我听说他这回是给北山上干事，他要是敢跟咱们爷们儿犯浑，我就去县上把他告了。"

于顺和笑着说："爹，就凭你在日本人跟前的本事，估量那小子也不敢跟咱们爷们儿犯浑。"

于顺和父子嘴上说着不怕于金良，可是自知理亏，不敢在明面上招惹于金良。

于金良回村之后，一直和游击队活跃在城北的田间地头，无论是宣传抗日还是抗捐抗税，到处都有于金良的身影。游击队还不时到城里探听鬼子的动静，几次鬼子部署的"清乡""扫荡"消息都被于金良及时得知，让鬼子扑了空。

敌人恨于金良，于顺和更恨于金良："当初就该饿死他，现在留下个白眼狼。"

"顺和，城里的宪兵答应我了，只要你带着日本人把于金良抓住，到时候让你去城里当个警察，按月发关饷。"

7月里，天气热得像下了火。游击队的工作异常多，宋毅已经好几天没看到于金良了。最近手里有点东西着急交给他，宋毅便叫儿子去找于金良，让他今晚上无论如何来家一趟。

孩子领着于金良来到宋毅家。宋毅把一个黑布包交给于金良："金良，这是这半年咱们村新入党的党员资料，你务必尽快送到区里，这东西总放在家里不安全。"

于金良接过黑布包，点点头："宋大哥，你放心吧。"

二人刚说了没几句话，宋毅的儿子便从屋外急急忙忙地跑进来："爸爸，鬼子来了！"

宋毅连忙将儿子藏在水缸里，自己带着于金良藏到后面的柴火堆里："金良记住，不管发生什么事，你千万别出来。"急促的脚步声和破门声，让宋毅话都没来得及说完。

于金良在柴火堆里，听见前院宋毅愤怒的斥骂，听见孩子撕心裂肺的哭喊，听见鬼子穷凶极恶的逼问，他再也忍不下去了，一手将黑布包丢进灶塘，点着火，堵上了灶火门，一手抄起地上的斧头，径直向前面走去。

宋毅和孩子已经静静地躺在血泊中了。站在一边的于顺和看着于金良，向身边的鬼子说："长官，就是他！"

当于金良的斧头劈断敌人锁骨的时候，于金良的身上也被鬼子扎进了刺刀。敌人将他捆绑起来吊在树上，他们不想让于金良立刻就死，还想从他的口中得到更多的信息。

"游击队在哪里？刚才到底干了什么？"

于金良看着鬼子的刺刀大笑着。敌人的刺刀刺入他的胸膛……他那双始终没有闭合的双眼，一直死死地盯着敌人和于顺和。村里的人都看到了一条铁骨铮铮的硬汉，是怎么被敌人活活剖开了胸膛，听着那气壮山河的怒吼把行刑的鬼子也吓得双手颤抖。

西辛庄前的那棵大槐树，之后几年都没有在五月绽放诱人的槐花，像心碎到枯萎一样守护着于金良的英灵。

今天，当于顺和坐在罗林书记面前的时候，他突然觉得于金良那双眼睛似乎又在喷射着怒火。他蜷曲着身体，哭着求新政府能够宽恕他的罪行。他想活命，哪怕是像一条狗一样地活着。

三天后，妫河大桥南岸的空地上，聚集了成百上千的群众，随着两声枪响，结束了于顺和父子两个无耻的生命，同时这两声枪响也在告慰着牺牲先烈的亡灵。

遍地英雄下夕烟

夜进汉家川

1938 年底，抗日战争进入相持阶段。平北军民在共产党的领导下，在极端困难的环境中，应用各种游击战术，不断打击日伪军。抗日力量越战越强，抗日队伍不断壮大，根据地日益发展。面对平北、冀东抗日游击战争的发展壮大，日军沿长城一线，西自白河堡，东至古北口制造“无人区”，妄想把老百姓与八路军分离开来，进而巩固其占领地，保护伪满洲国边境安宁。

从 1942 年春季开始，日军强征老百姓在八路军根据地与伪满洲国边界修筑围子。围子修好后强令各村百姓离开原来住地，拆毁或烧毁老宅子，拖儿带女搬进围子居住，老百姓称“人圈”。通过“集家并村”，以加强对群众的统治、监视，这是伪满洲国推行“固边政策”的重要内容之一，也是敌人“蚕食”进攻的重要内容。昌延联合县二区地处伪满洲国边界，敌人计划把四十五个村庄并入十三个围子村。

昌延联合县县委根据当时八路军主力转移到外线，敌我力量对比悬殊的情况，根据以往“反围子”斗争的实践经验，决定采取渐进方式反围子，确定了以武装斗争为主、“合法斗争”为辅的斗争方针。

敌人修筑围子时正值春耕农忙，昌延联合县县委确定先采取拖延措施，让各村伪甲长以春耕农忙为由，向日军要求延期修筑围子。日军为了给前方提供粮食，答应了这个要求，但春耕一结束，便立即强迫群众修围子。

昌延联合县二区“反围子”斗争由二区区委书记高万章领导。

“咱们不能给日本人修围子，这是给咱们自己修监狱啊。”营城子被强迫修筑围子的群众愁眉苦脸地说。

“可是人家拿枪逼着，不修不行啊。”有人叹气。

昌延二区区委书记高万章

“修是得修，但是咱们可不可以在修围子的时候消极怠工呢？白天修，晚上再拆呗。”区委书记高万章循循善诱。

“对，第二天日本人问，咱们就说是晚上来了八路军，强迫咱们拆掉围子。”

夜幕降临，游击队小股武装来到围子外，朝天上打几枪。敌人听到枪声，喊着“八路军来了，八路军来了”，蜷缩在围子里不敢出来。在茫茫夜色掩护下，区委书记高万章率区干部组织、指挥群众拆围子。刚被垒起来的围子在抗日军民快速而有节奏的动作中，瞬间变成一堆沙土和砾石。看着自己的“战利品”，大家都开心地笑了。

没有进入围子的群众，在游击队的帮助下，开始在深山隐蔽处盖窝棚、打窑洞，坚壁清野。几天工夫，深山里就飘出了缕缕不易觉察的炊烟。

10月的一天晚上，拆完围子后，区委书记高万章带着战士回到住处刚刚睡下，就被一阵杂乱的脚步声和巨大的踹门声惊醒，他腾地坐起来，就看见黑洞洞的枪口已经对准了自己。接着，区里其他干部也先后被捕。有的干部经受不住严刑拷打和各种诱惑叛变投敌，二区工作一度陷入瘫痪。

群众继续采取拖延措施，直至年底，敌人才修起了十三个围子，四十五个村庄的群众被迫搬入围子。暖水面、水泉沟、杨树沟、沙梁子、场房沟、上马坡、龙庙沟、石片、羊马地等十个村搬进汉家川围子；太平庄、榆木沟、黄土梁、李子沟等村搬进台自沟围子。敌人强迫搬进围子的青年人组成自卫队，在围子的出口处和十字路口站岗设卡，规定天亮前和太阳落山后百姓不得出入，违者一律以“共匪”论罪，就地枪决。生活上一切物品，包括粮食、布匹及日用品均实行“配给制”，但配给物品经保甲长及敌伪大小头目层层盘剥，真正到群众手中已所剩无几。敌伪在政治上更是严加控制，并实行奴化教育，人民失去了起码的人身自由，犹如被囚禁在暗无天日的地牢之中，所以人们称之为“人圈”，如同“牛圈”“羊圈”一般，老百姓被迫迁离的地区不准住人，即所谓“无住地带”。

二区区委书记高万章因叛徒告密被捕后，县委又派刘文科到二区担任区委书记兼区长，领导二区人民进行“反围子”斗争。调10团1连1排长卫兴顺任二区游击队长，充实游击队伍，加强武装力量，镇压铁杆汉奸，发动群众，打开局面。

区委书记刘文科和游击队长卫兴顺，带着惩处汉奸的布告进入二区，和区干部取得联系，分析情况后，决定镇压汉奸先从汉家川围子动手。

汉家川地处二区南北要冲，是敌人的重点围子。伪保长温永兴是个铁杆汉奸，曾策划过二区区长赵子龙的叛变和二区区委书记高万章的被捕。提到温永兴，无论是老百姓还是游击队员，都恨得牙根痒痒。刘文科决定先除掉温永兴。

卫兴顺坚决地对刘文科说：“我是汉家川村人，党说咋干就咋干，就是俺亲娘老子当了汉奸我也要干掉他。”

“好啊，兴顺同志，对敌斗争是残酷的，有时候是不能掺杂个人感情的。”刘文科听了卫兴顺的话，赞许地点了点头。

夜深了，二人带队悄悄摸进汉家川。他们先找到抗日积极分子闫子伶，弄清温永兴等几个汉奸的情况和住处，然后通知联络员以上人员开会，几个汉奸也全部到场。刘文科区长给大家讲了共产党的抗日主张和政策，说明“日本必败，中国必胜”的道理，指出只有抗日才是出路，死心塌地为日本人办事没有好下场。会议结束了，几个汉奸站起来，随着联络员就往外走。

“哎，老温，你们几个等一等。”卫兴顺招了招手，让温永兴和另外几个汉奸坐下来。

刘文科看了看几个汉奸，宣布他们的条条罪状，温永兴转身想跑，被早就做好准备的游击队员按在地上。此时，温永兴早吓得脸色焦黄，趴在地上不断喊着："饶命，饶命。"

"饶命？你想到人民群众的命了吗？想到老高他们的命了吗？"

"给我一次机会吧，我一定立功赎罪！"温永兴哀求着。

"给你机会，我们的同志就白死了——拉出去！"刘文科把手一挥，高声说。

随着两声枪响，汉奸温永兴得到了他应有的下场。

其他几个汉奸见此情景，一个个吓得面如土色。

"你们不要怕，只要不再和八路军作对，不再和游击队作对，就饶你们一命。"刘文科义正词严地说。

"谢谢长官！谢谢长官！"几个汉奸匆忙磕头致谢。

"这里没有长官，都是同志。"刘文科拍了一下桌子。

"哎……同志……同志……"几个汉奸忙笑着回答。

"我们都是中国人，为什么要自相残杀呢？"刘文科看着几个汉奸，停了停又说，"这次先饶了你们。但你们记住，日本鬼子迟早要完蛋，今后你们要多给我们提供鬼子的消息，将功补过。"

"我们再也不干坏事了，一定配合八路军工作。"几个汉奸异口同声地说，冲刘文科鞠了一躬，转身离开了。

从会场出来，卫兴顺朝天连放数枪，高喊："共产党又回来了，八路军又回来了。"随后，把镇压汉奸的布告张贴在街上，布告署名二区区长刘文科。群众听到枪声，纷纷走上街头。区干部乘机组织骨干分子发动群众拆围子。群众情绪高涨，挥镐舞锹齐动手，敌人费了九牛二虎之力修了几个月的围子，一夜工夫全拆完了。拆掉围子后，群众纷纷搬回原村居住。

天一亮，驻大庄科的日伪军得到报告，立即派大批伪军搜山。可他们连八路军的影子也没看到。

刘文科和卫兴顺继续组织区干部和各村党组织进行"反围子"斗争。他们向未搬进围子的群众广泛宣传进入围子的惨状，发动群众用各种方法不进围子。同时，贴出大量布告，要求已入围子的群众在半个月内迁出，返回原村，抗日民主政府将对生活困难的群众进行救济。

为确保群众顺利外迁，游击队抓住拆毁汉家川围子的有利形势，与主力部队紧密配合发动武装斗争，烧毁台自沟围子外五个敌岗楼，摧毁敌人正在建立的新据点。武装斗争鼓舞了群众，群众陆续返回原村。八路军又以武装掩护群众拆围子，抗日军民万众一心，仅用半个月时间就拆除了二道关等五个大围子。

游击队同时把“反围子”斗争同反“资敌”、抗派夫、抗粮抗税斗争相结合。搬出围子的群众，大多住在偏僻的山窝棚里，不再给敌人出夫、出粮、出款。大庄科伪满洲军经常搜山抓人、抢粮、烧山窝棚，各村就组织游击小组、民兵站岗放哨、埋地雷，与敌展开针锋相对的斗争。但是敌人并不甘心失败，仍不断强迫群众重修围子，所以“反围子”斗争坚持了两年之久。敌人强迫群众修，游击队则发动群众拆；敌人白天修，八路军夜里拆。经过八路军与日伪军反复较量，其他围子陆续拆除，群众真正发动起来了，党支部工作得以恢复，各种抗日群众组织又开始建立，区游击队发展到二十余人，各村成立起游击小组，群众性的武装斗争到处展开。敌人小据点的日伪军白天也不敢轻易出动，汉奸活动有所收敛。

“反围子”斗争的胜利，有力地打击了敌伪，增强了干部群众对敌斗争的信心，恢复了抗日根据地的政权。

送　粮

1941 年阴历十一月，地处塞外的海陀山被皑皑白雪覆盖，如泣如诉的妫河水绕过海陀山下缓缓向西流去。

张玉平住在张老营村东头的三间土房里。这一天晚上，他刚躺下，就听见一个压低的声音在窗外问："玉平，睡了没有？"

"谁？"

"是我，你殿考叔，快给我开门。"

张玉平披上棉衣，钻出被窝，下了炕，将屋门打开。一个年约五十岁、五尺身高的黑脸汉子走进屋来。按村里辈分，伪保长张殿考是张玉平的叔叔。他这个伪保长却是个好保长，明里给敌人"做事儿"，暗地给八路军组织粮食、衣物、布匹。老百姓有个为难着窄的事，都喜欢找他帮忙说和，他在村里很有威望。

张殿考深夜而至，让张玉平很紧张。1941 年的平北抗日进入了最艰苦的时期，日军的"扫荡"和"清剿"更加频繁和残酷。他们一"扫荡"，就杀人，山上的战士、村里的群众，没少被他们祸害。日本人一天不被赶走，老百姓就整天活在担惊受怕里。

没等张殿考坐下，张玉平便着急地问："殿考叔，这么晚了有啥事？"

"玉平，今晚你和张得勇、张岩岭三个人赶上四头驴，把咱村的粮食送到狮子营村去。有困难没有？"

最近日军来来回回地"扫荡"，害得八路军出不了山，老百姓又进不了山，海陀山上八路军的粮食就要断炊了。当天上午，区里干部悄悄派人来送信，让张老营村务必在一两天内筹办八百斤粮食送到北山去。

一听是送粮，张玉平的心就放下了，痛快地回答："瞧您说的，能有啥困难？八路军为咱老百姓打小日本，东奔西跑受冻挨饿的，比咱们不是更困难吗？您让送哪儿，我就送哪儿，这又不是头一回。您尽管放心吧！我现在就走。”

张玉平一边听张殿考介绍情况，一边快速穿好衣服，径直走出院外，来到家中牲口棚前，牵出牲口备好鞍子，带上粮袋，跟张殿考一起往外走。

刚刚出门不远，张玉平又转身返回家。他想：人家都献了粮，自己也不能空着手啊。于是回家背了多半袋小米，粮食不多，是自己的一点心意。

张殿考对张玉平说：“粮食都凑齐了，你家里不富裕，就不必带粮食了。”

张玉平明白张殿考的好意，小声说：“别解释了，事儿是大伙的，粮食是给八路军的，谁能出多少力就出多少力，多点总比少点好。”

张玉平、张得勇、张岩岭来到张国全家，在村里乡亲们的帮助下，很快装好了米，给牲口上了垛。已经是午夜十二点多了，三人赶上毛驴悄悄出了村，直奔约定的收粮点——狮子营村。那天晚上，冷啊，草枯花谢，朔风萧瑟。天灰蒙蒙的，地黑沉沉的，天上的寒星眨巴着诡秘的眼睛，空气仿佛凝固了一般，窒息得让人透不过气来。

狮子营村在妫水河北，离张老营村十多里地。三个人又激动，又紧张，赶着牲口出村往北，蹚过没膝的河水，走过一片河滩，穿过一片果树地，沿着小道快步前行。

冷不怕，就怕遇上敌人。可怕什么来什么，快到马路边时，忽听见路上有汽车声响，两道刺眼的灯光射了过来。三人赶紧将毛驴赶到一个土崖下躲了起来。几分钟后，敌人的车走远了，三人又悄悄地上了路。然后迅速穿过公路，赶着牲口，一路小跑，狮子营就出现在眼前了。

一进狮子营，就听见一家有着高高围墙的大院子里传出嘈杂的说话声。三人知道，公粮就交到这个院子里。张玉平轻轻敲开院门，只见院东边站了许多人，院西还有四十多头毛驴。张玉平压低嗓音对张德勇和张岩岭说：“你们看，今天送粮的人还真不少，咱们要不快跑几步，非晚了不可。来，快把米都卸下来，让牲口好好歇一会儿。”

还没等三人卸下粮食，一个二十多岁的年轻人急匆匆地跑进来，对着八路军负责收粮食的工作人员丁桂河耳语了一番。大家正纳闷，就听丁桂河高声说："本来打算今天送来的粮食先放在这里。可情况突然发生变化，据可靠情报说，鬼子和伪军明天要'扫荡'，所以还要辛苦大家一趟，连夜将粮食送进山，决不能让敌人抢走一粒米！"

丁桂河的话音刚落，送粮的乡亲们七手八脚将粮食重新驮上了驴背，送粮大队又往北山前进。

张玉平三人还没来得及卸粮食，所以他们赶着牲口走在队伍的最前面，紧紧跟在领路的老乡身后，出了狮子营开始进山。时值深夜，四周漆黑一片，伸手不见五指，山里没有正经路，大家赶着牲口，深一脚浅一脚地向前走。走了二十多里的山路后，终于到达预定的收粮村：后沟村。结果，后沟村原有的十几户人家的房子被敌人给烧了，有的房子还冒着火苗，有的冒着浓烟，乡亲们不知被抓去了，还是跑到深山里藏起来了，反正没有见到一个人。

找不到队伍和区里的同志，粮食交不了，怎么办？坚决不能把粮食留给敌人。于是送粮的队伍又继续往前走，走了十来里的山路，来到龙门口村。龙门口村不大，只有几户人家，可进村一看，房子也被烧光了，乡亲们也不知去向。小鬼子真是可恨啊！不把他们赶出去，中国人就没好日子过！

"咱们的队伍就要断粮了，伤员和队伍正在等着咱们的粮食，队伍饿着肚子怎么打鬼子？大家再加一把劲儿，一定要找到队伍，把粮食送到八路军手上。"找不到队伍，可愁坏了丁桂河，怎么办？继续找！反正队伍就在这一带活动，不管怎么苦、怎么累也要把粮食交到队伍手中。

于是大家又上路了。此时，天已蒙蒙亮。张玉平忽然觉得脚有些疼，低头一看，左脚的鞋脱了帮，右脚的鞋不知什么时候跑丢了，脚上的血已经将袜子紧紧地黏在脚上。再回头一看，有的人衣服撕破了，有的人脸上划了口子，有的人鞋跑丢了，即使这样，送粮的乡亲也没有一个人抱怨。为了把粮食及时送到部队手中，有的人折些榆树条把鞋捆上，有的人干脆就光着脚走。张玉平把衣服的前大襟撕一块，把脚包上，用榆树条将开帮的鞋捆紧，跟着送粮队伍继续走。

此时的山路更不好走了，说是路，其实根本没有路，而且山高坡陡，柴草丛生。一个毛驴驮着四斗米，虽然不是很多，但由于山势陡峭，走起来非常艰难。特别是阴坡，雪还没有化，下边是树叶，上面是雪，有的地方还结成薄冰。不是人倒了，就是牲口垛子歪了。别说牲口驮着粮食，就是什么也不驮，走起来也要来回打滑啊。于是赶牲口的人，有的用肩扛垛子，有的拖驴尾巴，既不能让毛驴掉下山去，又得快点赶路。

张玉平在所有的送粮人中最年轻，又有力气，所以他除了照看好自己的牲口外，还帮助别人。送粮队伍走走停停，时快时慢，转了十几座山梁，又走了二十多里的山路，快晌午的时候，来到碾子沟。一看，还是没有人！此时，所有人的衣服都被汗浸湿了，驮粮食的牲口通体皮毛也都是汗，牲口一站住，腿就哆哆嗦嗦抖个不停。

但是必须找到八路军的队伍，把粮食交到他们的手上，再苦再累，也只能继续往前走。大家赶着牲口送粮食已经这样辛苦，战士饿着肚子打鬼子、反“扫荡”一定更加艰难。一想到这些，大家的力量又重新回到身上，继续往前走了十多里，终于在下午四点多钟来到海陀山后的花沟村。

这里有三间土房没有被烧。三个穿着灰色军装的八路军战士，跑步来到送粮队伍前，其中一位领导模样的人拉住张玉平的手说：“太谢谢你们了！你们太辛苦了！快来，进屋歇一会儿。”张玉平看见这个像铁打的坚强汉子眼圈红了，眼睛里汪着一圈泪水。

张玉平说：“你们打鬼子，整天出生入死的，我们这算不了什么，卸完粮食再歇着吧。”乡亲们也都跟张玉平一个想法，大家一齐动手，把粮食卸下来，放在三间土房的炕上。

粮食送到了，心里踏实了，送粮的人们突然觉得快饿死了。八路军战士要给送粮的乡亲们做饭，可是没有锅，大家找来找去，发现在敌人烧塌的房中露出半截大水缸。于是，大家将大水缸扒拉出来，搬来一些石头，将缸支在石头上，捡些柴草，煮了半缸小米粥。吃饭时，又没有碗，大家就地取材，有的用瓦片子舀着喝，也有的用毛巾，不管稀稠，也不管脏不脏。吃完饭，太阳已经落山了，张玉平三个人赶着牲口高高兴兴回了家。到家时，鸡已叫三遍了。

这一趟送粮，整整走了一天两夜、百余里的山路，但是张玉平高兴啊，把粮食送到了，八路军就不会断炊了，他们吃饱了饭，更有力气，就能早一天将鬼子赶走，好日子也就会早一天到来。

堡垒三里庄

三里庄村位于白草洼村以东，烧窑峪村以南，耿家营村以西。1941 年全村已有十名党员。三里庄的群众红心向党，近千口人齐心抗日。敌人甚至无法从这个村找到一个可以利用的人，就连伪大乡长张凤元上报的谍报员，也是共产党派去的秘密党员，假装是给敌人送情报，实际是借机探听敌情。

正如毛泽东所说："战争的伟力之最深厚的根源，存在于民众之中。日本敢于欺负我们，主要的原因在于中国民众的无组织状态。克服了这一缺点，就把日本侵略者置于我们数万万站起来了的人民面前，使它像一匹野牛冲入火阵，我们一声唤也要把它吓一大跳，这匹野牛就非烧死不可。"

三里庄正是被共产党组织起来的一个群众抗战堡垒。

1941 年的秋天，庄稼长得比往年稍好一些。陈桂荣老汉和区委的小伙子们一早便下了地，他们要抢在日伪征粮前，把粮食收割完毕，藏在屋后，埋在地下的缸里。

昌延联合县六区的区委办公室，就设在三里庄陈桂荣老汉家。陈桂荣和老伴闫大环都是年近半百的人了，祖祖辈辈生活在三里庄。女儿出嫁，儿子在北京城里学手艺，家里只有老两口。自打区委的同志们一来，老两口就积极支持抗日。陈老汉家住在东堡城墙外，家里养了一条大土狗，只要听见生人的脚步声就叫个不停。区委觉得这里搜集敌情便利，区委会的干部常住他家。区委人员都是年轻的大姑娘、小伙子，他们都管陈老汉叫大爷。

院里只剩下闫大环大娘，她从屋里拿出区委人员的脏衣服，坐在院子里洗了起来。此时，区委的一个女同志正好回来，一脚门里一脚门外，就看见大妈在洗衣服，语带埋怨地笑着说："大娘，您又帮我们洗衣服。我来……”赶紧上前挽起袖子蹲在大妈的身边。

“这姑娘，别沾手了。你们帮着我们收庄稼，我给大家洗洗衣服还不是应该的。”

“大妈，您回屋睡会儿去吧。您昨晚上又给我们放了一宿的哨。”

“不碍的。”大妈一边说一边洗着衣服，“姑娘，大妈问你，你们这两天夜里开会，怎么老在院里啊？”

“大妈，现在县里的物资太困难，我们舍不得那点油。院子里把大月亮当灯，省油啊。”

闫大环听到这儿点点头，若有所思地看着眼前的姑娘。她们为了打鬼子抛家舍业，来到平北的农村，为了团结群众每天挨家跑，挨户说，组织妇女讲时局，带着村妇学文化。可是现在鬼子搞封锁，她们晚上开会连点油都舍不得。她越想越觉得应该帮着姑娘想想办法。

两三天后的黄昏，闫大环偷偷地把姑娘叫出屋，递给姑娘一个小小的瓦罐：“拿着！”

“大妈，这是什么？”

“灯油！”闫大环高兴地说。

“灯油？”姑娘很是惊喜，“哪儿来的？”

“拿着用去吧。”

“这可不行。大妈，我们有纪律，不能……”

“你们纪律还能管着妈妈给闺女东西啊！”说着大妈和姑娘都笑了。

秋收后不久，六区的同志得到一个情报，离三里庄不远的古城村驻守着一个敌人的据点，有个伪军的头头叫陈启。为了争取陈启不当死心塌地的汉奸，六区的同志决定给陈启写一封信。但是谁来送这封信，可难住了同志们。陈桂荣听说了这事，主动请缨：“领导，让我去吧。我和陈启还有点亲戚关系。”

“大爷，这个挺危险的。”

“没事，我大闺女婆家在古城村，我们老两口就说去看闺女。见到陈启，把信给他。一不说话，二是接触时间短，没人怀疑。再说，我这个侄子也不是坏到没救的人，看了你们的信，他就不能再死心塌地给日本人干。”

第二天一早，陈桂荣把送信的事和老伴一说，两口子动身去古城。

"信，我带在身上，丢不了。"陈桂荣说。

"万一进村碰见鬼子，搜身查良民证，可不得了。老头子，把信给我吧。"闫大环一把抢过信。

"鬼子不搜你啊？"陈桂荣刚要阻止，就见老婆脱了鞋，把裹脚布一圈圈地放开，"你这是……"

还没等陈桂荣说完，就见闫大环把信一叠，放进裹脚布里，又熟练地把脚缠好。"放在这儿，大罗神仙也搜不去。"

就这样，老两口在日伪军的眼皮底下，把信带到了古城，交给了侄子陈启。

姜国亭，昌延联合县六区区委书记，后任六、十联合区区委书记

1941 年，昌延联合县六区书记田梦熊牺牲后，姜国亭由六区委员提为六区书记。姜国亭是延庆本地人，他对六区各村给敌人干事的军政人员了如指掌，谁表现如何，家庭情况怎么样，如何进行争取工作等，都装在他心里，然后通过各种关系进行争取、瓦解。军分区政治部敌工干事李文山常到六区，和区里同志一道进行争取伪军政人员的工作。

1943 年夏天，旧县和百草洼两个据点的伪军换防，有个特务叫高三儿，是王木营村人。他想利用伪军换防的机会到三里庄村，让人给米粮屯、大柏老等村送条子要钱，否则就向敌人告发这些村是“通共”的积极村。

高三儿做着他的发财梦到了三里庄，刚跨进伪乡长张凤元家中，正赶上张家准备吃中午饭。高三儿没等张凤元开口，一屁股就坐到炕上，等着张家人把饭往桌上端。

张凤元一见是高三儿，知道这是夜猫子进宅——无事不来，赔着笑脸问：“哪阵风把您给吹来了？”

高三儿嬉皮笑脸地把自己的来意和盘托出，张凤元叫过儿媳妇：“去，再炒俩菜，烫壶酒。”扯着嗓子在屋里说，“高队长来了，别让高队长饿着肚子。”

“别弄太多，有两三个就够了。”

“您就踏踏实实吃吧，我派人去给您要钱。”

高三儿自作聪明，以为自己是神通广大的孙猴子，避开了村里的眼线。可谁知道，再狡猾的狐狸也斗不过好猎手，陈桂荣早就盯上这条无耻的癞皮狗。从他一进村，陈老汉就看到了他的尾巴，跟着到了张家院外，听见张凤元喊“高队长”，更是确定无疑。于是赶紧找到姜国亭汇报。

“看准了吗？”

“姜书记，您放心。这小子化成灰儿，我都认得准。”

姜国亭判断：“这小子一定是来勒索的，不能让他得逞。”立即和村里的民兵化装成伪甲公所的要钱人，手拿着算盘、斗、口袋，摸进了伪乡长张凤元的家。

张凤元的儿媳妇正在外屋炒菜，看见几个陌生人进了屋，吓得尖叫一声：“娘哎！”

姜国亭机智地上前一步，捂住了张凤元儿媳妇的嘴巴，在她耳边轻轻地问：“高三儿呢？”

张家儿媳妇惊魂未定，看着眼前的人，仔细地认了认才想起来，这是区委会的同志，猜到他们是抓高三儿的，便小心翼翼地伸手向里屋一指。

姜国亭低声说：“你别害怕，我们只抓特务，你去西屋待会儿。”

张家儿媳妇乖乖地放下手里的菜碟，转身出了屋子。

姜国亭带着民兵，大步流星进了屋。坐在炕沿上的张凤元一眼看见了姜国亭，猜到自己的那一嗓子，给区委的同志报了信。他赶紧挪挪屁股，用身子挡住了进来的人影，拿起桌上的酒壶，高着嗓门说："高队长，我给您满上。"

高三儿这会儿早被几杯酒灌得不知道东南西北了，伸手抓起酒杯等着张凤元给他倒酒，连屋里进来几个人都没注意。

高三儿的酒杯还没碰到嘴唇，就见姜国亭一个箭步跳上土炕，黑洞洞的枪口直挺挺地对准高三儿的太阳穴："别动，动一动我现在就打死你！"

张凤元溜着炕沿站在一边，几名民兵拿出早就准备好的绳子，像捆猪一样把高三儿绑得结结实实。姜国亭一把拿起炕桌上的抹布，塞进高三儿嘴里，向几个民兵一使眼色。大家从腰间抻出准备好的口袋，扣在高三儿的脑袋上。

"姜同志，我这算是立功吧？"张凤元磕磕巴巴地说。

姜国亭点点头："到时候，给你记个红点！"

说完便押着高三儿出了张家。几个人从村东黄土沟上了北山，怕被敌人发觉，大家没有用枪，而是用石头结果了高三儿的狗命。

三里庄的村民正是用自己的勇敢与忠诚，保卫着自己的土地。他们在艰苦卓绝的抗战中，用他们的朴实和胆气筑起了一座坚强的抗战堡垒。

送伤员

在崎岖的山路上，沈桂春哼着小曲儿健步疾行。这是1941年阳历1月底，阴历正是正月，即使是在战乱年间，老百姓也愿意全家团团圆圆地在一起过新年。想到马上就能看到父母了，沈桂春欢天喜地地唱起来。

忽然，沈桂春的脸红了，她放慢了脚步，皱起了眉头。回娘家手中没有鸡也没有鸭，连几颗土豆也没有，怀里倒是有几双没做完的布鞋，可那不是送给父亲的，那是妇救会的活计，自己没做完带回娘家，想抽空儿尽快做完。因为日军的祸害，本就穷困的小家庭生活更加艰难，即便这样，过年回娘家不带点东西，于情于理还是有些说不过去。想到这里，沈桂春的脸火辣辣的。

就在半年前，沈桂春的家乡西大庄科村来了共产党，村里以焦金山为代表的九名青壮年参加了八路军。年轻的沈桂春和村里几名妇女也不甘落后，加入妇救会，做军鞋、站岗放哨、送情报。大家积极行动起来，团结一心，开展对敌斗争。沈桂春的父亲沈万银也积极支持抗日，还是村里的民兵小队长呢。蔡平县长很信任父亲，与父亲关系很好。沈万银曾经激动地告诉沈桂春："蔡平县长说话和蔼，待人热情，那么大的官，一点架子都没有。他还称呼我和你娘大爷、大娘嘞！"想到父亲，沈桂春感到特别骄傲。她万万没有想到，这一次空手回娘家，却给父亲送了一个"大礼"——帮八路军干了一件大事，让自己成为父亲的骄傲。

刚一进家门，父亲沈万银就低声告诉沈桂春："龙延怀联合县游击大队四百多人在咱们村附近呢。"

沈桂春激动起来，兴奋地追问："真的吗？要埋伏起来打鬼子吗？"

"不是，他们是利用冬闲训练。"

原来，龙延怀联合县游击大队下辖三个中队四百余人。此时大队长是原阎家坪联庄会头目姬永明，副大队长高昆山，政治处主任兼政委王启刚。1 中队是平西开来的八路军老连队，战斗力较强；2 中队是 1940 年夏季由游击小组扩编而成的新部队，缺乏战斗经验；3 中队由联庄会伙会改编。全大队共有战斗人员四百多人，多为新兵，所以自 1940 年深秋起，龙延怀联合县游击大队进驻阎家坪、姜庄子一带进行整顿，利用冬季休整之机抓紧军事、政治训练。

不料，日军得到了龙延怀联合县游击大队在阎家坪的消息。敌人用心险恶，企图三面包围，将游击大队一举歼灭在阎家坪。1941 年 1 月 30 日拂晓，激烈的战斗开始了，一直持续到下午五点左右。

战斗中，沈万银父女和当地老乡大力支持游击队，他们向四周派出人侦察敌情，组织担架护送伤员。

“桂春，给你个任务，你敢不敢接受？”战斗结束后，沈桂春正在帮忙清理战场，沈万银神情严肃地对她说。

“咋不敢？我什么都敢！”沈桂春壮怀激荡，信心满满。

阎家坪战斗是平北抗日根据地建立以来打的第一个胜仗，这一战斗沉重地打击了敌人的嚣张气焰，鼓舞了士气，锻炼了队伍，也增强了沈桂春和平北根据地军民战胜日军的信心。

“那好，你找几个姐妹用担架送一趟伤员。”沈万银布置任务。

“去哪儿？”

“区庆沟。”

这次战斗中，龙延怀联合县游击大队牺牲五人，伤二十余人。乡亲们要将还没有转移的几个伤员，转移到蒋庄子一带的区庆沟。那时村里的青壮年男女劳力都出动了，有的参军打日军，有的带路抬担架。一般不派女子抬担架，一是因为女子力气小、胆子小，另一个原因是她们多是缠过小脚的，走远路走不快，可是沈万银已经将所有男劳力都派出去了，发现还有一个伤员没人护送，于是想到了自己的女儿。

“我去，这条路我熟，您放心，我们准时送到。”沈桂春很有信心，她小时候家里穷，经常到区庆沟挖野菜、拾柴，整天在山沟沟里跑。等到十六七岁，晒得黑黑的，像个假小子，扑扑腾腾浑身是劲，抬担架没问题。区庆沟是个深山沟谷，距阎家坪有四里多地。

“路上要小心，遇到情况机灵点儿。”沈万银第一次安排女子抬担架，不放心，再三叮嘱道。

“您放心吧，爹！”沈桂春使劲点了点头。

第二天早上七点多，沈桂春和赵二月、姬爱莲、沈娥四人抬一副担架出发了。沈万银把她们送到村口，一直叮嘱说：“路上要小心，有情况想办法……”

“放心吧。我们能成。”

四个姑娘第一次抬担架，很兴奋，一路上一边交流方法一边互相鼓劲，还不时地询问伤员：冷不冷？出汗没？硌得疼不？

伤员的情绪也很好，高高兴兴地给姑娘们讲打仗的故事。姑娘们像听天书一样，时不时惊讶地问：“雪真的能没过膝盖？”“天哪，那么长的桥只剩下铁链子，敌人还一直打枪，天上还有飞机轰炸，他们是怎么过去的？”姑娘们从来没有听说过如此惊险的故事，总是问个不停。其实，讲故事的战士也是从老兵那里听来的，自己并没有亲身经历过战斗，很多问题也回答不上来。回答不上来的问题，他就会说：“等到了地儿，问蔡平县长，他什么都知道。”

沈桂春和小姐妹们虽然是头一回抬担架，但干惯了粗活的姑娘们不怕辛苦。山风拂动她们的秀发，红扑扑的面庞格外俊俏。她们小碎步子走得很快，不觉已走出二里多路。二月的山野，积雪残冰随处可见，遇到不好走的地方，姑娘们放慢脚步，把担架抬得稳稳的。她们默默地想，不管有多累也要把伤员安全送到区庆沟。眼前这些困难，怎么能和红军四渡赤水、强渡大渡河、飞夺泸定桥相比呢？想着心事，她们的步履更加轻盈、矫健了。

“隆——”

忽然，姑娘们听见空中有响声，她们不害怕担架重，不害怕路程长，也不害怕道路湿滑崎岖，最担心的就是在路上遇见敌人。

“是不是鬼子的飞机？”沈桂春在桦树沟梁下停住脚步，“快，我们先把伤员藏起来。”

四个人把担架绳子收短，抬到山洼大树林子里。几个人围在担架旁仰面看着，响声越来越近，就是看不见飞机。

山风兜起枯枝败叶沙沙作响，空中的响声震荡山野。姑娘们一直走路已经汗流浃背，经山风一吹，不禁瑟瑟地抖起来。四个姑娘缩成一团，紧张地向天上张望。

大约半个小时以后，响声远了。

“太好了，敌机走了，咱们快上路吧。”姑娘们高兴地说，急忙抬起伤员继续赶路。

“同志，还没问你姓什么呢?”沈桂春给伤员盖了盖被子，轻声问。

“我姓李，你就叫我小李吧。”

“伤得重不重?”

“右腿受了伤，不重，我不碍事，就是让你们受累了。”

“小李同志，你放心，我们一定把你送到指定地点。”四个人齐声道。

经过这次担惊受怕的躲藏，四个姑娘信心更足了，脚步迈得更轻盈了，走得更快了。

终于，在中午的时候，沈桂春四人把伤员安全送到区庆沟，交给区小队同志去治疗。下午，四个人兴奋地唱着歌，迈着轻松的脚步返回阎家坪村。那动听的歌声在山野里久久回响：

“山桃花开红又红，参加八路最光荣，军民齐心打鬼子，海陀战场立大功……”

西河大鼓赚伪军

1941 年，平北军分区在大海陀山中建立起兵工厂，自己制造手榴弹、地雷以及修理枪支等，最大程度确保军备供应。武器制造出来了，怎么穿过敌人的层层据点运到需要的同志们手中呢？为了解决这一难题，平北抗日军民想出各种办法，利用一切可以利用的社会资源，让南北山抗日力量连成一片。延庆县著名的说书艺人王立，就曾经帮助八路军将兵工厂的武器运出海陀山。

王立是个说书人，擅长西河大鼓，说唱的《罗成破孟州》、《五女兴唐传》、《小八义》和《杨家将》等曲目，常常引得村人前来观看。王立很佩服尉迟霄、唐铁牛、杨六郎等人，希望有朝一日也能像他们那样为国出力。

王立说书是老天爷赏饭吃，他没有拜过师，学会说鼓书全凭从小喜欢。小时候串书馆、听街上游走艺人说唱都会被迷住，然后自己模仿说书艺人的语气、节奏反复练习，连做梦都在背诵贯口。学会了一段故事就讲给一起放羊、割草的伙伴听。日子久了，他的故事都讲过了，如何能够反复讲一段老故事还能吸引住小伙伴呢？王立就在每次说书的时候加入新的故事，比如听见蟋蟀鸣唱，就绘声绘色地插一节小孩子变成了蟋蟀的故事；看见大雁飞过，就编一段神箭手辅佐老令公战场反败为胜的故事。一来二去就能说出整套的书，并且能够靠走街串巷说鼓书挣口饭吃。王立熟知市俗民风和听众心理，善于用语音声态细腻真实地刻画人物，且句句清晰，段段动人，听来如闻其声、如见其人。

1933 年热河沦陷后，日军继续向长城沿线各口发动进攻，平北地区陷入日军的魔爪之下。老百姓流离失所，衣食堪虞，没有人再花钱听书。王立多年说鼓书，靠着一张嘴吃饭，肩不能扛，手不能提，庄稼地里的活计十分生疏。因为生活所迫，二十五岁的王立经同村人介绍，于1941年当了伪警察，被分派到上阪泉据点扛大枪，把守由玉皇庙进山，经后河达五间房及大海陀等抗日根据地的山道。

海陀山里的军工厂

虽然当了伪警察，但王立一点都不像个警察，他出来进去，弦子、大鼓不离身，心里不痛快了说一段，高兴了唱一段，整天吊儿郎当、嘻嘻哈哈的。也有人看他不顺眼，到管事的头头那里告王立的小黑状，但因为当时伪据点除了赌博喝酒没什么娱乐活动，大家听鼓书都很上瘾。王立说鼓书成套，一天说不完，每次都结束在事件的关键点上，吊着大家着急想知道结果。大多数伪警察都被他的书迷住了，经常有人耐不住，寻点烟酒央求："王师傅来一段吧！"就连伪警察的小头头也是几天听不到他的西河大鼓就觉得缺点什么。虽然有人背后说点闲话，但是王立在上阪泉据点混得很自在。

1941年底，八路军在平北抗日根据地站稳了脚跟，犹如在敌人的心脏插入了一把尖刀，引起了日伪的恐惧，必欲除之而后快。为了截断八路军和山里百姓的联系，日伪军将通往北山里头的各道山口把守得更加严密了。王立所在的上阪泉敌据点就是一道进出海陀山的重要关口。

一天，原小鲁庄炮楼的头头王庆春突然来找王立："老帮（王立的小名），这些日子还说书不？"

王立跟王庆春都是八里庄人，从小一起玩到大，说话不隔心，便顺口答道："白天不允许，有时晚饭后，来一段给大伙解解闷儿。"

王庆春瞟瞟周围没人，俯在王立的耳边悄声说："明天晚上你来几段热闹的，把站岗的、查口子的迷住两三个钟头。"

"为什么呢？"王立很惊讶地问。

"你别问，知道多了对你不好。你就听我的，给大伙好好说段书就行了。"王庆春不让王立继续问，但是王立已经明白了。他早就听说王庆春表面当伪警察，实际为八路军干事，经常偷偷地给山里送东西、送武器。王立猜想，王庆春让自己说书，就是让他绊住伪军，给进出山的人开路呀。

想到这儿，王立开始害怕起来。如果被敌人发现了，就会有生命危险啊。晚上王立翻来覆去睡不踏实，迷迷糊糊中仿佛看见杨令公、尉迟雷、杨排风……书中的人物就在眼皮子上搭起了戏台，一段段说起鼓书。王立猛地坐起身，暗想：自从小鬼子来到平北，俺连鼓书都说不成，在据点里虽然混口饭吃，还能时不时过过说书的瘾。因为怕引来杀身之祸，不敢再说《杨家将》《小八义》，荤段子成了主角。俺从小说鼓书说的是忠孝仁义，现在给鬼子干的事是祸国殃民，那么多书都吃到狗肚子里去了！俺不敢跟着八路军钻深山老林打鬼子，说段书绊住伪警察放他们通过也不敢，还有点中国人的骨气没有？干！心里想透彻了，王立心头的包袱瞬间消失了，头一挨枕头就呼呼地睡着了。

第二天晚上，天气奇冷。吃饭时，伪警察们偷偷弄了酒驱寒取暖。王立吃得快，坐在角落里拨拉弦子。冬天的夜太难熬，值班的伪警察经常叫王立说书消磨时光。听到王立的弦子，又勾起书瘾来。

"王师傅，来一段！"

"来一段？想听吗？"王立扬起脸笑着问。

"想听，王师傅来一段！"伪警察们一起起哄。

"别闹了，山口那边出事咋办？"有一个胆小的伪警察提醒道。

"那就不说了。"王立放下弦子，假装不想说了。

"这么冷的鬼天气，先舒服一会儿吧。"伪警察们七嘴八舌地吆喝。

王立笑呵呵地敲起了钢板，先来段《猪八戒背媳妇》。

"俺唱的是啊，日出东方还在东，你听我唱，唱他一段老唐僧。这个唐三藏啊，高老庄收了个徒弟就叫猪八戒，五行山收下个猴子叫个孙悟空，淤泥河降妖收匹白龙战马，流沙河他收个徒弟叫沙僧……”

“王师傅，直接到猪八戒背媳妇那段吧。”

“对呀，对呀。猪八戒背媳妇。”

“好嘞。听着啊，猪八戒来到近前仔细观看，我的亲娘来，这女子长得真排整，我观她最多不过十八岁，我观她一头青丝明升升，柳叶眉毛弯睁睁……”

一段猪八戒背媳妇唱完，王立借着酒劲问：“还想听吗？下面这段是徐文标妻子贾秀英，爱上了在她家读书的表弟周景隆……”

“听呀！上回说半截，咱还接着来。”前些日子王立正说《小八义》，被城里的一个特务撞上了，上了一本。王立被臭骂一顿，书就搁下了。伪警察们好多天没有听书，心里直痒痒。

“好，咱们继续《小八义》，大家听好了——谯楼上鼓打正三更，从内院来了贾秀英，她轻移莲步走到书房外，手叩着屋门笑盈盈：自从表弟你把徐府进哪，嫂嫂我如枯草遇见春风……”

王立越说越起劲，越唱越迷人，按着伪警察们平常的喜好，一段书接着一段书。伪警察们听得神魂颠倒，忘掉了站岗巡逻，忘掉了把守山口。等他们离开书场钻进凛冽的寒风里站岗时，由大海陀兵工厂往山外运送手榴弹的游击队员早出山了。

这个事除了当事者之外，是神不知鬼不晓，但王立心里老发毛，夜里老做梦，不是梦见被敌人发现抓起来用刑，就是梦见侠肝义肠、扶危济贫、共敌外患的《小八义》和满门忠烈宁死不屈抵御外辱的《杨家将》里的人物，在睡梦中指责王立给日伪干事没良心。于是在第二年夏初，王立为了心安，脱掉黄皮不当伪警察，回家种地去了。

谁说女子不如男

五里坡位于玉渡山沟里，向东便是龙庆峡，身后即是海陀山。这里地处深山，景色秀丽，颇有人间仙境的韵味。生活在这里的妇女柔美多情、顽强倔强，为这片土地留下了许多动人的故事。

战争是血与火的碰撞，是枪与炮的厮杀，柔弱的女性往往经受不住残酷的战争，五里坡的女人们却如傲然绽放的玫瑰，为战地增添了一抹亮丽的色彩。

1941 年，八路军 10 团被服厂在海陀山的庄户沟成立了。工人都是后河、五里坡一带村里心灵手巧、疾恶如仇的妇女。

这天夜里，疲倦的月亮躲进云层里，几颗顽皮的星星还在眨眼。一座简陋的土屋里，一盏煤油灯闪着黯淡的光。几个妇女正在灯下给 10 团的战士们赶做一批军服。她们飞针走线，在衣服上留下一串串均匀的针脚。煤油灯上的火苗便欢快地跳跃着，陪伴着辛勤劳动的人。不知过了多久，有的人握不住针，有的人打哈欠，有的人用手使劲揉眼睛……为了把军衣做好，她们已经一天一夜没合眼了，睡意随着针脚的延长频频袭来。为了赶走疲惫，大家干脆站起来弯腰做衣服。

这时，门帘一挑，供给处的朱处长走了进来。他看到大家很困倦，笑着说："工人同志们，看你们很疲倦，先回去好好地歇一夜，明天再来干。"朱处长当处长三个多月，和这些工人相处得很好，大家都顽皮地叫他朱主任，他也笑着答应。朱处长借着煤油灯的光亮发现，妇女们脸被熏得黑黑的，做活儿也迟钝了。妇女们一天一夜赶活儿，衣服也快做好了，能在规定的时间交给 10 团，让战士穿上它去打敌人了，现在她们实在太困乏了，回去睡一会儿也不耽误活儿。几个妇女站起身刚要迈步，却被一个女人拦住了。这个人不是别人，正是五里坡村的妇女主任郑秀荣。她冲大家说：“姐妹们，咱们得赶快把这些军衣做好。刚才朱主任是看大家太累了，体谅咱们。你们想，战士们在外边打鬼子，流血拼命，身上穿不暖能行吗?”

“对，咱们应该快点把这衣服赶出来，困点、累点算个啥?”郑秀荣的话驱走了众人的瞌睡，几个站起来要走的妇女也不好意思了，赶快退回原地。郑秀荣的话不仅赶走了人们的疲乏，还鼓动了干劲。大家都说：“八路军打鬼子那么苦，咱们应该让他们穿暖、吃好，咱们少睡一会儿不算啥。”

一个妇女指了指身边那筐布片、布头和布条对大家说：“姐妹们，这些东西都是咱们裁衣时剪下来的边边角角。以前都被扔掉了，我想咱们要是费点事，把它们一片一片地连起来，不也能缝些子弹袋、手榴弹袋这些小物件吗?”

“对，对呀!”郑秀荣拍了拍自己的脑门说，“大姐，你想得真周到!咋我会想不到呢?”

那位妇女不好意思地笑了笑：“这事我想了好几天了，我看着这么多布条都扔了怪可惜的。”

“好，好，这个办法太好了。”妇女们呼应着，“咱们就是几天几夜不睡觉也要把衣服做好。”目睹这一切，朱处长激动地说：“同志们，俺们八路军要是没有你们，就是长出三头六臂来也打不走日本鬼子，咱们的关系就像是河里的鱼和水呀!”

煤油灯又被拨亮了，火苗跳跃着，妇女们低头缝制起来，一针一线融进了她们绵绵的情意。小屋里回荡着悠扬的小调：皎皎的月儿照窗前，我给战士缝衣到三更天，一针一线赶快缝，缝呀缝好送到前线去，哎哟!缝呀缝好送到前线去……

五里坡的妇女飞针走线地为抗战不辞辛苦，如果说她们只会手拿针线，那才是小看了她们。在五里坡还有一支花木兰一样的妇女游击队，她们拿起枪把子一点不输男子汉哩。

“为啥跟我们抢手榴弹?”

“给你们也用不完!”

“我们是舍不得用!”

“舍不得怎么打鬼子!”

沙塘沟的一批妇女曾积极地替八路军做过军鞋

五里坡村的男游击队员和女游击队员争吵起来了，谁也不让谁，针锋相对。

村子里的男女游击队成立一年了。男游击队队长是苏贵友，女游击队队长是郑秀荣。男游击队员发挥优势，把从厂沟八路军10团军工厂领来的地雷，埋在敌人“扫荡”时必经的路上，送给日军和汉奸不少“铁西瓜”，让他们尝到了坐“土飞机”的滋味。女游击队员做幕后工作，站岗、放哨、看消息树，配合八路军打了不少胜仗。今天村游击队从厂沟领了几颗地雷和手榴弹，地雷大家共用，手榴弹则是一个队员两颗。就在分手榴弹时，男队中的虎将三虎又从女队那边多拿了一颗，岂料女队员不干，两边吵了起来。

三虎指着手榴弹说：“手榴弹给你们也是聋子的耳朵——摆设，查路条、看消息树的时候，有一颗拿在手里，摆摆样子就行了。”

女队嘴快的二丫说：“查路条、看消息树咋的？那也得有人看！我看我们啥都能干，不信给俺们几颗地雷，也一样把小鬼子送回老家去。”说完，手一比画，好像真把鬼子送到“老家”一样。

听见这话，正在一边低声和郑秀荣谈话的苏贵友走了过来，对吵架的两个人说：“你们不用吵了，三虎刚才的话是有些片面，革命工作干啥都一样。只是如今的武器少，军工厂能供给咱的只有这些，大家应该动脑筋想想，怎样用我们手里的这些武器杀伤更多的敌人。吵架不能解决任何问题。”

“对，二丫，别和他们生气。”郑秀荣走了过来，安慰二丫。

“咱们也想想杀敌的好办法。”几个女队员也劝着她们的伙伴。

几个女队员坐在一起，小声地商量着，她们都说地雷给得太少，炸不死几个鬼子。手榴弹留在咱身上还真成了聋子的耳朵了。

“咋会是摆设?”二丫又叫了起来，“咱把手榴弹绑在一起，把它们的弹弦拉出来拴在绳子上，把它们埋在鬼子常走的路上，不也能炸死鬼子吗?”

“对呀!”郑秀荣一拍二丫的肩头，“这还真是个办法，等我去和老苏商量一下。”

她走到男队员身边，看见他们还在脸红脖子粗地争论着，就把苏贵友叫过来，把刚才二丫的想法对他一说。老苏不听则已，一听便一拍大腿叫道：“真是好办法。”他把女队员的办法对男队员一说，一个队员大声说：“谁说女子不如男!”刚才和二丫争吵的三虎摸着后脑勺，不好意思地把手榴弹还给了女队员。

五里坡的女子和平北其他地区女子一样，不但没有在战争中走开，反而在滚滚的洪流中淬炼成钢，为抗战注入了生生不息的力量。

征公粮

“爹，一会儿我就挨家挨户去征集公粮。”胡连芳把小米粥放在爹爹胡成面前的桌上，爷俩边吃早饭边商量事儿。

“挨家挨户声势太大，怕是不成吧？”胡成否定了儿子的主意。自从城墙底下闹抗战，敌人怕得要命，昼夜出城巡逻大搜查，现在征集公粮是件不太容易的事情，而且胡成的家，住在距柳沟据点南城门敌岗哨二百米的南窑上，人员进进出出势必引起敌人的注意。

“再说现在这个季节，家家都没余粮，去征集也征集不上来啊。”胡成叹了口气。

此时正值1941年的盛夏，田野一片葱茏，庄稼长势良好，柳沟地区的玉米已经有半人高了，让人看了心生欢喜。可是距离收割玉米的季节还有好几个月。此时，正是青黄不接、家家缺粮的时候，乡亲们又都不富裕，哪还有存粮啊？

胡成想了想，下定了决心，对儿子说：“咱家的地多，我又是县议会议员，本应该咱们多出。把咱家的六石小米和二石玉米送过去。”

胡连芳给南山抗日根据地的八路军当粮秣，一听爹这话眼睛都亮了，高兴地答应道：“我也是这么想的，就等您老发话呢。”

“不成！”胡成的媳妇正好端着一盘玉米面贴饼子进来，听到胡成要把家里的粮食都送到山上去，当时就急了，“咱家就剩这点粮食了，你都送到山上去，咱家吃啥？”

“你个老婆子懂个啥！再有几个月庄稼就成熟了，咱家留半袋小米、半袋玉米，搭着院子里陆续成熟的这些菜，咬咬牙就挺过去了。他们在山上喝凉水睡山洞，把脑袋别在裤腰带上跟鬼子干，是为了谁？还不是为了大家伙儿！他们饿着肚子怎能搞抗战？”

胡成的媳妇张了张嘴，又把溜到嘴边的话咽了回去。她知道丈夫说得对，就是有点舍不得，倒不是为了自己，而是担心一点粮食都不留下，家里老老少少饿肚子。

“连芳，你一会儿去村里借几头毛驴，再动员几个人跟你一起去送粮。记着，一定让大家等天黑了之后再陆续到咱家来，千万别引起南城门岗哨上敌人的注意。”

“您就放心吧。”

胡连芳出去一会儿就把事情办妥了：约了十二个交好的乡亲，借了八头毛驴。

事情就这么定下来了，一家人急切地盼望着天快点黑下来。

给抗日的八路军送粮，可是把脑袋别在腰带上的大事。柳沟地区的群众相信共产党、八路军能够把敌人赶出去，能够带领大家伙过上好日子。只要胡成让给八路军办事，他们都毫不含糊。

胡成，是延庆柳沟本村人，当过村政，办事公道，颇受民众拥护和爱戴。而且大家都知道，胡成是第一批与南山八路军建立联系的人，是八路军的人，是爱国的人。

平北抗日根据地在南山地区成立了昌延联合县政府。联合县第二任县委书记史克宁经常一身农民打扮，披星戴月到柳沟做发动群众的工作，从那时起，史克宁便结识了胡成。

从那以后，胡成明着为敌人办事，暗中宣传抗日，搞统战，搜集敌人情报，收集公粮支前。1941 年 3 月，昌延联合县政府聘请温克明、胡成等二十七人为县议员，更坚定了胡成跟着中国共产党抗日的信心和决心。

因为胡成在村里有权势、有威望，在广大人民群众还不真正了解党的抗日救国主张的情况下，胡成的抗日行动对群众无疑是极好的教育和启发，对团结各阶层人民共同抗日的主张是无声的宣传。

昨天晚上，胡成一家铺好了被褥正准备睡觉，突然听到啪啪、啪啪的敲门声。胡连芳赶紧起身去开门，看到门外站着一个南山抗日根据地的小战士。小战士被请进屋里后，将县政府的一封密信交给胡成。信上说：“当前南山根据地粮食极缺，势必影响工作人员和游击队对敌斗争，请你尽快征集部分公粮送到沙塘沟。”

送走小战士，父子两个一夜翻来覆去睡不着，筹划怎样能最大限度地

筹集到粮食，送上山，解决八路军的需求。天刚亮，父子两个起来再次商量如何解决筹粮送粮的问题。

现在终于找齐了人，借到了牲口，定下晚上送粮的计划，爷两个又盼望着夜晚赶紧到来。

众鸟归林，夜幕四合，漫长的一天终于过去，陆续有人来到胡成家中，有的两三个人结伴到来，有的一个人悄悄闪进院子，有的人牵着毛驴来……院子里聚满了人。人们开始有序而安静地忙着往口袋里灌粮食，很快，一千五百斤粮食就装好驮在驴背上了。

“慢着。”

大家正准备出发，胡成突然发话，所有人都惊诧地看着他。

“连芳，你拉着空驴子先出村转一圈，看看情况。”

“还是老爷子想得周到。”大家赞道。

胡连芳拉着没有驮粮食的毛驴出去了，过了一顿饭的工夫才回来。

“真让您老说准了，果然遇上巡逻的，盘问我好一阵。”胡连芳叹息道。

“那可怎么办?”大家纷纷说，然后陷入了沉默。

“连芳，你去前院把保长请来。”胡成命令道。

“保长是给日本人办事的啊。”有人担心。

“不用怕，咱们保长人不坏，见到日伪就应付他们，实际上心里也恨极了鬼子欺负人，所以也给山里办过事儿。”胡成悄悄告诉大家。

伪保长来了，听说大家要以上山割柴为名，用人背驴驮的办法秘密去送粮，担心过不了巡逻伪军那一关。

“不知道他们给不给我面子。咱们试试去，不行再回来想别的办法。要是碰不上巡逻队就好了。”伪保长说完，带着大家出了门。

“谁!”

送粮人刚一出村，就被敌人巡逻队发现了，他们以为是八路军刚出村，急忙端起枪大声问。

伪保长赶忙小跑着过去，低头哈腰地劝阻说：“老总，这是村里上山割柴的，千万别开枪!”

“这么晚还要上山割柴?”伪军也很警觉，边说边往送粮队伍近前走。

"老总，是我那不争气的侄子，我嫂子家里没柴煮饭了，这几天就让他割柴去，结果他今天又出去玩了一天，赌了两把。我嫂子气坏了，才不管天早晚，打着骂着说不割回柴来明天就不要吃饭了。"伪保长边抱怨侄子，边卷了根土烟递给伪军头目，借机往前凑了凑挡住伪军头目的视线。

伪军头目也是个好赌博的，一听赌博就勾起了话匣子，便没有注意模模糊糊的远处。其他几个伪军本就不乐意晚上出来巡逻，所以也凑过来抽烟，没有过去检查。

伪军头目低头接过烟吸了一口："哈哈，多大点事儿，你嫂子也真是小题大做。"他特意将"小题大做"四个字加重了语气，很得意自己使用了这个成语。

伪保长散了一圈烟，然后陪着伪军边抽烟边聊些赌博、家里鸡毛蒜皮的琐事、当伪保长跟乡亲们打交道的难处等等话题。

胡连芳等人这才躲过敌人一场盘查，加快脚步赶路。走出村子很远了，才敢停下来歇歇脚。大家担心再遇到敌人，为减轻敌人的注意，分两路进山。其中一路人走北盘道，另一路人走小盘道。两支送粮队伍攀过海拔一千多米的燕羽山，走二十多里的山路抵达沙塘沟。

拂晓前，胡连芳等人终于抵达昌延联合县县政府。他高兴地看到走小盘道的乡亲们已经把粮送到了，正坐在石头上喝小米粥呢。

到胡成家送信借粮的小战士接收了粮食，上了秤，开了收粮条。

"自己家的粮食，要什么收粮条啊！"

"拿着吧，史书记说，等抗日胜利了，要按收粮条的斤数还给大家呢。"

"俺爹说了，这算俺们给抗日做出的一点小贡献，不用还。"一番推让后，胡连芳将收粮条装进兜里，因为没觉得送点粮食是多大的功劳，所以也没太当回事儿。抗日胜利后，政府有同志问他收粮条的事儿，他才发现不知道什么时候收粮条已经遗失了。

县委书记史克宁正在陪第一拨抵达的送粮人聊天，看见胡连芳他们到了，赶紧走上前，握住胡连芳的手说："我们太感谢胡成先生了，把这么多自家好粮献给政府解决急需，真是雪中送炭呀！"又对所有送粮人说，"你们为了支援抗战，冒着危险躲过敌人的巡逻，连夜赶路送来，真是太感谢你们了！”

“你们为了抗战连命都可以不要，我们走几十里路算个啥。”大家异口同声地回答。

送粮人吃过早饭，到山上割了八垛柴后，才大摇大摆地回了家。

一双打掌子的鞋

夜晚的寒风呼呼地咆哮着，光秃秃的树枝发出簌簌的声响。一弯月牙清冷地挂在天上，淡淡的光亮照在水口子沟残冰雪道上，白晃晃的一片。冰雪把沟沟坎坎修饰得平平整整，一脚踩下去后才能知道哪里不平整、哪里有碎石头。人也就跟着往前一趔趄，于是赶紧调整身体的平衡，再迈下一步。这一路走得歪歪扭扭的，就像喝醉了的人晃荡着走路一样。

“现在要是能喝一口烧刀子多好啊！”张云山吧唧吧唧嘴，忽然很馋小酒，脑海中想象着自己坐在烧得热乎乎的土炕上，就着煮花生、大咸菜和烤土豆喝着小酒的得意劲儿。可是，此时没有酒，连个说话的人也没有，各种鸟、山牲口都睡着了。毕竟夜已经深了，空荡的山谷万籁俱寂，只有那头小毛驴的蹄掌敲打在山石上发出嗒嗒的声响，以及张云山脚上穿着的那双补了又补足有五斤重的老山鞋，深一脚浅一脚地踏在山石上发出的嘎啦嘎啦的声音。

张云山穿的鞋很不跟脚。鞋太重，轮胎底厚厚的，下面又钉了两块厚厚的鞋掌。这双鞋穿了多年，补了又补，重得像脚上绑了个腌菜时压菜用的大石头，踩了雪再踩到土地，鞋底带上了泥，变得更重了。

之前的一个多小时路程虽说也是山路，一会儿爬坡上梁，一会儿穿谷越涧，但比现在可好走多了。眼前这水口子沟一整沟都是冰，十几米长，又绕不过去，只能踩着冰过沟。估计是因为这几天天气回暖，正午时暖洋洋的太阳把山上的雪晒化了流到沟里，到了晚上气温下降又将雪水冻成了冰，走在上面一步一打滑。人还好说，悠着点劲儿慢着点走还行，大不了摔几跤，但是牲口走这么滑又沟沟坎坎的路就不行了。小毛驴几次跟自己较劲不往前走，照驴屁股上拍两巴掌才往前挪一挪。

这头毛驴是本村吕福海的，张云山家没有驴。一百五十斤粮食人背着翻山越岭不现实，只能用驴驮。于是他找到吕福海借牲口。吕福海一听张云山借毛驴是要给山里的八路军送粮食，痛快地答应了：“你赶驴送粮我放心，要是别人我还不放心呢。”

抗日战争期间，八路军靠人民来养活，人民积极缴公粮、送公粮。平北抗日根据地中心在海陀山，山上没有车道，送粮只能用小毛驴驮。在敌人严密封锁的情况下，送公粮是一件艰难、危险的事，为了避开敌人，送粮多数安排在夜里。

前几天夜里，龙赤联合县五区的三位区干部，悄悄从海陀山前海沟村下来到张云山家。张云山的妻子郭玉荣赶紧给他们做了一锅小米山药粥。吃完饭后，区干部张书明说：“山上马上就断炊了，你能想办法弄点粮食送到杨家河不？最好还由你去送粮，这路你熟。”

“没问题，就是我背着走，也给你们送去。”张云山斩钉截铁地回答。

山上的八路军和村里的老乡亲，之所以都放心让张云山送粮，是因为张云山是玉皇庙本村人。他从小上山打柴，从玉皇庙到杨家河这条路，走了无数遍，沟沟汊汊都装在心里。加上张云山血气方刚、身强体壮，既是村里的民兵骨干，又是八路军集粮的粮秣干事，有丰富的斗争经验。

张云山走上抗日道路，要感谢刘开锡和钟辉琨。1940 年，八路军第三次挺进平北扎下了根。平北抗日游击队在队长刘开锡、政委钟辉琨的领导下，将海陀山一带的东山庙、雕鹗堡、南碾沟、杨家河、海沟、五间房、玉皇庙等村连成一片，区小队配合八路军游击队进行抗日宣传，建立组织，发动全民抗战斗争。

南碾沟一带成为平北抗日根据地的中心后，当地部队发扬八路军光荣传统，春天帮助百姓送粪播种，秋天帮助收割打场，平时百姓看病吃药一律免费。政治部宣传队经常教唱歌、演话剧，部队机关总动员，修整出一块平地当操场，既可进行打篮球等运动，又可在开军民大会时当会场。逢年过节，组织军民扭秧歌、踩高跷，有时还请延庆川的农村戏班子上山来演出，军民团结如一家。张云山在八路军的影响下成为抗日积极分子，多次帮八路军送粮、送信、照顾伤员。他精心照顾生病的抗日干部郭春云一个多月，还差点被小鲁庄伪据点的敌人关进监狱。张云山经受住敌人的考验，掏心掏肺地对战士们好，一心一意地支持抗日，因此区里大部分干部都认得他、信任他。这次山上缺粮，龙赤联合县的干部第一个想到的就是张云山，只有他能够顺利完成筹粮送粮的任务。

张云山想着以前的经历，心里感到暖暖的。以前被地主欺压的日子是多么难熬啊，现在可有了盼头了。张云山牵着毛驴在前边走，遇到沟坎便把粮食卸下来，然后牵着牲口慢慢过了沟，把牲口拴在山柴上，再原路返回来扛上粮食小心地走过沟，把粮食放在驴背上，继续驮着往前走。

"听说南方这个时候花都开了，可暖和了，咱这塞外的山野都四月了，还被薄雪覆盖着，真他娘的不好走。"张云山自言自语道。

1941 年的张云山跟乡亲们一样，没有去过南方。对于南方的想象来自那些说话带着口音的小战士的描述。张云山又想到，为了把日本鬼子赶回他们的老家去，天南地北的人们离开家乡到了冀东，再到平北，今后还会到祖国的其他地方去战斗。那些从南方来到平北地区的战士们，会不会觉得这里的冬天冷得让人特别难以忍耐？他们会不会想念南方的家乡？

张云山边走边瞎琢磨着，突然嗖的一下，眼前快速蹿过去一个黑影，毛驴噌地向后一躲，差点把张云山拽个大跟头。粮口袋啪的一声摔在地上，张云山使劲拉住毛驴，毛驴更用力地往后躲避。张云山急忙上前抱住驴头，蒙住驴的眼睛，毛驴才慢慢地安静下来。张云山估计刚才跑过去的不是狐狸就是獾子，也没准儿是只狼。山里很久没有见到狼了，但是村里聊闲天时听说有人见过狼，也不知道真假。毛驴本来就害怕山牲口，这三更半夜的突然闻到山牲口的气味，眼前又一闪而过一个大家伙，毛驴肯定被吓了一跳。

等了一会儿，没有什么动物再出现，毛驴也重新变得驯服。张云山才长出了一口气，准备把粮口袋放在驴背上继续走，发现口袋摔了个口子，一捧小米从口袋破处流出来，在地上堆起一个小山包。

"哎呀，哎呀，怎么就坏了呢？"张云山心疼撒出来的小米，现在部队都快断炊了，每一粒粮食都万分珍贵。他赶紧把地上的小米捧起来，吹掉上面的浮土，装回袋子里。

"身上也没绳子，怎么才能把口袋绑上呢？不把口袋绑上，怎么往前走啊！"张云山四处张望，想找条绳子。大野地里怎么可能有绳子啊！忽然他看见长长的山榆树枝，有了办法。他折下一根长榆树枝，解下自己的裤带，把裤带紧紧地系住粮食袋子坏掉的口子处，再把榆树枝系在腰间，心想：只要裤子不掉，再走一段路就到了。

他走几步，往上提一下裤子，走几步，再提一下裤子。爬崖越沟，冷风扑面，可他通身是汗，天亮时他到了杨家河。战士们见他来了，忙聚过来帮他拉牲口、卸垛、过秤，然后把打好的收条交给张云山。

区干部张书明见他腰里系着个软树枝子，打趣地问他："小张，你这是什么打扮?"

"我是土八路的打扮。" 张云山幽默的回答让在场人都笑了。

张书明把口袋上的裤带解下来交给张云山，深情地说："小张，这裤带你好好保存着，等到抗日胜利后，送到革命博物馆展览。"

张云山抬起腿，指着脚上的鞋对大家说："要展览就展览我脚下这双打掌子鞋，足有四五斤重，翻山越岭给你们送粮全靠它了。还有这头毛驴，如果不被小鬼子抓走，等到胜利了，也牵到革命博物馆去。"

藏军鞋

1941年至1943年，抗日战争正处于最艰苦的时期。日伪军疯狂地把果树园村及其附近自然村当成共产党八路军的大后方，经常包围、袭击、封锁，烧杀抢掠，无所不用其极，妄图把共产党八路军赶出这个地方。在日伪军的威胁下，村民们一天到晚都提心吊胆，生怕遭受飞来横祸，不敢再为共产党八路军干事。

在果树园村，有一个叫梁秀英的年轻媳妇，丈夫是同村的青年张鹏。虽然生活贫寒，但小两口恩恩爱爱，勤劳善良，小日子过得有滋有味。谁承想，日军来了，乡亲们被无缘无故地残杀，梁秀英既怕又恨，只能把眼泪往肚里咽下。

一天深夜，梁秀英对张鹏说："今天村里又有一个人让鬼子给杀了……"

"小鬼子太不是人了！不知还有多少人将会被杀害……"

"要不，你去当兵吧。"

"我也这么想的，怕你一个人在家不安全，就没和你说。"

"国家都没了，还谈啥安全！"

……

月亮升起来了，如水的月光洒在窗棂上，这个农家小院显得格外恬静。

过了几天，张鹏离开了村子。村里人见梁秀英都好奇地问张鹏去哪儿了，梁秀英一脸愁容，无奈地说："家里都快揭不开锅了，张鹏出去扛长活，好歹挣两个钱混口饭吃。"

过了一段时间，张鹏又回来了，成为村武委会主任，组织民兵站岗、放哨、埋地雷。梁秀英也当上了妇联主任，组织村里的妇女为八路军老10

团做军鞋。八路军战士经常穿着草鞋打仗，条件艰苦的时候连草鞋也没有。夏天还好对付，冬天就难忍了，很多战士的脚被冻伤。所以，军鞋成为部队最急需的物资。有了军鞋，就能健步如飞地走路，就能更好地与日伪周旋打游击。

妇联主任的工作想着容易，做起来却困难重重。为了完成做军鞋的任务，梁秀英积极发动妇女、组织妇女，开始参加做军鞋的人很少。如果只有这些妇女做军鞋，即使昼夜不停地干，也完成不了支书交给的做鞋任务。

"哎，周大姐，你给战士做鞋怕吗？"梁秀英问身边的周大姐。

"怕？不怕。"周大姐抬起头看了一眼梁秀英，应付了一句又低头继续做起鞋来。

"周大姐，"梁秀英按住了周大姐的手，"您和我说实话，当初来给八路军做军鞋的时候怕过没有？"

"说不怕是假的。鬼子杀人不眨眼，万一被他们知道了一家子都活不了。可咱们不跟着八路军，永远都得受鬼子的欺负，豁出这条命也值了。这么一想，就不怕了。"周大姐连珠炮似的说出心里话，"秀英啊，你放心，怕是过去的想法，现在咱就一心一意跟着八路军去和鬼子干。"

和周大姐的一番对话，验证了梁秀英的猜测。梁秀英回到家，把仅存的一点小米倒入一个口袋，然后拎起来向王大花家里走去。王大花快三十了，因为照顾年过花甲的老爹一直没有出嫁。她家里家外什么活都能干，和五行八作的人都打过交道，因此在村里众多姐妹中挺有威信。如果把王大花的思想工作做通了，让她加入做军鞋的队伍，其他人的工作就好做了。想着想着，梁秀英已经走到王大花家。王大花家在胡同尽头，没有院墙，房子是三间低矮的土坯房。梁秀英走进院子，看到大花正围着锅台忙碌着，滚滚热气从屋门翻腾着冒出来。王大花的父亲坐在树下的一个小凳上，呼哧呼哧地喘着粗气。

"王大爷，我来看您了！"梁秀英边说边走过去，把从家里带来的小米放在王老爹的双腿上，"这是八路军让我给您带来的，您一定要收下。"

"这……这咋行呢！"王老爹用双手往外推着粮食，一双浑浊的眼睛望着梁秀英，哆哆嗦嗦地说，花白的胡子也跟着不停地颤动。

"王大爷，您就收下吧，这是八路军让我给您送来的。"梁秀英按住王老爹拒绝粮食的双手，微笑着说。

“还是咱们的部队好啊！咱们也不能没良心。大花，你也去给部队做鞋吧！”王老爹张开掉光牙齿的嘴巴，也笑了。

“那咋成呢？您老身体不好，还是让大花在家照顾您吧。”梁秀英知道王老爹愿意让大花去做鞋了，却故意用话激王老爹。

“咋不成？只要中午大花回来给我弄口吃的就行。”王老爹眼睛瞪得圆圆的，“国家兴亡，皮（匹）……”

“……匹夫有责！”王大花把野菜玉米饼端上桌，听她爹卡了壳，接过了话头。

“对，皮肤（匹夫）有责，皮肤（匹夫）有责……呵呵……瞧我这记性，说过一遍，总记不住！”王老爹用手擦去笑出来的眼泪。

“王大爷，这样，大花把做鞋的材料领回来，在家里做，一来能为抗日做贡献，二来还能照顾您，啥也不耽误。”梁秀英站起来，伸手拉着从屋子里走出来的大花对王老爹说。

“好，这样好！”王老爹努着嘴，高兴得像个小孩子。

看着王老爹开心的样子，王大花也笑了。

经过几天走家串户地动员，村里所有的妇女都加入做鞋的队伍了。

大家把部队打仗缴获来的旧衣服拆开，裁成一块一块的布料，然后打成袼褙。等袼褙干了，按照脚的大小剪成鞋底的样子，再把几张成形的袼褙摞在一起用麻绳纳底，之后缝上鞋面，一双军鞋就做好了。做鞋的时候，每个人都非常认真，针脚匀称、细致，做出的军鞋结实耐穿。大家不时向周围看看，唯恐别人超过自己。屋子里静悄悄的，仿佛也在进行着一场无声的战斗。梁秀英见这阵势，半开玩笑地唱道：“‘男子打仗到边关，女子纺织在家园。白天去种地，夜晚来纺棉。不分昼夜辛勤把活干，将士们才能有这吃和穿……’大家休息一下，休息一下。”经梁秀英一说，大家才长长地出了一口气，然后边休息边拿起同伴做的鞋，看谁做得又快又好，也会直接指出鞋存在的问题。

做好一批军鞋后，梁秀英就收一批，安排人送到区政府或县政府管民政的负责人那里，再送到部队让战士们穿。每批军鞋大约上百双，一年做六七批，村里全年能为老10团做上千双鞋呢。

有一次，梁秀英刚把鞋集中起来，还没送出去，敌人就包围了村子，挨家挨户搜捕共产党和“通共”的人。看着摆放在炕上的一双双崭新的军鞋，梁秀英的心疼起来，这是姐妹们耗费心血一针一线做好的，无论如何也不能落在敌人手里。

“秀英，快想办法，敌人进村了。”一同收鞋的周大姐提醒梁秀英。

“是啊，再不想办法就来不及了！”来交鞋的王大花跑得热汗淋漓，她也顾不得擦，“不成藏后院吧。”

“对，后院！”梁秀英看着王大花，两个人四目相视，心有灵犀地笑了。

三人抱起鞋就往后院跑。

原来梁秀英家后院有一口地窖。以前农村家家都有地窖，冬天用来储藏红薯、土豆等蔬菜，可以延长保存期，随吃随取。日伪打进来后烧杀抢掠，大家连糊口的粮食都不够，哪还有余粮储存呢？村里的地窖也就成了聋子的耳朵——摆设了。梁秀英领着周大姐和王大花，把军鞋搬进地窖里，然后关上门，在门口堆放了几捆柴草。走过这里，根本看不出任何问题。

大家如释重负地转身回屋，梁秀英忽然停住了脚步。

“秀英，咋啦?”周大姐也停下脚步，疑惑地问。

“这样还不安全。”

说完，梁秀英转身又回去了。周大姐、王大花也跟着来到地窖跟前，看到梁秀英正在往地窖门口扔猪粪。她俩恍然大悟，也拿起铁锹开始铲猪粪。王大花走进厕所，铲了满满一铁锹大粪扔在了窖门口。这一锹大粪一扔不要紧，刺鼻的臭味迎面扑来，王大花好像没闻到，转过身又进了厕所。就这样，她连续跑了三四次厕所。

“这就伪装好了，周大姐、大花，你们回吧，我再把猪赶过来。”梁秀英看了看堆满猪粪和大粪的窖门口，对周大姐和王大花说。

“好，那你小心啊。”说完，周大姐和王大花匆匆地离开了。

梁秀英端来猪食盆，“唠唠唠”地喂起猪来。

这时，日伪气势汹汹地闯进梁秀英家，端着枪在屋里、院里、后院搜起来。他们折腾了好一会儿，什么也没搜到，转身刚要走，一个敌军官突然把手一挥，示意所有人停下。他看了一眼梁秀英，向地窖走过去。梁秀英的心都提到了嗓子眼儿。敌军官越走越近，眼看就要接近地窖门了，忽然他捂着鼻子骂着“八格牙路”就往后跑，其他日伪也吵吵嚷嚷地跟着走了。

敌人走后，梁秀英悬着的心放下了，她赶紧组织妇女，趁着月色把鞋安全地送到小金房县政府驻地。

参　军

“蜡头儿”出家已经五年了，他是九岁来的灵泉寺。寺庙所在的地方地名有点怪，叫塘子庙。叫庙可不是庙，是一大片地方。听说，从这里往西就能到赤城，但是“蜡头儿”从来没有去过赤城，因为真的要从塘子庙到赤城要走九十里山路，没有大路，都是弯弯曲曲的山路。普通人一天是决然走不了九十里路的，而且半路上连户人家都没有，想起来都觉得怪害怕的。灵泉寺朱檐碧瓦，庙貌非凡，晨钟暮鼓，声名远播，听师父说，日本人来之前，灵泉寺也曾经香火鼎盛。

“蜡头儿”在家叫阎才。他老家延庆县田宋营村管“出家”不叫“出家”，叫“当和尚”。阎才家里穷，穷得做梦都没有梦见自己吃过饱饭。家里亲戚拉着阎才相面说：“这孩子有点福相，别看现在瘦，到庙里吃上几顿饱饭，便有了佛缘。”庙里的师父姓鲁，他掌管庙里的一切，庙处深山，鲁师父和阎才在这里相依为命。

1940 年腊月，鲁师父骑着毛驴到山下去买菜和豆腐，天已经黑了，还不见师父回来。阎才一个人在庙里有点怕，偌大的殿里只有阎才和眼前忽明忽暗的青灯，殿外的西北风吹得殿前的窗棂哗啦、哗啦地乱响，阎才听见自己的肚子里也像被风吹乱了一般，咕噜、咕噜地乱响。

院外的狗一个劲儿地叫，叫得阎才心里欢喜，他以为是师父回来了。跑着去给师父开门，可门口站着的不是师父，是四个商人打扮的人。

阎才没敢把寺门打开，只是开了一道只能够伸出半个脑袋的缝。即便如此，阎才也被眼前这四个突如其来的人吓得浑身战栗了。

来人似乎看出了小和尚的胆怯，忙解释说：“小师父，你别怕，我们是过路的。天黑了，想在你这儿借宿一宿行吗？”

阎才觉得面前的四个人，比殿里的四个金刚塑像看着和善多了，也就放松了戒备。阎才心善，他担心这四个人如果夜宿深山野林子里，不是冻死就是被野牲口吃了，迟疑了一下，说："你们跟我进来吧。"

阎才领着几个人走到禅房："你们先坐在炕上暖和暖和吧。"说着把火盆搬到炕上。

"小师父，借你们寺里锅灶用用吧，我们热点吃的。"

"好，你跟我来。"

不一会儿，热乎乎的小米干饭、荞麦面汤端上了炕。阎才站在一边，眼巴巴地看着四个人吃得满头大汗。四个人抬头看到面前的小和尚，也觉得怪不好意思的："小师父，把你给忘了，你也吃点。"

阎才急忙后退几步，摇着秃脑袋，不敢出声。其中一个高个子走到阎才身边，把满满一碗热气腾腾的小米干饭递给他："小师父，吃吧。"

阎才胆怯地看着高个子，一时不敢接。高个子笑了笑，又把碗往前一递："吃吧。"

阎才接过碗，狼吞虎咽地吃起来。阎才从来没吃过这么香的小米干饭。师父疼他，他也心疼师父，从来不跟师父说自己饿，这兵荒马乱的年月寺里没有余粮，吃饱是种奢望，在严冬的深夜能加餐吃一顿热乎乎、香喷喷的小米干饭，更是想都不敢想的事儿。

边吃边聊，高个子告诉阎才他们是从赤城来的。阎才一下停住了手里的筷子："我听师父说，赤城可远了。你们一路过来没碰见鬼子？"

"鬼子啊，都躲着我们走哩！小师父，我问你，你听说过八路军吗？"

阎才的眼睛瞪得更大了，他吃惊地看着面前的四个人："听说，八路军能让穷人都有饭吃？"

高个子爽朗地笑着说："小师父，我问你，日本鬼子坏不坏啊？"

阎才咽了一口吐沫："鬼子坏！他们在山下杀人放火坏透了。"

"我们是打鬼子的队伍，把鬼子打跑了，咱们穷人才能过好日子啊。"

阎才眼前一亮，放下手里的碗，伸着脖子问："你们，你们真是八路军？"

"是啊，我们都是八路军，你要不要也来跟我们一起打鬼子啊？说说看，你都会什么？"

"我识字，我还会抄经文呢。"

"嗬，还会写字，那太好了！你师父回来跟他说，甭当和尚，跟我们一起当八路去吧。”

“我行吗？”

“只要你愿意，下次我们再从这儿路过，把你带走，你看行不行？”

这夜是阎才睡得最香甜的一晚，梦中他吃得饱饱的，扛着枪，头发也长出来了。

天还没有亮，阎才便被一阵窸窸窣窣的声音吵醒了。四个人此时已经收拾好行囊准备上路，大个子拉过阎才，拿出十元伪蒙疆的票子递给他：“拿着。”

“我不要。”

“八路军有纪律，不能拿群众一针一线。”

“可是你们什么都没拿啊，我还吃了你们一碗小米干饭呢。”

“住店也得给店钱啊，拿着吧。”

师父回来了，阎才把钱和昨晚的事一股脑儿地告诉了师父。鲁师父似乎看出了阎才的小心思：“蜡头儿，你是不是也想去当八路军啊？”

“师父，我想去。”

“救黎民于水火，解百姓于倒悬，乃是佛家之大作为。你若与他们有

平北军分区司令部疗养所遗址

缘，可以跟随他们一起走。”

“师父您同意了？”

鲁师父笑了。

1941 年 8 月，大个子回来了，一见面就问：“小和尚，你还认识我吗？”

“认识，认识。你等等，我去叫师父来。”

鲁师父见到了阎才嘴里时常念叨的大个子，双掌合十：“阿弥陀佛，施主，老衲有礼了。”

“鲁师父，我们早就听说您是个开明的出家人，我来介绍一下，我姓覃，这位姓蔡。”

鲁师父打量着眼前的两个人，眼中满含笑意：“施主莫不是覃国翰、蔡平二位官长？”

覃国翰、蔡平听到此处仰天大笑：“鲁师父，我们就是平北抗日根据地的普通一员，不是什么官长。”

“阿弥陀佛。听小徒提及二位，今日一见，久仰久仰。二位大驾光临，寒寺蓬荜生辉啊。”

平北军分区司令部疗养所遗址

"鲁师父，我们今天还是路过。上次来没看到您的面儿，今天也算是见到真佛了。您的小徒弟是个好苗子，识字有文化，我们部队缺少这样的同志。您要是放心，就让我们带他走吧。"

"好！好！小徒能够与二位官长同去抗日，也是他有此缘啊。"

阎才如愿以偿地参加了八路军。临走的时候，他给师父磕了三个头。鲁师父送给阎才一句话："精诚所至，金石为开。"

阎才收拾好东西，告别了鲁师父，离开生活多年的塘子庙，跟着八路军去抗日了。他走小路钻入茫茫的油松林直奔冷蜂窝，月光如水洒遍山野，他拨开荆棘，越过沟谷，向着心中最亮的地方走着。

到了南碾沟，他才知道覃国翰是平北军分区司令员。覃国翰给他换上了新衣服，把他编入平北分区教导队。

阎才当了小八路，干什么都浑身是劲儿。因为他年纪小，教导队队长从不让他上战场，为这事儿阎才还哭了几次鼻子，逗得教导队的战士见了阎才就说："小阎才不得了，不让扛枪哭着跑。"

阎才却振振有词："我师父跟我说了，精诚所至，金石为开。只要我想扛枪，总能扛上。"

1942 年夏天，部队把阎才安排在大海陀瓦窑沟卫生所照顾伤员。阎才和正在养伤的刘指导员打得火热，天天让刘指导员给他讲战场的故事，还不时地软磨硬泡："等你回部队，把我带走。我准能跟你一样打鬼子。"

"小鬼头，你还没枪高呢。"

夏天的炎热，让人在屋里待着都热出一身汗，刘指导员让阎才偷偷带他出去散散步，找个树荫坐坐。

阎才和刘指导员穿着便装，走出半里多地，来到瓦窑沟南梁上。刚找到一片树荫坐下，阎才又磨着刘指导员教他使枪。刘指导员笑着从地上捡起一根一米来长的粗树枝，递给阎才："来，我教你怎么瞄准。"

阎才接过树枝，像模像样地端在肩上，又是瞄准又是拉枪栓，好不兴奋。

"瞄准的时候，一定要注意，三点成一线……"

突然，正闭着一只眼睛瞄准的阎才看到不远处，有人影在晃动。他警觉地对刘指导员说："别动，有人。"

刘指导员也看到了树林中的人影，好像是一队日伪，正在往这边靠近。阎才和刘指导员蹲下身子，猫着腰，借着树林的掩护就往山上跑。日伪似乎是在找路，完全没有注意林中的动静。阎才像只灵巧的小猫，把刘指导员带到山沟里一处隐蔽的地点。

“指导员，你千万别出声，我去把敌人引开。”

刘指导员一把没拉住，阎才已经从山沟里蹿了出去，向着敌人来的方向跑。一个日伪看到了阎才，向天放了一枪，呵斥道：“小孩，过来。”

阎才赶紧站住，假装吓得不敢动弹。阎才从小吃不饱，个子小，看上去像个十一二的孩子。

日伪走过去，一把拎起阎才，抓到队伍前。阎才装出十分害怕的样子，哇哇地又是哭又是喊。

“小孩，八路，有?”

阎才点点头，又用手向西头指了指：“都在那边。”

日伪根本没把阎才当回事，看到孩子吓得傻了，反而一个劲儿地乐，扛起枪，向阎才指的方向走去。

阎才站在原地，等到日伪走远了，才转身跑回刘指导员身边，领着他回到伤员医院临时的避难山洞。

这时刘指导员才知道，原来阎才就是要引敌人开枪。用敌人的枪声给瓦窑沟的伤员医院报警，让大家迅速转移到避难山洞。

敌人扑空了，伤员转移了，医院的同志们都说阎才聪明，可阎才笑着说：“山人略施小计，让司马懿大兵倒退四十里。”

刘指导员笑着说：“咱这小阎才，真是个诸葛亮啊。”

夜送鸡毛信

佛峪口沟内的西大庄科村地处海陀山南麓，是通往平北抗日根据地中心——大海陀的交通要道，抗日时期很多军事情报、紧急信件都是由西大庄科的人民群众送往司令部的。

1942年10月的一天，武委会主任悄悄地从烂角沟进山了。他急匆匆地来到西大庄科山沟的土窝棚前，找到了徐子厚，把从山外康庄一带传来的鸡毛信交给他，严肃地说："这封信很重要，一定要在天亮前送到大海陀司令部。"

"你放心，我一定想办法按时送到。"徐子厚解开衣服扣子，将鸡毛信藏在贴身的口袋里。

"你多穿点，阎家坪梁可是大风口，入秋了，晚上凉。"武委会主任叮嘱徐子厚。

"没事，俺身体结实着哩，别说秋天，就是大雪纷飞的冬天也不怕。"徐子厚拍了拍肌肉饱满的胸膛，憨厚地笑着站起来，转身向大海陀的方向走去。

西大庄科是通往海陀山的一条必经之路，为截断八路军和山外群众的联系，日军常常到村子里来"扫荡"，见人就杀，见东西就抢，临走时还要放一把火把村子烧得干干净净。为躲避敌人三番五次的"扫荡"，许多村民纷纷逃到山上，用树枝和灌木搭起窝棚勉强度日。躲在山沟土窝棚里的徐子厚是村民兵小队的骨干。他二十来岁，个头不高，但长得粗壮结实，一块块腱子肉鼓鼓着，像一头永不疲倦的小黄牛，有着使不完的力气。

今天武委会主任接到来自康庄的鸡毛信，自然想到了徐子厚。一是平时徐子厚站岗、放哨、送信送粮，司令部的战士们没有一个不认识他的；

二是徐子厚多次往返于大庄科和大海陀之间，遇到险情总能化险为夷，具有丰富的斗争经验。

徐子厚还是儿童团员的时候，曾发生过这样一件事。有一天，徐子厚正在山上放羊，突然远远望见来了一队日军。他想：哎呀，不得了，日本鬼子来了！急忙跑回村里，气喘吁吁地对村长说："村长，大事不好，日本鬼子来了！"

村长大吃一惊，马上敲响村头挂在老槐树上的那口铜钟。乡亲们得知敌人来了，都和村长一起跳进了地道里。徐子厚却没有跳进去。村长焦急地问："子厚，你咋不下来？"

徐子厚平静地回答："我还有任务没完成，但我会安全回来的。"

徐子厚说完便把地道门关了，转身就跑，他要去给游击队报信。可他刚跑到村口就被敌人发现了。一个骑着大白马的日本军官，用指挥刀指着徐子厚问："小孩，什么的干活？"

徐子厚不慌不忙地回答："我是羊倌。"

"羊倌？"日本军官皱起了眉头。

"羊倌就是放羊的。"徐子厚向日本军官解释。

"哟西，羊倌！"日本军官摸着八字胡笑起来。

徐子厚望着日本军官的白马，心想：要是骑着它去给游击队报信，那该多好啊！

他灵机一动，想出一个好办法。于是，他走到日本军官面前，笑眯眯地说："您的马饿了，我去给您喂喂吧。"

日本军官已经骑着白马走了很长时间路了，他也觉得白马肯定饿了。而且，他觉得一个小孩子能有多少心眼呢，于是诱哄徐子厚说："你的，要是把马喂好，糖大大的有！"

徐子厚听了点了点头，牵着马往村外走。走到一片高粱地前，看看左右无人，便飞身骑上马背，在马屁股上重重拍了几下，那匹马像箭一样疾驰而去。

日本军官见徐子厚去了半天都没回来，就跑到村边来找，可哪还能看到徐子厚？他早就骑着大白马到了游击队那里。

大家知道后，都称赞他是小英雄。一来二去，送信的任务常常落在他的身上。看着徐子厚渐渐消失在漫山的红叶林中，武委会主任才转身下了山。

徐子厚健步如飞，在长满灌木的山间飞奔。凭借以往的经验，他把鸡毛信放在毡帽的毛耳朵里层，这样，既保险又安全。为了避开敌人，徐子厚顺着山间小道直奔西北阎家坪。塞外十月，冷风刺骨。刚出发时，因为走得急，不一会儿汗水就浸湿了衣服，随着地势升高和夜色渐浓，晚风凌厉地吹到徐子厚身上，冷飕飕的。徐子厚掰了一截干辣椒放到嘴里，使劲嚼起来。辣椒的辣味在嘴里蔓延，火辣辣地驱赶着秋夜的阵阵寒意。

由于人迹罕至，本就不宽的羊肠小道，被交错纵横的灌木遮蔽得严严实实。徐子厚用手拨开灌木丛，从茂盛的枝叶间挤过去，带着尖刺的枝蔓，在他的裤腿上剐出几个三角口子，把他的双手划出了一道道小口子，殷红的鲜血慢慢渗出来。徐子厚没有理会这些，加快了脚步向大海陀方向继续前进。茫茫夜色笼罩着连绵起伏的群山，向远处无限地蔓延开来，好像永远也走不到头。只有北斗七星在墨色的苍穹中一闪一闪，好像在为夜行人指引方向。

大约走了两个时辰，徐子厚隐隐看到前面出现错落起伏的房屋。他停下来，长长地舒了一口气。他知道到了阎家坪了，距离大海陀已经不远了。徐子厚扶了扶毡帽，迈步继续赶路。刚走到阎家坪村东头，忽然看到村头有两道亮光闪动。徐子厚急忙蹲下来，隐藏在一棵小树下，屏住呼吸听着。夜，静悄悄的，时间仿佛停下了脚步，刚才的亮光也没了。徐子厚站起身，迈步往东北直下，刚走了几步，两道黑影出现在眼前，接着明晃晃的灯光直射向徐子厚的眼睛。

徐子厚一惊，还没等他反应过来，黑影就开腔了："你的，什么的干活?"

徐子厚知道碰上了日本兵，心里盘算着该如何对付他们。

"你的，八路的干活?"另一个日本兵又大声问。

徐子厚知道，日本兵正在佛峪口修路，抓来好多当地的农民，让人干活但是不让人吃饱饭，稍一停歇就用枪托砸、鞭子抽，弄不好就会被拴上石头沉入水潭。凡是来到佛峪口的民夫，都是九死一生。由于日本兵不把中国人当人看，好多民夫就趁他们深夜熟睡后结伴逃出去。为防止民夫外逃，敌人在很多地方布置了哨卡，日夜巡逻。徐子厚根据两个日本兵所处的位置，断定他们是查岗的哨兵。

正当徐子厚沉思的时候，两个日本兵走上前，一个用刺刀顶住徐子厚的后背，一个从上往下开始搜身。徐子厚脚上穿的是草鞋，身上穿着补丁摞补丁的衣服，除此之外再没有别的像样的东西了。日本兵摸来摸去，忽然大声叫着，把手从徐子厚的衣袋里抽出来，拿起灯仔细看着从徐子厚衣袋里掏出来的东西：一粒石子静静地躺在日本兵的手心里。

"八格牙路！这个，什么的干活？"日本兵骂完，踢了徐子厚一脚。

徐子厚担心日本兵搜查自己的毡帽，赶紧掏出两块石头往自己嘴里比画，并啊啊啊地叫嚷起来。右手伸出两个手指头，左手伸出一个手指头，指着自己张得大大的嘴。

两个日本兵你看看我，我看看你，忽然哈哈大笑起来："你的，哑巴的干活，两天没吃饭了！"

"滚——饿死你，哈哈……"另一个日本兵砸了徐子厚一枪托，幸灾乐祸地嘲讽道。

徐子厚听了，啊啊地叫着向东北方向走去。已经干了多时的衣服，因

佛峪口公路遗址

为紧张出汗再次被洇湿了。他边走边回头，看看日本兵没有追上来，一颗悬着的心才放下。徐子厚没有多想，转身顺着阎家坪梁头直插东北。茫茫的山野漆黑一片，徐子厚一会儿进入山谷，沿着溪水逆流而上；一会儿又爬上陡峭的石崖，身体贴着崖壁缓慢移动；一会儿钻进浓密的柴林，伴着窸窸窣窣的响声前进。走着走着，徐子厚忽然觉得头上冷飕飕的，他伸手一摸，头顶光光的，帽子不知什么时候不翼而飞了。徐子厚的心猛地一颤，立即停住脚步：帽子价值千金啊，丢了咋成呢？徐子厚开始在地上找起来。他东摸摸，西摸摸，怎么也找不到。于是蹲在地上，仔细回忆可能是啥时候掉的、掉在哪儿了。心安静下来后，徐子厚顺着小路往回摸，还是没找到。这可咋办呢？信送不到，会耽误事的。想到这儿，热汗顺着徐子厚的脸颊淌下来，一滴一滴地滴落到地上。

“你咋这么没用呢？连一封信也保护不了！”徐子厚使劲拍着脑袋责怪起自己来，手在灌木上不停地摸索着。

“啊，找到了！”徐子厚激动地叫起来，紧紧地攥着毡帽，再也不敢松手了。原来，帽子被挂在路旁的一株灌木上了。刚才他只顾在地上找，忽略了把路遮挡得严严实实的灌木上面了。

徐子厚把毡帽揣在怀里，擦了一把汗，甩开双臂，向着大海陀的方向大步走去。

夜里一点左右，徐子厚终于把鸡毛信送到大海陀司令部。司令部的首长看到徐子厚布满血口子的双手和保护得完好无损的鸡毛信，不住地称赞他机智勇敢。

徐子厚在大海陀吃了饭，天亮时又返回了西大庄科，准备随时接受新的任务。

三十四军装布

1942年的秋天比往年来得要早一些，经过一夜秋雨洗礼，清晨的空气更显凉爽。秋天的山如打翻了调色盘，红色、黄色、绿色，五彩缤纷，格外好看。秋风吹过，斑驳的叶子如彩蝶一样飘落，大地上已经铺满了一层金色的地毯，踩在上面软绵绵的……

两头小毛驴驮着赵海、沈才，不慌不忙地行走在八达岭深山中的小路上。路很荒凉，路边的草长得半人高，少有人走的样子，但驴背上的二人很是悠闲，他们显然对这条路特别熟悉，有一句没一句地拉着话。

"你出来干这事儿，你娘没拦着？你家可只剩你一根独苗了。"

"俺娘支持俺干，她恨死小鬼子了。她说好好干，才能给俺哥报仇。"

"你娘说得对。不能怕他们，就得跟他们干。不知道我姨父和你舅舅能帮咱们忙不，他们都是庄稼人，认识的人少。"

"但愿他们有熟人。"

他们刚拐过一个山弯弯，正要出德胜口沟时，突然，一队穿着黄色服装的伪警察出现在眼前。两人一下子紧张起来，本能地拉住毛驴缰绳，想往回退。可是已经晚了，伪警察们看见了他们。

一个伪警察把嘴里的烟屁股吐在地上，歪着头端着刺刀走过来，厉声问："你们是干啥的？"

赵海、沈才赶紧跳下毛驴，恭恭敬敬地掏出良民证，说："我们是庄稼人，我去舅舅家帮助收秋的！"

一个当官的伪警察靠着树吐出一口烟圈，骂道："浑蛋！什么帮着秋收，分明是去给八路军办事。"

听到头头给两人定了性，三四个伪警察冲上来举起枪托就往两人身上打去。

赵海急忙伸手从驴背上拿出一条香烟。

看见赵海拿出烟，打人的警察互相望了一眼，放下枪，有一句没一句地骂着：“说，是不是八路？不老实，老子手里的枪可不是吃素的。”

伪蒙疆币

赵海跑到伪警察头头面前，将烟塞到他怀里，说：“长官，我们真是庄稼人，您看我们有良民证。求求您放我们过去吧。”

伪警察瞟了一眼良民证，说：“看你的㞞样也不像干八路的，今天就放你们过去了。”

“多谢长官！多谢长官！”两个人牵着毛驴快步离开。

被伪警察定义为㞞人的赵海可不㞞，是个有胆有识的英雄，而且全家都是抗日英雄。

赵海家住莲花滩，祖祖辈辈都是给财主打长工、租种地的贫苦农民。家里生活十分艰难。日军侵入平北之后，他们家的日子更没了着落，吃不饱，穿不暖，还要天天担心被敌人抓壮丁。

幸亏中国共产党在平北建立了抗日根据地。1940 年春，中国共产党昌延联合县开辟莲花滩，赵海一家四口积极参加抗战活动。赵海娘当上了抗救会主任，哥哥赵德当上了民兵，赵海当上了地下交通员。赵海凭借着机智灵活，经常冒着生命危险，往返于县区政府和村庄，取送情报、密信和物资，都万无一失。

此时，拿出良民证的赵海和沈才还真不是日本人的良民。他们确实是去南口亲戚家，可不是去帮忙收秋，而是去帮助平北抗日根据地海陀山地下兵工厂买布。

1942 年敌人对平北抗日根据地实行经济封锁，海陀山地下兵工厂缺少棉布做军衣。为解决燃眉之急，昌延联合县马场区政府决定，将买棉布送棉布的任务交给莲花滩村。这个任务愁坏了正在开会的干部，毕竟不是买三尺五尺布，要买上千尺布啊，目标太大了。这项工作任务不但有难度，还有很大的风险。

村长王长起说："军队没有棉衣裳穿，怎么能打鬼子？再大的风险也得去完成！"

可是买布的任务让谁去完成，谁能圆满完成，大家商量来商量去，认为只有机智的赵海和跑过买卖的沈才最合适。

王村长找到赵海和沈才，两人一口应承："没有棉衣怎么打仗？多大的风险我们也去！您放心，我们一定把布买回来。"

他们为了躲避敌人的关卡，特意绕道多走四十里山路去南口，没想到还是碰见了警察队，好在有惊无险顺利过关。

赵海二人来到南口附近小南园村的舅舅家、姨父家，说明要买点布，去口外换点粮食，给乡亲解决受灾缺粮问题。

亲友一听发愁地说："日本搞封锁不敢买布啊！"

赵海说："舅啊，俺们家已经断炊好几天了，这年头大家都穷，别的买卖都不行了。现在入秋大家都准备做棉衣，布是家家户户过冬都必须用的。违法买布让日本人抓住是个死，饿死也是个死。人得想办法活命啊。"

娘亲舅大，舅舅心疼姐姐一家受苦，终于答应了。沈才也经过耐心解劝，做通了姨父的工作。

伪满洲币

当时南口伪政府封锁物资，规定凭良民证每人只限买二十尺布，违抗受罚。两家的亲戚托亲烦友，亲戚套亲戚动员了很多人。大家大着胆子经过铁丝网森严林立的炮楼，穿过日本兵和警察的明岗暗哨，一人二十尺地去买布，好容易才凑了五百尺。

山上的战士那么多，五百尺怎么够啊？赵海和沈才又犯了难。

“我去找卖布掌柜的聊聊，没准能聊出办法来。”沈才以前做过小买卖，知道当前做生意不容易，掌柜的肯定想多卖布，只是有规定限制没有办法。

二人找到卖布掌柜，说家里庄稼收成不好，想买点布去口外换点粮食，求掌柜的千万帮帮忙。卖布掌柜因卖不出布正发愁呢，说：“我是做生意的，我也想多卖点布，好买粮食储备过冬。可现在不敢啊，真掉脑袋啊。”

“您看，我们按每次买二十尺，多来几次，您装不知道是我们一拨人来，这样成不？”沈才试探地问。

掌柜的还是犹豫：“我再想想吧。”

赵海、沈才第二天又来找卖布掌柜的商量，掌柜的终于点点头。

经过大伙儿分头数次冒险奔波，好不容易提心吊胆地买出青、白、蓝洋布一千二百尺，开上售布条。赵海、沈才将售布条缝在驴鞍屉里，把布打成四包装在麻袋里，赶上两个驴垛，连夜往回赶路。

二人被亲友护送出村后，绕道过虎峪沟口回延庆。没想到又遇上了昌平伪警察队，敌人用刺刀挑开麻袋，一看那么多布，二话不说动手就打。“你们两个一看就是八路军。走，跟我们回昌平警察所去。布充公。”

这下子可急坏了赵海和沈才，他们趴倒在地哇哇大哭起来，说今年收成不好，家里断粮了，没办法才来买布，准备用布换点粮食吃，央求伪警察放过他们，急得险些背过气去。

两个当官的伪警察见状嘀咕道：“看样子挺老实的，不太像八路。唉，这年头都不容易。”

然后对他们二人说：“今天饶过你们一次吧，你们别再干这傻事了！”

二人忙跪倒说：“多谢长官！”

然后，赵海翻身起来，从驴垛上拿出五块现大洋，递到伪警察头头手里，千恩万谢后，急忙赶上驴，奔家而归，把布藏在地窖里。

第二天夜里，赵海、沈才又以去口外跑买卖为名，假装卖布。赶上驮布的驴子避开柳沟敌据点的搜查，秘密出大庙口子绕杨户庄村东，蹚过妫河，横过延永公路，赶赴海陀山。经中羊坊村东时，又被敌据点发现，敌人追出来向他们开两枪。二人赶着驴赶紧跑，甩掉了追兵，然后绕道白草洼，上北山进入海陀山。天亮前，他们终于将布和密信送到了兵工厂。

血染白龙潭

传说在延庆东南部山区大庄科乡的白龙潭，清澈的潭水中曾经住着一条白龙。一条黑龙因为乱行暴雨被赶出水宫，无家可归，它看见碧波荡漾的潭水，就要与白龙争地盘。白龙岂能拱手相让？两龙商量比武，胜者留，败者走。经过一番艰苦的鏖战，黑龙浑身是血，从潭水中飞上天逃走了。白龙战败黑龙，广布细雨，为庶民耕耘造福。抗战时期，英雄岳坦为了掩护八路军，血染白龙潭，又为这里增加了一个新的传说。人们传说岳坦跳下白龙潭后，飞溅起几丈高的浪花，从石臼中飞出一条白龙，腾空而去。村民们打捞岳坦的尸体，却什么也没有发现。大家都说，是岳坦的热血之躯化作白龙，就住在这白龙潭里，护佑百姓的安宁，白龙潭的名声传得更远了。

2010年8月，大庄科乡清理这个宽二十米、深十八米的白龙潭，挖出了铸铁的手榴弹弹壳。看着锈迹斑驳的弹壳，抗日英雄岳坦宁死不屈的事迹和白龙潭的传说，再一次浮现在人们眼前。

1914年，岳坦出生在大庄科乡杨树沟的一个穷苦农民家里。当时的中国正处在半封建半殖民地的时代，岳坦一家忍受着三座大山的压迫和剥削。全家四口都是好劳力，但仍然盖不起几间像样的土房。全家挤在破旧茅草房里，冬天灌风，冰窖一般冷；夏天下雨，外面下大雨，屋里滴小雨，外面雨停了，屋里还在下。穷人的孩子早当家，岳坦从小就勤劳懂事。

1936年9月，伪满洲国在大庄科村设立了伪警察分所，对当地老百姓实行血腥统治。所长王小猴及伪警察们横行霸道，欺压百姓，搜刮民财，侮辱妇女，百姓一刻也不得安宁。东二道河的董学升，其妻遭到王小猴的欺侮。董学升不堪忍辱，暗自组织胆大重义的青年四十多人，决心一报家

岳坦牺牲处纪念碑

仇国恨。

1937年5月1日夜里，董学升带领四十多人砸毁了伪警察分所，把作恶多端的王小猴和十多个伪警察全部打死，缴获十多支大枪。这件振奋人心的事情，让久受压迫的群众拍手称快。富有正义感的岳坦感觉心里痛快极了，他亲眼看见过王小猴祸害百姓，深切感到自己二十多年来挨饿、受冻都是那些罪恶的人造成的，他的心里早就埋下了仇恨的种子。他敬佩董学升敢作敢为的义举，盼望有更多勇敢的人，带领大家把所有的坏人都打倒，让这里的人们早日得到解放。

1940年1月，八路军来到霹破石、沙塘沟、铁炉等村，宣传党的抗日主张，发动群众，建立救国会，建立党的组织。岳坦毅然决然地参加了抗日游击队。因为他勇敢正直，先后担任了村自卫队队长、民兵中队长。他和指导员王俊英、大队长王德荣密切配合，组织民兵站岗放哨、埋地雷、送情报、掩护干部，给八路军运送军事物资和生活用品，为开辟抗日根据地做出了贡献。由于他工作积极努力，认真负责，1941 年光荣地加入了中国共产党。

1941 年夏天，伪满西南防卫司令部大村少将，拟订了一个《西南地区治安肃正实施纲要》，以加强西南边境的“治安”，强迫这一带群众拆掉自家房屋，到邻近大村修围子，迫使百姓都搬到里面去住，同时严加管理，妄图割断群众与八路军的联系。比较大的围子是汉家川围子，它包括水泉沟、杨树沟、暖水面等十多个自然村。由于群众的反抗和抗日政府领导群众不断斗争，到 1942 年群众也未全部搬入围子里。群众的房子拆了，又不愿意入围子，有的人到山坡上搭起了临时窝棚，有的人在山上寻找或开凿山洞，有的人搬到远处相对安全地带的亲戚家住。岳坦家的房子也被拆光了，他家在杨树沟的东山坡上搭窝棚住。杨树沟是一条南沟，沟口北边是一条公路，沟里住着十多户人家。

当时，汉家川一带隶属于昌延联合县二区，区长刘文科负责组织这一带的抗日群众进行游击斗争、“反围子”斗争。在刘文科的带领下，日伪的日子一天比一天糟心，敌人对刘文科恨之入骨，四处张贴告示，悬赏活捉“刘黑子”——因刘文科惯于夜间行动，所以敌人如此称呼他。活捉不成，又高价收买刘文科的人头。

1942 年起，伪满、伪蒙疆和伪华北等日伪当局对平北抗日根据地进行大规模“扫荡”。汉家川一带有敌人的死对头刘文科区长在活动，敌人的“扫荡”自然不会放过这里。

1943 年 6 月 19 日，刘文科带领游击队袭击周四沟敌人后，返回途中，带着通信员于长印深入农村，发动群众筹集公粮，拂晓时来到杨树沟岳坦家中的窝棚。忙了一宿的刘区长太劳累了，刚一进门，就躺下呼呼睡着了。岳坦和他嫂子怕区长出事，分别在门口和山下站岗放哨，一个明岗一个暗岗，两道岗哨双保险。

不大一会儿，岳嫂从山下神色慌张地跑回来，说山沟里来了敌人。岳坦忙把刘区长叫醒，领着他和通信员往山上跑。他们刚跑到山上，突然叭的一声枪响，子弹擦着岳坦的耳朵飞过。怎么回事？他往山下一看，原来山的另一侧也上来了敌人。步兵、骑兵，黑压压一片，足有六百多人，将前面的路堵得死死的。岳坦凭着熟悉地形的优势，让区长和通信员滑进一片茅草丛里隐蔽好。看着他俩藏好了，岳坦当机立断向另一个方向就跑，目的是把敌人引开。

岳坦这一跑，立即引起敌人的注意。他刚跑出十多米远，就被敌人抓住，反绑了起来。敌人把他围在中间，一个日本兵倒握着步枪，枪把恶狠狠地砸在岳坦的左肩上，旁边的伪军厉声喝问：“刘黑子在哪儿？”

“不知道！”岳坦沉着地说。

“粮食在哪儿？”伪军追问，日本兵又上前踢了他一脚。

“不知道！”岳坦瞪了敌人一眼，提高声音说。

敌人打一下问一句，再打一下，再问一句。岳坦始终都是那三个字：“不知道！”

日本兵打累了，让伪军接着打：“不说出真东西就往残了打。”敌人恶狠狠地说。

这次敌人下了毒手，打断了岳坦的左臂，大臂和膀子只剩一条筋连着。筋被拉长了，胳膊几乎耷拉到膝盖边。但岳坦还是那三个字：“不知道！”

藏在草丛里的刘区长听到杂乱的声音，心像刀割一样难受。年轻的岳坦为掩护他挺身而出，这么挨打、受伤、受罪，他不忍心，更不甘心：难道就任由敌人肆意折磨岳坦吗？刘区长猛地抓过通信员手里的枪，想立刻冲出去与敌人以死相拼，救下岳坦。

通信员看到刘区长冲动的行为，一把按住他的手，轻声说：“区长啊，您不能开枪！我岳大哥受这么大的苦，就是要保护您啊！”

刘区长心里明白，自己不出去，岳坦受苦；自己出去，自己和岳坦一起受苦。但是如果自己冲动地跑出去，就辜负了岳坦的一片心啊。岳坦保护的不单单是一个党的干部，他要保护区政府和游击队呀。刘区长心头一热，泪水在眼眶里打转，强忍着没让眼泪流下来，依了通信员，重新掩藏好。他攥紧拳头，暗下决心：出去之后，一定严惩敌人，为岳坦报仇。

岳坦被伪军押着从山坡上下来，他估计刘区长还在附近，怕敌人再搜山，突然放声大喊：“快跑呀！游击队在山里边埋上地雷了！”伪军被地雷炸怕了，听岳坦一喊，信以为真，就拼命地跑下山坡，准备沿着山路返回大庄科。

岳坦忘记了疼痛，只担心着刘区长。他想：到了大庄科据点，敌人就会对我上大刑拷打，刘区长一定很着急，会赶来救我，我决不能连累他。

那边崖下就是白龙潭，如果我跳下去，没准儿能逃走，如果我死了，也不会成为钓刘区长上钩的鱼饵。主意拿定，他猛劲挣脱拽着他的伪兵，快速跑到水泉沟北边的断崖上，断崖下面正是白龙潭。岳坦忽地一下转过身，破口大骂敌人，同时高喊："共产党万岁！"然后猛地跳进了白龙潭，清澈的潭水激起了雪白的波浪。

岳坦这个壮举，让伪军措手不及。但他们也无可奈何，又怕回去交不了差，受处罚，就向白龙潭里的岳坦喊话，哄骗他说："快上来吧，保证给你治好伤。"

岳坦胳膊断了，没办法划水，他浮在水面上，继续破口大骂。恼羞成怒的敌人连射几枪，岳坦沉下去了，水面上泛起殷红的鲜血。

共产党员、民兵中队长岳坦，为掩护二区区长刘文科，被伪满洲军枪杀在白龙潭里，时年二十九岁。他宁死不屈的高贵品质永远激励着人们。岳坦的家乡大庄科，是从昌平深入延庆北山的重要通道。一大批有志青年在这里投身革命，很多人和岳坦一样献出了宝贵的生命。

1987 年 7 月，大庄科乡政府在岳坦牺牲地——白龙潭旁的北山坡上，修建了一座烈士纪念碑，碑身正面镌刻"革命精神永放光芒"，背面碑文记载着岳坦、卫兴顺、岳忠等为革命捐躯烈士的事迹。1995 年，白龙潭烈士纪念碑被列为延庆县文物保护单位。

青山埋忠骨，白水浴英魂。英雄的事迹镌刻在石碑上，也铸就在中华民族精神的丰碑上，巍峨耸立在天地间。

地窨子

在反“蚕食”斗争时期，吴庄处于大海陀根据地到延庆城道路上，成了抗日战士的落脚点。吴庄的甲长叫卢永泽，是个为人正直、爱憎分明的人。虽然按地产数量推为甲长，但暗地里却经常给八路军办事，多次顶着风雨赶着毛驴，冒险给北山里送粮、送衣、送子弹。游击队和区里的一些人都把他当成了好朋友。

1942 年深秋，忙碌了一天的人们吃过晚饭都早早地睡了。秋风飒飒，吹拂着广袤的田野，到处弥漫着沁人心脾的稻谷的气息。卢永泽家里地多，为了避免赶上秋雨，他每天都比别人起得早。劳动了一天，早已筋疲力尽。可是一躺下又睡不着了，因为卢永泽想到了忍饥挨饿的八路军，盘算着怎么能给根据地多送些粮食。

“咚——咚咚——咚——咚咚——”

忽然，卢永泽听到有规律的敲门声。卢永泽和八路军的同志约好，深夜来的时候，可以用有规律的敲门声进行简单沟通。没有敌情，卢永泽就会咳嗽一声前去开门；若有敌人在，他就会高声说：“风这么大呢，吹得门都响了！”开始，大家还不熟悉，经过几次试验，大家很快都学会了这种方式。卢永泽听到敲门声，连续咳嗽了几声起来开门。门开了，一个熟悉的身影闪进屋来。

“张书记，咋这么晚才来呀？”卢永泽边说边把来人让进屋。

“最近工作太忙了，有些事只能晚上办。”来人是四区书记张玉明。他边往里走，边平静地说，“组织决定，要在咱们这里发动群众抗日。”

走进屋里，张书记摘下头上的旧草帽，用手抹了一把额头上的汗水，侧身坐在炕沿上。由于急着赶路，身上的衣服湿漉漉的，散发着汗味和泥土的气息。张书记每次来的时候，都把自己装扮成不同行业的人。这次打扮成农民的样子，卢永泽第一眼真没认出来，看到那熟悉的走路姿势才判断出来人是张书记。卢永泽迎上去，低声说："张书记，您换换衣服吧!""不用换，这样工作起来方便。"张书记说着，掏出小本子和笔在灯下写起来。不一会儿，卢永泽把两碟散发着诱人香味的菜端上来了，更让张书记感到意外的是还有一瓶白酒。"老卢啊，这是让我打牙祭啊!"张书记看着桌子上的酒菜，讲起了南方话。

"喝口酒，解解乏。"卢永泽倒了一杯酒，放在桌上。

张书记边吃饭，边和卢永泽聊村里群众的情况。聊着聊着，里屋传来轻微的鼾声。原来，卢永泽的母亲、妻子和孩子已经睡着了。

这时，张书记忽然发现，卢永泽愁云满目，就好奇地问："老卢，你有为难的事?"

"没有。"卢永泽忙眨了一下眼睛。

"那你这是咋啦?"

"我……我……"

"哎呀，老卢，我们都是革命同志，有什么不好开口的!"

"张书记呀，我在想，虽然我们有暗号，但万一鬼子来了怎么办——我想了好久了，就是想不出好办法来，说出来又怕影响大家的工作。"

"原来是为这件事啊，最近我也在想，不知我这个主意行不行。"

"您快说说!"

张书记趴在卢永泽耳边耳语了几句，卢永泽脸上的愁云瞬间消失得无影无踪。

夜深了，两个人还在灯下商量着。

第二天，卢家忙起来，每当天黑就关门上闩，挖坑，担板，搭炕，砌"上下顺"的烟囱。经过几个长夜的苦干，西北屋与东屋炕下各建了一个藏身的密道——窨子。张玉明掀开活动炕坯，低下头由窨子棚顶上的圆口钻下去。走进窨子里边，张玉明被眼前的一切惊呆了：这"地下室"高可站人，搭着土炕，烟囱中的山柴燃得通红，烟呀，气呀，全从上层的烟囱走了。张玉明长长地舒了一口气：这下，我们的同志再也不怕敌人的突然袭击了!

从此，干部有了安稳窝、藏身处，干得更有劲儿了，很快就把附近几个村的群众动员起来了。参军的、做鞋袜的、探听日伪活动的，像一把把叫敌人心惊胆寒的烈火。

1943 年春，一件意想不到的事情发生了，吴庄有个姓王的到局子告卢永泽私通八路。

卢永泽刚回到家，正在和张玉明等几个同志商量发动群众抗日的事，忽然，院子里传来杂乱的脚步声和吆喝声。

“不好，老张，敌人来了！”卢永泽向窗外看了一眼，六七个伪军如狼似虎地闯了进来。卢永泽掀起炕坯，对张玉明说，“快，进窨子！”

“外边就交给你了！”张玉明庄重地说。

“别说了，快进去！”卢永泽推了张玉明一把，几个同志依次进入窨子后，他盖上活动炕坯，把炕席铺在上面。

他刚转过身来，几个狗腿子已经气势汹汹地站在屋里了。

“搜！”为首的一个狗腿子瞪着眼睛命令道。

几个伪军在屋里，不是用刺刀刺，就是用脚乱踢，只一会儿工夫屋里就一片狼藉：被子被刺刀挑破了，棉花白花花地露出来；装粮食的缸被捣破了，金黄的谷子汩汩地流了一地；柜子也被撬开来，里面的东西翻得乱七八糟……最后，狗腿子在被垛里翻出一包袱账来，里面记的全是给北山送的物资。

“你他妈看看，这是什么？”狗腿头子把账本摔在卢永泽面前。卢永泽妻子挡在卢永泽面前，大声说：“这些都是我做的，他是甲长，不知道我做的这些事！”

没等卢永泽妻子把话说完，狗腿头子左右开弓，打了她几个耳光，然后恶狠狠地说：“带走，送到宪兵队！”

“老总，老总，老娘儿们头发长见识短，禁不住别人的诱惑，稀里糊涂地帮着别人记账……看在我给老总们筹粮、报信的份儿，饶了她吧。”卢永泽见势不妙，赶紧央求这几个东西，并把几块银圆塞到狗腿子头儿手里，接着对捂着脸蹲在地上呜呜哭的妻子说，“快，快给老总们炒几个菜，再烫一壶酒，老总们没黑没白地剿匪辛苦了——为了咱们不被共匪利用，老总们受了这么多苦，你咋就看不出来呀！”

“可不是，老子要不是为了你们，谁天天到处乱跑？你呀，还算有点良心。”狗腿子头儿听卢永泽这么一说脸色缓和了，开始称赞卢永泽。

卢永泽的妻子趁机站起来，擦了一把眼泪，做菜去了。

不一会儿，酒菜端上来了。几个狗腿子凑到桌前，张着嘴嘻哈嘻哈地直流口水。

几杯酒下肚，狗腿子的脸，像被滚烫的开水煮过的螃蟹一样迅速红了起来，一个个比手画脚地聊起来。

狗腿子头儿指着卢永泽，打了一个饱嗝，冒着满嘴酒气，结结巴巴地说：“俺们……俺们也知道……知道你们保甲长两头都惹不起……不起，谁要……要东西都……都得给，今儿……这事儿就到……到这儿，你快把那玩意儿烧……烧了吧。”

“哎，谢谢老总！”卢永泽装着感恩戴德的样子，抓起账本子跑到炉子前一把塞进灶火膛里。呼呼的火苗闪动着在账本上移动，只一会儿工夫，账本就变成了一堆灰烬。卢永泽转身来到桌前，提起酒壶点头哈腰地给狗腿子一一满上酒。

“卢甲长，张嘟噜子在哪里？”一个贼眉鼠眼的家伙忽然拉着卢永泽的手问。

卢永泽像被雷击了一下，差点儿把酒壶扔在地上。张书记现在就在窨子里啊，一定不能让这帮坏蛋看出破绽来！

“嘿——发什么愣呢？就是那个方脸、驼背、中等个子的南方人，叫张玉明的张书记呀！”贼眉鼠眼的家伙啪地打了卢永泽一巴掌。

这位皮白心红的卢甲长缓缓地抬起头，一脸为难地说：“老总，人家共产党的官儿依靠贫农雇农，我个臭甲长连边儿都沾不上，哪能知道他们的行踪！您说是不是这个理儿？”

贼眉鼠眼的家伙听了，撇了撇嘴，端起酒杯开始喝酒，不再说话了。

“听你们村子的人说，那个姓张的藏过你家？”狗腿头子接过话茬，上下打量着卢永泽问。

卢永泽明白了敌人在瞎咋呼，就顶上了：“请诸位老总前前后后再搜搜吧，说不定真的能逮住张书记，你们还能得重赏呢！”

“别糊弄老子了！俺们早搜过了，你他妈的屋里都是破东西，茅坑是屎，猪圈是粪，连根共产党的汗毛都找不着。”那个狗腿头子喝了盅酒，边往出走边指着卢永泽躺在炕头的母亲大声道：“不过，以后俺们要是瞅见你和张嘟噜子还勾搭，连你八十多岁老娘也铐走！”

“不敢！不敢！”卢永泽点头应承着，往外送酒足饭饱的狗腿子。

狗腿子渐渐地走远了，刚才一直哼哼唧唧的老太太爬起来，打开活动炕坯，张玉明他们一个接一个爬出来，迅速转移到别处去了。

奶娘

海陀山东南麓后河一带隐蔽的山沟里，搭着马架子窝棚。一个面色苍白的产妇躺在那里，盖着旧被子。她得了产后风，头热得像火炭一样，一直处在昏迷状态。在她身旁，包裹得严严实实的夹被子里，一个刚出生几天的婴儿正香甜地熟睡着。

低矮的窝棚里，几个有经验的妇女，熬姜汤水喂产妇，用热毛巾擦拭，轻轻地呼唤着："高同志，快醒醒，看看咱们的小宝贝儿。"过了一会儿，产妇慢慢地睁开眼睛，翕动着嘴唇，发出了微弱的声音。一位身材比较壮实的妇女，俯下身侧耳听，才听见产妇气若游丝地说："我不行了，孩子托给你们……"话未说完，头向旁边一歪，停止了呼吸，但那双满怀希望的眼睛却一直对着这位妇女不肯闭上。

几个妇女围上来，眼含热泪，焦急地呼唤着产妇。可是，产妇再也听不到姐妹们熟悉的声音了。一位年纪稍长的妇女，看了看襁褓中的婴儿说："可怜的孩儿！刚落草（出生）就没了娘。高同志把孩子托付给咱们，咱们忍饥挨饿也要把他保住。"

高同志叫高达岭。1940 年秋天，高达岭跟随部队来到海陀山区，开辟平北抗日根据地。组织上看到年轻的高达岭活泼热情，积极肯干，分配她担任龙赤联合县妇救会主任。高达岭建立区、村妇女救国会，走遍了全县的村村寨寨、沟沟坎坎。她盘腿坐在炕头上和妇女聊天，了解她们的喜怒哀乐。大家都说县里来的干部，一点架子也没有，从来没有嫌弃山里人。高达岭每到一个村庄，都教整天围着锅台转的妇女识字、唱歌，让她们从家庭的小圈子里走出来，一起抗日。她秘密发展党员，号召妇女破除封建迷信思想。她像一块磁铁，有着强大的吸引力。妇女们只要听说她来了便蜂拥而至，围着她询长问短，共同参与抗日活动。姐妹们都把高达岭看作是自己最亲的人。

1943年夏天，高达岭怀孕临产，正赶上日军大“扫荡”。日伪来势汹汹，梳篦式地向前推进。情况十分危急，几名妇女搀扶着身怀六甲的高达岭，在山沟里树丛中辗转躲藏。最后，隐藏在海陀山东南麓后河村一个较隐蔽的沟里。几个人找来柴草，在一个隐蔽向阳避风的地方搭起一个帐篷。几位附近住的妇女，听说高同志生小孩，把家里仅有的被褥抱了过来。有的做小孩的衣裳和小被子，有的煮鸡蛋，像对待亲人一样照顾高达岭。

高达岭顺利地产下了一个男孩。尽管窝棚向阳，可是夜晚山风硬，加上连日来担惊受怕，虚弱的高达岭不幸患了产后风。日伪搜山正紧，又无任何医疗条件，婴儿出生十二天后她便去世了。最后龙延怀联合县四区孙庄子村的尤加娥说服众人，给嗷嗷待哺的孩子当了娘。

尤加娥挎着一个包袱，装着几个姐妹给孩子的小衣服，紧紧抱着孩子，在山沟里走着。她眼前总是浮现出高同志和蔼的笑容，像岭上的山桃花一样好看；亲切的话语，像流淌的山泉一样轻柔。她讲的那些抗战故事、妇女解放的道理，像春风一样吹开了尤加娥的心田。她还记得小时候，母亲和奶奶拿着长长的绑脚带子，硬给她和妹妹裹脚。除了大脚趾外，其他脚趾头被摁倒、缠紧，尤加娥姐俩疼得嗷嗷叫，汗水直流。母亲说，给丫头们把脚裹紧点，长大嫁个好人家。倔强的尤加娥，趁母亲和奶奶不注意，偷偷地解开了绑脚带子，帮助妹妹也解开了。多亏小时候自主一回，不然现在像母亲和奶奶那样，旱鸭子一般走路，抱孩子、躲日伪怎么跑得了呢？看看人家高同志，年龄差不多，她一双大脚，走到哪里都稳稳当当的。高同志说，女孩子裹脚变成“三寸金莲”，身心受到巨大的伤害。高同志说过的那些话，就像给尤加娥打开一扇天窗，让从来没有走出海陀山的尤加娥，感受到和煦的阳光、清爽的空气。她悄悄地学着高同志……唉，像高同志这么好一个人，生小孩没有赶上好时候，年纪轻轻就“走”了……尤加娥往上挪了挪怀里的孩子，走进了家门。

三间土坯小房，收拾得干净利落。嫁到邻村的妹妹，正坐在糊着旧纸的破炕席上哄尤加娥的女儿。尤加娥把抱回的孩子与女儿放在一起，开始寻思起来：家里的粮食早让“扫荡”的日伪拿跑了，只有墙角堆着的发了芽的土豆。青黄不接的时候，大人好说，挖些山野菜，掺点棒子面打糊糊，可以对付对付。高同志的孩子怎么办？晚上，尤加娥和丈夫商量。丈夫看到围在炕上两个嗷嗷待哺的孩子，抓挠着自己的后脑勺说：“兵荒马乱的年头，养一个孩子就挺难，这回又加一个，真是大南门里种南瓜——难上加难！……俺不是责怪你，咱俩一起想办法，就是搭上命也要把两个孩子养好。”两个人想来想去，决定把老家的绵羊拉来，再抱回一只下蛋的老母鸡。羊奶催奶，再喂点鸡蛋黄，让孩子吃饱。

第二天天刚蒙蒙亮，尤加娥看着丈夫戴着草帽，包几块菜团子，回四十里外的老家拉羊抱鸡去了。她心头一热，眼泪在眼圈里打起转来。这不就是母亲和奶奶说的嫁了个好人家吗？她看看两个孩子都醒了，嘤嘤地叫着，就撩起衣服前襟喂奶。几天来着急上火，奶水不多了，被孩子小嘴咂得生疼。男孩没吃饱，乱蹬着两条小腿啼哭。她抱着孩子，在地上转圈哄着：“我的宝儿，不哭啦，你爹给咱弄吃的去了……”她轻轻地拍着孩子，想着他在大海陀出生，是革命同志的后代，就叫“海根”吧。为了隐藏孩子的真实身份，她把自己四个多月的女儿改名叫“海丫”。

天擦黑，丈夫回来了，他熬好了羊奶让尤加娥趁热喝下去，一股浓烈的膻气味弥漫着。尤加娥捏着鼻子把一大海碗羊奶灌下去，她要让羊奶快点变成乳汁，来喂养海根、海丫。

初冬时节，树木叶子随风飘落，海陀山上光秃秃的。山间升腾起白茫茫的浓雾，从薄处看，雾已结霜。冬天悄然来临，日伪又来“扫荡”了，村庄里的人听到消息，拿点干粮往山上石洞里躲藏。尤加娥抱起海根，妹妹急急地赶过来抱海丫。姐俩抱着孩子跑进大山深处，上气不接下气地钻进一个山洞里。洞里已经躲了几个老乡了，见尤加娥姊妹俩一人抱个孩子钻进来，就说：“你们要是在山洞里，咋也不能让孩子哭！俺们可不能跟着吃挂落儿。”

尤加娥赶紧说：“给孩子喂饱奶，不哭，真不哭……”未等她说完，“哇——”“哇哇——”两个孩子比赛似的啼哭起来。几个老乡用眼睛剜了尤加娥几眼，像商量好的一样，一个接一个起身出去了。山洞里只留下她们几个了。尤加娥对妹妹说：“不怪乡亲们！当初抱海根回来的时候，俺都想过这些事儿。再难，也要扛着。”“姐，还有俺呢！俺帮衬你。”尤加娥看看妹妹，使劲地点点头。

日伪“扫荡”过后，有人走漏了风声，甲长领着伪军找上门来。他们诈尤加娥："你家的两个孩子，哪个是八路军的？""哪个也不是！都是俺亲生的！你们管天管地，还管老娘儿们生双棒儿？"两句话噎得甲长"嗯嗯"没话说。正在这时候，尤加娥的丈夫气喘吁吁地跑回来了。他明白了怎么回事后，满脸赔笑说："长官大人，这是俺刚套的兔子，拿回去给各位吃个鲜儿吧！"甲长接过兔子，干笑着说："嘿嘿，我说俩孩子个头差不多！是双棒儿呀！我们也是例行公务嘛！再上别处找找。"说完，拎着兔子大摇大摆地走了。尤加娥呸了一声说："孩子们到口的美味，让'狗'给叼走了！""保住海根，比啥都金贵！俺再去套兔子，要让咱们的根儿、丫儿喝口汤。"丈夫安慰着尤加娥。

冬去春来，山里花落花开，时间到了1945年。小海根两岁多了，比锅台高点，和姐姐海丫满地跑着玩。海根小喜鹊似的叫着"娘""爹"，叫得尤加娥和丈夫心里流着蜜一样，从里往外汩汩地冒着甜香。

正义可能会迟到，但永远不会缺席。1945年8月15日，日本宣布无条件投降！抗战胜利的喜讯传遍海陀山区，人们欢欣鼓舞。高达岭的爱人——平北《挺进报》随军记者陈靖——从平西返回平北来接孩子。陈记者见到虎头虎脑的儿子海根，眼圈红了，给尤加娥夫妇深深地鞠了一躬，称他们是孩子的"再生父母"。他说："你们对陈家的恩情，比海陀山还高，比妫河水还深，我们永远不会忘记！"尤加娥流着泪说："咱们都是为了抗日！"

海根父子走出很远，尤加娥还听到孩子嫩声嫩气地喊着："娘……""海根，俺的宝儿……"尤加娥痴痴地望着，望着……她喃喃自语，"高同志，你在'那头'放心吧！你临'走'托付给俺的事儿，俺完成了！"

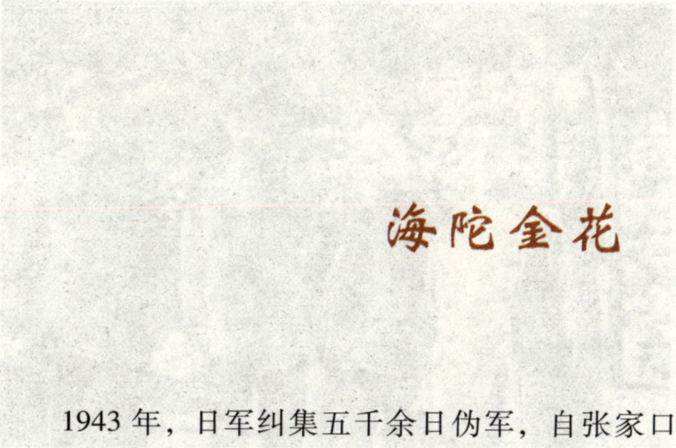

海陀金花

1943年，日军纠集五千余日伪军，自张家口等地连夜出击，奔袭赤城、龙关、延庆、怀来等地，封锁平北抗日根据地的各个要道山口，进行“铁壁合围”，实行“毁灭扫荡”。9月15日晚，从五里坡传来情报，日伪军进了山谷，正向南碾沟进攻，情况十分危急。平北军分区司令部当即决定，除留小部分队伍坚持内线作战外，主力部队向北转移，村民向东沟隐蔽。

时间紧迫，平北军分区有些文件带不走，司令员覃国翰找到杨金花，郑重地说：“大嫂，现在时间很紧，有一批文件和党旗需要麻烦您帮我们保存好，过几天我们就回来了。”说完，递给她两个小木箱。

杨金花听出司令员话里的分量，坚定地回答：“司令员，您放心，我一定完成任务。”

杨金花是延庆海陀山五里坡村人。1940年6月，八路军冀热察军区平北军分区司令部成立，以海陀山为依托，创建抗日根据地，组织群众开展抗日游击战争。根据地犹如一盏明灯，使无数妇女觉醒并走上抗日的政治舞台。

杨金花积极参加妇女活动、识字班。得到丈夫的鼓励和支持后，杨金花的决心更大了。不久，她加入党组织，成为海陀山地区最早的共产党员之一，并被推选为南碾沟村妇救会主任，带领妇女们为部队做军鞋、军装、军被，担负护理伤员、传送情报、站岗放哨等任务。

回到家中，杨金花等丈夫老晏埋地雷回来后，两口子经过商量，决定将装文件和党旗的木箱，放进家中仅有的一口小木柜里，藏在安全保险的地方。但，哪里才安全呢？

“带着小木柜上东山行不？人在东西在。”

20世纪80年代，杨金花（左二）和当年平北军分区政委段苏权（左一）合影

“不好，万一鬼子追上大家，咱们死了不要紧，这些东西就暴露了。”

“那藏在院墙外榛子树丛下？”

“也不好。这帮鬼子哪次进村不是翻个底朝天。”

两口子琢磨了好久，忽然想起帽子山上有一个山洞，通往山洞的路又高又陡，平时很少有人上去。

趁着夜色掩护，老晏背起小木柜，杨金花扛起锄头，两人连夜爬上帽子山，进入隐蔽的山洞，挖坑把文件柜埋好。

回到家已近午夜，等部队全部撤走后，杨金花才赶着小猪向村东山沟撤离。

第二天天刚蒙蒙亮，躲在村外东山上的杨金花和乡亲们，看见村里冒出滚滚浓烟。日伪军进村“扫荡”，把村里翻了个底朝天，也没找到司令部的痕迹。于是，他们放火烧了几间土房，赶着一群牲畜大摇大摆地离开了。

看到眼前的一切，躲在山头的杨金花心急如焚。她忽然想起，藏完东西没有用旧土掩盖新土，也没有将脚印扫一下，担心日伪军把她藏的东西翻出来。

看着敌人走出了村子，她起身就往山下走。

“你疯了！快回来！”张大嫂看见杨金花蹿出遮蔽身体的石崖，往山下跑去，伸出手想拉却没拉住，急得直喊。

“我得回去，不能让敌人搜到！”杨金花焦急地说。

“什么东西比命还重要！傻孩子，快回来！碰上敌人你就完了。”李大爷也急得直喊。

“我必须回去！这是比命还重要的东西！您放心，小黑掩护我。”小黑是头幼龄的小猪，杨金花看着小黑和它的兄弟姐妹出生，从小喂养它们。这些小猪崽中，小黑是很特别的一只，特别是全身乌黑油亮，身体紧实，看着就讨人喜欢。更特别的是，这头小猪特别喜欢黏着杨金花，从小就喜欢跟在她身边。所以，日伪军进村“扫荡”时，家徒四壁的杨金花带着跑的就是小黑。这小家伙仿佛有灵性，知道日伪军凶残，紧紧跟着杨金花没命地跑上了山。

乡亲们都让杨金花赶紧回来，但是她还是脚步坚定地下了山。张大嫂赶紧让孩子去树林深处找杨金花的丈夫晏广路。

“你好容易逃出来，现如今又让你跟着我冒险。”杨金花心疼地对小黑说。小黑也听不懂，“哼哼哼”发出低低的声音。

杨金花心里惦记着藏在山洞里的文件，决定无论如何也要回去一趟。

她赶上小黑猪作为掩护，来到村沟口一看，半里之外就是日伪军搭的一片帐篷。于是，她连忙赶着小猪悄悄离开，朝着藏文件的山洞跑去。

刚到山梁，天已渐亮。突然，前面有人影晃动，还能听到咔嗒咔嗒的皮靴声。杨金花知道碰到敌人了，便急忙赶着猪往另一个方向跑。不料，小猪却叫了起来。敌人慌忙朝这边开枪，并嗷嗷喊着追了过来。

杨金花见事不妙，扔下猪撒腿就跑。日伪军在后面边追边打枪，子弹不是嗖嗖地从杨金花的头顶飞过，就是噗噗地钻进泥土里。

杨金花一口气跑到“落落山”的山崖边。敌人哇哇叫着在后边穷追不舍，眼看就要追上了。绝对不能被敌人活活捉去！想到这儿，杨金花把心一横，闭上双眼，纵身跳下悬崖。

杨金花跳下悬崖，身体急速下降。忽然，耳边呼啦一声，她被山崖上的一丛杏树挂住了，手腕被摔断，衣服被剐破。顺着山路下来的日伪军发现她没死，就把她从树枝上揪了下来，用枪托打她。

日军翻译问：“你跑什么？哪个村的？”

杨金花说：“俺是白岭后山村的人，俺家的小猪丢了，俺全家指望养大这头小猪过年呢。俺是出来找小猪的。”

一个小鬼子叫道：“你是八路的干活，死啦死啦地。”

“是不是给八路送信的？八路军司令部藏哪儿去了？快说！你不说，信不信老子崩了你！”日军翻译上前踢了杨金花一脚，拿出手枪顶在杨金花的脑袋上说，“你说了，皇军大大地有赏。”

"俺没见过八路军司令部，见你们追，俺害怕，一不留神就掉下去了。"杨金花假装害怕。

敌人见她一个村姑，看她也不敢撒谎，就没再接着问。

这时，不远处一个日本人叽里咕噜说了一串话。

"是！是！"翻译点头哈腰地回答，然后对着杨金花趾高气扬地问："下山的路怎么走？快说！"

原来，日军的马夫大队找不到下山的路了。

哦，原来是不认路了，不是为了抓我。这就好办了，先把他们打发走了再说。杨金花听翻译这么一说心里明白了，假装很害怕的样子说："你们往南、往南走，往……往右拐就下去了。"日军信以为真，按着杨金花指的路，一窝蜂下山了。

敌人走远了，杨金花刚松了一口气，忍着剧痛正要起身，谁知后面又紧跟着来了两个汉奸。

"杨金花？"其中一个认出了她。

另一个也道："哎，可不，南碾沟妇救会主任嘛。"

"嗯，就是她，今天非得弄死她，要不咱俩的命可就难保啦！"

杨金花闻声回头，仔细一看，糟糕！这不是前两天刚刚投敌的那两个八路军的侦察员吗？

"该死的叛徒！"杨金花心里暗骂，扭头对那汉奸说："日本鬼子是秋后蚂蚱——蹦跶不了几天了，你们这些汉奸，早晚也得落到人民手里。"

她咬紧牙关站起来刚要跑，其中一个叛徒扑了上来，抓住她就往山崖下推。另一个叛徒也掏出手枪，朝她连连开枪。

杨金花脚下不稳，臀部受了枪伤，再次掉下了山崖，滚到半山坡时，肋骨又被打伤。滚到山底时，早已成了血人。

两个叛徒往下看了看，见她浑身是血、一动不动地躺在那里，以为她死了，便背着枪走了。

过了几个小时，杨金花醒了过来。在漆黑的夜里，她挣扎着往前爬，身后留下一条十多米的血迹又昏过去了。

丈夫老晏在山上等了一整天不见杨金花回去，天黑后听说敌人撤下山去了，便和大女儿、乡亲们一起寻找，终于在"落落山"下找到了血肉模糊、昏迷不醒的杨金花。丈夫和乡亲们七手八脚地把她抬回家里。

杨金花醒来后，一眼就看见身边照顾她的女儿和姜大夫。

“你的肋部、腋窝、腿部、臀部等多处被枪弹打中，一只手腕和一条腿骨折，还能活下来，真是命大。”姜大夫心疼地说。

杨金花却强忍着疼，着急地对女儿说：“闺女，赶紧找你爹去瞧瞧那两个小木箱还在不。”

她挣扎着想要坐起来，一抬头正看见丈夫和司令员覃国翰走进来，身后的警卫员正抱着那两个小木箱。

“娘，您放心吧，木箱没事儿，小猪也自己回家了。”

看见小木箱还在，杨金花这才放下了心，微笑着点了点头，说：“这些都没什么，保住文件我就踏实了。”

覃国翰快步走到杨金花身边，握住她的手说：“放心吧，大嫂，您用生命保护的那些文件啊，一样也没少，我代表组织谢谢您！”

文件保存下来，杨金花却落下了终身残疾。

杨金花舍身护文件的事迹在平北广为传颂，被人们亲切地称为“海陀山中一枝花”。新中国成立后，杨金花担任南碾沟村妇联主任，曾多次被县、乡评为模范共产党员。1992年，这位赤胆忠心、不怕流血牺牲的巾帼英雄度过了幸福的晚年，在平静祥和中去世了，但一座丰碑永远屹立在平北人民的心中。

夜半撤离

1945年春天，日本侵略者已是强弩之末，但贼心不死的侵略者还在做最后的挣扎，国内抗日形势骤然严峻起来。作为日本侵略者侵略工具的伪满洲军，非但没有幡然悔悟，反倒乘势嚣张起来。“扫荡”，偷袭，助纣为虐，无所不用其极。为了早日赶走日本侵略者，八路军除了加强正面战场上的攻势外，还在抗日根据地如火如荼地开展各种形式的抗日斗争。

1945年春季的一个傍晚，在茂密树木掩映的田间小道上，一队荷枪实弹的人正在健步疾行。他们脸上洋溢着胜利在望的喜悦神色，脚步越发地轻快起来。春季虽然白天逐渐转长，但太阳下山只一会儿工夫，朦朦胧胧的夜色便渐渐袭来。各种树木、肥沃的田野和连绵起伏的远山，瞬间便被茫茫夜色笼罩起来。如果不是脚步发出的嚓嚓声，只凭观察，无论如何看不到在小路上前进的一队夜行人。初春时节，乍暖还寒。由于脚步急促，所有的人走得满头是汗，一些年轻人不禁摘下帽子拿在手里，脚步却依然坚定而有力。不知不觉，一行四十多人走进了果树园村。村里人见了，激动地拉着他们的手，兴高采烈地带着他们继续往村里走。

这一行四十多人，是平北根据地南山民主抗日县政府的工作人员，他们到果树园村是要研究新的对敌斗争策略。为了保证安全，村党支部研究，决定派出游击组到周围村庄“坐探”。所谓“坐探”，就是派人到周边村庄打探敌情，如果发现异常，赶快回来报告。村支书把吴强、高二囤、武志先和宋贵学四个游击队员叫到身边，满脸严肃地说：“同志们，今晚有任务交给大家。”

“啥任务，您说吧！”

“对，说吧！”

“我们保证完成任务！”

大家听了支书的话，都想马上知道是什么任务。

“今天的任务是‘坐探’，”支书看了看喜形于色的小伙子，脸色变得严肃了，“大家注意，这次‘坐探’非同一般，一是今天来的同志多；二是最近敌人越来越狡猾、残暴，所以大家一定要加倍小心！”

大家听了，使劲点了点头。

支书看了看大家，随即开始安排任务：“吴强、高二囤，你们去南山坡村；武志先、宋贵学，你们俩去二司村——记住，一定要小心！”

“好！”

四个游击队员站起身，斩钉截铁地说了一个“好”字，转身就消失在茫茫的夜色中了。

春天的夜空格外高远，满天的星斗一闪一闪的，亲切地端详着这块肥沃、熟悉的土地。夜色笼罩下的村庄安静下来，劳动了一天的人们都甜甜地睡了。

“哗啦哗啦——哗啦哗啦——”

一阵紧似一阵的脚步声打破了夜晚的宁静，声音虽然不大却异常清晰。

“哎，你听——这是啥声音？”隐藏在南山坡村村口树丛中的吴强边问身边的高二囤，边扒开叶丛向外张望。

“嘘——我们先看一看！”高二囤也扒开叶丛，向通往村子的小路张望。

茫茫的夜色中，几点忽明忽暗的灯火在前，一群脚步凌乱的队伍在后，向果树园奔来。他们越走越近，最后竟能清晰地听到他们在说话。吴强和高二囤终于知道了，来的是伪满洲军。两个人不约而同地站起来，撒腿就往村里跑。“站住，再跑就开枪了！”伪满洲军听到脚步声，边喊边啪啪地打起抢来。出膛的子弹如一条条火蛇，呼啸着向吴强和高二囤袭来。他们只想早点把敌人来了的消息通知到村里，没命地向前跑。原来，南山县政府进驻果树园的消息，不知什么原因被伪满洲军知道了。他们集中了大量兵力从永宁出发，想在果树园进行“清剿”，把八路军地下工作者一网打尽。刚走到南山坡村，正赶上“坐探”的吴强和高二囤。子弹嘶嘶嘶地鸣叫着，从吴强和高二囤的头上、身边飞过去。他们想到县政府工作人员的安全，早把自己的生命安全抛到九霄云外。忽然，噗的一声闷响，高二囤被敌人的子弹击中，一头栽倒在地。“二囤！二囤！”吴强停住脚步，蹲下来抓住高二囤的双肩大声呼喊自己的战友。二囤睁开双眼，断断续续地说：“别……别管我，快……快去报告！”说完，头一歪，仰躺在小路边。吴强擦了一把眼泪，再次站起身向村里冲去。

二司村位于果树园村西北三四里的地方，处于通往永宁的交通要道上，与南山村一南一北护卫着果树园村。武志先和宋贵学接受支书交给的任务，马不停蹄地来到二司村村口隐藏起来。星斗闪耀的苍穹下，是一望无垠的旷野。风吹树叶的声音从远处传来，也带来春季泥土特有的芬芳。武志先和宋贵学浸润在生命的气息里，竟有些陶醉了。忽然，远处传来一阵稀里哗啦的脚步声。武志先和宋贵学直起身来，透过树丛循声望去，茫茫黑夜中，几束火把如流萤疾飞，分外耀眼。

“有情况！”武志先扭过头，压低声音对宋贵学说。

“嗯，看样子，来得不少！”宋贵学又看了一眼蜂拥而来的敌人，担忧地说。

……

黑夜中，两双明亮的眼睛相互凝视了片刻，二人随即不约而同地钻出灌木丛，起身向果树园跑去。二人深一脚浅一脚地往前跑，荆棘划破了裤子，刺伤了双腿，他们却浑然不觉。只一会儿工夫，他们就到了村里。当他们气喘吁吁来到会场的时候，县政府的四十多人早就安全撤离了。

“……书记……敌人来了……”武志先停住脚步，喘着粗气对村长说。

“知道了，县政府干部都撤走了，感谢你们俩和吴强！”村长拍了拍武志先和宋贵学的肩膀，低声说。

“哦，谢啥呀，都是为了打鬼子。”武志先擦了一把顺着脸颊淌下来的汗水，像觉察到了什么似的，“咋是三个——二囤呢？”

“二囤牺牲了。”支书的声音低低的，有些颤抖。

“二囤，我们一定要为你报仇！”武志先咬着牙说。

“对，为二囤报仇！”宋贵学听到二囤牺牲的消息，眼泪瞬间溢满了眼眶。

“对，我们要为二囤，为像二囤一样牺牲的同志报仇。”支书望着武志先和宋贵学说，“一会儿敌人肯定来，我们先回家假装睡觉，不要让敌人察觉到县政府的人来过。”

“好！”

武志先和宋贵学听了支书的话，转身往家里跑去。

不一会儿，伪满洲军唏里呼噜地涌进村子。他们荷枪实弹地闯进老百姓家里到处乱翻，不是砸东西就是抢钱。村民韩庆安省吃俭用攒了一点钱，藏在米罐子里，准备入冬儿子回来给他娶媳妇。横眉立目的伪满洲军，闯进韩庆安家里，东瞅瞅，西看看，拿着枪托要砸放在里屋的米罐子。韩庆安跑过去挡在米罐子前，哀求伪满洲军手下留情。残暴的伪满洲军哪里听得进去，骂了一句“去你妈的”，抬腿就是一脚。这一脚正揣在韩庆安的心窝上，他扑通一声坐倒在地，脸色瞬间变得像纸一样，豆大的汗珠从头上滴下来。韩庆安抬了抬手想说什么，只啊了几声就一头栽倒在地，一动也不动了。伪满洲军砰的一声把罐子捣了一个大洞，半罐高粱米流了一地。伪满洲军还不死心，哗啦一声，把罐子踹得散落在地上。忽然，他们看到罐子底儿上露出三四块银圆，狞笑着抓在手里，嘴里骂着“老不死的”，踢了韩庆安一脚，然后扬长而去。

伪满洲军在村子里折腾了一阵子，什么也没找到。最后，把老百姓赶到街头，用枪指着老百姓逼问八路军的去处。老百姓面对黑洞洞的枪口，大义凛然，竟没有一个开口说八路军去哪了。伪满洲军恼羞成怒，举起了枪要向老百姓射击。

“住手，我是八路军！”

大家循声望去，见一个人从人群中走出。这个人四方脸，红脸膛，一双阔目烁烁放光。他大踏步走到伪满洲军面前高声说：“我叫武万友，是游击队员，有什么事和我说！”几个如狼似虎的伪满洲军蹿上来，把武万友五花大绑地捆了起来。

“我也是！”

“我也是！”

武志先和宋贵学也分开人群，大踏步走了出来。

“嗬——有种，绑了！”

一个伪满洲军头子一声令下，武志先和宋贵学也被绑了起来。

“今天抓来几个游击队，回去也能交差了。收队！”

伪满洲军头子一声令下，这群侵略者的帮凶便大摇大摆地离开了。

伪满洲军走了，老百姓却久久不肯离去。大家议论着，日本宪兵队就是阎罗殿，那是走着进去、躺着出来的地方呀，说什么也不能让游击队员就这样白白丢了性命。

南山县政府的工作人员安全撤离后，时刻关注着果树园村的消息。当他们听说武万友、武志先和宋贵学被伪满洲军抓走后，和上级取得了联系。经过党组织的不懈努力，只用了几天时间，三位同志就被成功地解救出来了。

老 井

1945年2月，延庆县人民抗日武装部的黎光辉，深入到尚未调整的原昌延联合县四区开展抗日工作。黎光辉和昌延联合县四区区委书记王志宏、自卫军副大队长张晋来到大榆树，晚上就住在后街中队长老杨家里。一天的爬山越岭，实在累极了，三个人吃了两口贴饼子就睡着了。第二天一早，东方刚露出鱼肚白，还没来得及吃早饭，就得到游击组报告，伪军进村了。三人刚出院门，就听到前街人喊马嘶。

“我们已被敌人包围了，敌众我寡，突围是不行了，好汉不吃眼前亏，有没有地方可以躲躲?”黎政委问王志宏。

“不用慌，咱们到老徐家去。”多年在四区工作的王志宏对当地情况非常熟悉，他一边安慰黎光辉，一边领两个人从墙豁子穿过三个院子，到达老徐家。

老徐夫妇见到他们大吃一惊，忙问：“我的天，敌人进村了，你们还敢留在这里?快、快跟我来。”

老徐马上把他们领到西边空院里，指着一口井命令：“下井。”随之把土筐系在井绳上，让三人先后踩着土筐抓着井绳下井。坐筐到了井下，三人才看到离水皮一尺高搭着一块横板，东边挖了个“蛤蟆洞”，三人钻进去，把横板一抽，露出一汪瓦蓝的清水。“蛤蟆洞”很小，三人只能蹲着，紧紧地挤在一起。

嗒嗒的马蹄声越来越响，接着是喝骂声、踹门声、鸡飞起来时翅膀的扑棱声、此起彼伏的狗叫声，外面的世界变得纷乱、恐慌。

“把八路藏在哪儿了?快说!”伪军用尖厉到仿佛要撕裂空气的声音叫嚣。

“什么八路、九路?俺啥也不知道!”又传来老徐压抑着怨恨的瓮声瓮气的回答。

伴随着皮鞭抽爆空气的响声，是更大声的威胁："别他妈的装蒜，我们看到八路跑到你家院里了，再不老实，就挑了你们。"

"挑了俺，也是屈死鬼。没看见，就是没看见！"徐大嫂的声音中有气愤，有恐惧，更有坚定。

"我叫你嘴硬！"又是一声斥骂，然后传来乒乓乒乓的打击声。

"打死俺也没看见。"徐大嫂带着哭腔辩解。

听着外边的响声，井下三人的手紧紧地攥成拳头。他们心急如焚，在彼此的目光中看见愤怒的火焰。他们清楚地知道大家都想立即上去和敌人拼了，哪怕被抓捕、被严刑拷打、被杀害，也不能让群众被敌人这样欺侮。

这样的情形在王志宏身上发生了不止一次。有一次，王志宏从南山开会回来，到达姜家台吹鼓手徐二哥家等区长回来。徐家哥儿俩，哥哥也是吹鼓手，已去世，剩下一个寡妇嫂子。人都叫她"大寡妇"，住在北屋。徐二哥住西屋，王志宏就跟徐二哥住在西屋炕上。

第二天，天刚麻麻亮，村子被敌人包围了。

王志宏一听，嗖地就从炕上跳下了地，疾步冲向"大寡妇"家的秘密炕洞。到洞口一看，里面已经挤不下人。原来，昨夜区长赶回来了，看到王志宏睡得很沉，没舍得叫醒他，就近住在东院。天一亮，也被敌人堵在村里，只好翻墙头藏进"大寡妇"家秘密炕洞。

此时，王志宏赶忙将秘密炕洞的入口堵上，又在灶口挡上柴火，然后站在锅台上，把枪顶上了子弹，对准门口，心想：兔崽子们，进来一个打死一个。打死一个够本，打死两个赚一个。

"大寡妇"也很着急，她搬开炕桌，掀掉一块炕坯，硬把王志宏从炕洞里挤了进去。

在极其残酷复杂的斗争环境下，王志宏带领革命干部在四区开展工作，就是依靠群众的帮助和支持，一次又一次化险为夷。

此时，王志宏和干部们谁也没有一点办法，他们上不去。老徐早就把井绳绞了上去。大家知道，稍有不慎，不仅自己命在旦夕，徐家夫妻也将身陷险境。他们只能忍，此时的忍耐是为了今后更好地斗争。

"你们他妈的还在这儿愣着干什么？还不给我搜。"伪军的小头目已经有些烦躁。

接着，就听到一阵翻箱倒柜扔东西的声音。

突然，一个伪军跑进了这个空院，大声喊："井！排长，这里有口井！"

"咋呼个啥？"随着傲慢的回答，一群伪军随之呼啦啦跑了进来。

然后，好一会儿没有动静。

"你们几个，过去看看。"伪排长的声音再次响起。

"看你们那熊样子，还不赶紧去井边看看。不去，老子今天就毙了你们！"

井口暗了下来，一个伪军断断续续地喊着："八路，快、快上来吧！"

几个声音接着喊道："你们跑不了啦！"

"不上来就扔手榴弹了。"

井下没有一点声音。

"你们跑不了啦！"

"快上来吧！"

"别他妈的穷叫唤了，要是井下有八路，你早他妈的见阎王啦！"一个伪排长不耐烦了，他自以为是地嚷道。

"走吧！快到别处去搜，放跑了八路，咱们都玩完。"他又补充道，"咱们是一根线上拴的蚂蚱，蹦不了你，也跑不了他，都他妈给老子搜仔细点。"

纷乱的脚步声和招呼声渐渐远去、变轻。街上偶尔传来嗒嗒的马蹄声，世界再一次变得安静。外边的情况究竟怎样呢？谁也不知道，显而易见的是伪军已经离开了徐家的院子。井下蹲着的三个人悬着的心稍稍落回肚子里。精神一放松，他们突然感受到难耐的饥饿，眼睛一个劲儿地冒金花。抬头瞅瞅井口，还是亮堂堂的，好像太阳也同他们作对，像钉在正当空一样。

昨晚一个饼子没吃完就睡着了，今天水米没打牙又来了伪军。此时，饥饿紧紧攫住三人的胃。时间过得好像蜗牛在爬，闪闪发亮的井水让人感到眩晕。过了好长时间，脚步声又一次响起，三人的心忽地提到嗓子眼里，饥饿也悄悄地溜走了。

"饿坏了吧？"是老徐的声音，"送点干粮，你们垫垫底。"

"吱呀、吱呀……"辘轳声成了最美妙的音乐，将三个糠饼子送到井下。

"老徐，你们没事吧？"

"没事。你们别说话了，敌人还没有离开村子，可千万小心。"

三人接过老徐送来的糠饼子，狼吞虎咽地吃进了肚，感觉身体又充满了力量。

又过了不知多长时间，井水颜色逐渐加深变黑。天终于黑了，马蹄声也彻底消失了。

一阵急促轻快的脚步声伴随着老徐轻松的话语："上来吧，那些王八羔子们滚了！"

土筐吱哟吱哟地再次被放下来，将三人一个一个拉了上去。

三人见老徐两口子脸上青一块、紫一块，衣服还被撕了个大口子，不用问也知道是敌人刚才打的。三个坚强的汉子眼睛湿润了。黎政委拉住老徐的手，声音哽咽道："徐大哥，为了我们，让你们两口子遭罪了。你们就是我们的救命恩人啊！"

"这话就说远了，你们又为的是谁？抛家舍业的，还不是为俺老百姓。"老徐激动地说。

"挨两下打又算个啥！"徐大嫂接着说，"只要保你们平安，俺就是死了也值得。"

听了发自肺腑、落地有声的话语，三人不约而同地流下热泪。

党的干部感谢抗日群众是自己的救命恩人，抗日群众更感念为解放事业前赴后继、不畏牺牲的共产党员和八路军。他们坚信，只有中国共产党才能救中国，愿意跟着共产党走向光明。

眼前这口井，作为平北人民打敌人的佐证，与伟大的抗日军民一起被永远载入史册。

雷阎王

夜静悄悄的，弥散在延庆川的硝烟味被这寂静的夜晚紧紧地包裹着。整个白草洼村安静极了，几乎听不到一点声音，看不到一点亮光。只有村东头的一间小屋里，窗户透出微弱的灯光。屋里的灯光，也随着大家的低声争论，时明时暗地闪烁着。

李明对民兵们说："咱们不仅要找上门儿去炸鬼子，还要把敌人引到地雷上。"一个小个子民兵说："鬼子爱吃土豆，常在村边的地里刨，咱们就在地里安上地雷，保准炸得鬼子满天飞。"

"对！一定要把鬼子淹没在人民战争的汪洋大海中。"李明一边说一边拨了拨油灯捻，屋里灯光和他的心一样，更亮堂了。

李明和民兵们运用地雷战还要追溯到 1942 年。在区小队长姜永清的启发下，他们自己动手制造了石头雷、坛子雷、瓶子雷、踏板雷、子母雷。那时的白草洼村，真是人人制火硝，家家做炸药，处处造地雷，炸得敌人哇哇叫。

敌人饱尝了白草洼村民兵的地雷之苦，放出风去要"血洗白草洼"。听到这个消息后，李明猜测敌人很快就会来村里"扫荡"，于是带着四个民兵，在敌人的必经之路上埋好了雷。他们先选好地方，挖坑、埋雷、拉线，再填土恢复原状，然后几个人就轮流守着，提醒过路的群众不要误踩地雷。最后李明还给坛子雷上插上了一支木牌。

"队长，鬼子看见牌子，还能踩上咱们的雷吗？"

"你就等着瞧好戏吧！"

1942 年 9 月的一天，二百多名敌人沿着延庆奔永宁的公路，自东向西往白草洼扑来。正当他们走到香营村东时，路边的一支孤魂野鬼般的木牌，吸引了小队长松田的目光。松田骑着马，走到木牌前，用他半吊子的中国话念着："松田队长口气大，扬言血洗白草洼。今日民兵来欢迎，定要送你回老家。"

松田火冒三丈，抽出指挥刀，一刀劈向木牌。轰隆一声响，二十多斤的大坛子雷炸开了花。松田真的坐着"喷气式"回了老家，其他人向公路两旁的庄稼地乱钻，结果被埋下的石头雷、子母雷、踏板雷炸得横七竖八地倒在血泊里。

这一下，李明的大名就像他的地雷一样在日军中如雷贯耳，给他起了一个更响亮的名字：雷阎王！

白草洼村就在延庆县城东北方向的山脚下，离县城二十六里，现在属于旧县镇。这里的地势北高南低，是个不规则的三角地带。延庆地区的老百姓流传着一首民谣："北靠山，南连川，五万亩青山，五万亩良田，中间五条大沙滩。"这五条大沙滩便是：白草洼、古城、阎家庄、北张庄和三里庄村。当年白草洼村是交通要道，通过村子往西北，可到达原平北地委所在地南碾沟村，往北可到达赤城县的白塔、野猪窝。

李明在抗日游击战中大摆地雷阵，威震敌胆。解放后在1950年8月被察哈尔军区评为劳动模范、爆炸英雄

日军为了割断南北山抗日根据地之间的联系，1941年9月从延庆、永宁、康庄三处，调来伪军一百多人，又从白草洼和附近的几个村，抓来

二百多人充当民夫。用了两个多月，在白草洼北山的梁头上修了一大两小三个炮楼。大炮楼三丈多高，三个炮楼成“品”字形布局，炮楼内驻着六十多个伪警察，就像三只饿狼时刻窥视着山下的一举一动。

1944 年年初的一天早晨，白草洼村地下党员林子厚，接到平北地委参议员张华亭的一封信，让他到果树园村找10团，说是有事商量。老林赶紧赶到果树园村，10 团团长王亢、副政委曾威见到老林，便说起了白草洼据点。

“必须拔掉白草洼敌据点！咱们一个团，拿下敌人六十几个人的炮楼没问题。为避免不必要的损失，还是以智取为好。智取不行，再强攻。”

“团长，您说得对。您别看白草洼这个据点不大，但是敌人占领着高处，又有炮楼掩护，不利于强攻，我们如果硬往上攻牺牲太大。如果能把上面的伪军引下来，一口一口地吃掉，当然最好了。不过他们也不傻，知道山下到处是地雷，恐怕不容易上当。我想，最好让他们知道咱们10 团真回来了。”

“老林，说说你的想法！”

“团长，您以10 团的名义写一封信，我带上去，咱们学一个‘断臂说降陆文龙’。今天后晌，我要是还没下山，您不用管我，该咋打就咋打！”

林子厚带着信上山。10 团和县大队出发包围了白草洼村。

林子厚爬上北边的山坡，摸进了敌人的炮楼。伪警长孙德胜不在，他把信交给伪班长王禄。王禄一见信，脸都吓白了。林子厚说：“10 团首长叫我转告你们：缴械投降，宽大处理。如果不答应，什么结果你自己知道。”

老林话还未说完，王禄就吓哭了。王禄请求说：“等我们的队长回来不行吗？”

林子厚淡淡地说：“我倒好办，可人家部队不等呀！”

王禄一听急得跺起脚来，他马上找来伪班长袁兴、情报队长赵青，商量决定和谈：“不过得讲讲条件……”

林子厚下山，找到张华亭和陈怀德说明情况，他们一同又上炮楼。刚到山头，伪军便把枪放在炮楼里，排好队举手行礼表示欢迎。三人走进炮楼，张华亭说：“你们要做个有良心的中国人，不要替日本人卖命杀自己的同胞，要弃暗投明。中国人不打中国人。好汉不当亡国奴，只要你们投降，共产党不打也不杀，一律宽大处理……"

张华亭一口气儿讲了半个多小时，伪军被说得心服口服。又看见山下的10团把他们包围得水泄不通，只好同意投降，但又怕被日本人知道后报复，就说："我们一枪不打，日本鬼子追究起来，我们就活不了了。"

林子厚说："那好办，你们把枪交了，我们到外边打打空枪，就说炮楼是我们拿下来的，这不就行了。"

伪警察一听，觉得这样既能保命，又能对日本人有个交代，高高兴兴地同意了。他们在炮楼上乱放一阵枪，扔了几颗手榴弹，把炮楼点着了，然后下山上缴了武器。10团首长和县委负责同志对他们进行了教育，让他们吃了一顿大米饭、白菜炖肉，然后放他们回了家。

就这样，白草洼据点被拔除了，盘踞在延庆的日军得知此事，气得肺都要炸了，决定对白草洼进行报复性偷袭，妄图一举消灭这里的游击队和这抗日堡垒村。

敌人的阴谋很快就被延庆城的地下党得知，立即派人把情报送到了太安山。太安山西接龙庆峡，东与白河堡交界，北与河北赤城县接壤，是当时地县区党政领导办公地之一。王亢、曾威、张华亭接到情报，决定"坚壁转移"，并安排民兵英雄李明带领民兵埋地雷，给敌人点颜色。

李明带领民兵回到白草洼，迅速同群众和游击队员分工，部署了战斗方案。

晚上夜深人静的时候，李明领着十个民兵，带着铁锹，抱着地雷，在白草洼村里摆开了地雷阵。村中的路上、房屋的门口、院墙上、屋顶上到处都是民兵布下的地雷。他们要用手中的地雷让敌人好好领教一下"雷阎王"的威风。

8月16日凌晨两点，九十二名日军和二百七十六名伪警察分成三路向着白草洼扑来。一路出延庆北城，经三里河、米家堡、古城的果树园东进；第二路出东门，经双营、上郝庄、古城界碑石，进行攻击；第三路经七里墩、常家营、米粮屯、后河，沿黄土沟向西。三条毒蛇从三面蜿蜒向白草洼包围过来。

敌人蹑手蹑脚地前进着，慢慢地靠近了白草洼村。此时天还没亮，黑漆漆的村里一片寂静。敌人以为自己阴谋得逞，暗喜这下总算把白草洼这个"堡垒村"彻底掌握在股掌之间了。他们得意忘形地进了村子。忽然间，敌人的美梦在轰轰几声巨响中破灭了。地雷爆炸，弹片横飞，火光冲天，敌人被炸得哭爹喊娘，血肉模糊。李明的地雷阵再一次显了神威。

敌人晕头转向狼狈逃窜。地上的地雷又在敌人的脚下开了花，他们滚的滚，爬的爬，沿着田边地埂没命地逃窜。这时，青纱帐里游击队开了枪，扔出了手榴弹。敌人被炸得尸横遍野，鬼哭狼嚎。

转移到山上的男女老少，纷纷走出山洞和土窑，为地雷阵困杀日伪这一场好戏拍手叫好。

这次战斗中，白草洼游击队和群众无一伤亡，敌人却被打死打伤一百多人，其中击毙日军四名，缴获战马一匹、步枪二十多支。从此以后，敌人龟缩在延庆城不再轻举妄动。

地雷英雄李明用他和战友们自制的十二种地雷，共计炸死日伪军八十五人。1947 年率领民兵开展地雷战，在白草洼村坚持十二昼夜，打退国民党匪兵的七次进攻，被誉为“地雷大王”。1950 年 8 月，李明出席了“察哈尔省英雄模范代表大会”，察哈尔省和察哈尔军区授予他“劳动模范、爆炸英雄”称号；同年出席“全国战斗英雄会议”，获“全国民兵战斗英雄”称号，受到毛泽东主席、周恩来总理及国际友人金日成的接见。1960 年，李明作为特邀代表，出席了北京市第一届民兵代表会议和全国民兵代表会议，再次受到毛主席接见。

火烧京张线

1944年，抗日战争形势日益好转，八路军主力部队不断取得胜利的消息，鼓舞着延庆地区的每一个抗日军民，迎接反攻的喜悦正一点点地蔓延在这片土地上。

然而，盘踞在平北的日伪军，为了阻止苏蒙联军南下支援八路军，像恶狗看食一样拼命地守护着京张铁路运输线。延庆的八路军游击队决不能让敌人的美梦成真，他们切断延庆境内的京张铁路，让敌人的诡计见鬼去！

夏末秋初，刚刚下过一场透雨，空气中弥漫着青草和泥土的味道。万籁俱寂的夜晚，微风轻拂，摇曳了一天的树叶疲倦了，飞舞啼鸣的鸟儿归巢了，星辰和月亮也躲进了还没有散尽的浓云中。从康庄向东去四孔桥的路上，出现一队队黑影，他们有的背着汽油桶，有的肩挑着一大捆干柴，有的手里拎着锹镐。只听见脚步踏着泥土的沙沙声，听不见一个人说话的声音。

后半夜，本来就已经遮星蔽月的乌云，将整个天空包裹得更加严实，天空中的浓云似乎也来助战。黑夜中的四孔桥却不那么安静了，只见手拿锹镐的身影，在铁道上起下了一个又一个道钉，黑影们搬的搬、抬的抬，把一根根铁轨推到路基下，把一截截轨枕抬到架好的干柴上，大家干得井井有条，忙而不乱。

突然，黑暗中一个人站了起来，他低着声音问道："准备好了吗?"

有人答道："好了!"

"烧!"

顿时，熊熊大火仿佛发了疯似的，随风四处乱窜，肆无忌惮地吞噬着铁路两旁的轨枕。轨枕本来就是用重油浸泡过的，再加干柴烈火的帮助，那赤红的火焰如同复仇的雄狮，摇摆着身躯，在平原的夜晚咆哮。

火光映照在领头人的脸上，原来是延庆四区区小队员宋德连。

这个祖祖辈辈生活在张山营镇上卢凤营村的农民，原本是个勤恳干活胆小怕事的老实人。可是日军来到了延庆，疯狂“扫荡”，杀人放火，强抢豪夺，宋德连恨透了他们。

1941 年，八路军绕过日伪的炮楼，来到上卢凤营开展群众工作，宣传动员村民参加八路军进行抗日。宋德连想当八路军，想抗日，可人家说他还小，不要，他心里不服又没有别的办法。

一天，甲长卢万宝把宋德连叫到家中，试探着问：“八路军被困在山里，好几天没吃过一顿正经饭了，你敢不敢给他们送饭去？”

“怎么不敢？你就说往哪儿送吧！”

卢万宝见宋德连答应得痛快，就从里屋拎出一大摞白面烙饼，放在背筐里，上面盖几把草，对宋德连说：“八路军老陈就在村北坟地里等着。你不要走大道，从庄稼地穿过去，别让鬼子巡逻队抓着，快去快回。”

宋德连二话没说，背上筐，手持一把镰刀，拔腿就走。他一出村就钻进了高粱地。出了高粱地，四外看看无人，又敏捷地闪进玉米地。拐弯抹角，跳沟过坎，不一会儿就到了村北坟地。

这里除了七八棵老榆树、十多个坟头，连个人影也没有。

会不会是在别处藏着？他想喊不敢喊，想回去又不能。树上的夜猫子怪声怪气地乱叫，风吹着玉米叶子哗啦啦响，萤火虫飞来飞去，宋德连心里阵阵发毛。他瞪圆了两只大眼，警惕地巡视着坟地的周围，竖起耳朵听着四外的动静。他对自己说：“等！一定等！不把大饼亲手交给老陈决不回去。”

坟地的凄凉和恐怖紧紧地包裹着宋德连十五岁的身躯。已经过了一炷香的工夫了，月上东山，老陈还没来：是不是卢万宝记错了日子，还是老陈有别的事来不了？他想，天亮前，要是还没人来取，就用乱草把饭藏起来回家。

突然，背后传来三声细微的干咳声。他急忙回头，一个人影从玉米地蹿了出来，一转眼就来到宋德连面前，低低叫了一声：“小宋。”

宋德连高兴得差点叫出声来，急急忙忙拨去背筐上的草，把大饼拿出来递给老陈。老陈接过大饼，装在一个布袋里背在肩上，和宋德连握握手，疾速进了玉米地。

冬去春来，十六岁的宋德连懂得了更多的抗日救国道理。在他心目中那些身背短枪、手提大刀、腰别手榴弹、行走如飞、神出鬼没、端炮楼打敌人的八路军，个个都是英雄好汉，都是天兵天将。他日夜都想着去当八路军，跟他们一块儿去打敌人。宋德连背着家里人，跑到槟榔沟找到了八路军。在宋德连的“软磨硬泡”之下，指导员肖民才同意把他留下来。不久，宋德连就当上了肖民的通信员。

1943 年，七区区小队配合 10 团，在五里坡南梁抗击敌人的大进攻。区小队转移到龙庆峡北坡待命时，才给宋德连发了一支枪。宋德连当了肖民的通信员，手里又有了枪，神气十足。他盼着有机会大显身手，多杀敌多立功。

宋德连所在的区小队四五十人，只有十几条枪，其余的武器是长矛、木棒、铡刀。为了保存实力多打胜仗，他们白天藏起来养精蓄锐，深夜出山大显威风。“敌进我退，敌退我追，敌疲我打，敌驻我扰”，和敌人打起来游击战。陈玉田队长时常带些人在夜晚搞几次“精神战”。

有一回，区小队十几个人由西羊坊出发，朝小鲁庄的炮楼进发。距炮楼二三十米处隐蔽好，猛地对炮楼打三五枪，炮楼里的日伪慌了神，端起枪，完全没有目标地乱打一气。敌人的枪声一停，宋德连他们就高声大喊：“我们八路军大部队，今晚从这里过，你们要老实躲着，不准出来，不准打枪！如果你们不听话，大部队一到就把你们的炮楼给端喽。”

一个人喊完了，另一个人接着喊。这下，炮楼突然哑了，再没人往外打一枪。区小队把这样的夜袭炮楼叫作打“精神战”，就是让日伪军从思想上害怕八路军，从而解除其战斗力，扬八路军神威。

1943 年到了抗战相持阶段的尾声。日伪更加疯狂，他们“封锁”“扫荡”“搜山”，一次比一次规模大，一次比一次手段狠毒。他们集中兵力拼命围追堵截区小队，妄图消灭这支抗日武装。区小队的处境极为困难，不仅随时可能遭到敌人的偷袭，而且缺药断粮，弹药也难以补充，与上级联系也不容易。在这种非常不利的形势下，区委书记决定，小分队一定要更紧密联系群众，机动灵活地与敌人周旋，再难再苦也要坚持斗争。

区小队采取“避实就虚除奸细，你来我往钻空子”的办法，让敌人打不着、抓不住，有机会就敲打他们几下。一天黑夜，区委书记姚德俊化名雷英，带队在中羊坊暂时休息，派宋德连领一个班去孟庄抓奸细。

宋德连返回中羊坊，雷英等人已经转移。宋德连一班人押着奸细绕吴庄、走田营，在辛家堡才找到雷英，刚停下脚就被包围了。区小队仗着熟悉地形，边打边撤，一口气跑上辛家堡北山头。敌人没能伤着区小队队员一根汗毛，却抢走了村里的粮食和牛羊。区小队队员恨得咬牙切齿。

宋德连大骂："小鬼子甭挣命，早晚跟你们算总账！"

今天宋德连和四区的游击队员，根据上级交给的断路任务，分头动员相邻的几个村的乡亲，集中了几垛干柴，又千方百计搞到了几桶汽油。有的乡亲问宋德连："小宋，弄干柴和汽油干什么用？"

宋德连笑笑说："到时候就知道了。"

天一黑，宋德连叫游击队员通知了村里八十多个乡亲，让一些人背上汽油桶，一些人背上一大捆干柴，另选身强力壮的小伙子，每人带一把镐。出发前，宋德连向大家交代："此次行动的任务，是拆断康庄到西坡四孔桥那段的铁路，烧了他们的枕木。要求大家干活一定要干净利索，互相照顾，不要掉队。最重要就是不许说话！"

当这支延庆老百姓自己的队伍完成任务撤离后，十里之外还能看见大火燃烧的火焰和滚滚浓烟，四孔桥的夜空一片火红。

日伪被八路军和游击队搞得日夜不宁，眼看这条生命线又断了，立即到处抓民夫抢修。没过几天，敌人就逼迫附近的老百姓把铁轨勉勉强强修好了。

宋德连和游击队员计划再搞第二次行动，就在这时，军分区首长命令警卫大队政委李荣顺为总指挥，组织一区、四区、六区和游击队的民兵大干一场，大规模地拆路基、扒铁路，让敌人在短期内修不好路、通不了车，坚决卡断北平与张家口敌人的一切联系。

李荣顺命令，各区游击队员和民兵夜间十二点准时到达指定路段。有敌情，随机应变；无敌情，拆得越快越好，但天亮前必须返回各自驻地。

宋德连带领四区六十多名民兵和百姓，大家带着锹镐、撬棍、铁锤，再一次在夜幕的掩护下，由北向南直插大王庄指定地点。二十多里的路程，仅用了一个小时便赶到了。四区的任务就是拆掉康庄西到大王庄这一段铁路。

宋德连低低地说了声："干！"

六十多人一拥而上，在铁轨上两人一组，摆开了“一”字长阵。只听工具窸窸窣窣作响，不闻半点说话的声音。看着百十米的铁轨上人头攒动，各个干得起劲，宋德连想：小鬼子！看吧！这就是人民战争的力量。

几袋烟的工夫，百米铁路已经瘫痪，铁轨滚下坡，枕木进了沟。宋德连无比兴奋地喊了一声：“撤！”

六十多人立刻收拾好工具，跟着宋德连消失在茫茫的夜色之中，铁路线上又恢复了寂静。

棍儿兵

“咱们不能去军训。”

“对，怎么能跟着小鬼子干？”

接到军训任务后，乡亲们异口同声地反对。

“可是，咱们不去，小鬼子对咱们下毒手怎么办？”有人说出了担心。日伪军把军训任务下达到各村后，扬言谁“抗命”，谁就“没命”。

“万一军训后鬼子把咱们扣留，给他们当炮灰，咱们就成了帮着日本人干坏事的伪军了，抗日政府能答应？”

“咱们去找史书记和温议长拿个主意吧。”不少村的干部作为群众代表，秘密找到昌延联合县县委书记史克宁和议长温克明商议对策。

1941 年，昌延联合县抗战工作蓬勃发展，南北山地区普遍建立起群众抗战组织，积极开展对敌斗争。其中延庆川游击小组把延庆敌伪特务兵一百四十四人，打得只剩下二十余人。到了年底，延庆敌伪特务吓得不敢出城活动。驻延庆柳沟据点的敌人缺编实在严重，于是计划将全乡青年分期分批进行军训，以扩充伪自卫队员。首批军训任务定为二十天，成员范围确定为柳沟及附近的井庄、石河、二司、果树园五个村的五十名青年。

了解情况后，史克宁书记和温克明议长立即召开干部会，经讨论做出“将计就计”的对策：一是做好干部群众思想工作，不给敌人当亡国奴；二是派得力民兵参加军训并侦察敌情；三是内外结合开展对敌斗争。

12 月 28 日一早，伪甲长高高兴兴地带领所谓“青训队员”到柳沟据点关公庙操场报到。伪大乡长给每人发一个红臂章和一根当枪用的木棍儿。因此群众称呼这批“青训队员”为“棍儿兵”。然后身穿黄狗皮、斜挎破手枪的李大鼻子，耀武扬威地对着延庆柳沟据点关公庙操场上的“青训队员”训话：“皇军到中国来，是为了建立大东亚共荣圈！把共产党消灭，百姓才能过上太平的日子！你们作为咱们地区第一批军训青年，是无上光荣的。因此要听命令，练好兵，以后打共产党。”

李大鼻子是驻延庆柳沟据点伪满洲军3大队队长，满脸横肉像头猪，鼻子底下长两撮黑毛胡子，死心塌地跟着日军欺负中国人。柳沟地区的老百姓恨透了他，给他起了个外号叫李大鼻子。听到他厚颜无耻地为日本主子歌功颂德，操场上穿着各色破烂衣服的“青训队员”越听越生气，心里骂道：“满嘴胡扯！把你们消灭，我们才能过上好日子呢！”

接着，伪大乡长赵基础走到人群前面，整了整衣襟，清了清嗓子。赵基础满脸麻子，大家背地里都叫他赵大麻子。赵大麻子摇头晃脑地讲了军训任务和纪律制度，最后挺胸凸肚提高声音强调：“谁若不听指挥和违纪，是要受到严惩的！”“严惩”两个字特意加重了语气，仿佛举起一块重重的石头，用力投向水面。

但是，这块石头并没有激起他想要的波澜，而是仿佛砸在厚厚的棉花上，“青训队员”的表情没有一点变化，心中都在暗暗发笑：我们保证好好训练！

李大鼻子和赵大麻子并不知道，这批身在敌人操场的“棍儿兵”，也就是伪军口中的“青训队员”，心却在中国共产党的抗日政府那里呢。这些人表面上参加伪自卫队员训练，实际上是在为八路军储备后备力量。

不到一个月的训练结束了，“棍儿兵”们被允许回家准备过年。他们的心一如既往地向着八路军，他们依然是坚定的民兵战士。

井家庄村的“棍儿兵”康满金、席满全，过去给财主郭全家扛过活。郭全当了柳沟伪甲长后，一天，两人以曾经的交情为由头，拜访了郭全。闲聊中得知最近县城要集中五六百日本兵和伪满洲军到永宁以东“讨伐”。

康满金、席满全对望了一眼，心里很着急，脸上还是笑眯眯，继续说着家长里短的事。

“现在冬闲的时候，在这儿吃完饭再回吧。”郭全见到旧相识聊得很开心。

“不了，没跟家里说。兵荒马乱的年月，黑天了不回去，家里害怕，改天我们再来看您。”康满金、席满全二人匆匆告辞，赶回村里，却没回家，而是直奔村武委会主任康玉全家里汇报。康玉全一听也吓了一跳，连夜进山向县里报告。

昌延联合县议长温克明来到柳沟据点，他想把敌人的情况弄得更准确一些，就请县议员邢世禄和当过“棍儿兵”的胡连芳，向伪县政府当官的邢世福索取敌人“讨伐”的情报。

“我大哥给伪政府干事，就是为了养家糊口。他自己同情抗战，我去找他，他肯定痛快儿地给我们情报。”邢世禄很相信大哥的抗日觉悟。

温克明也很信任他：“我当然知道了，你大哥多次提供可靠情报、武器和药物，一直都积极支持抗日政府，支持抗日。我担心的是，你们进不了县城啊。”

当时敌伪规定老百姓晚上不得外出，外出按通共处理。从井庄到延庆伪县政府，要经过好几个敌据点，每一个敌据点都是一道鬼门关。

“我们有良民证，说点好话应该问题不大。”

“我就说家中八十岁老母病逝，需要到伪政府去找当官的大哥回家料理丧事，他们不至于不给我大哥面子，想来不会难为我们。”

“你们千万注意安全！”

邢世禄和胡连芳二话没说，带上“良民证”，冒着大西北风，以通知大哥速回家料理丧事为由，闯过敌人的一道道关卡，顺利见到大哥，并取得敌人将于1月3日组织“扫荡”的重要情报。

敌人如果悄悄“扫荡”，不知道又得死多少人。再有几个钟头就到1月3日的早上了，这个消息太重要也太紧急了！两人顾不得跟大哥多寒暄，立即告辞离开。可是已经夜间戒严，城门都关了，他们往回赶又以什么话为借口让守城的伪军开门呢？只有绕过敌人的关卡。

“对，就这么办！”邢世禄和胡连芳边走边商量定。两人把情报装在袜筒里，赶到东城头，悄悄爬上城墙边的一棵树，把随身的长绳索带着抓钩的一头抓在树干上，另一头甩到城墙外，顺着绳索爬下城墙到了城墙外。再一抖一拽，让抓钩离开树干，收起绳索。两人神不知鬼不觉地出了县城，立即撒开了腿跑起来。邢世禄和胡连芳二人一晚上脚不停歇，往返五十里路，终于在凌晨三时许，顺利把情报交到温克明手里，圆满完成了抗联交办的任务。温克明又速派当“棍儿兵”的郭连山、王怀山，将情报分别送到果树园、口子里游击队长手里。

拂晓前，三百多日伪军气势汹汹地赶到，游击队和群众已转移到山上，敌人扑了空。气急败坏的敌人把口子里、小金房的十八户九十多间民房全部烧毁，把五十多头牲畜、粮食和财产全部抢光。村武委会主任司文青等二人因掩护群众转移被抓捕，严刑拷打，坚贞不屈，惨死在敌人屠刀下。

当天中午，在议长温克明的指挥下，柳沟城外、果树园、二司的三十多名民兵，在柳沟西山和土沟布下两个地雷阵。

“咱们等着瞧好吧！血债就得让他们用血偿！”大家埋好了地雷，瞪大了眼睛等着看敌人被炸开花的好戏。

不一会儿，只见几辆装满敌人的大卡车，飞快地开了过来，车上的敌人正在开心地说笑。

“三、二、一。”“棍儿兵”康满金数到一，就听见轰的一声，第一辆车被炸停下来，几个敌人被炸飞出去，血肉横飞，其他人吓得惊慌失措哭爹喊娘。又是轰的一声，接着又是轰的几声……

数辆装满敌人的大卡车被炸毁，炸死炸伤敌宪兵三四十人，为牺牲的烈士和遭受损失的民众报了仇。后边跟随运送敌人的汽车见状，拉上前几辆车上没死的和受伤的敌人，掉转车头灰溜溜地滚回了县城。

奉命当“棍儿兵”的五十人中，先后有三十一人加入八路军、游击队，浴血奋战在平北抗日战场上，其中十八人为国捐躯。敌人组织“棍儿兵”训练，没有如愿招到兵源，反而为八路军训练了民兵，搬起石头砸了自己的脚。

儿童团的小英雄

1944年初秋的一天早上，十一岁的郭昆和六十五岁的夏满大伯在延庆柳沟西山头上站岗。

小郭昆嘴里叼着草叶，脚下踢着石子，一边四处张望一边轻声唱着歌："平北抗日根据地，本是八路军开辟，解放数十万父老乡亲，脱离日本鬼子的统治，八路军不容易。"

六十五岁的夏满大伯坐在交通树下，嘿嘿笑着逗郭昆："你小小人儿，知道这歌什么意思吗？你知道啥叫解放，啥叫日本人的统治？"

"我八岁就挨日本人毒打，被他们骗，这些年亲眼看见他们杀人放火抢东西。我怎么不知道？解放就是我们能吃饱穿暖，不被杀不被抓，不用整天提心吊胆四处躲。"

"唉！你们这些孩子一天安生日子都没过过，也是可怜啊。"

1933年，郭昆出生在延庆城东三十里柳沟城外南堡街的一户贫困农民家庭。那时候战乱频繁，群众生活艰难。1937年，日军侵占延庆后，在柳沟修伪警察局。从此，日伪加剧对这一带百姓的统治和残害。

郭家祖祖辈辈贫困，没人上过学，吃了很多没文化的苦。1941年春，郭昆八岁那年，父亲宁愿扛半个长活（三天扛活三天种地）也要送郭昆上学。当时柳沟是敌人一个据点，日伪政权为了培养毫无反抗意识的"顺民"，建了一所"洋学堂"。学堂就在城内"老爷庙"，西房是关公庙大厅，北房是伪乡公所，南房是学堂。

学堂的墙上刷着"日察如一，铲除共党""民族协和，民生向上"等反动标语或带有欺骗性、蛊惑性的标语，课程主要是教授日本语。校长兼日语教师刘世臣是日本人派来的，三十岁上下，身穿黄军衣，异常残暴。一次日语课上，郭昆没答对问题，刘老师一边用藤棍啪啪打他的头，打得直起血包，一边骂着：“穷小子，天生脑子笨。”又强迫郭昆和另一个没有答对问题的学生互扇耳光。

郭昆的妈妈心疼孩子，想让孩子退学，可是教官根本不允许。这时候，郭昆一家才明白，日本人哪里是好心眼教孩子们学文化长本领啊，他们就是要用奴化教育给孩子们洗脑，成为听话的奴隶、干活的工具。

后来八路军来到柳沟，拆城墙，烧炮楼，打敌人，才让孩子们摆脱了他们的控制。为了不让孩子们当文盲，八路军在村子里办了“识字班”，教小孩子识字。郭昆的爸爸高兴地说：“这才是真正的读书学本事啊。”

想到自己已经学会了很多字，郭昆很高兴，他对一起站岗的夏满大伯说：“大伯，我不仅会唱，还会写呢。你看——”说着，捡起一根树枝，工工整整地在地上写下“八路军”“解放”等字。

夏满大伯看着认真写字的孩子，笑着说：“晚上我们农会也教写字呢，我岁数大了，没你们孩子学得快、写得好。”

郭昆很得意，凑到夏满大伯耳边悄悄说：“大伯，我告诉你一个秘密，我还给八路军干过好多事儿呢。”

村里成立了“儿童团”，郭昆第一个报名加入。可别小瞧这些儿童团的小孩子们，他们发挥的作用可不小。这些孩子什么工作都能干，站岗、放哨、查路条、送信、

伪蒙疆宣传材料

看消息树、斗恶霸、锄奸、反特、抓敌人……是最积极也是最活跃的抗日力量。

1943 年，十岁的小郭昆接到一个光荣的任务：送情报。郭昆和同村的大人沈会四，晚上从柳沟出发，往北去老君堂送信。那一天是农历十一月十五日，天上一轮惨白的圆月，把大地照得很亮，风吹动树影子就像故事里的鬼怪，张牙舞爪地晃动。八路军和日伪军白天刚打过仗，一路上有很多战死的日伪军尸体，东躺一个，西躺一个，什么姿势的都有。

“你怕不?”沈会四问小郭昆。

“不怕。”郭昆大声回答。

“你太小，本来不想让你来，就是担心路上遇到敌人，万一我被抓了，你人小个矮没人注意，腿脚又快，能继续完成任务。”

其实此时郭昆心里多少还是有些害怕的，毕竟从来没见过这么多血淋淋的死人，有时候还要从日伪军尸体上迈过去。可是他告诉自己：“不能害怕！不能害怕！要赶紧把信送到北老君堂的八路军手里。”

出发前，村长告诉他们，现在八路军和日伪军正在进行争夺玉皇山的战斗，战斗还没有结束。八路军几次攻上去，把日伪军压住，日伪军伤亡惨重。但是激烈的战斗中，八路军也有很大伤亡，毕竟敌人人多武器好。部队领导为了保存实力，避免无谓的牺牲，需要立即通知北老君堂的八路军准备撤退。

两个人顺着山坡小道，几乎是一路小跑来到了北老君堂。

村边有八路军站岗，听见脚步声，立即拉动枪栓，举起枪，大声地问：“谁？干什么的?”

沈会四赶紧回答：“我们是柳沟的村民，来给八路军送信的。”八路军接过信一看，是通知他们立刻撤退。看完信，八路军战士握住沈会四的手说：“谢谢您了!”又握着郭昆的手说：“也谢谢你，小兄弟。”一点没有因为郭昆是个孩子，就不把他当回事儿。郭昆和沈会四完成了任务，踏着月光又回到了柳沟村。郭昆觉得浑身有着使不完的劲儿。

夏满大伯听完说：“嗬，厉害呀!”

郭昆挺了挺胸脯说：“还有更厉害的呢！我还送过伤员呢。您送过吗?”

1944 年春天的一个早上，从海陀山前线新送到柳沟两位轻伤员。一位左臂受伤，一位右臂受伤，奉部队首长之命，要将二人送到马场南山疗养所养伤。这事儿可难住了老村长张永昌，因为当时村里青壮年都随军参战支援前线去了，村中只剩下老人和小孩。派谁去护送伤员呢？

老村长来到郭昆家，对郭昆的妈妈说："嫂子，村里实在派不出人来，就让郭昆跑一趟，护送伤员去马场吧。"

郭昆的妈妈担心地说："孩子没出过远门儿，别耽误事儿……"

没等妈妈说完，郭昆抢着说："我能去！我都十三了！我能行！"

老村长解释道："我盘算着这个活儿郭昆能干。一是两位伤员都是轻伤，他们在马场那边打过游击；二是用你家和刘家的两头驴，驮着他们三个人去疗养所。回来时驴认路，骑着驴就回来了。"

郭昆想起放牛娃王二小智斗鬼子兵的故事，连忙对妈妈说："您放心吧，困难再大，我也要完成送叔叔养伤的任务！"

郭昆的妈妈觉得村长说得对，郭昆不会因为人小耽误党的大事，就同意了，叮嘱郭昆："路上要小心呀！"然后又问老村长，"伤员在哪里呢？"

村长说："在街上等着呢！"

郭昆的妈妈急得直埋怨村长："您怎么让人家同志在街上站着，不领进家里啊。"赶忙倒腾着两只小脚跑出去，把两位伤员请进家里，又赶忙淘米烧火，做小米干饭豆面汤。

两位伤员再三推托，一个劲儿地说："不饿，不吃。身上带着干粮呢，您别忙活了。"

郭昆的妈妈说："同志呀！你们打鬼子受伤怪疼的，咱家没好吃的，喝碗热汤暖暖身子。"

经郭昆妈妈和老村长连连劝说，两人才端起碗来，妈妈长、妈妈短地边吃边拉起话来。大家才知道两个人一个姓郭，一个姓张，都是本县人。郭昆妈妈风趣地说："我们家姓郭，我娘家姓张，咱们更是一家人了。一家人不说两家话，以后可不能这么见外了。"说得大伙都咯咯地笑了起来。

老村长备好了两头驴屉子，让两位伤员骑上驴，郭昆妈妈给三个人带上几个窝窝头，千叮咛万嘱咐地把三人送出村。郭昆和郭叔叔骑在自己家那头乌嘴騸驴上，张叔叔骑着刘家的灰驴。一路上，两个叔叔给郭昆讲了好多抗战故事，还教郭昆唱抗日歌曲。三个人过了一村又一村，上了土坡下石坡，大约走了三十里路。快到中午时，到了北地子南山沟口。两个叔叔不让郭昆继续往前送了，他们说沟里山路不好走，自己步行去疗养所。临分手时，两个叔叔再一次感谢村长和郭家的帮忙，再三嘱咐郭昆回家路上注意安全，路上不要贪玩，免得家里着急。郭昆圆满完成了这次护送伤员的任务。两个月后，两位叔叔伤口痊愈，重返前线，路过柳沟时，还热情地来到郭家拜访感谢呢。

夏满大伯竖起了大拇哥："别看你这个儿童团员人小，本事可大着哩。一点都不输给大人。"其实这些事，夏满大伯早就知道。

"我们儿童团，抗日做模范，天天念书，又把身体练，锻炼如铁蛋。哎嗨哟呵，哎嗨哟，锻炼如铁蛋……"郭昆继续唱起歌来。突然，他张着嘴，眼睛紧紧盯着山下，"大伯，有敌人。"

山下，日伪"讨伐队"正从下辛庄村东头，一股狼烟地向东山关和柳沟方向冲来，看样子得有五六百人。

此时夏满大伯也已经看见了敌人，赶紧放倒消息树。

村里站岗的人见树向东南方向倒下，赶忙鸣锣通知群众向东南方向转移。郭昆和夏满大伯，由山头绕过山坡也向东南方向的大石坊、小金房的深山转移。

党的干部和民兵，在村头路口和无人住的房里埋上地雷，和敌人周旋。不一会儿，郭昆就听见西山顶坡上和柳沟村方向传来轰轰的地雷声，又听见山下响起了阵阵枪声。太阳快下山的时候，郭昆和隐蔽在山上的群众得到信儿，说敌人已经回县城了，才下山回村。这一天，敌人被地雷炸死炸伤二十多个，他们没有抓走一个人，也没有抢走一粒粮食，可恨的是他们赶走了二十多头牲口和十八头猪。

老村长拍着郭昆的小肩膀说："咱们人没事就好，多亏了你这个小鬼啊。"

郭昆笑着说："是我和夏满大伯一块儿发现的敌人。"然后高昂着头，唱起了伤员叔叔教给他的歌："没有共产党就没有新中国！"

报 应

平北九渡河伪警察所所长李名成的两个亲信，突然失踪了。

九渡河、黄花城一带，日伪和国民党统治时期属昌平县管辖。1937 年 7 月卢沟桥事变，日军全面侵华战争开始，罪恶的铁蹄践踏国土，昌平、延庆、怀柔相继沦陷。日军入侵后，为了监视和伺机“剿灭”八路军，很快在九渡河设立警察所，派驻了几十名武装警察，接着日本宪兵队五十多人也驻进了九渡河村。日伪丧尽天良的兽行、惨绝人寰的杀戮，让当地的人民群众陷入了苦难和屈辱的深渊，过着暗无天日的生活。

卢沟桥事变的枪声，引燃的是中华大地的抗日烈火。这烈火里重生的是一个觉醒而不屈服的民族。1938 年，八路军抵达昌延联合县山区，创建抗日根据地，在九渡河、黄花城、二道关一带村庄动员群众，宣传抗日，组织游击队打击日本侵略者。不愿被蹂躏的群众被组织起来，抵制日军的侵略。

1941 年，日伪军开展了“治安强化运动”。所谓“治安强化”，就是更残酷地实行搜查、逮捕，实行保甲制度，清查户口，组织伪军强迫老百姓修围子、垒炮楼、挖封锁沟，以加强殖民统治和镇压中国人民的抗日运动。

1942 年，驻昌平县城的日伪军为了加强与九渡河据点之间的联系，运送物资，强迫当地群众加速修筑一条公路。群众心里都明白敌人赶修这条公路的目的，就千方百计地“磨洋工”。有的拿着卷刃的铁锹，一锹下去挖个牙印；有的挖沟后趁监工不注意又偷偷地填上土；有的捂着肚子，一遍遍地跑去解手；有时不知什么原因，几个人扔下工具推搡起来，其他修路的人都围着看。就这样，一天天过去了，工程进展得很缓慢。日伪军的头目非常恼火，思来想去，采取了应对措施，从九渡河警察所派了两名他们看着忠诚的警察当监工，来加快修路的进度。

这两个监工一个姓杜，一个姓董，都是警察所所长李名成的亲信。这个姓杜的，个子不高，刀条脸，高颧骨。说话的时候，颧骨一动一动的，带着几分杀气。俗话说，颧骨高，杀人不用刀。姓杜的监工整天为非作歹，老百姓背地里都叫他“杜刀子”。那个姓董的头发分两半，深眼窝，衬得鹰钩鼻更突出，一副阴险的模样。老百姓送给他一个“董老鹰”的绰号。两个人臭味相投，一起去抽大烟、耍钱、奸污妇女，无恶不作。抽烟赌博，钱从哪里来？他们仗着警察所所长亲信的身份，在据点周围当路霸。凡是从此路过的人，都要留下买路钱。尤其是一些过往商贩和当地做小生意的人路过，他们绝不轻易放过，见到人来了，端着枪挑开褡裢袋子，翻看里面的东西，真正是雁过拔毛。

有一次，几个生意人赶着毛驴，从口外驮着一些皮货、莜麦面等物品，绕过据点奔往昌平。杜刀子、董老鹰不知从哪里“嗅”到皮货味，尾随追去。他们看着几个生意人戴着草帽，每头毛驴垛子上都搭着鼓囊囊的口袋，不禁嘴角咧开了。随即，杜刀子端着枪比画着：“干什么的？开货检查，是不是给八路送东西去了？”

董老鹰眯缝着眼，厉声喝道：“不说实话，你们就是私通八路！”

几个生意人也是见多识广，怕吃眼前亏，赶紧“长官长官”地说好话，说是做小本生意。

杜刀子摸着皮货，眼里直发光，嘴里却说：“这是给八路军做帽子吧？用皮货可暖和了。”

生意人一听，连忙从袋子里掏出两张狐狸皮，又给拿些莜麦面，捧着给杜、董两人。杜刀子和董老鹰目光对视，露出一丝狞笑，放几个生意人走了。

杜、董两人尝到甜头以后越来越霸道了，只要从据点过的生意人，要么给卸下一些东西，要么塞点钱打点，不然就甭想过去。杜刀子、董老鹰两人的外号叫得更响了。两人从过路人身上揩出了油，抽大烟、赌博的次数也增多了。

这两个家伙当了监工以后，对日军更是点头哈腰，俯首帖耳，比对他们的爹娘老子还要恭敬。有了日军的指派，他们更加肆意妄为了，对民工张口就骂，举枪托就打，根本不把他们当人看。今儿说这村的民工不够人数，明天又说那村民工来晚了。为了镇压民工，他们经常威胁：“凡是来晚的、没来的，都是给八路军游击队办事去了。我们要报告皇军，统统治罪！”

每当遇到这种情况，各村的保长为了息事宁人，保护村里的平安，依据两人的口味，派人给他们送钱送物。两个汉奸狗仗人势，胃口越来越大。为了满足越来越多的挥霍，他们多次扬言：“抓几个私通八路的交给皇军，杀他几个，让你们尝尝东洋刀的厉害。”两个汉奸的言行对抗日军民威胁很大，老百姓恨不得把他们捏扁。

当时，昌延联合县的游击队经常在九渡河附近秘密活动。两个汉奸的所作所为，以及老百姓对他们的怨恨，游击队都看在眼里，记在心上。游击队长周德全根据上级指示，决定除掉汉奸，并做了具体部署。

1942 年秋末的一个傍晚，斑驳的夕阳挂在树梢上，正在一点点地坠落。杜刀子、董老鹰来到辛庄村东路段，停下来查看修路进展。当他们看到两个民工拄着铁锹在低声说着什么时，气急败坏地冲上前，指手画脚地大骂：“高粱花子脑袋，整天磨洋工，快点干活！”边说边举起枪托，照着民工屁股打去，几下就把民工打倒在地上。

两个民工都上了年纪，看汉奸端着枪，敢怒不敢言，抱着脑袋求饶。杜刀子、董老鹰撒完了气，看看天色不早了，打算检查完修路工程后回家。

路边不远处的树荫下，一直观望的焦玉城紧抿嘴唇，心里暗暗骂道：狗汉奸，太欺负老百姓了！不给你点颜色看看，你不知咱游击队的厉害！

焦玉城二十岁左右，中等身材，有些发黑的长脸上嵌着一双机灵的眼睛。别看他年纪不大，却是游击队里的老队员了。平时，给八路军送信、送军粮，凭着他的机智勇敢，每次都能出色地完成任务。现在，游击队长周德全又交给他一项任务。

焦玉城头罩羊肚毛巾，肩挎牛鞭，一副地道的放牛的打扮。他哞哞地召唤着牛，不紧不慢地来到汉奸面前说：“二位长官，您别生气。向您报告一个事，我夜里放牛，在沟北看见俩牛贩子。他们白天不敢走，还在那儿躲着呢……”焦玉城边说边用手指着不远处。

两个汉奸看看太阳快要落山了，天色有些晚，又看看焦玉城，有些犹豫。杜刀子上前一步，盯着焦玉城说：“你是放牛的吗？说假话让我报告皇军，你小子吃不了兜着走！”

焦玉城知道杜刀子为了探听虚实在吓唬他。他本来长得比较黑，现在扮成放牛娃，故意往脸上抹点泥，手上弄得灰不溜秋，外人看不出一点破绽。听到杜刀子这样说，焦玉城一副无辜的样子说：“报告长官，我说的句句都是实话。不信，你们去那边看看。”

董老鹰不动声色，这时他的烟瘾上来了，哈欠连天。他想去弄点钱，赶紧抽口大烟，享受仙人一般的逍遥快活。看着焦玉城一个人，就对杜刀子说：“让这个放牛的领路，要是他说假话，就把他的牛拉走。”两人放弃了回家的打算，让焦玉城带着奔向辛庄北沟。

落日散尽最后一抹余晖后躲起来了，天色暗淡下来。两个汉奸跟着焦玉城走进山沟。两个汉奸走了一段路，前后看看，都没有牛贩子，有些狐疑。

焦玉城说：“不远了，前边就是！”又走了一段路，游击队长和几个队员突然钻出来，把两个汉奸围起来。

杜刀子和董老鹰下意识地去拿枪，早被游击队员铁钳一般的手抓住，几个人三下五除二把两人捆上，押着过了北山梁。

当夜，在西水峪的西南沟里，两个体似筛糠的汉奸连声求饶。游击队长严正地说：“你们忘了自己还是中国人，整天替小鬼子卖命，坏事做绝了！除掉你们就是为民除害。今天让你们死得明白！”焦玉城和几个游击队员舍不得两颗子弹，搬起大石头向汉奸砸去，结束了他们罪恶的生命。

第二天，伪警察所所长李名成得知俩亲信失踪，派人查了半天也没有结果。第三天，李名成起床，揉着惺忪的睡眼，对部下说：“这俩小子完了，没命了。我昨天夜里做了个梦，梦见他俩头被剃得溜光，冲着我奔儿奔儿的一个劲儿地蹦，就是不说话。完喽！肯定变成鬼了！”说到这里，他后脊梁一阵发凉，依稀看见他自己的头也剃得溜光……

其实，无须做梦，不用预兆，汉奸的下场都是一样的。

审王波

抗战时期，红色特工任远凭借自己的聪明才智让一个自称投诚的日伪军官酒后原形毕露，收到了意想不到的效果。

1940 年，百团大战后，日军停止正面进攻，集中兵力“扫荡”。平北抗日根据地位于伪华北、伪蒙疆、伪满洲三个伪政权的三角地带，是联结冀东的走廊，影响着北平和张家口及平绥铁路地区的发展，是八路军坚持敌后抗战的战略要地，因此引起了侵华日军高度关注。

日军除了在军事上采取“围剿”、“扫荡”、制造“无人区”进行残酷的“三光”政策外，还大力实施特务阴谋。他们的基本手法是“派进来、拉出去”，采用金钱、美色等手段，拉拢引诱抗日干部。这个办法诱惑了不少意志薄弱分子，如地委警卫连连长王成起策反投敌，对延庆川抗日活动造成极大损失和极坏影响。与此同时，日军还派遣特务打入八路军内部，长期潜伏进行阴谋活动。

当时，被称为“小人大将”的红色特工任远，从地委机关到龙延怀任平北地委情报联络站站长，负责开展伪蒙疆、张家口及平绥线的敌占区情报工作。

1944 年秋的一天，战士们送来了一名叫王波的伪军官。他自称是伪忠义救国军参谋长，一个劲儿地表明自己是来投诚的，历经千辛万苦，好不容易从北平经怀来才找到八路军。龙延怀联合县委书记王子玉，一时也说不准这事儿是真是假，就将王波交给任远进行审查，看看其中是否有诈。

县委书记王子玉信任任远是有根据的。在延安的时候，任远被选入陕甘宁边区保安处第一期保安干部培训班，接受专门的特工训练。他的老师都是大名鼎鼎的人物，如李富春、李克农、潘汉年等。国民党特务有戴笠等十三太保，当时任远等十三名特工也被称为地下党的十三太保。任远是其中年龄最小的一个，被称为“小人大将”。二十五岁就担任冀热辽区党委社会部部长，负责冀东及东北的情报联络工作。

任远看着王波满身尘土，一脸疲惫，也不好立即以审查的方式问话，对待俘虏还优待呢，何况人家千里迢迢来“投诚”。任远派战士给端来热水，让他洗漱。蓬头垢面的王波，洗漱后看上去四十岁上下，人精神了很多。任远想，八路军条件再差，生活再艰苦，简单的接风洗尘也是应该的。任远即代表军分区首长向王波表示欢迎，晚间设宴招待，只有任远同王波两个人吃饭饮酒。刚一端上菜，王波就盯着盘子，嘴角嚅动着，好像几天没有吃饭的样子。任远向王波表示：“欢迎参加抗日，特设便宴洗尘。今后我们要同舟共济、共同抗日救国。”王波赶紧表示：“兄弟无知，不幸误入歧途，为敌办事，充当忠义救国军参谋长，实在有罪。现在中国人民团结抗日，而日军野心勃勃妄图消灭敌后武装，身为中国人，眼看日本暴行，百姓屡受其凌辱，所以下定决心弃暗投明。我愿肝脑涂地，同大家一起，为祖国人民抗日效力！请转告军分区首长：能批准王某加入八路军，我一定将功赎罪，洗刷耻辱。”

任远当即表示：“王先生年轻有为，带兵有方，今来投诚，八路军十分欢迎，今后共同努力，驱逐日寇，收复失地。今日相会，一见如故，我代表军分区首长表示热烈欢迎，略备便饭薄酒。特敬酒三杯，为了抗日，干！”王波一听，十分惬意，当即表示感谢，举杯痛饮。酒过三巡，菜过五味，任远看王波酒量不小，故意奉承道：“王先生海量，十分钦佩，为了今后携手合作，再饮一杯！”王波又一饮而尽，再敬再饮。就这样，二人边谈边喝，一斤白酒即将喝完。这时王波虽有醉意，尚未醉倒。任远为了能让他酒后吐真言，决心陪他再喝几杯，以便探其虚实。任远和王波一人一斤白酒对饮而尽。

喝完一斤白酒，两个人都有些醉了，歪坐在那里。俗话说，酒壮㞞人胆。王波已快不省人事，撑着桌子，摇晃着站起来，对任远嚷嚷：“你把我害惨了！老子又累又饿，告诉你，不是为了这个官，什么他妈的皇军八路。”

身为特工的任远听到这里，对王波此行的目的已经看得清清楚楚。为了稳住他，任远拉长声音说：“王兄，你海量。这是醉话吧！”

“我没醉，这次是皇军派我来刺探平北分区兵力和作战计划的，让我假装投降八路。皇军答应，事成之后给我加官晋级。”

“瞎说，就你一个人，怎么可能?”

“让我先来探路，取得你们信任后，再派更多的人来。用密码方法通讯联系，必要时再派我的部下来接头。”

“王兄吹牛——干脆，你说日本人也来算了。”

“日本人不肯告诉我，他们宪兵队特高课有专人管。我这叫‘曲线救国’，将来抗战结束了，还可以论功行赏呢!”

就这样，任远一直问到深夜，进一步向其了解忠义救国军及日军情况，以及他们今后的打算。王波醉醺醺地一一作答。任远又问他是否还知道日本方面派哪些人来，从中又了解日本在北平的特务机关及其活动情况。王波意识模糊，尽其所知和盘托出，以显示其在北平拥有极高的地位。在交谈中，任远也了解了王波的底细。王波系华北日本特务机关选派伪忠义救国军参谋长。北平有家眷，大小老婆两个，父母均在老家等。任远将所能想到的问题问得差不多了，王波已有呼噜声。任远即说：“今天不谈了，你好好休息，明日咱们再好好聊。”王波嗯嗯地答应着，在任远搀扶下跌跌撞撞地上了炕，四仰八叉地呼呼入睡了。任远起身出门，敲开了县委书记的房门。

“喝酒也能审特务！真有一套！平时不知道你有这么大酒量！你这是‘真人不露相’啊!”听完任远断断续续的汇报，大家打趣地说。“这不是为了探听虚实才出此下策嘛。”任远面色酡红，支吾着。

弄清了王波的身份，决定他命运的时候到了。县委书记与几名同志立即研究了这些情况，明确了王波系日军派遣的特务。是杀还是放？杀，送上门来的哪有还回去一说？杀，当然可以，但无大益。放呢？平北地区斗争残酷，留着他继续进行反间工作，恐怕有困难。待他本人酒醒后，争取争取吧。如他同意，可以发展成内线；如他存心欺骗，就算放了也能令他的日本主子产生疑忌，再借机除掉不晚。此计已定，看其态度如何再做决定。

第二天清早，王波睡眼惺忪，一见任远即放声大哭，扑通一声跪下，连声喊：“我有罪，我有罪！请求饶命!”他已知酒后失言，真相大白，怕被杀头。

“你不必害怕，坦白认罪就好，我们决不轻易杀人。你要还是一个有良心的中国人，就不要再为虎作伥了！更不应再做伤天害理的那些汉奸勾当！我们可以给你指一条路。”任远即刻表明立场。

“只要我能办到的，一定尽力。不过，鄙人在北平有家室，千万不要让他们受到牵连呀!”

“只要你愿意为我们工作，马上可以回北平去。”王波一听不但不杀，还让他回去，出乎意外。他抹了抹眼泪，连声感谢。这时，任远进一步说明当前抗日形势，告其认清前途，如不忠实，北平解放，必将严惩。这时王波叩头作揖，表示绝不敢再为日军卖命。经过一番教育，王波填写了秘密抗日服务的登记手续。确定了以后的联络方法后，然后派人将他送出根据地。

“这样的汉奸，怎么给放了？便宜这小子了!”大家议论纷纷。任远听了，心里像压了一块巨石。这是自己到平北工作后，亲自处理的一个派进类敌特，没有类似经验可资借鉴。之所以这样处理，完全是凭着多年做特工的经验和感觉。

回到军分区，任远即刻向军分区政委兼平北地委书记段苏权汇报了这件事。地委领导即刻做出回复：同意你的处理方法，放比杀更好，古有诸葛亮七擒孟获之典故，此乃放虎回山、以观后效之法。

没过多久，王波主动把“清剿”情报传递给八路军。任远绾着的心结才算解开。

红色特工任远，年龄不大，却凭借对革命的赤胆忠心和丰富的工作经验，审时度势，在抗战中创造了一段家喻户晓的特工传奇。

虎口拔牙

烽烟四起的岁月，也是英雄辈出的时代。为救万民于水火，无数普通人挺身而出，在血与火的考验中，从崇拜英雄的普通人变成普通人心中最伟岸的英雄。

平北地区抗日战线上就有一个四个月内两次虎口拔牙、威震敌营的英雄人物——王耀武。

从1942年开始，日本侵略者对平北抗日根据地综合运用各种方法进行“蚕食”进攻，一直持续了两年多，使平北抗日根据地蒙受极大损失。同时，敌人还在政治上进行诱降，使抗日军民内部的动摇分子为其所用，混迹抗日队伍，对平北抗日根据地造成巨大威胁。

在敌人的诱降下，国文彩没能抵抗住诱惑，出卖了自己的灵魂，无耻地投敌了。国文彩，又名关得胜，是延庆小鲁庄人，原是平西抗日根据地龙宣怀联合县的地方部队干部。这家伙投敌后，给敌人当谍报员，经常搜集八路军和抗日群众的情报，带着日本主子搜捕抗日干部，破坏抗日工作。

王耀武，1945年10月5日摄于延庆县委门口

1943年，平北军分区司令部供给处搞

到一批布匹、棉花，分配到各村妇联，让妇女们给八路军做过冬的棉衣。因为参与支前的群众很多，不知怎么就走漏了消息。

国文彩如获至宝，屁颠颠地向日本主子汇报，点头哈腰地领着日本人到各村去搜查。搜到布匹、棉花一律抢走，群众稍作反抗便是一顿毒打，最后，还以“通敌”“共产党”等名义，抓走了很多群众。抓走的人被施以酷刑，直至家人倾家荡产才能赎人出狱。各村党的干部和抗日群众恨透了国文彩，纷纷要求龙赤联合县七区区委除掉这个坏蛋。

1943 年 8 月，七区党委会研究决定，把国文彩这个日本宪兵特务除掉。

“拖得时间越长，群众的损失越大，完成锄奸任务越快越好。”

“首长放心，三天之内完成任务！”

王耀武接受了这个任务并承诺三天之内完成，其实心里也没底儿。因为国文彩干尽了坏事，心里不踏实，总担心被八路军抓住清算。这个坏蛋家住小鲁庄，离小鲁庄敌人的炮楼很近。他有时住在炮楼里，有时回到家里，可谓狡兔三窟。每天究竟在哪儿，很不确定，如果打草惊蛇以后再想抓就难了。

想到这儿，王耀武心生一计。王耀武走出门，向段永兴家走去。段永兴是平北军分区司令部供给办的采购员，经常住在区里。这人忠实可靠，聪明能干，办事有主意、有办法。当时八路军需要用的如油印机、药品、武器等东西，都是由段永兴想办法通过各种关系买到。而且最关键的是，段永兴是靳家堡人，对小鲁庄很熟悉。

“嘿，耀武，怎么有空来我这里坐了？听说你们最近战斗很多啊。”看见王耀武，段永兴很高兴地打招呼。

“有为难事找你这个能人帮帮忙。”王耀武没有客气话，开门见山地说。

“我就说嘛，没事儿你也不来我这里。说吧，我听听什么事？”

“是这么一回事……”

两人秘密商谈起来。王耀武告诉段永兴，想要除掉国文彩，必须一矢中的，因此第一步得先摸清他的情况，掌握他的行动规律。他请段永兴去观察国文彩的行踪，包括国文彩的家住在什么地方，门冲哪边开，国文彩住哪头屋，所有细节都要了解清楚。

“没问题！我一直负责采购，身份很隐蔽。敌人不认识我，三里五村都有我的亲戚或熟人。你就等着好消息吧。”

当天，段永兴扮成百姓模样，大摇大摆地进了小鲁庄村。他在小鲁庄村里熟人多，当天晚上就住在朋友家，东家坐坐，西家聊聊，一边了解，一边观察，全面摸清了情况。

“国文彩这家伙一般上午出来活动，下午在家。他家是四合院，门冲北开，他住西房北头。”第二天下午，段永兴赶回来向王耀武汇报。

王耀武说：“好，明天就开始行动！我们去抓人，你继续观察国文彩的行踪，有变化及时联系。”

“好嘞。”

第二天一大早，王耀武带着一班游击队员出发了。游击队员埋伏在离小鲁庄只有一里半地的丁家堡北边的石洞里，等待抓捕国文彩。

上午十点左右，段永兴来到石洞，向王耀武汇报说：“国文彩去延庆了，是一个人去的。”

“好，继续观察。”

十一点多钟，段永兴又来汇报：“他今天没去延庆，在王庄呢。”

仿佛是有预感，这一天国文彩改变了生活规律，直到下午五点钟才回到家里，约了好朋友王东平吃饭喝酒。

王耀武觉得这是大好时机，便带着游击队员，以闪电般的速度来到了小鲁庄村，冲进了国文彩的家。没等国文彩反应过来，王耀武的手枪已经顶住了他的脑袋：“不许动！”

王耀武就像天兵天将，突然从天上掉下来一般，出现在国文彩面前。炕上吃饭的王东平，筷子夹着菜，吓得不敢动，就那么伸着筷子呆住了。外屋地站着的国文彩的媳妇惊叫了一声：“妈呀！”

国文彩先是一愣，随即镇定下来，笑着对王耀武说：“小王，这是要咋着呢？需要老哥办什么事，捎来二指宽一张纸条，老哥就全给办了，还用你亲自来。”

“少废话，跟我走！”

国文彩朝院里一看，游击队员已经把他家包围了，只好顺从地下了地。

“你也跟我们走一趟！”王耀武对着正在炕上发呆的王东平命令。王东平听了，也乖乖地下了炕。

王耀武和游击队员把国文彩和王东平押出了村，炮楼里的敌人才发觉。由于天黑，敌人没敢出来追，只在炮楼子里乱放了一阵枪了事。

王耀武把两个人带到米家堡，经审问王东平只是跟国文彩相好，没有什么罪恶，教育后就把他放了。次日一早，将罪行累累的国文彩押到北山枪毙了。

国文彩伏法，各村的干部群众奔走相告，都说八路军给乡亲们除了一个祸害。

到了年底，也就是1943年12月，组织上又交给王耀武同样的一个任务：抓捕永宁北关特务解全。

解全是日本宪兵特务。这家伙和国文彩一样坏，也是上蹿下跳地搜集八路军的情报，使抗日工作多次遭受损失。

“这一次我们有经验了，两天就能完成任务。”王耀武带着陈玉田、小白一行三个人来到永宁北关村，进村先打听清楚解全家的位置，然后翻墙头进了解全的家。

解全娘见突然跳墙进来三个人，吓了一跳，惊恐地问：“你们是干什么的？有什么事？”

王耀武四处一看，判断解全没在家，随即回答说：“我们是宪兵队情报处的，来找解全，让他赶快回去，有任务。”

解全娘知道自己的儿子是给日本人当特务，一直提心吊胆，看见家里来人就紧张，一听是宪兵队的，才放了心，说：“他没在家。”

王耀武问：“去哪儿了？”

解全娘真以为王耀武他们是宪兵队的，怕耽误了儿子的事儿，日本人恼了可不讲情面。于是，告诉王耀武：“解全去赵庄他姑妈家坐席去了，明天才能回来。”

王耀武他们连夜又赶到赵庄。到了赵庄，先找到甲长葛宽。当时的甲长大多是两面甲长，日本那头也应付，八路军这头的事也得办。

葛宽半夜里被叫起来，边穿衣服边战战兢兢地问：“有什么急事？”

王耀武严肃地说：“我们来抓解全，他姑妈家具体位置在哪里？”

“解全是在他姑妈家里，昨晚我还见他呢。黑灯瞎火的你们找不到，我带你们去吧。”葛宽一边说一边开门往外走。

“怎么办，直接去抓他？”葛宽又问。

王耀武说：“若直接去抓他，他一听到动静准得跑，黑灯瞎火的也不好追。”

葛宽点头说：“是这个理儿。”

想个什么稳妥的办法呢？既不能惊动解全，又能抓住他。王耀武认真思考，突然想出一个办法，他把这办法说了，大家都觉得这个办法好。

“开门，开门了。”葛宽带着王耀武三人到解全姑妈家，啪啪啪敲门。

“什么事？”解全姑妈问。

“今天警察来查户口，家里有没有客人啊？”葛宽问。

“没旁人，就是永宁北关我侄儿在这儿。”解全姑妈打开了门回答道。

王耀武说：“是不是你侄儿，我们还要亲自看看，你让他出来一下吧。”

“好嘞。”解全姑妈知道自己的侄子给日本人办事，不怕伪警察，转身进去了。不大一会儿，解全就跟着出来了。

“哥几个来了，进屋坐。”解全还想要显露一下身份，让伪警察知道自己是日本宪兵特务。刚到街门口，乌黑的枪口就顶在了胸口上，把解全吓得直发抖。

“不许动！动我就毙了你！”王耀武说着一挥手。

解全还没反应过来，就被另外两个队员摁住捆了个结实。

王耀武又命令：“跟我们走！”

解全姑妈傻了眼，刚要哭喊，被甲长葛宽制止住了。

王耀武三人把这个日本特务押到黄柏寺时，天已经大亮了。经过审讯，区党委决定将解全枪毙，以泄民愤。

王耀武在不到四个月时间里，两次干净利索地虎口拔牙，从此名声大震。汉奸特务一听到他的名字，就心惊肉跳，害怕王耀武神不知鬼不觉地把他们也捉去枪毙，所以再不敢为所欲为地干坏事了。

活捉王邋遢

已经到了春天，偶尔吹过的一阵风，虽然不再像冰天雪地时那样肆无忌惮，但是平北地区依然寒冷。此时，武志先却并不觉得冷，他躲藏的位置，正对着横眉立目的四大金刚。正午的太阳明晃晃地照着脚踩妖魔鬼怪的神像。泥塑的神像仿佛有了生命，狠狠碾着脚下的小鬼。武志先的心被一股力量充满了，那力量犹如不受控制的小兽，左突右冲，让他的胸脯不断地起起伏伏。过几分钟，就悄悄从墙后伸出头张望一下。

“咋了，害怕了?”昌延联合县马场区武委会主任黎光辉悄悄问道。

“我又不是头一次执行任务的小鬼头，我不害怕!”武志先压低了声音，却压抑不住激动。

黎光辉笑了，这个小伙子还挺要强。他猜武志先应该会有一点紧张，虽然小武也算为革命工作多年，但毕竟刚刚十五岁，又是第一次参加这样真刀实枪的对敌斗争。

抗战初期，昌延联合县在延庆南山“后七村”开辟平北抗日根据地，很快发展到马场区和延庆川，果树园村的抗战群众组织和民兵队伍也很快建立起来了。果树园村的贫困农民武志先，积极加入村青委会，负责看守消息树、站岗放哨等工作。因为表现突出，村内党组织任命他为青委会主任。几个月前，也就是1943年腊月十五，党组织终于让他第一次独立完成任务——护送一名侦察员闯过敌占区到北山去。这一次任务锻炼了武志先，让他正式成为一名民兵队员。黎光辉特别欣赏这个勇敢的年轻人。今天执行关门打狗行动，特意让武志先跟自己一起埋伏在地藏寺庙院内。

这座地藏寺庙，位于延庆城东柳沟南堡街东头。庙坐北朝南，西禅是村公所，南禅是过厅大殿门，禅内两旁，有比人大几倍的泥塑四大金刚神像。他们手持神枪宝剑，脚踏八个妖魔鬼怪。

“黎大哥，我爷爷告诉我，以前妖魔鬼怪作祟，害死很多人命，四大武帅除治了妖魔鬼怪，百姓才得安生。现在狗汉奸们为非作歹，死心塌地为日本鬼子效劳，抢粮抓人，杀害百姓，就像妖魔鬼怪那么坏。咱们收拾他们就是为百姓除害，不就和四大金刚一样吗？”

黎光辉笑了：“你个小鬼头，一天到晚胡思乱想。”

“大家都这么说，说小鬼子和伪军就是欺压百姓的妖魔鬼怪，八路军就是天兵天将下凡，把坏蛋都踩在脚下，让老百姓过安生日子。”武志先不服气。

狗汉奸们的所作所为，黎光辉也感到特别气愤。

“高山寺据点那些伪军，都是中国人，穿上了一身黄皮，就帮着侵略者害自己的乡亲。他们还能算个人？特别是王邋遢和司文友，横行霸道，无恶不作，还到处搜集八路军游击队的情报，造谣瓦解抗日力量，是十足的铁杆汉奸。”

黎光辉所在的马场区是半山区，东北部的高山寺、北部的柳沟、西北部的高庙山三个日伪据点，分别驻着日伪军和伪自卫队，除配合县城的敌人“讨伐”外，经常到各村进行大“扫荡”，妄图瓦解抗战武装力量和残害群众。黎光辉自从1942年8月，从中共平北分局工训班毕业后来到平北地区，就带领马场区民兵跟伪军开展游击战争，多次将他们打得屁滚尿流。

但是高山寺据点的这一个中队的伪军，特别顽固不化，仗着地理位置的优势，经常下山骚扰乡亲。高山寺据点是用一座建筑在高出地面二百多米山上的孤庙改造的。据点四面群山耸立，高达五六百米。北面有一条顺马场川流出的二十米宽的干河套，当地人叫它“大门口子”。“大门口子”是从坝外通向北平和南北山抗日根据地的咽喉要道。敌人占据高山寺，就是想切断根据地的经济来源，控制根据地军民的抗日活动。为了拔掉这个“眼中钉”，消灭孤立驻守在这里的敌人，打开南北的交通线，八路军开始采取行动了。首先，派民兵拔掉“大门口子”东西两侧山上的两个岗楼，接着，割断高山寺至柳沟城据点的电话线。东面和北面的东沟村、八家村距敌只有一里，是两面政权，伪组织在抗日政权掌握之中；南面的窑湾村距敌三里，是单一的抗日政权；只有西侧距敌不过半里的二道河，是单一的伪政权。高山寺据点如瓮中之鳖，在抗日民兵和群众的重重包围之中。

但是狗汉奸们贼心不死，认为民兵武器装备差、队伍不专业，探知八路军10团不在此地活动的时候，就下山来作威作福抢东西、打牙祭。

这天上午，王邋遢、司文友，又领着二十多个伪军，从高山寺据点来到柳沟。先是到了伪保长家中，横挑鼻子竖挑眼，最后说："给哥几个准备午饭，也不用太破费了，来一盆猪肉炖粉条，再炖两只鸡。"

他们年年搜刮民脂民膏，百姓已经是吃了上顿没下顿了，哪有猪和鸡给他们？现在加上小鬼子，老百姓的生活更是雪上加霜。伪保长不敢不应付，只能忍气吞声地去给他们打酒、筹备午饭。

不光吃，他们还抢。等着伪保长准备午饭的空，他们分成几个组，挨家挨户搜查共产党八路军，并以此为旗号，抢粮、抢东西、赶猪、抓鸡。谁要是稍有怨言，他们轻则骂，重则打。一时间，村子里鸡飞狗跳，人心惶惶。

"今天一定饶不了他们！"得到消息的黎光辉，立即组织民兵队员，部署了除掉这伙狗汉奸、打击敌人的嚣张气焰的任务。

"伪保长准备好饭，在村公所摆桌，村公所就在地藏寺里。狗汉奸到庙里来吃饭，精神肯定是最放松的。咱们就埋伏在庙内外，给他来个关门打狗。"

大家商定，黎光辉带领八名游击队员，埋伏在地藏寺庙院内外，另外安排十个人在村边巡逻掩护。

对这一安排，也有队员提出异议："他们有二十个人，都带着枪。咱们在寺里只埋伏八个人，人手会不会不够？能不能咱都埋伏在庙里？"

"八个人就够了，出其不意地出现在他们面前，就能吓他们一跳。咱还有手榴弹，谁不听话就先炸死谁，咱不怕他们！更何况这帮人里最坏的就是王邋遢和司文友，其他人不敢怎么样。但是咱们村游击队人手确实有限，如果高山寺据点的鬼子都下来，咱们打不过，所以村边巡逻的人要多一些，眼睛睁得大大的，耳朵立得直直的，一有其他日伪军出现要赶紧报告。等这些狗日的逃跑的时候，也能堵他们一下子。"

到了中午，王邋遢、司文友两个狗汉奸带着一群伪军跟班，大摇大摆地走进庙南禅大殿。黎光辉、武志先等五人举枪从四大金刚身后一跃而出。小小年纪的武志先大喝一声："不许动，谁动就打死谁！"

这两个狗汉奸立即被吓丢了魂，全无平时为非作歹时的嚣张样儿，丢下枪，举起手，哆哆嗦嗦地说着：“饶命，饶命。”民兵队员上去缴了他俩的手枪，拿出早就准备好的绳子，把他们包粽子一样捆个结结实实。

他们身后的伪军一看情况不妙，扭头就往村里逃窜。

“轰轰——砰砰——”

一阵手榴弹爆炸声和枪声响过，三个敌人倒了下来。其他敌人顾不上被打死打伤的同伙，慌慌张张地逃回高山寺据点。这一仗共缴获大枪三支、手枪两支，打死打伤敌三人，活捉王邋遢、司文友。后经昌延联合县政府批准，将罪大恶极的狗汉奸王邋遢、司文友处死。

从此，敌人再也不敢轻易出来欺压群众了。

买盐夺枪

俗话说，百味盐为首。从古至今，盐在日常生活和生产中起着重要的作用。在抗战时期，日军为了强化对中国人民的统治，在日伪占领区对盐实施严格的管控，妄想以此扑灭轰轰烈烈的抗日烈火。

1944 年，共产党领导的八路军抗战已进入反攻阶段。日军不甘心失败，不断地向根据地“讨伐”，做垂死挣扎。同时，对根据地实行经济封锁，布、油、盐等军民生活用品极为缺乏。

春季，平北抗日主力部队 10 团的三个连，奉命来到柳沟、果树园一带，一要坚持对敌战斗，二要响应毛主席“自己动手，丰衣足食”的号召，战余到燕羽山的口子里、小金房开荒种地，以解决军需不足的问题。部队实行劳武结合，一面分散作战，一面进行生产。战士们白天耕地，夜晚训练。连队的粮食、蔬菜的困难解决了，可是作为百味之首的盐怎么解决？连长、司务长商量起来。派谁到敌占区去买盐呢？他们不约而同地想到一个人，那就是机枪班班长——胆大心细、有勇有谋的李燕田。

李燕田是柳沟人，参军不久就因作战勇敢当了机枪班班长。他高大健壮，棱角分明的脸庞上嵌着一双深邃有神的大眼睛。连长把买盐的任务和李燕田一说，年轻的班长眉头没有皱一下，立即回答：“报告连长，我是本地人，地形熟，坚决完成任务！”连长拍了拍李燕田的肩膀说：“到敌占区买盐，困难大，一定注意安全！”

“连长请放心！”李燕田两眼放出坚毅的光芒。

第二天早上，天刚蒙蒙亮，东方苍莽的天际之间透射出一抹晨曦，晕染着周边绵延的山峦。李燕田早早地起了床，穿上昨天晚上从家里找来的衣服，一根绳子系上宽松的衣服。头戴一顶破草帽，足蹬“踢死牛”布鞋。他抓了一把草木灰抹在脸上，在水坑前反复看了看，背起藏有买盐款

伪蒙疆身份证（封面）

的补丁摞补丁的口袋，从柳沟出发了。

李燕田一路走一路想，进城需要“良民证”，没有“良民证”连城门都进不去。即使混进城买上一袋子盐，也难以运出城的。困难摆在眼前，怎么办？柳沟距县城二十里，为躲避敌人的岗哨，他绕道走了三十里，来到东城门外市场打探。他远远地看到商摊上写着“凭良民证每人限售三斤盐，违者以私通八路论处”的通知。市场上有很多伪警察，他们手提枪、棍，巡回监督检查，像狗一样嗅嗅这个，闻闻那个。不是骂这个就是打那个，赶集人稍微争辩几句，就不分青红皂白地抓进警察局。

李燕田压低草帽，不动声色地查看情况。敌人把守很严，如果硬冲硬闯，无法完成任务。他想起参军前，给海陀山八路军送粮食的情景。赶着毛驴从佛峪口进山，走到松山深处遇到狼拦住去路，他急中生智，想到老人说的“狼怕鞭响，狗怕哈腰”“狼是铜头铁背麻秆子腿”等经验之谈，挥起手里的鞭子，啪、啪、啪地打了几个响鞭，接着从地上拾起几块石头打在狼腿上。狼嚎叫一声，拐着腿逃跑了。遇到狼有办法对付，遇到比狼更凶恶的敌人怎么办？

李燕田悄悄走出市场，想到一向喜欢他的姑姑，姑姑家就在附近的东关村。李燕田大步流星地直奔姑姑家。一进门，他就和姑父、姑姑说明邻居们因鬼子封锁无盐可吃，然后请姑父帮助买盐。姑父一听，眉头皱成个疙瘩，为难地搓着手说：“日本人控制盐呀，药呀……这些紧俏东西。买盐要是出了事儿，可是人命关天呀！”李燕田耐心地说，是帮助邻居买的，晚饭煮菜都等盐用。姑姑也在一旁帮腔。姑父看他说得很实在，答应试试。姑父、姑姑和他的儿子、儿媳，拿上“良民证”，冒着危险才买回十二斤盐。十二斤盐对于部队三个连的战士来说，就是杯水车薪。想到这儿，他又对姑姑说还不够。老两口又到可靠的亲朋好友家里，求他们帮忙，费了九牛二虎之力又买回一部分盐，凑合起来三十八斤。李燕田从补丁里掏出钱，照价付了盐款，把盐装到口袋里。他狼吞虎咽地扒拉几口饭，背上口袋脚下生风般地往回走。

夕阳西下，暮色低垂。

走了一下午，背上的口袋越来越沉，像块石头往下坠。他一边走，一边不住地往上拽，汗水像小溪一样顺着脸颊流下来。他摘下破草帽扇着风，想快点把盐安全地送回去。

走到莲花池村的东头，李燕田发现有个农民打扮的伪自卫队员在持枪站岗。躲已经来不及了，他只有硬着头皮往前走。

“干什么的？背的是啥东西？”伪自卫队员大声喝道。

“赶集的，进城买点东西。”李燕田随口答应着。

“口袋里装啥？看着沉乎乎的，打开看看！”伪自卫队员端着枪走了过来。

李燕田看看只有他一个伪军，把口袋往肩上拉了拉，一只手拽着口袋，另一只手抡圆啪地打在伪自卫队员的脸上。伪军还以为李燕田要放下口袋让他检查呢，丝毫没有防备，被打得眼冒金星，一个趔趄要倒下去。李燕田不等他反击，飞起一脚，踢在伪自卫队员腿弯上。只听啊呀一声，伪军像被砍的树，扑通一声倒下去，三八大盖枪也甩出来。李

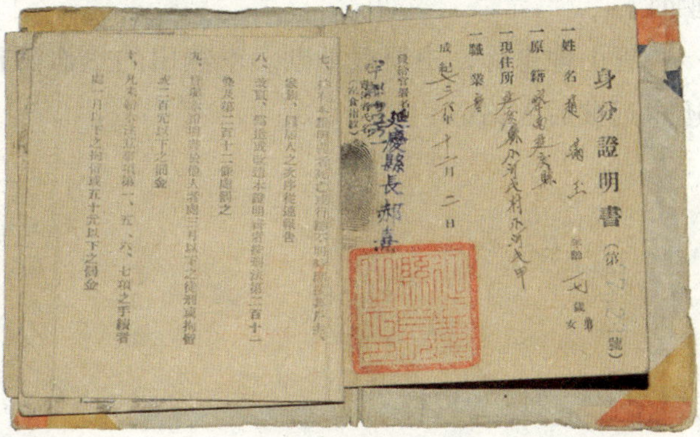

伪蒙疆身份证（内芯）

燕田放下口袋，以迅雷不及掩耳之势把大枪抢过来。伪军看见枪被夺去，顾不上疼痛，拼命去抢。他哪里是李燕田的对手，李燕田拽着枪，一用力又把刚站起来的伪军推个嘴啃泥，迅速拉动枪栓，低声说："别动！我是八路军！动一下，枪毙了你！"站岗的伪自卫队员抹着一脸泥，看着顶在脑门上的黑洞洞的枪口，像被抽了筋似的瘫在那里，不停地央求："大爷，饶命啊，我是穷苦百姓，是刚抓来的，咱们井水不犯河水，饶过我吧！"李燕田看见他衣服还是农民装束，枪口还没有沾上无辜百姓的鲜血，就决定手下留情，又怕他回去报告据点里的敌人，将他捆住，嘴里给堵上破袜子。李燕田背上缴获的大枪和盐口袋，一路疾驰而去。

浓墨一样的天上，连一弯月牙、一丝星光都不曾出现。李燕田在漆黑的夜里借助熟悉的地形，终于在晚上九点多钟，带着一口袋白花花的盐和一支三八大盖回到了部队。

就在李燕田买盐不久，他所在的10团和敌人交上了火。

10团攻克柳沟据点后，敌人不甘心失败，从县城来"讨伐"的一个营，要吃掉驻柳沟一带的10团。10团团长王亢得到情报，立即把两个连埋伏在柳沟西城下。敌人冲到距埋伏阵地三十米时，王亢一声令下，机枪、步枪、手榴弹巨响声连成一片。子弹、手榴弹在敌人头上开了花，一群敌人被消灭。第二批敌人又哇呀哇呀叫着冲了上来，埋伏在西城门口的1连机枪班班长李燕田，挺身而起，一边端枪射击一边呐喊："我是柳沟人，要誓死保卫柳沟！"猛烈的子弹射向敌群，敌人被打得乱叫乱窜。李燕田不幸身受重伤，被转送到南山医疗所治疗。后因伤势过重，壮烈牺牲。

青山埋忠骨，史册载功勋。李燕田的热血洒在家乡的热土上，他的事迹永远被后人铭记。

风卷红旗过大关

星星之火

旧历的新年本应该是欢乐祥和的，然而此时，塞外的北风把延庆川的大地吹出道道龟裂，康庄车站的工人们在寒风中愁眉苦脸地劳作，他们已经有一段时间没有领到工资了。

啪的一声皮鞭响，装卸场子里又传来了工头的喝骂："你瞎了！货摔坏了，卖了你儿子也赔不起！"

装卸工颤抖的双腿已经冻得僵硬。那双绑在光脚上的草鞋像是被粘在冰冷的地面上，说什么也抬不起来。

"住手！"一声怒吼，工头再次挥舞的皮鞭停在了半空，他微微地扭回头，向出声的地方望去，一条大汉正横眉立目地看着他。

"周振声，哪有你这三鼻子眼——多出这口气，大爷管教脚夫，有你什么事？滚！"

"他是你的脚夫不假，可他也是人！"说着周振声已经接过了装卸工肩上的货物："老哥，歇歇吧！这货我帮你扛过去。"

"振声兄弟，你快给我吧，惹怒了工头，我就难活了！"

"老哥，他们不把咱们当人，咱更得相互照应着了。"

这便是1921年初的康庄火车站，这里的工人同中国大地上的每一名劳工一样，过着牛马一样的生活。

康庄火车站连接着北京城与塞外重镇张家口，自从1909年车站竣工通车，宁静的康庄小镇一下子变成了京绥铁路线上的重要枢纽。来自广东、天津、唐山各地的一千多名工人到了这里，从事机务、车务、站务等工作。可是这里的段长、工头，千方百计地剥削着工人，拖欠工资更是家常便饭。

这天下午，周振声把机务段、装卸队的工人组织在一起。大家蹲在站外的老槐树下，商量如何开展讨薪斗争。

“哥们儿，你们装卸队多久没发饷了？”周振声低沉的声音中透出无比的愤恨。

一个装卸工恨恨地说：“得有好几天了！我们上一天挣一天的工钱，一天不发饷，家里就没吃的。眼下就快过年了，他们这是要饿死我们啊！可我们也没法子。我们跟你们段上的工人比不了，你们是有手艺的人，说话硬气，我们……”

“兄弟，话可不能这么说，咱们都是出来卖力气的，咱都是受苦的人。要让工头乖乖地把饷发下来，咱们就不能不吭不响。”

“振声大哥，我们不敢闹啊，这一闹，我们的差事一准给下了（辞退），到时候连苦力都没处卖了！”

周振声用坚毅的目光扫视着面前的众人，说道：“工头就是算准了咱不敢跟他对着干，他掐住咱的命门了。咱就不能也掐住他的命门？”

大家疑惑不解地盯着周振声，谁也不出声。

“他下一个人差事，补一个人，他能把咱们几十人的差事都给下了？这大年下的，他们去哪儿找几十号闲人给他扛货？大家想想是不是这个理儿！”

众人你看我，我看你，都觉得这话有点道理，可是又觉得这样闹，会被他们秋后算账，都缄口不语。

“我知道，大家都害怕。你们想想去年我们段上闹的那一回，段长最后不是乖乖地把工资都补给我们了？不要怕，只要咱们穷哥们儿团结在一块儿，就没有攻不破的山头！”

大家在周振声的带动下，终于鼓起了勇气，举行了康庄站的罢工，逼着工头，在旧历新年前给所有人发了拖欠的工资。

1921 年 7 月，中国共产党一大召开之后，中央局即着手组织和发动全国工人运动。8 月，中国共产党成立中国劳动组合书记部，领导工人运动。与此同时，北京建立了以李大钊为书记的中共北京地委和以罗章龙为主任的中国劳动组合书记部北方分部，其主要任务是领导北方地区铁路工人运动。

当时，从北京到归绥的铁路线，是北方无产阶级工人聚集的一条重要工作线。北京共产党小组成立以后，十分注重在铁路工人中开展工作。

1921年底，何孟雄受北京地委委派，先后到京绥铁路沿线的西直门、南口、康庄、张家口等主要车站进行实地考察，了解京绥铁路工人运动开展情况。何孟雄生于1898年6月2日，原名定礼，字国正，号孟雄，湖南酃县人。他是中国共产党创始人之一，北方工人运动领袖。

何孟雄一到康庄车站，就深入到工人群众中，开办“工人文化补习班”“工人夜校”“读报组”。白天工人们在毒日下劳作，夜晚大家聚在一起，挑起一盏油灯，静静地聆听着何孟雄讲故事般的宣传。

“十月革命以前，俄国的工人跟我们现在一样，他们日夜不停地做工，可还是吃不饱，穿不暖。工头随意地打骂他们，动不动就开除。有病了没人管，没钱治，只有等死。工人没地方发泄，就喝酒、赌钱、打老婆。他们看不到光明，就这样断送了一生……

“后来，俄国出了一个伟大的人，他叫列宁！他唤醒了工人，让他们

康庄车站

团结起来。在 1917 年的时候，俄国工人拿起武器跟敌人拼，一下子推翻了压迫着他们的人，创建了一个崭新的国家。我们也要走他们的路……"

工人们激动地询问着："咱们能行吗？"

何孟雄看看站在身边的周振声："振声，你说呢？"

"工友们想想，路上跑的火车是谁造的？火车底下的铁轨是谁铺的？那些货物是谁一包一包扛的？这世界上吃的、穿的、用的，哪一样不是咱们工人农民创造的？可为什么他们能拿着咱们的血汗钱在外面放印子（放高利贷），咱们却要卖孩子还账，这都凭什么？"周振声激动地看着身旁的工友，继续说，"他们欺负咱们人单势孤，只要咱们齐心，大家都聚在一

康庄车站铁路房

块堆儿，就没人敢小瞧咱们。”

就这样，工人们唱着何孟雄编写的歌谣：“不做工的大肚皮，反把我们欺。起来！起来结团体！最后胜利是我们的！”康庄火车站车务工人同人会建立起来了。

周振声是河南郑州人，原来在京汉铁路上做过工人，后来到了康庄机务段工作。在何孟雄的领导下，在康庄车站积极开展建党工作，发展工人党员，建立党的基层组织。经何孟雄考查后，周振声和杨树森二人首批加入中国共产党，成为延庆地区诞生的第一批中共党员。

1922 年 1 月，康庄火车站铁路工人为声援香港海员大罢工，每人自愿捐出一日工资，总计一千多银圆。站上要派人送到长辛店，交由长辛店铁路工会转送香港海员工会，可是派谁去呢？大家犯了难。

“从西直门到长辛店可不近啊，带这么多钱，危险啊！”

正在大家一筹莫展的时候，有人推荐了周振声：“让振声去吧，他在京汉线上做过工，认识长辛店，振声平时做事也踏实，让他去放心。”

周振声接过康庄车站工人们的重托，带着他们的一片赤诚之心，踏上了征程。为了避免不必要的麻烦，出门时周振声和同去的伙伴都穿着平时又脏又破的工作服。大家都劝：“振声，别穿破衣出门了，穷家富路，换件新的吧。”

“不！路上不安全，我们穿得又脏又破，没人知道身上带着钱，没人惦记。”

几天后，当周振声和同伴回到康庄的时候，大家把他们围在中间：“快给我们说说那边的情况。”

“兄弟们，这次可不白去。长辛店的工人准备组织铁路工会呢。到时候咱们一定要派人参加，看看人家是怎么搞的，咱也搞自己的铁路工会。”

1922 年 4 月 9 日，北京长辛店铁路工会在上坡店村召开工人俱乐部成立大会，康庄火车站派周振声参加。会后，中国劳动组合书记部北方分部，号召北方各地铁路工人，以长辛店工人俱乐部为榜样，发展工人团体，开展工人运动。周振声回到康庄后，迅速在车站工人中传达了会议精神。不久，康庄火车站也成立了工人俱乐部。

在一次又一次的罢工和斗争中，周振声始终冲在风口浪尖，逐渐成长为优秀党员、工人的带头人。身边的工人兄弟都为周振声捏一把汗，有人悄悄对他说：“振声，你最好别上夜班。”

周振声一脸疑惑地问：“为啥？”

“你现在是咱工人的头儿了，段上、路上的警察都认识你，他们恨不得早点抓到你，上夜班太危险。”

周振声挥了挥手里的扳手，说道：“老哥，咱们工人最不怕走夜路，咱们工人拧成一股绳，跟着党走，我看他们敢把我怎么样。”

1923 年初，为配合京汉铁路工人大罢工，康庄火车站派周振声等人到长辛店参加罢工会议。会议结束，周振声带着党组织的要求回到康庄，很快地组织康庄和附近车站的工人召开会议，把自己从长辛店带回来的指示传达给大家。

“同志们，帝国主义与封建军阀，把咱们的工人运动和工会组织的大发展，看成是对他们最大的威胁。吴佩孚一面打着‘保护劳工’的幌子，一面在背地里积极准备对付工人运动。他命令组织‘学兵队’，要他们学习驾驶机车，要在必要时取代工人，遭到南边工人强烈反对；他又令京汉铁路南段组织‘同人通谊会’，分裂工人队伍，抵消共产党在工人中的影响。咱们能同意吗？咱们要声援京汉铁路工人，要跟他们一起再搞一次大罢工，一定要让吴佩孚这伙人向咱们工人低头。”

2 月 6 日，康庄火车站附近，八百多名工人手持长矛、大刀、镐把，开出十多辆机车，在周振声和其他工人领袖的带领下，声援长辛店的罢工运动。

康庄火车站的铁路工人运动，就像一颗红色的种子，支援了京汉铁路工人和香港海员的大罢工，推动了全国工人运动发展，扩大了党在延庆地区的影响，教育了群众，传播了革命思想，为延庆地区党组织的建立奠定了思想和组织基础。

康庄火车站真可谓是延庆地区的红色起点！星星之火终成燎原之势！

三进平北

1938年5月，八路军第4纵队组建成立，在邓华、宋时轮的率领下第一次进入平北地区。6月1日，邓华支队一部击溃康庄守敌后攻克延庆县城，受到了延庆当地百姓的欢迎。县城里锣鼓喧天，鞭炮齐鸣，闻讯赶来的老百姓，挨挨挤挤地站在大街两旁，望着排着整齐的队伍走来的八路军战士，笑着，议论着。这个长城脚下饱受日军蹂躏的小城，浸润在喜庆的气氛中。

一路上，宋支队34大队一举端掉大庄科伪警所；36大队、骑兵大队由伍晋南、王季龙、詹大南率领，从永宁经白河堡至千家店、花盆，在花盆一带打了一个漂亮的歼灭战，消灭伪满洲军一个营三百多人，击毙日本兵数人。听到这个好消息，城市乡村，大街小巷，到处敲锣打鼓，一片欢腾。

4纵队在延庆做短暂停留，先后攻入赤城、龙门、后城，进行大小战斗百余次，抗日烽火燃烧到伪满洲国境内的滦平、丰宁，极大振奋了沦陷区的人民。日伪惊呼："延安的触角伸到了满洲。"

为了巩固平北根据地，主力部队挺进冀东后，宋支队留下36大队、挺进大队、骑兵大队，统由政治部主任伍晋南指挥，在四海、汤河口之间、潮白河以西开展游击战。刘国梁、史克宁留在昌延一带发动群众，组织抗日武装，建立抗日组织，于1938年6月5日，在东三岔村建立了滦昌密临时联合县政府。

1938年9月8日，伪满洲国集中六个团的兵力对根据地进行"围剿"。在敌众我寡的情况下，为保存实力，挺进大队转移冀东，县政府也同时撤离。

1939年2月，平北迎来了好消息，冀热察挺进军成立，萧克任司令员。以孙元洪为司令、刘国梁为政委、蔡平为政治处主任的延（庆）怀（柔）游击支队和挺进军第34大队，在大队长刘开锡和政委吴迪的带领下第二次挺进平北。但因敌人布有重兵难以立足，部队仅战斗了两个月就不得不返回平西。

1939年11月，坐镇平西的萧克司令员，认真总结了前两次挺进平北的经验教训，联系实际，提出了“巩固地向前发展”的方针和“巩固平西，坚持冀东，开展平北”三位一体的战略部署，拟以小部分兵力梯次进入的战略战术，准备第三次开辟平北。

平北军分区司令部旧址

1940年1月3日，中共冀热察区党委决定设立中共平北工作委员会，王伍任主任，史克宁任组织部部长，由大队长钟辉琨、政委刘汉才率领游击大队，担任第三次挺进任务的第一梯队和先锋，掩护着平北工委、昌延联合县的二十名党政干部，从平西出发，冒着严寒过南口、越长城，抵达平北地区位于大庄科的“后七村”一带。1月5日，昌延联合县政府在霹破石村宣告成立，胡瑛任县长，徐智甫为工委书记，宣传党的抗日政策，伏击敌人汽车，消灭、改编土匪，建立抗日组织，开展统一战线工作和武装斗争。

1月底，平北工委和游击大队派王子华、周之均到赤城县大海陀山区，侦察海陀山区敌情，了解当地情况，开展抗日救国宣传，组织发动群众，逐步建立抗日武装。海陀山海拔两千二百四十二米，山高林密，沟壑纵横，东起白河堡，西至长安岭，面积为四千九百平方公里，交通闭塞，人烟稀少，日本统治力量相对薄弱。

王子华、周之均深入到海陀山北侧的纪宁堡、白塔、野猪窝、跳石河一带，假扮成收购羊羔皮和活羊的买卖人，采取秘密的发展方式，联系侯庄赵顺，争取富农、联庄会头目李恩及闫庄子旧军人阎福田、张成祥等人成立抗日救国会，并逐步筹建了百余人的抗日救国军，开始向日伪进行斗争。先后拔除了敌石头堡子、艾河滩等据点，又在里长沟、五间房等地打了数次胜仗。随后，抗日救国军改编为6中队，队长周之均，副队长江文，指导员王子华。6中队与1中队在龙赤地区进行广泛的活动，曾攻下敌独石口、马营、后城、样田、龙门所、万全寺、三道川、老栅子、喜峰嵯等三十多个据点，给日伪以沉重的打击。

挺进军10团作为第二梯队，于4、5月间，分两批先后以“后七村”为跳板，向东进到丰（宁）滦（平）密（云）地区。人称“小白龙”的白乙化率领10团在沙塘沟痛击伪满军35团，击毙伪2营营长苏庆生后进入密云，不久成立了丰滦密抗日根据地，组织救国会、自卫军，群众对八路军有了一定的认识，拥有较好的群众基础。

4月，苏梅接任平北工委书记，率挺进军军部警卫连进入平北，攻克了千家店、杨木栅子两据点。此时，为满足斗争需要，平北游击大队升格为游击1支队，刘开锡任支队长，钟辉琨任政委，成为开辟平北西部地区的主力。经过一段时间的努力，建立了包括五个区的昌延县政府。随后，向怀柔、延庆、赤城、龙关之间的广大地区发展。部队所到之处，执行稳健的政策，不急于扩兵和直接筹粮款，争取上层分子，打击死心塌地的汉奸，保护一切拥护抗日的人员。对于一般日伪组织人员，只要不妨碍抗日工作，一概不杀不抓。经过四个月的艰苦工作，部队力量逐步扩大，在昌

平北军分区部分领导合影，前排左二为段苏权，左一为覃国翰

平、延庆、怀柔等地，先后建立了十几人或几十人的游击队，工作委员会派出干部深入各地广泛开展工作，基本上站住了脚跟。

6 月初，平北军分区政治部成立，段苏权任主任。

7 月，平北军分区司令部成立，程世才任司令员。7 团两千多人作为第三梯队，于 1940 年 3 月粉碎了敌人对平西的春季大“扫荡”，分两批掩护着平北军分区及专属等领导机关，6、7 月间浩浩荡荡开到平北。

同期，中共平北地委和专员公署分别成立，苏梅任代理书记，张致祥任专员。

8 月，覃国翰调任平北军分区司令员，常驻南碾沟、纪宁堡、西坡、朱家沟一带。平北党政军领导人段苏权、陆平、钟辉琨、詹大南等在这里指挥了惊天动地的反侵略战争。7 团挺进平北，引起了敌人的注意，随后跟踪追击。由于 7 团所处地区没有工作基础，敌人据点林立，“扫荡”频频，战斗残酷而频繁，7 团难以立足。部队活动了两个月，因减员过半，不得已于秋后返回平西整训。7 团虽然没有在平北站住脚，但是仍起到了一定的积极作用。正是由于 7 团的活动，在北部伪满地区吸引和牵制了大量敌人，减轻了活动在南部地区的游击大队和 10 团的压力，为开辟根据地创造了条件。

挺进平北，八路军战斗到哪里，就在哪里发动群众建立政权，就在哪里组建游击队，开展游击战。斗争虽然艰苦，但八路军在政治上坚持了党的领导和统一战线，积极宣传抗日救国思想；在军事上坚持正规军和地方武装密切配合的人民战争思想；在经济上实行减租减息、合理负担等一系列爱民政策，从而在粉碎敌人一次又一次“围剿”的斗争中，不断发展自己、壮大自己，成功开辟平北抗日根据地，并最终取得了民族战争的伟大胜利。

山沟里的县政府

平北处于三个伪政权接合部。刘斌堡往东属伪满，永宁往西属伪蒙，大庄科以南属伪华北，延庆有"一县三国"之称。日军占领了城市，八路军就在乡村宣传抗日，组织抗日武装，开辟根据地，开展抗日活动。

1938 年 5 月，八路军第 4 纵队在邓华、宋时轮的率领下，进入平北地区。主力部队挺进冀东后，宋支队留下三支队伍：34、36 大队，游击大队和骑兵大队。三支队伍统一由政治部主任伍晋南指挥，在四海、汤河口、潮白河以西，开展游击战争。

1938 年 6 月 5 日，宋支队的 34 大队在大队长易耀彩、政委王再兴、总支书张汉明的率领下，经过十三陵进入"后七村"，打下了大庄科日伪局子，继续东进。与此同时，4 纵队民运科长刘国梁一行十多人，背着子弹、挎着枪进入大庄科东三岔。

"快跑啊，土匪来了！土匪来了！"

东三岔村的老百姓，看到一队穿灰衣服、扛着枪的人走进村子，就大喊着四处躲藏。没等这些人靠近，村里的老百姓早跑得一干二净了，只剩下太阳底下几条街巷和临街而建的几排土坯房子。

这十来个人停住脚步，一边擦汗一边望着不见人影的村子，希望能有人再次出现。为首的人抬头望了一眼高高悬在天空的烈日，轻声说："同志们，走了半天了，大家先休息一下，一会儿老乡回来了我们再做工作。"所有的人听了，都来到树下，盘腿坐在地上。那个当官的人也走过来，俯身坐在一块石头上，和大家小声地攀谈起来。

这些穿灰衣服的人，正是刘国梁带领的八路军战士。他们此行的目的是要在有"一县三国"之称的延庆立足，进而开辟平北抗日根据地。平北处于伪满洲、伪蒙疆、伪华北三个伪政权接合部，具有极高的战略地位。为了和敌人抢时间，尽早建立根据地，战士们一路疾驰，虽然鞋磨破了，脚掌走出了水泡钻心地疼，但是没有一个叫苦喊累的。每当休息的时候，战士就互相讲战斗经历，既丰富了战斗经验，又缓解了疲乏。今天正在讲述从平西抗日根据地出发，一路所向披靡，打得日伪军抱头鼠窜的经历，战士们脸上再次洋溢着喜悦的笑容，仿佛战斗刚刚结束似的。

忽然，路边传来一阵窸窸窣窣的声音，声音虽然细微，但警觉的战士还是听到了。所有的人停止了交谈，站起身来找声音的来源，最后把目标锁定在堆放在墙根的一堆玉米秸上。6月的中午没有一丝风，玉米秸上的叶子却在簌簌地抖动。刘国梁嗖地站起身来，轻轻拉开秸秆，一个头发上沾满玉米叶的妇女，正瞪着一双惊恐的眼睛望着他。

“大嫂，您出来吧，我们不是坏人，我们是老百姓自己的队伍。”刘国梁放松下来，蹲下身子，微笑着向藏在柴草里的妇女解释。

妇女一言不发，还是惊恐地看着眼前的一切。

“大嫂，我们是来打鬼子，给穷人做主的。”刘国梁盘腿坐在地上，挽起袖子接着说，“我们是八路军，就是过去的红军——鬼子说我们身上有红毛，青面獠牙，您看，哪有呢？”

妇女见刘国梁像庄稼人一样坐在地上，说话又那么和气，渐渐消除了恐惧心理，在战士的帮助下从柴草中钻出来。

刘国梁让大嫂坐在石头上，详细地询问村里的情况。

跑出村的百姓并没有走远，要么蹲在灌木丛中，要么躲在岩石下。他们侧耳倾听，以此来判断是回村还是躲到更远的地方。村子里静悄悄的，既没有枪声，也没有打骂声，于是又悄悄溜到村头小心地东张西望。看到战士和没有来得及跑的村民，你一句我一句地聊得热闹，便纷纷跑进村来。

“你们真是八路军？”村里一个叫傅伍一的老乡曾听说八路军是好人，现在看到背着枪的人，惊喜地问。

“没错，我们就是八路军！”刘国梁拉着傅伍一的手，笑着说。

村里来八路军的消息像长了腿似的，一会儿就传遍了全村。不知是出于好奇还是出于对八路军的好感，上至七八十岁的老头老太太，下至七八岁的孩子，都出来看八路军了。刘国梁和张书彦亲切地和大家招手、交谈。

夕阳落下山去了，晚霞把整个天空照得红彤彤的，夕照中的东三岔村也变得像火一样红。

夜深了，刘国梁等人住宿的屋子里，烛光还不停地闪烁着。几名党派来开辟平北抗日根据地的干部，正在商谈着如何建立抗日政权、如何开展抗日工作的大事。

天上的星斗一闪一闪的，一颗一颗铺展开来，与黑黢黢的远山联手，把整个东三岔村环抱于怀。草丛中的虫儿，酣畅低鸣，给漫漫长夜平添了几许生气，

翌日清晨，一轮红日从青黛色的群山中冉冉升起，炊烟袅袅的小山村瞬间沐浴在金色的阳光中。枝头的鸟儿清脆地啼啭着，清幽的树林变得热闹起来，随着几声犬吠，村里的场院里聚满了人。

男男女女，挨挨挤挤的，有的来晚了，不住地踮起脚尖隔着一个个头顶往前看。原来，刘国梁正在召开全村群众大会。他讲了国内大事，讲了共产党的主张和宗旨，最后向全村父老乡亲宣布："今天，我们正式成立了滦昌密临时联合县政府。我们有了自己的政权，才能更好地领导大家抗日，才能把日本鬼子赶回老家去。"

大家听了，激动地鼓起掌来，有的人竟流出了眼泪。

会议结束了，有的人向刘国梁问这问那，有的人接过战士手里的布告，有的人学着战士的样子在大街上站岗、放哨。东三岔村，处处洋溢着节日的喜庆气氛。

傅德玉的心咚咚地跳着，撞击着自己的胸膛，手心里湿漉漉的满是汗水，他听着刘国梁的讲话，想到挨饿受气的日子就要结束了，不禁激动起来。傅德玉转身刚要走，忽然肩膀被人拍了一下。他回过头来，看到刘国梁正笑呵呵地站在自己身后。刘国梁一边擦着顺额头淌下的汗，一边用一双明亮的眼睛望着他，微笑着说："我是中共滦昌密联合县工作委员会书记刘国梁，滦昌密联合县政府成立了，你把这张布告贴出去，叫更多的人都知道。"

"好——好——"

傅德玉不知是紧张还是激动，说话竟结巴起来。他伸出一双满是老茧的手，接过布告转身回到家。傅德玉用铁锅做熟了玉米面糨糊，倒在一个白瓷碗里，拿上刷锅用的炊帚，把布告揣在怀里，向大街走去。

走到街中心，傅德玉看到南街有一处较高的房子，山墙全是用石头垒的，很显眼。刚把手伸出去又缩了回来，他自言自语道："不行，这里住着八路军，小鬼子看见了，把房子给烧了咋办？"傅德玉又往前走了几步，在一个猪圈前停住了脚步，如果把布告贴在猪圈墙上，鬼子看见，这家该受连累了。八路军有铁一般的纪律，哪能因一张布告惹出乱子来呢？

突然，他想到了一个好地方，撒腿就往前跑。跑到村东的龙王庙前，傅德玉停下来，哗啦、哗啦几下就把布告贴到砖墙上了。

"联合县政府成立了！"人们奔走相告，全村男女老少都来看了。七十多岁的张大爷拄着拐杖也来了，他瞪大眼睛，上上下下左左右右反复地看，因为不识字，咋看也是白纸画黑道道。他说："我目不识丁，布告上的字认识我，我不认识它，谁给我念念？"人们哄的一声都笑了，旁边一个小伙子自告奋勇："我念，让您这老脑筋也开通开通。"说着，他一字一句地念起来：

朱彭总副司令，下了一个命令。
成立一路精兵，军名叫作挺进。
可恨日本鬼子，对我久怀野心。
发动七七事变，四海三江并兵。
敌人铁蹄所到，杀人盈野盈城。
抢劫金钱财宝，焚毁乡村市镇。
无数姐妹同胞，老少都被奸淫。
修筑铁路马路，挖我祖宗坟陵。
贩卖白面毒品，毒杀我国人民。
强求青年壮丁，一条锁链加身。
劳役如同牛马，吸血剥皮抽筋。
破坏学校报馆，删改各科教程。
歪曲我国历史，灭我民族精神。

破坏我国独立，毁灭华夏文明。
形同毒蛇猛兽，说来发指痛心。
还有卖国汉奸，枉为炎黄子孙。
衣食住在中国，屈膝侍奉日本。
忘了自己龙脉，卖国卖祖卖宗。
满腹狼心狗肺，不义不孝不忠。
真正罪该万死，理应鸣鼓而攻。
本军出师华北，转战冀热察晋。
……

滦昌密联合县政府

县长：张书彦

小伙子念完，在场的人激动地鼓起掌来。

大家笑着，议论着，久久不愿散去，整个东三岔村像过年一样喜庆。

红色第一村

沙塘沟坐落于大庄科乡西北九公里处，四面群山起伏，灌木丛生。村中二十几户人家日出而作，日落而息，过着一种世外桃源的悠闲生活。春天冰雪消融，一头头老黄牛伴着声声杜鹃的啼啭，慢悠悠地把希望的种子播撒进这块肥沃的土地。金风扑面的季节，又驾着吱扭作响的车子，把金灿灿的谷子拉回村子。转入农闲，男女老少坐在参天的古树下，天高地阔地聊起来，颇有些"村静喜鹊叫，山低雁尾遥"的境界。

正当与世无争的百姓享受着躬耕生活时，一群穿着黄衣服的凶神恶煞闯进村子，他们杀人、放火、抢东西，打破了沙塘沟人平静的生活。沙塘沟人有些想不通，朗朗乾坤之下，这伙人咋就敢明火执仗地抢劫、杀人呢？后来有外出返乡的小伙子说这是日本鬼子，是侵略者。村里的老人听了，惊恐地摇摇头。

"听说啊，有一支叫'八路军'的部队，专门打鬼子。"那个返乡的小伙子看看周围都是村里人，压低声音神秘地说，"是咱们穷苦人的军队！"

"那八路军啥时候来呀？"几个年轻人听了，焦急地问。

"心急吃不了热豆腐——大家等着吧，迟早的事。"小伙子说完，示意大伙不要声张。

听了小伙子的话，大家半信半疑地陆续回家了。

时间过去了几个月，八路军的事早就淡忘了。一天，大家正在田里劳动，听到有人喊："八路军来了！"随即直起腰来向四周寻找。只见不远处的谷子地里，几个穿灰色衣服的人，俯身帮胡老爷子收庄稼。他们边收割谷子，边和胡老爷子聊天。大家见了，纷纷走出自己家的谷子地围拢了过来，静静地站在地头上听他们攀谈。大家都愿意站在那儿多听一会儿，因为穿灰色衣服的八路军总是笑呵呵地听，笑呵呵地问，然后还笑呵呵地看大家。大家觉得这一准是天上派下来帮助穷苦人的军队。

太阳渐渐落下去了，在村民的簇拥下八路军来到了村子里。

夜幕降临，喧闹的小山村安静下来，八路军召集群众开会。经介绍大家才知道，来的这些八路军都是干部，他们分别是刘国梁、张书彦、陶园庆、史克宁、李平，在一阵热烈的掌声和期待的目光中，群众会开始了。

刘国梁给大家讲抗日道理，讲全国的抗日形势，讲党的性质和宗旨，老百姓渐渐地明白了，共产党是为老百姓服务的，是领导人民打鬼子的，八路军是党领导下的军队，是老百姓自己的军队，军民是一家。明白这些，老百姓对八路军就更加信任和亲热了。

八路军干部在村里工作期间和老百姓同吃同睡。村民为了让干部们吃饱，宁愿自己忍饥挨饿。为了让战士们穿暖，村民把自己的鞋和被子送给他们。村里的妇女为部队做军鞋，没有布匹就把自己家的被子拆了，由于时间紧，白天做不完就晚上加班做。没有灯油，靠着柴火照明，好多人的脸和额头都烤红肿了。即使是这样，大家也没有停下工作。

一天傍晚，张福正在村里的场院里打谷子，肩膀啪的一声被人拍了一下。张福一惊，猛地回过头来，看到刘国梁正站在自己的身后，刚要说话，刘国梁对他招了一下手，转身向场院外走去。张福知道刘国梁找自己有事，便放下手里的连枷，健步追了上去。出了场院，两人一前一后走出村子，沿着羊肠小道渐渐入山。张福一边走一边想，听说八路军发展党员都是采取拍肩膀的方式，难道今天要让我入党？党员，我哪够条件啊？不是入党那又是什么事呢？不管是什么任务，我都豁出这条命去！想到这儿，刚才还咚咚撞击胸膛的心渐渐平复下来，迈着轻盈的步伐紧紧地跟在刘国梁后边。走着走着，远远看到前边有两个人，再走近些才认出来，一个是邻居张朴，一个是八路军干部陶元庆。张福和张朴相互看了一眼，又看看刘国梁和陶元庆，想从他们脸上寻找出答案。

“还记得我常和你们提起的共产党吗？”刘国梁轻声地问。

张福和张朴都瞪大了眼睛，听到刘国梁提到共产党，他们的心怦怦地紧跳，那是为老百姓说话、为老百姓办事的党啊！

“别紧张，今天把你们俩找到这里，是党组织要吸收你们为党员。”刘国梁拍了拍张福和张朴的肩膀，郑重其事地说。

“我们？”张福和张朴不敢相信自己的耳朵，惊诧地齐声问。

“怎么，不相信吗?”刘国梁看着眼前这两个青年，在他们肩头用力拍了一下，“从今天开始，你们俩就是中国共产党正式党员了。”

“太好了，我们终于盼到这一天了!”张福和张朴眼睛睁得大大的，闪烁着兴奋的光芒。

“下面，我们宣誓!”刘国梁收敛了笑容，庄重地举起右臂。张福和张朴学着刘国梁和陶元庆的样子，轻轻举起右臂，随着刘国梁轻声却有力地庄严宣誓：

“我志愿加入中国共产党——”

“我志愿加入中国共产党——”

“严守党的纪律——”

“严守党的纪律——”

“不怕困难，不怕牺牲，为共产主义事业奋斗到底——”

“不怕困难，不怕牺牲，为共产主义事业奋斗到底——”

……

这铿锵有力的宣誓声，在淙淙的溪水声中传播，在灌木丛生的山谷里回荡，在流金溢彩的山峦间弥漫……

张福和张朴成为平北地区发展起来的第一批党员，这一天是1938年12月12日。这件事除了刘国梁、陶元庆和他们自己以外，谁也不知道。“上不告父母，下不告妻儿”，每当话到嘴边的时候，张福和张朴就想起入党时刘国梁说过的话。为了确保自己和家人的安全，为了发展党组织，必须保守自己是党员的秘密。在刘国梁和陶元庆的引导下，张福和张朴两人成为出色的党员。不久，张福和张朴两人又介绍村里的张瑞、张银、张殿、胡殿鳌入党。更为可喜的是，他们在一个隐蔽的山沟里成立了党支部，这也是平北地区第一个农村党支部。

有了党支部，大家的干劲更足了。白天，站岗、放哨、筹粮、打击小股敌人；晚上，练兵、开会、造地雷、研究作战计划。

“大家看，我们建立了党支部，党员也越来越多，但光有这些还不够。”刘国梁传达完上级的会议精神，话锋一转，谈到了村子里的工作。

张福和张朴等党员好像明白了刘国梁说这番话的含义，相互看了一眼，便目光炯炯地注视着刘国梁。

“毛主席说，枪杆子里面出政权。”刘国梁紧紧握着拳头，逐一看着大家，继续说，“我们成立了党支部，没有队伍怎么成呢？我们必须建立自己的武装！”

“自己的武装？”张福听了，激动地站起来，“我们早就盼着这一天哩！咋干，你说吧！”

“对，说吧！”

在场的党员双目闪烁着惊喜的神色，期待着自己能早点领到新的任务。

“我们建立自己的武装，除了党员群众，还要团结一切可以团结的力量，形成抗日同盟！”刘国梁看大家信心十足，就说出了自己的想法，“其中一个重要力量是村里的伙会，以前保家乡是独立作战，现在保家乡是全民作战，是不一样的。”

大家听了，恍然大悟，若有所思地频频点头。

“下面，请陶元庆和史克宁布置具体工作！”刘国梁扭过头来，看着陶元庆和史克宁说。

“好，那我就先说！”史克宁站起身，开始布置工作。

煤油灯在桌上一闪一闪地跳跃着，微弱的火光把一张张兴奋的面庞照耀得红彤彤的。在秋露为霜的乡村深夜，这间小屋里充满暖融融春的气息。

在党支部的领导下，经过紧张的筹备，救国会成立了，自卫军成立了。过去村民搞伙会购买的十九支枪，包括子弹，全都献了出来。到年底，联合附近村民还建立起一支游击队。从此，平北不仅有了第一个党组织，还有了第一个民间自己的抗日武装——游击队。

从此，沙塘沟村群众和游击队在党的领导下，以“后七村”为根据地，和日军进行了艰苦卓绝的斗争，不但打击了当地的日伪势力，而且加强了平西和冀东的联系，为推动抗日战争的胜利做出了突出的贡献。由此，沙塘沟被誉为“平北红色第一村”。

为了纪念这段革命历史，砥砺后人，大庄科乡于2003年6月在被誉为“平北红色第一村”的沙塘沟，举办了“平北红色第一村”革命传统教育展览。展览以展板和大量实物为主，主要介绍平北地区革命发源地、党员发展史、4纵队领导人民同日伪军斗争情况，以及老区人民进行土地改革和积极支援解放战争等情况。从此以后，“平北红色第一村”沙塘沟，成为各中小学校、党政机关接受革命传统教育和践行社会主义价值观的实践基地，肩负起“不忘历史，振兴中华”的历史使命。

南山火种

1945年上半年，平北的形势同全国一样向着反攻的方向发展。在平绥铁路北段的三角地带，有一支武工队在这里秘密地活动着，时时向群众宣传着法西斯即将覆灭的消息，组织群众进行抗日救国的工作。带队的是一个三十五岁的中年汉子，群众都叫他“老丁”。当地人们曾经听说过，海陀山之东的延庆川有一个带着队伍打鬼子的丁一。此时，这个抗日的“老丁”会不会就是他呢？群众的传言果然非虚，他就是日伪1941年大肆宣传在延庆战死的“共匪”县长郝林，本名郝沛霖。

昌延联合县抗日民主政府县长郝沛霖（右）和继任县长郭韫

郝沛霖在开辟平北的工作中，大部分时间是在昌延地区度过的。1939年春，郝沛霖任冀热察挺进军第11支队政治部技术书记，随后调任第32大队，后改为7团，任供给主任。自1940年萧克提出了“巩固平西，坚持冀东，开展平北”三位一体的战略部署后，冀热察军区便采取小部分梯次进入的方式挺进平北。1月3日，中共冀热察区党委决定设立中共平北工作委员会。5日，平北工作委员会在霹破石村宣布成立了昌延联合县。但此时的昌延联合县地方工作十分困难、危险。8月，刚刚走马上任不久的昌延县第一任县委书记徐智甫和县长胡瑛遭受敌人袭击同时牺牲。9月16日，郝沛霖由7团转到昌延县接任县长，与同时刚刚接任书记的史克宁搭档。二人同是涿鹿县老乡，都是师范毕业后当教员，同时在保岱参加八路军。此刻又在昌延县相聚，共同的使命让他们并肩作战，坚持着敌后艰苦的斗争。昌延联合县与设立在昌延县大海陀山南碾沟的平北军分区司令部隔川相望，在延庆川南部山区形成了平北的南山抗日中心区。

郝沛霖任县长后，承担的很大一部分工作是动员粮款。长期住在北山的平北地区党政军领导机关及主力部队的物资供应、粮食供应绝大部分取之于平川，延庆川就是其中主要的物资来源地，包括吃的、穿的、用的，有的直接从当地农民中动员，有的设法到城里去买，还有些东西要派专人到北平去买。地方工作搞好了，这些供应才有保障。

一次，郝沛霖和史克宁化装到了柳沟局子。这里住着柳沟的乡绅胡成，史克宁曾经来动员过胡成，希望把他争取到抗日的战线上来。今天二人再次登门，让胡成颇为震惊。

“二位领导，不是我胡成胆小怕事，这柳沟的伪军着实厉害，你们来我家，我欢迎，可你们的身家性命是大啊！”

郝沛霖爽朗地笑着说：“胡老先生，我们都是共产党员，危险挡不住我们。再说咱们都是中国人，只要咱们拧成一股绳，敌人再厉害咱也不怕他们。”

胡成看着面前这个三十多岁的汉子，目光中流露出钦佩：“郝县长，你们共产党真是顶天立地啊！没别的，有什么需要我做的，你们只管吩咐。”

“不是吩咐，是希望。”郝沛霖语重心长地说，“今天我们来就是想请您帮我们一起对付敌人。现在咱南山根据地粮食极缺，游击队的同志们……”说着，郝沛霖语塞了。他知道现在村里百姓的生活同根据地一样，身无御寒衣，家无隔夜粮，这个时候向群众伸手要粮食，身为昌延联合县县长的郝沛霖也觉得难以启齿。

胡成看出了郝沛霖有些为难，便说：“郝县长，您说吧，只要我家有口吃的，就不能让根据地的同志们饿着肚子和鬼子干！”

郝沛霖握着胡成的手：“胡老先生，谢谢您！”

昌延联合县政府旧址

为了凑齐粮食，郝沛霖和史克宁悄悄地召集了柳沟的积极分子，趁着夜色，挨家挨户地给乡亲们做工作。郝沛霖用贴身带着的小本子，一笔笔地记录下柳沟人民为根据地献出的每一笔粮食数目。最终凑齐了一千五百斤小米，在胡成父子的护送下，为南山根据地解决了燃眉之急。

在游击区，大部分村子是双重政权，一个村子两面负担，负担较重。川里动员的公粮必须在夜间越过敌人的封锁线送到山里去，还需要武装人员的掩护，往往要冒着生命危险。在最艰苦的年代，郝沛霖带领昌延县人民为支援抗战做出了很大贡献。

为了开辟根据地，郝沛霖十分注意培养当地干部。地区扩大了，外来干部有限，就要发展本地干部。在霹破石村南洼，郝沛霖组织召开县委扩大会议。在这次会议中，他强调继续贯彻执行巩固根据地、开辟延庆川的总任务，并且部署了当前四项具体工作：一是以毛主席《论持久战》为指

昌延联合县政府旧址

南，深入学习；二是用带徒弟和办学习班的方法，把经得住考验和有才能的干部，提拔到领导岗位上来，完善干部队伍；三是隐蔽发展党员，发挥党员作用，搞好党的组织建设；四是加强对游击队、区卫队和民兵队伍建设，用机动灵活的游击战术打击敌人。

这次会议之后，以带徒弟、办训练班培养根据地干部的工作，在南山根据地开展得如火如荼。郝沛霖亲自到各村先动员积极分子出来工作，然后再参加训练班学习。就在五区，首先脱产的刘敬礼、刘广义父子二人，就是经过郝沛霖亲自培养发展的党员。

郝沛霖到了小金房果树园村，他在村里了解到多年给地主扛长活的刘敬礼受尽剥削，就坐在炕沿上和刘敬礼唠上了家常。

“郝县长，俺们全家五口人，开山种地，一年到头也吃不饱。前年女人病死了，两个小女孩给了人家，我就带着十四岁的儿子过。”

“老刘，你知道为啥咱们穷人的日子苦吗?”

“命呗！又摊上这么个年景儿，鬼子、地主，都是要命的阎王。”

“不，这不是你一个人的命，是咱全天下老百姓的苦命。咱共产党就是要把全天下老百姓的苦命给它革了!”

“能行?”刘敬礼痴痴地望着郝沛霖。

“行啊！在延安我们已经有了自己的天下，那里的人民分田分地，跟着共产党干得可起劲了。今后解放了，全天下的老百姓都能过上这样的日子。”

“那敢情好啊！天下有这样为老百姓的党，是俺们穷人的福啊!”

“老刘，这样的党，你愿不愿意参加？跟着党给咱们穷人办事?”

“咋不愿意？党要是要我，我带着儿子一块儿给党干!”

就这样，郝沛霖手把手带着刘敬礼开展工作。后来父子两人都成了得力的地方干部。刘敬礼先后担任五区区长和书记，五区的工作进展很快。他儿子刘广义入党时只有十四岁，后来被提为一区的区委委员，做青年工作。

六区北张庄的姜国亭过去是当店员的，有文化，原在村里做活，后来参加了抗日工作，他的入党介绍人就是刘敬礼。1941 年，六区区委书记田梦熊牺牲后，姜国亭由六区委员被提为区委书记，后升任延庆县委书记，工作很出色。

政权干部训练班由郝沛霖主办，培养对象由各区委推荐，学习内容除政权建设工作外，着重学习毛主席的《论持久战》。凡是经过训练的人回去后都安排了工作，充实了基层组织，有的脱产，有的半脱产。农民文化低，可是参加几天短期训练班后，心里亮堂多了，工作上很见成效。这些土生土长的本地干部成长起来后，比外来干部更得力。

郝沛霖对做好伪军工作也十分重视，与部分日伪据点的关系，由县委、县政府领导直接掌握。高山寺、柳沟等据点始终有人与他们保持联系。日伪军有动静，抗日干部很快就能知道。

为了开展敌后的武装斗争，郝沛霖到任不久，昌延县就成立了县游击大队，郝沛霖兼任大队长，史克宁兼任大队政委。大队建立初期，下设四个中队，全大队共有二百多人，郝沛霖指挥在延庆川进行游击活动，掩护地方工作人员开展工作。区游击小队扩大了，就过渡到县游击大队；县大队扩大了，就向主力军过渡。后来八路军主力返回平北，张华亭中队的五十人首先过渡到主力第 40 团；第 1 中队后来过渡到第 10 团。

各村的游击小组在锄奸方面也有很大收获。据当时调查，1941 年，延庆城有日伪特务一百四十人，经常出城敲诈勒索，骚扰群众，使人民不得安生。在郝沛霖的统一布置下，各村党政军民组成游击小组，消灭特务。在不长的期间内消灭了一百多个特务，余下的少数特务也不敢出城为非作歹了。

1941 年春，郝沛霖带领县大队第 1 中队，到延庆开展工作时，遭受日伪军袭击，突围时一颗子弹打穿了郝沛霖的左胸。他的交通员张瑞，人称张大个儿，情急之下背着他一口气跑到北山脚下的北张庄，找到当地的土医生用药后，就近隐蔽在堡垒户家里。史克宁组织民兵，连夜用担架把郝沛霖转移到南山脚下的小金房村，秘密地休养了近一个月。郝沛霖恢复了健康，又重新回到战斗岗位。

抗日战争中，正是有了千千万万的像郝沛霖一样的共产党干部，昌延县南山根据地才逐步建立、巩固和发展起来，与此同时，南山根据地的人民也做出了巨大牺牲。具有反侵略、反压迫精神的昌延南山根据地人民从来就没有屈服，他们在中国共产党领导下，前仆后继地与敌人浴血奋战，直至取得抗日战争的最后胜利。

武尉峰的铁账盒

厚重的雾霭漫无边际，笼罩着山川、树木和河流。那个熟稔的世界，幻化为雾气氤氲着人间仙境。旭日东升，浓雾消散，万缕金光给茂密的树林、巍峨的高山皆穿上了一袭红裙。万里江山，煞是妖娆。

在灌木丛生的山腰上，有一孔不易察觉的山洞，山洞里摆放着一个简陋的铁制小盒子。一个身材魁梧的汉子轻轻地打开盒盖，几本用毛头纸装订成的小本子呈现在眼前。装订小本子的毛头纸参差不齐，显然是主人从不同地方收集后拼凑在一起的。毛头纸平展、干净，可以清晰地看到上面工整的表格、密密麻麻的数字和文字说明。

汉子翻着翻着，忽然停了下来。他抚摸纸面的右手伸进裤子口袋，掏出一支用子弹壳做成的钢笔，在毛头纸本上的一个数字后面，唰唰唰地写下一行字："缴纳此笔公粮之人是居于村子西头紧挨水井之张大嫂，其子铁柱。"

写完这行字，汉子反复端详了一阵才合上毛头纸本子，小心翼翼地放回铁盒里，盖上盒盖，又用一块打着补丁的破布将铁盒子包起来，轻轻放进挖好的小坑里，再将挖出的土慢慢地覆在盒子上，最后用手把地面抚平。

汉子的手是那么轻柔，仿佛是在抚弄一个刚刚降生不久的可爱婴儿。做完这一切，他起身走出山洞，机警地向四周看了看，然后健步下山。

"老武，这么早干啥去了？"刚进村口，一个扛着锄头下地的乡亲问道。

"睡不着，到地里拾掇拾掇。"汉子停住脚步，并晃了晃肩上的锄头笑着回答。

"天不亮就下地了？真是个勤劳人，今年收成一定错不了。"

“没办法啊，全家人就指着这点庄稼吃饭呢。”

这个被乡亲称为“老武”的汉子人叫武尉峰，燕羽山西麓果树园村人。他幼年只上过三冬私塾，虽不能吟诗作对，但提笔写字、记录琐事亦手到擒来，加之算盘珠儿打得乒乓作响，在村里赢得了文化人名头。武尉峰为人正直，办事公正，村民有事上门，他总有求必应。写信、写文书、调解纠纷，费力花钱，却从不计较。武尉峰古道热肠，受群众拥护和爱戴，乡亲们都尊称他为“大先生”。

1940 年，二十六岁的武尉峰正值青春年少，因积极抗日当上了村抗救会副主任兼财政。由于革命的需要，他开始担任特殊工作。公开身份是两面应付的村公所先生，对敌虚以委蛇地应付，实则是中国共产党与人民群众联系的桥梁，借助政权两面性的掩护开展工作。经过革命斗争的锻炼考验，武尉峰于 1942 年加入中国共产党。

武尉峰是位办事认真又勤快的人，没有固定的办公地方，就在流动“办公室”办公。有时在田间窝棚、山岗树林，有时又在闲房破庙、田边地头。饿了啃个窝窝头，渴了喝口山泉水。每一笔账，武尉峰都记得清清楚楚。为使抗救会的秘密资料和各种账目不受损失，武尉峰利用包装铁页匣改制出十几个“铁账盒”，把秘密资料和财政账、地亩账、收交公粮账，分别装在“铁账盒”里，隐藏在杨树洼、碓臼峪山洞内。

1942 年，抗日战争进入了更艰难的时期，果树园村党组织也同样面临严峻的考验。在激烈的抗战斗争中，日伪军妄图吃掉抗日政府和游击队，经常来这一带“讨伐”“扫荡”。

开春的一个早晨，村里的一个大哥急匆匆地跑进了武尉峰家，焦急地说：“你快躲躲吧，你给八路军记账的事被汉奸告密了，敌人要来抓你！”

“好，大哥，谢谢您啊！”

武尉峰把大哥送出门，立即转身把街门插上，掏出随身携带的铁账盒，快步走到院墙根，抽出两块活动的石头，把密件藏在石窟窿里。

“开门，开门！”

忽然，门外响起了猛烈的敲门声和呐喊声。

武尉峰赶紧用石头堵住石窟窿，边拂去手上的尘土边去开门，才走到院子中央，敌人已经破门而入。

“大白天的，插什么门？”翻译阴阳怪气地问。

“今天有点不舒服，准备躺一下，破家值万贯，怕睡太沉丢了东西。”武尉峰镇定地说。

在一众日伪军的簇拥下，日军毛利指挥官走到跟前，叽里咕噜说着日本话。翻译声色俱厉地说道：“太君问你，你给八路隐藏的铁盒子装的啥东西？交出来，不交就枪毙你！”

看着十几个日伪军端着雪亮的刺刀，武尉峰故作慌张，微微弓着身子，使劲拍打大腿辩解：“冤枉啊！你说的哪里话，谁家没个盛东西的铁盒子、木匣子的？再说了，我为你们办了那么多事，还信不过我？”

武尉峰说完，满脸委屈地看着毛利和翻译。

翻译见毛利指挥官神色缓和了，语气便和缓了些：“有人告了你的状，我们得搜一搜。”

武尉峰理直气壮地说：“既然说我给八路藏东西，那就搜吧，搜出来，爱打爱杀由你们！”

敌人把屋内外搜个遍，只搜出个妇女放针线活的木匣子。

“怕是咱们人看差了，把我家放针线的木匣子当成了八路军的资料匣子吧？我给您干了这么多年，又是征粮又是征款，没有功劳也有苦劳，没想到您这么信不过我。”武尉峰诉着委屈。

毛利听武尉峰的一席话句句在理，又无任何证据和口供，向端着刺刀的士兵一挥手，转身就往外走。

“武尉峰，你别误会，我们是执行公务，你还得好好给皇军办事！”翻译忙说，跟着这些日伪军灰溜溜地滚了。虽然这一次有惊无险，但是敌人已经开始怀疑武尉峰。

天气转冷，渐入初冬。一天上午，村党支部书记、抗救会主任武天相和武尉峰按照上级要求正在商讨工作。突然，有人报告村对面小西山上的消息树倒了，几个日本兵和伪兵正向果树园方向袭来。

“跑！看样子敌人有备而来，八成身份暴露了，你虽然是他们的粮秣，但是经过上次那件事，他们已经怀疑你了。今天如果再知道咱们在一起，一定会把你抓起来的。”武天相焦急地说。

“嗯，得保护好所有账目！”

武尉峰知道，自己牺牲事小，账目损失事大。斗争处在最艰难的时候，物资是多么重要啊。想到这里，他把铁账盒在石头墙窟窿里藏好，两人急匆匆地走出院子，左转右绕地出了村子，二人直奔大烟囱沟。这条山路极其险峻，所以人迹罕至。山顶有一块巨石向外伸出，巨石形成了一个天然洞穴。坐在洞里可以远看，洞外却看不到洞里。每当遇到难以在村里公开办的事儿的时候，武天相、武尉峰就会悄悄地转移到这里来继续商议。

武天相、武尉峰进山不久，敌人就从后面追上来了。两个人见敌人进了山谷，加快了脚步。严冬岁寒，万木凋敝。两个人踩着石头，在光秃秃的灌木中穿行，不一会儿，便攀上崖顶。他们挪来了几块大石头堵住洞口，然后蹲下来静静地听着外边的动静。

"鬼子上来了咋办？"武天相像是自言自语，又像在考验武尉峰。

"咋办？跟狗日的拼了！"武尉峰眼睛瞪得圆圆的，"没有枪，咱有的是石头！让鬼子看看，咱不是孬种！"

"好，跟他们同归于尽！"

说完，两人从地上抱起一块石头，望着洞外在风中摇曳的灌木。

"啪——啪——"

随着几声清脆的枪声，山雀扑棱棱地飞上了天空，即刻，又恢复了宁静。他们等啊等啊，外边除了时骤时缓的山风抚弄着山林发出的呼呼声，再也听不到别的声音了。两人走出山洞向上下望去，敌人早消失得无影无踪了。

原来，敌人走到了陡崖处找不到路径，而且因为山路陡峭难以前行，就停住脚抬头仰望寻找。看着陡坡巨石，料想上面不可能藏人，向山上放了几声空枪便原路返回了。

为了安全，武天相和武尉峰又等了半天时间，直到村西面的消息树又立起来这才下山。回到村里一打听，敌人仅是穿村而过，走得挺急，看来是遇到了别的麻烦。

十多年里，无论遇到什么样的困难和危险，武尉峰都精心地为党和人民记账目，从未叫过一声苦。这小小的铁账盒与武尉峰一起，经受住了战火的洗礼，迎来了新中国的成立，金属盒子更加熠熠生辉。

时光荏苒，岁月如流。硝烟弥漫的战争年代已经成为历史，但武尉峰、武天相以及千百万红色的名字永远铭记在我们的心间。他们的故事，在神州大地上万世流芳！

李卓云怒斥汪精卫

延庆东部永宁城是个人杰地灵的好地方。唐贞观十八年，大将军尉迟敬德在此地监修城池，叫寒江城。当时城池南面有一条大河，俗称寒江。到了明朝初年，称永宁“中所屯”，也称“终食屯”，为屯兵之所。明代永乐十二年在此设永宁县之后，才开始兴建十三陵，所以有“先有永宁城，后有十三陵”之说。永宁不但历史悠久，而且还名人辈出。近代就出了一位名人，少年才俊，游历东洋，学识渊博，骂过奸党。他就是延庆的爱国才子——李卓云。

李卓云是延庆永宁人，生于 1881 年，出身于书香门第，自幼开蒙，“四书”“五经”、两汉文章、骈体散文、唐诗宋词、八股文章，无一不精，无一不晓。二十三岁考取秀才。清末废除科举，兴办新学，李卓云在延庆开办师范传习所。他学习的东西更多了，数学、地理、博物、科学。李卓云慢慢明白了，满清王朝不求思变，固守旧制，贪婪腐败，才造成大好河山被列强瓜分。李卓云认识到，要想救中国，改变中国的面貌，在中国学是不行的，怎么办？去东洋！奔日本。

当时明治维新三十年的日本大变样，吸引着中国知识分子去留学取经。1906 年，李卓云辞去延庆县师范传习所的教职，漂洋过海远赴日本，想从日本维新发达、强盛起来的历史中学习经验，报效国家。

李卓云到了日本，先上日语补习班，刻苦努力，学而不倦，取得优秀的成绩，不少同窗都非常佩服他。李卓云不但自己学，有空还给落后的同学补补课。

当时他们班里有一个广东番禺的才俊，姓汪，名兆铭，字季新，年纪轻，智力高。汪兆铭 1905 年 7 月谒见孙中山，加入同盟会，参与起草同盟会章程，8 月被推为同盟会评议部评议长。李卓云和汪同学谈古论今，痛陈国事。李卓云挺喜欢汪同学，经常和别人说："兆铭思想激进，又是个有见识的年轻人，虽然出身封建家庭，但是主张民主，有点像《封神演义》里面的通天教主。"

李卓云留日期间，孙中山的兴中会、黄兴的华兴会和蔡元培的光复会联合起来，在东京组成中国同盟会，积极开展革命宣传。李卓云的思想有点倾向梁启超、康有为，抱着君主立宪的梦想。但是汪兆铭更赞成三民主义，以"精卫"的笔名先后在《民报》上发表《民族的国民》《论革命之趋势》《驳革命可以召瓜分说》等一系列文章，宣传三民主义思想，痛斥康有为、梁启超等的保皇谬论，受到孙中山的好评。后来汪同学就给自己改名为汪精卫。

李卓云和汪精卫思想有了分歧。当时二人和其他同学都是为了寻找民族解放崛起的道路，李卓云思想相对保守，在革命发展走向的判断上显然落伍了，在实际行动中，却始终支持那些他认为思想激进的同学，与汪精卫也有一些来往。心胸阔达思想高洁的李卓云相信，所有留洋的同学都怀揣着同一个梦想，那就是如何让中国变得更好，"道"相同"路"有分歧而已。

回国以后，李卓云担任了延庆县警察署署长，立志要护佑一方百姓。可是随着时局的变化，特别是 1931 年"九一八事变"之后，李卓云越来越感觉日本侵略者的狼子野心。他担心，忧愁，愤怒，曾向北平当局上书陈言，但都是泥牛入海，再无消息。

1937 年，日军的铁蹄踏进了延庆，日本人为筹粮饷，令汉奸调查土地情况。当时李卓云已经赋闲在家，手中没有了用来反抗敌人的武器和队伍，他隐瞒家里的四顷良田不上报，只报了六亩地，用这种消极的办法对付侵略者。

1938 年的一天，李卓云正在家看报纸，读到汪精卫叛国降日的报道，怒火中烧，啪地一拍桌子，恨声说："好你个汪精卫！汪兆铭！"

在过去，提名道姓被归为骂大街。李卓云这个老头恨疯了，他咬着牙地骂："汪精卫，你丧尽天良，你就是、是投降满清的洪承畴、引贼入关的吴三桂。"

"叫家里人，去！把留学时跟汪精卫的合照、唱和诗词，还有汪精卫给我写的信件，统统烧了！"

一连几天，李卓云都在家醉酒乱骂，吓得家里人人不安。家人想：这让人向上一报告，指定抓起来啊！别在这儿住了，搬家吧。在家人的坚持下，李卓云一家搬到了北平的西什库胡同。

这会儿，汪精卫已然登上主席的宝座，正下大力气网罗臂膀。他想到了当年的李卓云，亲笔修书，派陈公博登门拜请。陈公博先到了永宁，一打听说李卓云搬走了。他又辗转到北平西什库胡同，见到李卓云，恭恭敬敬递上了汪精卫的亲笔信。

李卓云展开一看，信上写着："请阁下出山，曲线救国，共赴国难。"

顿时，李卓云气得手脚乱颤。

陈公博一瞧，以为他是高兴得手舞足蹈呢，一脸赔笑："李先生，现在教育部部长尚未公布，李先生如随我到武汉，此职非君莫属啊！"

李卓云稍稍定定神，说："我今年已经五十七岁了，也算是花甲之年了。眼睛也花，耳朵也聋，看不清时局，听不清报告。您啊，回去告诉您那个主席，这个部长，我干不了！"

陈公博一听，什么意思，这是不想去啊！拉下脸子："我说李先生，阁下不出任，我无法交代，你必须随我去见汪主席一面！"

李卓云再也压制不住愤恨，他遥指南方骂道："精卫、精卫！你哪里是《山海经》里面立志必报的灵鸟啊？你分明是日本帝国主义扩张的走狗！曲线救国？放屁！真是个少廉寡耻的小人……"

陈公博一听，怎么还骂上了？赶紧劝说："李先生，我知道您是个坐家的财主，有条件坐享林泉之乐。只是你那么多地，在共产党眼里都是累赘啊。我听说现在共产党已经出兵平北，到时候不但共你的祖产，恐怕连你的身家性命也保不住哇！"

李卓云听后，站起来大声回答："你说共产党可怕，可人家现在团结全民打日本。我不懂什么共产，也不反对共产，但作为中国人，我最憎恶的就是你们这些汉奸！即使我将来让他们给共了命，也比给你们这些汉奸政府当官强！送客！"

说完，李卓云顺手抄起木槌，敲着木鱼，念上心经了。

为防止以后汪精卫报复，李卓云深居简出，大部分时间在家读书，很少公开露面，直至终了。能让汪精卫派陈公博亲自招揽，可见李卓云才华出众。一代才子宁可埋没自己的才能，终身不仕，终老于家，也不肯丧失民族气节，令人敬佩。

迂回歼灭伪满军——花盆战斗

“宋邓支队”是抗日战争初期活跃于北京周边的一支著名抗日武装，实际为两支独立支队，一支为“宋支队”，一支为“邓支队”，分别来自于120师、晋察冀军区。

“宋支队”番号为雁北支队。1937年9月，以120师358旅716团第2营为基础组建雁北支队，进军雁门关以北地区开辟敌后抗日根据地。由716团团长宋时轮任支队长兼政治委员，因此又称“宋时轮支队”或“宋支队”。

“邓支队”番号为晋察冀军区第6支队。1938年初，晋察冀军区第1军分区政治委员邓华，率第1支队3大队组建晋察冀军区第6支队，挺进平西地区，开辟了平西抗日根据地。邓华任第6支队司令员兼政治委员，因此又称“邓华支队”“邓支队”“平西支队”。

冀东地区是连接华北、东北的咽喉，战略地位十分重要，也是日伪统治基础十分坚实的地区，1935年，日本在关内扶植的第一个伪政权就位于此地。为开辟冀东抗日根据地，1938年4月，120师“宋支队”东进平西，5月到达平西后与“邓支队”合编为八路军第4纵队，宋时轮任司令员，邓华任政治委员，“宋邓支队”就此诞生了。此时的“宋邓支队”总兵力只有五千余人。

1938年6月，八路军第4纵队由平西出发，兵分两路取道平北，挺进冀东，支持冀东大规模抗日武装起义。大部队经过延庆的白河堡、千家店的时候，在花盆村迂回歼灭伪满洲军，打了一场漂亮的歼灭战。

花盆村位于延庆城东北一百四十里的深山里，这一带原属热河省丰宁县，南距千家店三十里，东与怀柔区毗邻，北与河北省赤城县接壤。四周山峦起伏有淮北山水之美，山中乱石林立有西岳华山之险。本是山清水秀

千家店革命烈士纪念碑

的好地方，但1933年秋，伪满洲国在千家店、花盆地区建立保甲制，在千家店设立警察分所，大好河山从此披上了一层阴霾。

宋支队的1营和支队直属骑兵连、重机枪连为断后部队，在支队政治部主任伍晋南指挥下顺利进入千家店。不远处一名通信兵疾步跑到伍晋南马前，递上一份刚刚得到的情报。

伍晋南接过纸条："伪满洲军已到花盆村，有四五十人。"看罢情报，他迅速找来了1营营长唐家礼、教导员王季龙，向二人做了敌情说明。

"这帮败类又要向当地的百姓要粮派款了。"

"干掉他们！"唐家礼愤恨地说。

"对！不能让他们得逞。"王季龙也愤愤地说。

伍晋南指着不远处的山梁："这里大部分是沙石坡地，村南有一座孤山，南北走向，山上乱石林立，地形有利作战。王指导员，你率1、3连在前，我和唐营长率2、4连和机枪连在后，迅速向花盆行军！"

"是！"

部队在夕阳的余晖中向东疾行，直奔花盆村。接近花盆村时，营特派员詹大南率骑兵连，赶上来走在前头，王季龙率3连紧跟其后，其余的队伍走在最后。

夜幕悄悄地降临，山间的天色很快被黑夜笼罩起来。此时，3连已经逼近了孤山的山根。王季龙准备带着3连从山根的东侧绕到花盆，从东面包围村子。行进中队伍悄无声息，战士们尽量放轻脚步，以免惊动敌人。突然，一个战士听到孤山上有人说话。王季龙也听到了山上的声音，3连立刻停止前进，原地隐蔽待命。

王季龙悄悄地叫过3排长王家胜，伸出两个手指，又向山上传出声音的方向指了指。王家胜立刻心领神会地一点头，向身后一招手，两名战士来到他的身边。王家胜带着两名战士，在黑夜的隐蔽下，蹑足潜踪上山侦察。

黑夜的山路只能看清脚下的小路，几步远的前方都被黑暗吞噬着。战士们不敢发出半点声响，悄悄向前逼近。三条黑影顺着声音的方向爬到了山顶。王家胜隐在树后，观察着不远处的动静。离他二十米的山顶上，一头瘦骨嶙峋的毛驴，正啃食着石缝边的青草，离着驴子几步远的地方堆着一垛不高的稻草。十来个伪军，三个一群五个一伙，有的围坐在树下，睡意蒙眬地东倒西歪，有的躺在空地上，头枕着步枪鼾声如雷，只有一个瘦小枯干的伪军，端着枪漫无目的地向四周张望，看样子是在放哨。

三条黑影原路返回，王家胜在王季龙的耳边轻声说："山上有十来个伪军，从何处来，哪一部分，都不清楚。这里应该只是敌人的小哨。"

王季龙听了汇报之后，微微一点头："干掉他们，记得抓几个活的回来。"

在夜幕的掩护中，王家胜领着战士们悄悄往山上爬。战士们在黑夜之中，仅凭着手中刺刀，十五分钟便悄无声息地拿下了孤山头的小哨。

八个俘虏被堵住嘴押下孤山。王季龙审问俘虏时得知，这一拨敌人是汤河口村来的，属伪满洲军35团的第2营，团长阎冲，该营除副营长是日本人外，全系伪军，共四百多人。他们听说千家店来了八路军，奉命来此侦察情况。现在部队在花盆村中，营里派他们在孤山上站岗放哨警戒八路军。

王季龙笑着点点头："说的都是实话？"

"都是实话，都是实话……"

王季龙命王家胜看押这几个俘虏，自己只身向队伍后面疾奔。见到伍晋南和唐家礼，王季龙将侦察到的敌情做了汇报，然后问道："怎么打？"

伍晋南思索片刻，下达指令："利用孤山的有利地形，1连1排郝志高带全排坚守孤山，以火力压制村里的敌人；2连、3连由连长毛凤旺、指导员何志成带领，从孤山左、右两侧包抄占领高地有利地形，阻拦敌人上山；王季龙带领3连主攻村里的敌人。"

伍晋南部署作战的同时，花盆村的敌人也在夜幕的掩护下悄悄向孤山上运动了。原来孤山小哨的那个瘦小枯干的伪军一见人影晃动，连屁都没敢放，夹着枪溜下山，像受惊的兔子一样撒腿跑进村子，向村里的伪军报告了情况。伪军听说八路军拿下了孤山上的小哨，知道八路军已经到了眼皮底下，不敢怠慢，也立即出动，企图占据有利地形。

黑暗中，王季龙发现敌人偷偷上了孤山，当即命令部队："迅速上山抢占地形制高点！"命令一下，敌我双方同时向孤山顶发起冲击。1排长郝志高想要迂回到敌人后面进行攻击，却被王季龙拦住："郝排长，你带战士们在山下接应，我带3连十一个人冲上去。"

说罢王季龙带了3连十一个人冲上山头与敌人展开激战，顿时火舌划破了茫茫的黑夜。半个多小时后，3连的子弹、手榴弹全都打光了，缴获敌人的子弹箱打不开。敌人还在进攻，由于敌我力量悬殊，王季龙命令：“撤！”

敌人控制了孤山，战斗进行得很不顺利。王季龙、唐家礼、伍晋南、詹大南汇集到一处，重新部署。

詹大南说：“敌人装备虽好，但没有作战经验，地形对我们是有利的，孤山西侧的山包较高，能发扬火力优势控制孤山。”

王季龙焦急地望着孤山的方向：“一定要在天亮前消灭敌人。天一亮，敌人发现我们的实力，我们就被动了。”

“对！”詹大南坚定地说，“我率2连担任突击队；王季龙你率1连做预备队；4连连长郝玉英率一个排，带上五挺轻机枪，占领孤山西侧的高山包，以火力压制敌人；骑兵连沿孤山东侧的河沟迂回向前截击敌人。”

詹大南抬头看看幽蓝的夜空，继续说道：“近战、夜战是我军的优良传统，一定要利用有利的时间，天亮前解决战斗！”

“是！”

此时，已经凌晨三点钟了。山中的夜风一阵紧似一阵，夜风过处无数的树枝在黑暗中摆动，发出沙沙的声响。一阵短兵相接的硝烟才被吹散，詹大南率领的突击队便又一次向敌人开了火。猛烈的炮火再次将黑暗撕裂出一道道口子，无数的火舌在黑暗中汇集着，突击队一寸一寸地向前逼近。

天将破晓，4连的机枪火力终于压住了敌人，敌人被打得龟缩在岩石后，像被八路军掐住了喉咙，发不出一点声响。1连、2连见时机已到，立刻向敌人发起了冲击。一个日本人的副营长，在混乱中挥舞着战刀，恶狗一样地狂吠，指挥着敌人的队伍。

王季龙瞅准机会，抬手就是一枪，枪声响处，那个日军的副营长应声而倒。阵地上顿时大乱，敌兵像失去首领的野狼，抱着脑袋纷纷向山下溃逃。

詹大南站起身子，举起手中的驳壳枪，高喊一声：“冲！”

战士们乘胜冲上了山头，向溃退的敌人奋力追击。敌人没头没脑地四散逃跑，此时骑兵连如神兵天降，在河沟处截住了溃逃的敌人。伪军见走投无路，立刻乖乖地停止抵抗，以班为单位放好枪，脱掉外面的黄皮，只穿白衬衫，举手投降。

太阳还没有完全露出地平线，八路军赢得了战斗的胜利。当初升的太阳终于透过迷雾照进花盆村的时候，八路军战士已经打扫完战场，押着俘虏和战利品向千家店方向转移了。

花盆战斗共俘虏伪军三百六十多人，缴获重机枪三挺、轻机枪十二挺、掷弹筒两具、三八式步枪二百四十余支、手枪三十余支、子弹三万余发、军用物资一部。纵队首长宋时轮得到消息后，来电加以鼓励，同时命令1营改成4纵队第36大队，唐家礼为大队长，王季龙为政委，骑兵连改称骑兵大队，大队长王正川，政委李炳勋，继续东进。

这场战斗虽然只是因为借道偶遇而发生，但“宋邓支队”留下了勇猛作战的威名，足以震慑日军和伪军的嚣张气焰，让平北人民在苦难之中看到了一线曙光，为中国共产党后来开拓平北立下了卓越的功勋。

黑 马 队

火车从京绥铁路出了南口便一路开始爬山，在陡峭的崇山峻岭间喘息着缓缓前行，似乎就要爬不动的时候，眼前却出现了一小片平坦的山坳，这里便是青龙桥火车站。车站很小，有些不起眼，但不论什么车，到了这里都要停下很久，爬了半日之久的蒸汽机车，正躲在这里大口地喘着粗气，等待更换车头后，顺着“人”字形轨道继续上行。

一个精壮的汉子从车头的驾驶室里探出身子，顺着驾驶室门边的旋梯爬下机车。由于经年累月挥动铁铲向蒸汽机车的锅炉里添煤加料，他的两只臂膀的肌肉高高地隆起。他接过司机递过来的茶水，一口喝了个精光。此时，已经是8月，三伏的酷暑让人无处躲避，狭窄、高温的驾驶室早已让人感到窒息。

“师父，这活儿我不干了！”

“咋了，嫌累了？”

“师父，俺孙元洪自打跟您上了这火车，干了这司炉的活儿，什么时候喊过累？”

“那是为啥？”

汉子向前凑了凑，在师父的耳边低声说：“自从日本人进了北京，到处欺负咱中国人。他们接管铁路后，哪把咱们中国人当人看过？俺不给日本人干！”

“元洪，你不干这个吃啥？喝啥？家里的爹妈谁养活？”

“回家去种地也不受日本人的欺负！”

老司机无奈地摇摇头：“唉！元洪啊，你当回家就不被日本人欺负了？到哪儿都是亡国奴了！”

孙元洪不顾师父的阻拦，还是回了老家。可一进村子，眼前的一切让他明白了师父的话。1938年的康庄马坊村，日本人经常进村祸害，要钱要物，甚至强奸妇女，村里的人一个个面泛菜色忧心忡忡。孙元洪进了家门，老爹孙秀山一把拉住儿子："不年不节的你咋回来了？"

"爹，我不干了！"

"啥？不干活了？"

"不干了！我受不了日本人的气，把活儿辞了！"

孙老爹看着儿子坚毅的目光，啥也没说，摇摇头进屋了。知子莫若父，孙老爹最了解这个桀骜不驯的儿子，打小就没人能降服他。念书的时候背不下《三字经》，先生要打手板，他敢夺下老师的戒尺一劈两半；十四岁给地主放牲口，丢了一匹大青骡，地主不依不饶，他敢带着人找地主拼命。如今日本人骑在他脖子上，他要能忍气吞声，那就不是孙元洪喽。

当夜，孙老爹和老伴坐在炕上以泪洗面。孙元洪看着心烦得要命："哭个啥？不给日本人干活还能饿死不成！"

"我的儿，你小点声吧！这话让外面听了去，咱们一家三口都得没了命。"

"爹！娘！您二老放心，只要儿子活一天，就不能让你们挨饿。"

第二天，孙元洪只身到了马营村，这里有和他打小出生入死的哥们儿单成元。孙元洪开门见山，把自己的来意向单成元说个明白。

"元洪，你的意思是咱们弄个自卫军？"

"对！不能眼瞧着日本人欺负咱们。单大哥，你手里有人，我身上有胆，就跟几年前打地主那样，联起手来跟他们干。你看行不行？"

"依我看，要干就别嫌事儿大，把营城子的王老五他们都叫上，借着跟日本人干的由头，让这几个村的地主养着咱们，到时候吃喝也不愁！"

说干就干。1938年，孙元洪、单成元、王老五在延庆川自发组织起一支"自卫军"。初建伊始，人少枪缺势单力薄，孙元洪便和单成元商量要带着队伍投奔到另一支自发抗日武装队伍下。

单成元微微点点头，说："听说他们的确比咱们阔绰，除了枪支多，每人的座下骑的都是一匹黑马，外面都叫他们'黑马队'。要去就得趁早。"

孙元洪、单成元、王老五带着人马投靠了"黑马队"，不到一年的工夫，孙元洪他们也配上了黑马。同时孙元洪也看清了这支所谓"抗日武装"的真实嘴脸。

孙元洪暗地里和单成元交了底："单大哥，这帮人不是真抗日，不见他们打日本人，尽跟老百姓过不去，咱得离开他们！"

单成元冷笑着说："元洪，你还真打算跟日本人对着干啊！"

"单大哥，我孙元洪是被日本人逼得揭竿起义，不打日本人，我回去开我的火车不好吗？"

"唉！道不同啊！兄弟你去吧，我姓单的为的就是这口饭，我可犯不上把脑袋别在裤腰带上！今后咱们河水、井水两不犯！"

孙元洪恨恨地盯着单成元，双手抱拳："单大哥，既然这么说，那咱就两不相扰。不过我可把丑话说在前头，你要是跟日本人混在一块儿，到时候，别怪兄弟不念旧情！"

说罢，孙元洪带着跟随自己的兄弟们离开了这支"抗日武装"。自己打出"打富人，救穷人"的旗号，活跃在延庆川和怀来县交界地带。凭着孙元洪绿林豪杰般的勇敢与豪侠，同日伪军真刀真枪地拼了起来，他们屡战屡胜，孙元洪"黑马队"的名声越叫越响了。

1938 年 10 月，虽然已经是初秋时节，但天气依然炎热，田野里到处回荡着秋蝉的鸣叫声。黑马队在孙元洪的带领下，正在耿家营村热火朝天地忙碌：有的蹲在地上，小心翼翼地埋地雷；有的挥舞着铁锹，在村边挖战壕；有的把沙土装进袋子，垛起坚实的掩体。孙元洪瞪着一双炯炯有神的大眼睛，这里指点，那里提示，有时还跳下战壕看看深度是否合适。黑马队的队员见孙元洪如此认真，干得更起劲了。

孙元洪对黑马队的队员们说："这回咱得好好拾掇拾掇小鬼子，让鬼子知道咱们黑马队的厉害！"

"队长，鬼子的枪比咱的好用，咱能打赢吗？"

"屁话！扛枪的还能有个怕字？鬼子的枪好用不假，可他人生地不熟，只要他落在咱们的圈里，就别想跑！"

"队长，您都会排兵布阵啦？"

孙元洪爽朗的笑声，让身旁的队员摸不着头脑。原来，孙元洪早就胸有成竹。年初，晋察冀军区派蔡平进入了平北，蔡平一眼就看中了孙元洪的黑马队，他早就听说过这支队伍"打富人，救穷人"，真刀真枪地和鬼子拼。前些日子，蔡平来到黑马队做孙元洪的思想工作，动员他改编成八路军。此前，阎家坪村以姬永明为首的伙会，已被八路军接收改编。听说蔡平要做黑马队头目孙元洪的工作，阎家坪伙会头目姬永明派其弟弟姬永泰，来黑马队协助蔡平做收编工作。

蔡平说的一字一句都打动着孙元洪。孙元洪头一回听说世上还有给穷人打天下的队伍，他两只眼睛像燃起了火焰："蔡同志，您说的是真的？"

"一点不假，我们共产党，就是给穷人打天下的队伍。"

"只要给穷人办事，我跟你干！说吧，咱们怎么干？"

"孙司令，后天有一拨鬼子要来耿家营，没别的，你带着黑马队，我带着八路军，里外联手，把他们干掉！"

蔡平帮助孙元洪一起规划耿家营的布防，因此孙元洪更有了主心骨。下午四点，埋伏好的黑马队突然听见在村东北、正东、东南，各响起了枪声，随后日军就扇面似的攻到村边。

孙元洪命令黑马队："不见鬼子不打枪，鬼子不到跟前不打枪。"眼看日伪军端着刺刀，嗷嗷怪叫着进了村子，孙元洪举起手枪，一声大喝："打——"

随着啪的一声枪响，噼里啪啦的枪声响成一片。孙元洪的黑马队打得勇敢，打得坚强，打得出神入化。有的骑在房脊上打，有的趴在墙头上打，还有的战士满街跑着打，有的边打边喊："打呀，冲呀，为中国人民报仇呀！鬼子汉奸听着，不怕死的来呀！"

战斗从下午四点一直打到晚上，虽然打退日军的多次进攻，但敌人仍然顽抗。这时，孙元洪兵分三路，以散兵群的方式快速猛攻，把日军队伍拦腰断为三截，敌人四面受敌，不能相互配合。

此时，蔡平派出的伙会头目姬永泰也赶到了战场协助作战。姬永泰作战英勇，指挥果断，他的一个班在瓦窑头打退日军多次冲锋。在打冲锋时，姬永泰不幸被敌人的轻机枪击中，光荣牺牲了。战士们怀着满腔仇恨，向敌人发起了总攻，敌人招架不住，狼狈不堪地逃回了老巢。

这场耿家营战斗是日军侵占延庆后，孙元洪与日军的首次战斗。战斗的胜利，大大长了敌占区中国人的志气，削弱了日军的威风。但孙元洪最清楚，没有蔡平的战术指导，没有姬永泰的拼死援助，单凭着黑马队是打不赢日本人的。

耿家营的硝烟还在弥漫，孙元洪已经带着与自己出生入死的黑马队兄弟参加了八路军，跟着蔡平走上了新的抗日战场。

死也要抗日

1938年，对于孙元洪来说可谓是双喜临门，不但10月带着他的黑马队走上了明朗的抗日道路；这年7月他还成了亲，媳妇叫雷云兰，长得别提多漂亮了，不然孙元洪怎么把她抢进了洞房呢？

自从雷云兰当了“压寨夫人”，就没有露出过一丝笑容，她天天躲在屋里以泪洗面：“我一个好好的大姑娘怎么就嫁给了土匪？”她想不明白为什么命运会跟自己开这样的玩笑，一个人悄悄地走到了井边，想用死了结命运的不公，却被孙元洪一把抱在怀里。她的挣扎与反抗在孔武有力的孙元洪面前无济于事。

孙元洪默默地把她放在炕上，背转过身低声说：“俺知道，你觉得俺们是土匪，不光彩。但是，俺这个土匪不是你想的那个样。”说完转身走出房门，把雷云兰一个人留在屋中。

11月，根据组织安排，孙元洪到平西斋堂进行学习。蔡平担心敌人报复，把孙元洪的妻子雷云兰从家里接到了平西抗日根据地。根据地坐落在房山涞水交界，因为有上坡、中坡、下坡之分，所以那个地区叫“三坡”。三坡周围都有高达千仞的山峦，隔绝外界，形成一个独立的世界。根据地到处是当兵的，可把雷云兰吓坏了，她以为自己到了土匪窝。可是这些当兵的说话和气，办事公平，不抢不夺，和老百姓好得像一家人。雷云兰一个人躲在屋里暗自琢磨：我的娘啊，这儿的老百姓咋不怕土匪嘞？

勤务兵给雷云兰领回粮食，让她自己做着吃，还让她上识字班学文化。雷云兰吃惊地问：“你们是哪一杆的？大官是谁？”

勤务兵放下粮食，捂着嘴轻声笑着：“我们没杆！是八路军，是咱们老百姓的军队，是打日本人、解放劳苦大众的军队。我们这儿没大官，是首长。”

“是同志！”蔡平站在门口，望着屋中的雷云兰。

"同志?"雷云兰嗫嚅着，怎么也想不通这个词到底是啥意思。

"你是孙元洪同志的妻子?"

"俺不是！他是土匪。"

"原来是，现在不是喽!"

雷云兰擦了擦腮边的泪水："您说啥？他咋就不是土匪了?"

蔡平郑重地点点头："孙元洪是个有骨气的中国人！你觉得他名声不好，这没关系，人是可以改变的嘛。原来他打家劫舍，老百姓叫他土匪；今后他打日本人，你说他还是土匪吗?"

"你是谁？你说的是真的?"

勤务兵笑着说："这是我们八路军的蔡主任!"

"你们是八路军?"

"那是！我还能骗你吗？雷云兰同志，我说什么你可以不信，以后你自己看，看看你男人在外面做的事情，就会知道他是好人了!"

"俺知道，八路军是好人，孙元洪真要是跟你们打鬼子，俺就……"雷云兰的脸一下子红了起来。

"在这儿习惯吗?"蔡平看了看收拾得干干净净的屋子和放在炕上的粮食。

雷云兰腼腆地点点头。

"别急，过一两天呀，你们小两口就能见面了。"蔡平没等雷云兰开口早跨出门槛，"有什么事和勤务

进犯至八达岭下的日军

兵说。”

等了几天，孙元洪果然带着大队人马回来了。看到雷云兰，孙元洪先是一愣，然后走近了低声说：“我原来是土匪，是强迫你和我结婚的，那是犯法的，不讲人道。我现在不是土匪是八路军了，是人民的军队，今后要和全国人民一道抗日。你不愿意和我在一起，明天就派人把你送回家。”

“咱们已经生米做成熟饭了。这些日子，我都亲眼看见了，八路军是好人，你投奔八路军也变成好人了！我听蔡主任的话。”说完，雷云兰羞怯地低下了头。

孙元洪一把把雷云兰搂在怀里，搂得紧紧的。

“快松开，别让别人看见。”雷云兰挣脱开孙元洪有力的臂膀，娇嗔地说，“你都把人家勒疼了。”

孙元洪自责地抖着双手，吞吞吐吐地说不出话来。雷云兰看了，扑哧一声捂着嘴笑了。

转眼已是 1939 年 9 月，挺进军先行组建了以孙元洪为司令、刘国梁为政委、蔡平为政治处主任的延怀游击支队，连同地方干部共计一百三十余人，准备再次进军平北。

此时，雷云兰的小腹已经高高地隆起，听说队伍就要开拔，她的眉间又浮现了愁云：“真的要走吗?”

“是啊，队伍要进平北了。”

“把我带上送回家去，我这个身子，回家去合适，别在这儿给同志们添麻烦。”

“这可不成，这次进平北是要完成萧司令员提出的‘巩固平西，坚持冀东，开展平北’的战略任务。”孙元洪沉吟了片刻，“看来是场硬仗，我可不能带着你走。”

“可我这身子，眼看就要……你把我一个人撇在这儿，我怕。”

“怕啥，根据地最安全，有同志们照顾你，我放心，你也放心啊！”说着，孙元洪将妻子轻轻地抱在怀里，安慰着说，“云兰，这次去能在北边站稳了，我就把你和孩子接过去。”

小屋里的油灯渐渐地熄灭了，孙元洪躺在炕上，想着队伍开进平北，在那片开满山花的山岭上，自己肩上举着儿子，手里拉着云兰，一家三口在花丛间嬉戏。溪水缠绕，红日喷薄，云兰和孩子的笑声萦绕在他的身旁。忽然，在这笑声中，一声撕开天际的号声打断了孙元洪的梦。他看看窗外蒙蒙的晨雾，又看看熟睡的妻子，然后轻轻亲了亲云兰红润的脸颊，踏着挺进平北的号角，向着自己出生的地方进军了。

孙元洪的队伍从平西三坡地区的山南村出发，在山林中一路向东北，经过雁翅折向正北，准备从马刨泉，取道镇边城、横岭，向北直插进入延庆川。

谁知刚到马刨泉便遭遇了敌人的袭击，部队伤亡很大。随后补充两个警卫连，部队越过永定河，翻过横岭，经过镇边城才抵达了延庆川的小纸坊屯。天色已晚，孙元洪命令部队原地休息，准备翌日清晨奔赴海陀山，与伙会头目姬永明会面。

孙元洪焦急地等待着事先派出的侦察员，可是入夜后依然没见侦察员回来。刚刚准备再次派人进村查看，一个农民打扮的人急匆匆地走进营地，大吵着要见孙司令。

战士们把他带到孙元洪面前，还没等孙元洪开口，这个人大叫着说："孙司令，快去看看吧！你的人在跟老乡要钱呢。"

孙元洪听了勃然大怒："在哪儿?"

"就在村中的大庙里，您快看看去吧！"

孙元洪自从加入八路军，最注重的便是军纪。他知道自己的队伍曾被老百姓叫作"黑马队"，在知情人的眼中这是一支"除暴安良"的抗日武装，不知情的人一张嘴便是"土匪"。孙元洪是个耿直的汉子，听不得别人背后叫他们"土匪"，所以他带的兵个个都要严格遵守群众纪律，容不得半点损害群众利益的行为。

孙元洪虽然泛起了疑云，他不信自己带出来的兵敢公然向百姓勒索。但有人来报信，自己不能不去看个究竟。他甩开大步，奔跑着向村中大庙而去。

孙元洪远远地看见庙门，大声喊着："乡亲们，别害怕，我是孙元洪。"刚走到院子的窗户跟前，突然窗户内一声枪响，一颗子弹从窗户中飞驰而来，孙元洪一头栽倒下去。

孙元洪知道自己遭到暗算，忍着伤痛，强撑着向村外的高粱地跑去。后面的人紧跟不舍，孙元洪还没跑出村口，便被埋伏的人按倒在地。

当他被人从地上拉起来的时候，一个熟悉的面孔正得意地望着他。

"是你！"

“兄弟！是我。听说您带着八路来了，大哥这是奉了皇军的命令，来请您了。”

“单成元！你无耻！”

“我是什么人，自不用你评说。你倒是跟了八路军，可他们不是拿着你当炮灰吗？”单成元向两边一挥手，“带走！”

原来，自从单成元和孙元洪分道扬镳之后，他一直没有忘记这个曾经和他出生入死的“哥们儿”。听说孙元洪在八路军那边当了司令，单成元又是羡慕又是恨，羡慕孙元洪做了官，恨孙元洪当初没有执意带上自己。他心中一直记着孙元洪临走时的那句话：“……你要是跟日本人混在一块儿，到时候，别怪兄弟不念旧情！”想起这句话，他便心中一凛：孙元洪说到做到，万一哪天打回来！我得早想办法。就这样，他偷偷地找到了在康庄铁路日本宪兵队当特务的内弟。他内弟听说后高兴得手舞足蹈：“姐夫，你认识这小子？”

“熟极了。”

“太好了，去年在耿家营他打苦了皇军，日本人正抓他呢，我听说，他们已经带着队伍过了横岭，正准备奔咱们这儿来，这回要是能抓住他献给皇军。姐夫，你的好日子就来了。”

单成元利用孙元洪治军严格的特点，设计把孙元洪诓骗到大庙。

孙元洪看着面前的敌人，冷笑着说：“姓单的，就凭你也想抓我！”

“孙元洪，我现在就问你一句，投降不？”

“呸！我要抗日！”

“抗日！我现在就打死你！”

“打死我，变成鬼，也要抗日！”

单成元终于扯去了伪装的面具，一枪打在了孙元洪的胸膛。

正在村外等候的部队听到枪声，不知发生了什么事，来不及等侦察员来汇报，就一起闯进村里，可他们再也看不到孙元洪的身影了。

又是一年清明，在那春意盎然的坡岭上，青草尖泛着还没有褪去的露水，山花飘着幽暗的清香。刚刚培过新土的坟边，一身素缟的女子带着蹒跚学步的孩子，跪在坟前，她轻轻地叨念着：“夫啊，你在那边好吗？这是咱的儿，他都会喊爹了，可你却听不见了。你放心吧！孩子知道你是打鬼子牺牲的，我让孩子跟你一样，死也要打鬼子！”

围点打援战井庄

“冲啊……”

“杀啊……”

沉沉夜色中，随着惊天动地的喊杀声，手榴弹、机枪、步枪一齐噼噼啪啪、轰轰隆隆地开起火来，好不激烈。

咦，怎么在并不密集的火力间隙还有口技呀？“啪啪啪，啪啪，啪啪啪”，子弹不够用嘴凑？

原来，这是发生在延庆柳沟敌据点的一次佯攻。

1941 年，新组建的平北游击 1 支队的第 5、第 6 中队，准备来一个一石三鸟，通过消灭驻扎在延庆县城的伪警察队，达到锻炼队伍、为百姓出气、打通南北山之间通道的三重目的。于是第 5、第 6 中队派少量游击队员佯攻柳沟敌据点，吸引驻扎在延庆县城的伪警察队前来救援，然后第 5、第 6 中队的大批游击队员，埋伏在从县城到柳沟必经的井家庄，以伏击的形式将其消灭掉，实现以少胜多、以弱胜强的战略目的。

1941 年，日伪军在延庆川的南北山边的白草洼、小鲁庄、佛峪口、永宁、柳沟、高山寺等据点，修建了坚固的碉堡，驻有人数不等的伪警察。为什么我们的游击队，盯上了驻扎在延庆县城的这支伪警察队，一定要消灭他们呢？因为他们太可恨了！这支伪警察队也叫“讨伐队”，由当地的土匪和地痞流氓组成。他们仗着日本人的势力，敲诈勒索，欺男霸女，无恶不作。老百姓对他们恨之入骨，管他们叫“讨饭队”“饱了横”，多次要求八路军惩罚他们。

敌人认为平北抗日根据地开辟不久，武装力量尚在弱小发展阶段，所以日伪军的各据点串联起一张严密的网，封锁八路军的来往交通，连续不断进行“扫荡”“讨伐”“围攻”，企图摧毁平北抗日根据地，消灭这支幼小的武装。驻延庆县城的这支伪警察队，每次都卖命地充当“缴共”主力。八路军游击队的手脚被他们束缚住，手无寸铁的老百姓和单独活动的中国共产党干部很难对付他们。平北地区抗日的地方工作人员，只能由山边向川里逐步秘密地开展工作，从南山到北山或由北山去南山，都要晚上行动，而且要武装护送。

钟辉琨

八路军最擅长在反“扫荡”、反“讨伐”和反围攻中求得生存与发展，最善于在战争中学习战争，并争取胜利。为了开辟地区，打击敌人，保护群众，锻炼部队，打破敌人的封锁网，打通南北山之间的通道，平北游击1支队的第5、第6中队积极寻找战机，准备消灭这支在延庆川占主导地位的伪警察队。

平北游击1支队的第5、第6中队，是刚由游击小队整编的新队伍，还没有经过大的战斗。5中队的队长是韩旭东，6中队的队长是江文，指导员是宋惠然，都是有经验作战勇敢的基层指挥员。5中队是由地主武装伙会和抗日土匪队改编的，上级派来干部，建立了党组织，加强政治教育；6中队绝大多数是当地的子弟兵，与群众有着密切的联系。

两个中队论政治素质是优良的，工农子弟抗日热情高，斗志旺盛，但从武器装备方面比，显然不如伪军。两个中队的枪支弹药是从敌伪手中缴获的，或从民间收取的国民党军队遗弃的旧武器。队员有的有枪无弹，有的有弹无枪，五花八门。而日伪军装备好、子弹多，加之长期盘踞在当地，人熟地熟，一有风吹草动，就逃回据点里躲着不出来。

“咱们人少，装备差，要想消灭延庆川的日伪军，只有智取。咱们想办法把他们引出来，埋伏起来打他一家伙。”平北游击1支队的政治委员钟辉琨指着桌上自制的简单地图说。

韩旭东、江文、宋惠然纷纷表示支持，并提出补充意见。

“我同意。要想以少胜多、以劣势胜强势，最好的办法就是打伏击。我建议张华亭做柳沟据点的工作，咱们假装围攻他们，让他们向延庆川求救，把延庆川的伪警察引进咱们的口袋里来。”2大队教导员刘汉才补充道。

张华亭说：“没问题，驻在柳沟的伪警察头目内心是支持抗日的，我和他关系很好，我去做他的工作。”张华亭是延庆县后吕庄村人，地方上层人士，曾任伪县自卫团团长，1940年参加抗日，是昌延联合县参议员，其主要工作之一就是利用旧有关系，做伪军和地方上层人士的工作。

接受任务后，张华亭耐心地做驻柳沟伪警察队头目的思想政治工作，双方达成协议，八路军乘夜向柳沟据点打枪佯攻，该伪警察头目多报消耗子弹数目，实际上将子弹提供给八路军。

于是，平北游击1支队第5、第6中队借机加紧实战训练。同时，做云梯，派担架，造舆论，壮声势，迷惑敌人，声言要打柳沟敌据点，有意把这些消息传到柳沟、延庆和永宁等日伪敌据点。游击队采取声东击西的战术，造声势围点是虚，设埋伏打援是实，真正目标是延庆的伪警察队。

1941年8月3日傍晚，少数游击队员虚张声势攻打柳沟，声音喊得震天响，子弹满天飞，却没有人中弹受伤。多数游击队员城里城外地跑个不停，把一箱箱弹药搬到游击队的阵地上，有的游击队员一边搬一边问：“我们搬这么多弹药，你们好交差吗？”

“放心吧，我们头儿已经给永宁、延庆都联系了。他们知道我们在跟你们打仗，打仗哪有不消耗弹药的？”一个伪警察把弹药递给游击队员，满有把握地说。

“不是说埋伏好了打延庆的伪警察吗？和永宁联系干什么？”

“我们头儿说，两边一起求援显得像真的，汇报时就说情况特别严重，然后多报销消耗的弹药。”

“这样的话，我们得赶紧去井家庄那边帮忙，没准儿两边伪警察一起来了呢。”

……

天越来越黑了，真刀实枪的一场硬仗即将开始。

考虑到平北游击1支队第5、第6中队是一支新队伍，为了确保这次战斗以最小的损失赢得最大的胜利，实现锻炼队伍的目的，平北分区游击1支队的政治委员钟辉琨亲自担任这次战斗的指挥员。第2大队政委刘汉才也参加了指挥，2大队的特派员郭振普在5中队帮助工作。

“就埋伏在这里。”钟辉琨的手指落在简易地图上井家庄的位置。

“这里好。”大家纷纷赞同。

井家庄在柳沟北边，是通过简易公路由延庆到柳沟以及由永宁到柳沟的必经之路。

在钟辉琨和刘汉才两个政委的指挥下，平北游击1支队第5中队和第6中队的两个排，埋伏在井家庄村北、河南岸公路两侧的青纱帐里，准备在延庆伪警察队来援柳沟经过时，突然发起攻击消灭它。夜战近战，是八路军从红军时代传下来的优良战斗作风，只要敌人敢来，就叫他有来无回。

“他们今天不来了吧？咱们回吧，改天再收拾他们。”

“是啊，等了这么久还不来，肯定不来了，蚊子都把人咬死了。”

“再等等。现在时间还早，打仗最主要是沉得住气……”

天黑得伸手不见五指，只有时断时续的阵阵虫鸣。部队在路边青纱帐里埋伏了一个多小时，还不见敌人来。这些新兵等得有点不耐烦了，认为敌人不会来了主张撤走。钟辉琨看看时间还早，命令部队耐心等待，同时，给战士们耐心地讲实际打仗的战术。

又过了少许时间，终于听到了汽车的马达声。汽车的两只大眼睛射出两道光束，把田间大道照得一片通明。战士们兴奋得险些叫出声来，瞪着眼睛紧紧盯着疾驰而来的汽车。近了，更近了，汽车终于驶入埋伏圈了。

“打——”

战士们听到命令，手榴弹、机枪、步枪一齐开火。

“杀啊！”

“冲啊！”

一阵手榴弹甩过之后，战士们伴着惊天动地的喊杀声冲出掩体，像猛虎一样杀向敌群。当伪军反应过来，游击队员早已冲到眼前，司机中弹身亡，汽车戛然而止，只有马达还在突突地轰鸣着。有的伪军刚举起枪，就被当场击毙；有的伪军身上受伤，忙举手投降；更有一些伪军知道反抗的结果，干脆束手就擒。清点人数时发现，除个别伪军乘乱钻进玉米地逃走外，游击队仅用短短几分钟时间，歼灭伪满洲军一个连，毁掉汽车一辆，缴获歪把子机枪一挺、掷弹筒一具、步枪二十支。日本指导官被当场击毙。

真是一场漂亮的伏击战！可以说是一次围点打援、速战速决的范例。

战后，通过审问俘虏得知，这场伏击围剿的不是驻延庆川的伪警察队，而是前来支援柳沟的驻永宁的伪满洲军 35 团 2 营的一个连。原来，驻永宁的伪满洲军 35 团接到柳沟求援的消息，派出一个连乘一辆汽车去柳沟敌据点支援。但支援的这一个连惧怕八路军的夜间伏击，因此行动并不积极。他们沿着延庆至永宁的公路，到北老君堂再往南去柳沟，结果反而闯入游击队为驻延庆县城的伪警察队精心准备的埋伏圈，替驻延庆县城的伪警察队当了俘虏。

狡猾的延庆伪警察队出援柳沟，也害怕游击队的夜战，出延庆城绕道莲花池，经高庙屯、二道河再去柳沟。伪军这么走拖延了时间，抵达井家庄时因伏击战已进入扫尾阶段，暂时逃过了一劫。

“下一回一定不放过‘讨伐队’这帮坏蛋！”战士们都气愤地说。

“这次伏击打得很顺利，很漂亮！重创了驻永宁的伪警察队也是大功一件！驻永宁的伪满洲军 35 团装备和训练，都比其他几个敌据点好，所以跟他们战斗更好地锻炼了我们的队伍。事实证明，咱们新成立的 5、6 中队是能打硬仗的！”平北分区游击 1 支队的政治委员钟辉琨鼓励大家。

战士们更有信心和激情了，齐声说：“对，咱们游击队没有孬种！都是好样的！”

一支“气筒子”

李怀德始终改不了口，一直把掷弹筒叫“气筒子”。每次上军事课的时候，军事指导员讲到掷弹筒时，他总在下面小声嘀咕：“就是根气筒子，咋就叫个掷弹筒哩?”

自从平北游击1支队第6中队，奉命从五间房向延庆县永宁附近开展游击活动以来，每到一个村庄总是先放出警戒、封锁消息，禁止人员向敌据点方向流动，再露营休息。

1941年初，鬼子大力扶植、利用汉奸和伪军，对华北敌后抗日根据地进行所谓“三分军事，七分政治”，集军事、政治、经济、文化、交通、特务为一体的“总力战”，以达其确保华北占领之目的。日军由此把“治安肃正运动”发展成为“治安强化运动”。“治安强化运动”是日本帝国主义“以华治华”“以战养战”方针的具体运用。从1941年春到1942年底，日军在华北连续推进了五次“治安强化运动”。平北抗日军民在中国共产党八路军的领导下，粉碎敌人多次“扫荡”，胜利地渡过了最困难的1941年。1942年春天，敌人又向平北抗日根据地的龙关、赤城中心区“扫荡”，妄图一举消灭新生的抗日军队，摧毁这块根据地。

大敌当前、敌强我弱的情况下，为保存有生力量，有效打击敌人，平北军分区领导决定，部队分散转移到游击区活动，迷惑敌人，配合地方开展工作，不失时机地杀伤敌人。平北游击1支队第6中队就在村庄边沿找个大院集体休息和上课，一旦有情况，马上将队伍拉出去，或摆脱敌人，或投入战斗。

1942年4月初的一天夜里，平北游击1支队第6中队宿营于山边的北张庄，第二天拂晓前转移到黑峪口西侧的屈家窑村。

黑峪口沟是延庆通往白河堡、后城、龙门所等地的必经之路，修有简易大车路。一天上午，平北游击1支队第6中队郭振普指导员正在村里给部队上政治课，队长江文带领一名通信员在村边游动查哨，观察动静。

十时左右，江文队长突然听到延庆方向有汽车马达的轰鸣声，连忙站到高处瞭望，发现一队汽车驰过吕庄正向黑峪口驶来。

“一、二、三……队长，有十余辆呢。”

“你盯着，有情况及时汇报。我马上回村带队伍准备战斗。”

说完，队长江文转身跑回村里。战士们正集合在一起听郭振普指导员讲政治课，听到队长江文的命令当即集结出发。江文队长和郭振普指导员边快步往黑峪口走边拟订作战方案。

“王大来，你路熟，带领部队抄近路上西嘴子埋伏。”

部队在农民王大来的带领下，迅速按指令跑步上了黑峪口沟的西嘴子，与哨兵合兵一处。

“队长，对面山上也埋伏了人，不知道是敌是友。”刚到山上，哨兵就向江文队长汇报。

“好像也是我们的人。来不及了，按原计划战斗。”江文队长望向沟东侧，但是只能看出埋伏着队伍，看不清面孔。

沟东侧山上埋伏的正是昌延联合县区小队，当他们发现鬼子汽车驰来也立即上山埋伏起来。事先，区小队和6中队之间互不知情，没有联系。但对敌时选择了同样的战术，让两支队伍合成一股更强大的剿灭敌人的力量。

这时，日军的汽车已进入黑峪口沟里的烂墙子附近，发现两侧山上都有八路军时并没有撤退，仅骄横地派出一个加强班向平北游击1支队第6中队占领的西嘴子阵地扑来。敌人想凭借一挺歪把子机枪、一具掷弹筒，一举消灭刚刚成立不久的游击队。

“队长，开枪吗?”士兵低声问。

“等他们走近了再扔手榴弹，那样炸得准、炸得多。”江文队长沉着地回答。

“五十……四十……三十，打!”见鬼子接近前沿阵地只有三十米，战士接到命令，先向前沿阵地上甩出一排手榴弹。手榴弹冒着青烟，落在敌群中，炸得鬼子滚的滚爬的爬，哇啦哇啦一阵乱叫。

“冲啊!”江文队长一跃而起，率先向山下冲去。战士纷纷站起来，端着枪向前冲去，跟在江文队长后面的战士李怀德看见敌人丢下的枪，兴奋得眼睛直发光，俯身去捡。

忽然，寒光一闪，李怀德觉得脚踝一阵发凉。他回过头来，看到一个装死的敌人正在偷袭自己。李怀德怒不可遏，举起枪托狠狠砸向他的面门。敌人嗷的一声怪叫，倒在地上纹丝不动了。李怀德怀着满腔仇恨，用枪托在敌人头部狠狠砸了几下，把刺刀刺进他的胸口后，才一屁股坐在地上。

“快看看腿还能动不？伤得厉害吗？”紧随其后的战士李宝林上前着急地问。

李怀德用手摸了一下大腿，又摸了一下小腿，咦？怎么不是黏黏的？两人低头一看，裤腿上划出一条大口子，小腿整个暴露在外边。原来，平北的阳历四月还没有到春天，人们还穿着厚厚的棉裤，幸好有这鼓鼓囊囊的棉裤，不然一条腿可能就废了。

“这是什么？好大的气筒子。”李怀德站起时扶住一个圆的东西，捡起来一看，不认识，又扔到地上。

李宝林已经看清这是掷弹筒，赶忙拾起来，说：“这是鬼子的小炮，不是气筒子。”

“冲啊！”江文队长第二轮冲锋的命令响起。

听到命令，二人顾不得再讨论大气筒子还是小炮，由李宝林抱上新武器掷弹筒，向敌人发起新一轮冲杀。战士们凭着旺盛的意志，一口气将敌人压了下去，打死打伤十几个。

这时，沟里的敌人已乱作一团，有的就地卧倒抵抗，有的向沟外逃跑。

“啊！砰！”

只见敌人的一辆汽车掉头向沟外返时，因惊慌失措，翻在路上。车上的敌人狼狈不堪地从车厢爬出来四散奔逃。受伤的和吓傻了的敌人抬不起腿，急忙躲到汽车下面。翻倒的汽车堵住沟口，其他汽车前去不得后退不能。

“1 排，任务：搬物资，烧毁汽车。冲啊。”江文队长看到这种情况，马上命令 1 排冲下沟去，烧毁汽车。

1 排在排长韩万和的带领下，以泰山压顶之势，冲下山去。仇人相见，分外眼红。躲在汽车下受伤的敌人钻出来，与战士互相扭打在一起。经过近半小时的短兵相接，一排战士将敌人全部消灭。

“韩排长，你受伤了？”

“我没事，赶紧烧汽车。”

战士们绝大部分是山里人，从来还没见过汽车，就是最见多识广的战士，也只是远远看见过路上跑着的汽车，不知道在什么地方点火才能将汽车烧着。大家有的抓紧时间搬物资，有的围着汽车边转边挠头。

“司机座位下面有油箱，取油点火瞬间就着。”这时，江文队长也已到达跟前，及时指示大家如何烧汽车。

“缴获歪把子机枪一挺。”

“缴获八八式掷弹筒一具、三八式步枪七支。”

“缴获粮食、皮鞋、罐头等军用物资，还有四箱文件。”

“打坏烧毁汽车四辆……”

战士们沉浸在胜利的欢乐中，几乎忘了身边还有敌人。

“咱们赶紧撤离，以防敌人大部队赶来支援。”

为了防止敌人反扑，部队迅速撤离了战场，战斗只进行了半个小时。平北游击1支队第6中队牺牲一名战士，1排长韩万和、5班长李占春两名同志负伤。这次遭遇战，速战速决，游击队以较短的时间、较小的代价取得较大胜利。

从缴获的文件中得知，被消灭的部队是执行任务运输物资到后城敌据点鉴旅团的4中队。

原来，当时后城、龙门所等敌据点的官兵日常给养需要驻延庆的敌据点定期配送，敌人以前每次配送给养都选择经黑峪口这条偏僻的路线，从来没有出过事。没想到这一次遭遇了平北游击1支队，日军运输队一个加强班被歼灭，元气大伤。而且敌人这条运输路线的暴露，使得日后抗日游击队加强对这条运输路线的监视，让敌据点之间的联系变得不再紧密，因为物资供应不能得到及时充足保障，后城等敌据点中的伪军开始与伪政权离心离德。

事后郭振普指导员在政治课上总结道：“我们之所以能够赢得黑峪口战斗，是因为我全体指战员政治素质好，抗日救国的信心强，在握有优良武器、训练有素的敌人面前，不示弱，敢打敢拼；同时，游击战术运用得好，居高临下，先敌发现，先敌占领有利地形，先敌展开，先敌开火，打得敌人措手不及。所以，我们要有信心、有决心，只要我们坚定信念，勇敢杀敌，就一定能够赢得胜利。”

“我们一定能胜利！”战士们都鼓掌赞成郭指导员的讲话。

“一定能胜利！还能多捡大气筒子。”有一名战士忽然想起李怀德不认识掷弹筒的故事，用大气筒子打趣他。战士们都开心地笑了。在战斗后很长一段时间里，大家还风趣幽默地把李怀德叫“大气筒子”。

由于这次战斗打得好，打出了游击队的威风，6 中队消灭敌人、火烧汽车的事迹，在当地人民群众中广为传颂。也由于这次战斗缴获了敌人“扫荡”平北抗日根据地的《作战计划》和其他重要机密文件，打乱了敌人的计划，改变了敌人作战行动，平北游击 1 支队受到军分区领导机关通令嘉奖。

北上海陀山

1942年8月中旬，黎光辉从中国共产党北方局工训班毕业，肩负着平北、冀东开展游击战争的光荣使命，和部分同志从晋察冀的平山县出发了。他们经过灵寿、阜平、曲阳、完县、唐县后，于9月中旬穿过易水旁边的狼牙山，渡过拒马河，翻越铁炉山准备前往平西的房山、宛平、涿县联合县境内。这一路上，躲过了伪军的围追堵截，但是有同志负了轻伤。到了平西，组织上安排了一个僻静的小村，让大家休息养伤。到了10月底，受伤同志的伤基本上痊愈了，临行之际，平北地委副书记武光把黎光辉找了过去。

“光辉同志，这会儿你们几个人返回平北，路上一定要多加注意，沿途的敌人非常狡猾，危险不少哇。所以我特地找两个向导给你们带路。这次去平北，有一封重要的信交给你，一定要当面交给段苏权同志。”

黎光辉伸手接过武光递过来的信，把信封在贴身的衣服里，随后，和梁向民、王勇、王金榜、郗怀亮、姚同华，再加上两个回冀东的复员军人，一行八个人在两个向导的带领下，趁着茫茫的夜色上路了。

黎光辉等人从上方山出发，一路向北，过妙峰山、狼儿峪，翻过长城，经过横岭，逐渐进入康庄地界。八个人长长地呼了一口气，长途跋涉的劳累瞬间消失了。举目远望，平原尽头是连绵起伏的群山。座座山峰，高低错落。其中一座山峰峰石耸立，直插苍穹。

“前面那座山就是海陀山吧?”黎光辉指着那座傲然屹立的山峰问向导。

“是呀，从这儿到海陀山还有八十里。”

“好啊，咱们再有两天就能到了!”黎光辉听了，心里别提有多高兴了。

“两天？黎同志，您别看咱们在山里面走得不慢，但是到了延庆川，咱们还真得更加留意了。您看，从咱们脚下到海陀山的南碾沟都是平原，每个村子鬼子都设有岗楼，鬼子、伪军把守得十分严密。”说着话，向导用手一指，“再往前，就是平绥路。这条道上，白天有护路的伪军，晚上有敌人的装甲列车来回奔驰。咱们十个人就几十发子弹、两个手榴弹，要想过路，得好好动动脑筋。”

黎光辉一听，眉头紧锁：“你这么说，咱们确实得想想办法！”

“要想安全通过，最好还是选择晚上行动。”

“好，那就晚上！”

就这样，大家在康庄西南边的一个小村住了一宿，第二天晚上又上路了。十个人在夜幕的掩护下，悄悄地摸到铁路桥下面的干河套。

这个干河套上方，横架着一座铁路桥。桥下的河套里，碎石遍布。人走在上面，总是窸窣作响。向导让大家把鞋都脱下来，赤脚继续前进。时值初冬，天气转寒，阵阵朔风呼啸而来，戏谑地吹袭着十几个夜行人。大家咬着牙，迈着大步往前走。

距离大桥仅三十余米远了，大家分散隐蔽在草丛里。

忽然，远处传来一阵剧烈的咣当咣当声，接着两道强烈的光柱划破夜空，把铁轨两旁照得如同白昼一般。原来，是一列火车经过，大家借着明亮的灯光，看到两个伪军哨兵扛着枪站在车头上，顺着探照灯的方向四处张望。列车在桥上停下了，探照灯向四周扫视。

躲在草丛里的同志们屏气凝神，两眼紧紧盯着装甲列车。大概照了有五六分钟，列车才咣当咣当地开走了。

大家紧绷的神经松弛下来，陆续从草丛里站起来，穿过铁路桥向前走去。刚走几步，听见路北面传来悠扬的唢呐声。向导高兴地说：“估计附近村里有出殡的，咱们能混过前面的岗哨了。你们在这儿等我一会儿。”说完，向导隐没在黑暗中。

大家蹲在河道中，静静地等着。

不一会儿，向导牵着一头毛驴从远处走来。驴背上有一个垛子，里面放着几把铁锹。他看到大家满脸疑惑，笑着说：“我打听了，村里有个老爷子昨天去世啦，明天出殡。咱们扮成打坑的忙活人，混过检查的伪军岗哨。”

几个人一听，脸上露出了喜悦的神情。

黎光辉看了看大家，严肃地说："遇到敌人，大家一定不要慌！"

"好！"大家一起低声回答。

"出发！"黎光辉一挥手，大家跟在毛驴后边，边走边说着闲话。

"站住，干什么的？"

刚过大桥，前面有人大喊。大家定睛一看，原来是几个伪军。其中几个见远处有人，啪啪地打开了枪栓。

"长官，我们是北官营的，村里有人'老'了，起早打坑去。"

"打坑带毛驴干什么？"

"一看您就没干过这活儿，打坑空手去？十来号人的吃喝和打坑工具，都在垛子里！"向导指着垛子，继续说，"长官，里边有酒，给您留下！"

"好，那就留下！"一个伪军高兴得手舞足蹈，过去就要拿。

平北军分区纪念碑亭

“住手，那是你能拿的吗？饿死鬼！”一个伪军头子大声斥责。

当地习俗，打坑酒肉只有打坑人才能享用，是为了去除晦气，其他人吃了，会带来霉运。

就这样，一行十个人平安越过平绥路。

又走了二十多里地，来到延庆县西南的前后平坊。此时，两个复员军人要奔赴冀东，其他同志前往平北。因前往平北路的向导不熟，姚同华和向导到前平坊找新的向导，其他人在沟里隐蔽等候。黎光辉站在夜幕下举目四望，隐隐可以看见天边连绵起伏的群山。蓦地，黎光辉想起自己在北方局工训班学习时，程子华首长做报告时曾提到平北分区有南北山抗日根据地。黎光辉静静地看着远方的山峦暗下决心，一定要把抗日的烽火熊熊地燃烧起来。

“噔——噔——”

远处的几声枪响打断了黎光辉的思绪，他知道敌人包抄过来了，大喊：“跟紧我，撤！”

几个人急忙起身，跟着黎光辉快速向东转移。后面，枪声、伪军的号叫声响成一片。黎光辉一边跑一边用皮带把衣服扎得牢牢的，因为里边藏着首长武光交给他的信，无论如何也不能让信落在敌人手里，这封信关系着平北的发展和抗日的胜败啊。想到这儿，黎光辉腾出一只手，从腰里就拔出一颗手榴弹，紧紧地握着手里，准备随时扔向来犯之敌。

夜晚光线昏暗，加上道路生疏，黎光辉不时回头提醒大家。后面回应的声音越来越小，黎光辉回头一看，跟着自己的仅有梁向民和一个向导。三人身上共有三颗手榴弹、两把手枪，子弹不足十发。

“节省子弹，万不得已再开枪！”黎光辉利用喘气的间歇回头提醒梁向民和向导。

“我们知道！”梁向民和向导干着嗓子齐声回答。

“他们没武器，兄弟追，抓活的！”敌人见三人拼命奔跑却不开枪，得意地叫起来。

一颗颗子弹闪着火光，像流萤一样从三人身边飞过。

“快跑！别管我，我一会儿去追你们。”黎光辉说完话，俯身倒地，然后向前一滚，藏在一个土坎下。等穷追不舍的伪军跑到近处，黎光辉把唯一一颗手榴弹扔了出去，只听轰隆一声巨响，火光冲天，硝烟四起。黎光辉挺身而起，穿过烟雾冲上前去，捡起炸死伪军的步枪和手榴弹，甩手向后边追来的敌人打了两枪，两个伪军应声倒下。伪军见了，慌忙四散躲避。

黎光辉扛起长枪，飞身越过土坎，大步向前跑去。

“黎同志——”

跑着跑着，黎光辉听到有人叫自己，忙停下脚步，四处寻找起来。“黎同志，我们在这儿。”向导从灌木后边走出来，看了一眼身后的梁向民，又看了看黎光辉说，“我的任务完成了，得赶紧回去找他们，把他们安全送到冀东去。你们注意安全!”

“好，一路保重!”说着，黎光辉和向导紧紧地握了握手。斗争形势严峻，再次见面不知得等到什么时候。有些同志偶然邂逅，分手不久便得悉对方牺牲的噩耗。每逢分别，战士们都会为对方送上满怀深情的祝福。

黎光辉和梁向民踏着月色前行，不知不觉到达佛峪口。一路疾行，追赶的敌人已被远远地甩在了后边。山路虽然崎岖不平，但走起来让人心里增添了一份舒适。长途跋涉将近一夜，肚子咕噜噜地叫起来，身上除了枪支以外，什么吃的也没有了。黎光辉往坡下一看，在一条干沟槽里挺立着一丛丛生豌豆。两人喜出望外，扶着树木滑下去，摘下冻得硬邦邦的生豌豆放进嘴里。一股凉气瞬间溢满口腔，只一会儿时间，馥郁的豆香便在嘴里弥漫开来。两人伸手摘了几把豆子，把口袋装得满满的，然后转身继续向大山深处走去。

翌日清晨，途经苏家河，昔日鸡犬相闻的村子已被敌人烧成一片废墟。两人怀着满腔仇恨翻山越岭，终于在太阳落山时到达分区所在地，把地委副书记武光的重要信件交给了分区首长。

黎光辉就此安顿下来，和平北军民一道掀起了风起云涌的抗日浪潮。

海山长存

延庆南老君堂村的张海山当上了游击队员，心里别提多带劲了，唯一让他觉得遗憾的是手里的这杆土造的大枪，打个三枪五枪的，就会岔了火：要能缴获一支好枪，杀起鬼子才更带劲。

夙愿总会得偿。1942 年秋天，县城敌人要往柳沟据点运送鬼子援兵。此时张海山已经是游击队的副队长了，他带着三十多名游击队员连夜在井庄村边、路口埋上地雷。第二天拂晓，一辆载满全副武装的鬼子兵的卡车进入了埋伏区。随着一声地雷的爆炸声，顿时浓烟滚滚，鬼哭狼嚎，鬼子兵晕头转向哇啦哇啦地乱作一团。经过二十多分钟的激烈战斗，全歼鬼子兵二十名，缴获两挺机枪和二十多支步枪、子弹三箱、白面八袋、高粱米八麻袋，最后烧毁了敌人的汽车。

小小的伏击战，圆了张海山的梦想。当天回到根据地，经过领导批准，张海山终于得了一支“三八大盖”。这下可把张海山高兴坏了，他恨不得把枪藏起来，别人要想看看都不成，生怕有人摸脏了擦拭得锃亮的枪身。

晚上，游击中队照例要开会，张海山坐在地上擦着枪，听着领导说话。与往常不同，今天领导没给他们讲文件，却打开话匣子，说起了故事：“同志们，就在去年的 9 月份，晋察冀根据地出了五名英勇的战士。敌人在狼牙山地区‘清剿’，第 1 军分区第 1 团第 7 连奉命掩护机关、部队和群众转移。完成任务后，为甩掉尾追的日军，让第 6 班掩护全连撤退……”

张海山边擦枪边听着领导绘声绘色的讲述，渐渐地停下了手里的活儿，聚精会神地听了起来。

“这个班的五个人坚定沉着，把日军诱向狼牙山。他们五个人连续击退日军四次冲击，毙伤日军九十余人。最后，在子弹耗尽、日军蜂拥而至的情况下，毅然砸毁武器，跳下悬崖。”

全队的队员都愣愣地坐在那里，突然有一个战士振臂高呼了一声：“打倒日本帝国主义！”整个游击中队的战士们，一同举起拳头，“给五位同志报仇！”

“同志们，今天给大家讲这个故事，就想让大家记住毛主席的话：武器是战争的重要的因素，但不是决定的因素，决定的因素是人不是物。”

张海山心里默默地重复着领导的话：“决定的因素是人不是物。”他突然觉得自己的脸上热热的，自己总想得到一支好枪，可是没有过硬的思想，没有想把鬼子打回老家去的决心，再好的武器又有什么用呢？

自从那晚听完故事，张海山工作起来更有劲了，这劲头比得到那支“三八大盖”还要大。

1943 年农历十一月的一天，张海山带领四名游击队员，化装成农民，怀揣手枪和手榴弹，准备去柳沟敌据点执行侦察任务。傍晚出门，走了半个钟头便看见了井庄村。村里的张端祥是拥军家属，明着是敌人的粮秣，暗中给游击队送信。战士们每次到了井庄，一定要看看这位慈祥的老人。战士们一见到张端祥别提多亲了。张端祥夫妇也把战士们当成自己的孩子一样，忙着烧水做饭，又把自己的儿子儿媳派出去放哨。不大一会儿，热腾腾的小米饭就端上了桌，可战士们谁也不肯动筷子，急得张端祥老两口直搓手：“我的儿啊，你们来俺家还客气个啥？上炕吃饭这是老规矩了！快动筷子啊！”

张海山看着老两口，眼睛里泛着泪花：“大叔、大婶，我们出来时吃饭了。现在这么困难，你们全家攒的这点小米留着过年，我们舍不得吃……”

“这是说的什么话？你们打鬼子、除汉奸，命都舍得，俺们这点小米算个啥？吃了也得再吃点！”

屋里正在推让，张端祥的儿子跑进来：“爹！不好了，有一队伪军进村了！”

战士们抄起武器就要往外冲，却被张端祥拉住了：“不行，别硬拼。他们说不定就是过路的。快！躲窖里。等他们走了再出来。”

老伴和儿子带着战士们躲进了山药窖，只能听见院外杂沓的脚步声。

“老张头，这月的款子凑齐了吧？”

“老总，这寒冬腊月的家家都不好过啊！”

“不好过，你家还能吃上小米饭？”

“这些米饭是招待亲家的。”

伪军扫了一眼桌子，厉声喝道：“不对！你家有外人！”

山药窖里的张海山拉上了手枪上的顶门火，只要外面有动静马上冲出去。

此时，就听张端祥缓缓地说：“五个，没错。您算算，我、老伴、儿子、媳妇再加上一会儿来的亲家，这不是刚好五双筷子！”

张端祥的一席话，把伪军说得理屈词穷。伪军呵呵地笑着说：“张粮秣，别着急，我们是执行公务嘛！款子您继续催，一会儿您这儿来亲戚，我们就不打扰了。”说着带着人走出了张家的大门。

等了好半天，没听见动静，张端祥才把张海山和四名战士放出来。“海山，不是大叔不留你们，看样子，他们是叫人去了！别耽误，快走！”

张海山拉着张端祥的手：“大叔、大婶，给你们添麻烦了！等我们完成任务再回来看您二老。”说着话，五名战士翻过张家的矮墙，向柳沟方向跑去。

张端祥一点没有猜错，几个伪军觉得张家有些蹊跷，又不敢随随便便就说村里粮秣家藏着八路，跑回据点向日军做了汇报。日伪军二次来到张家时，扑了个空，但狡猾的日伪军顺着几人留下的足迹也向柳沟方向追了下去。

当张海山带着战士们走到柳沟南城外时，日伪军追赶上来。张海山见敌众我寡，带着战士们向村南转移。敌人边开枪边喊：“抓土八路，抓活的！”

张海山知道这附近地势开阔，对己方十分不利。唯独三里外的果树园村西有座河神庙梁山。这座山为墩台形，海拔约六百米，山高坡陡，草木丛生。只要进了山，就可以利用熟悉地形的优势躲避敌人，于是对战士们说：“去河神庙梁山，在山里打游击，绕晕敌人。”

“万一跑不了，咱们就学狼牙山五壮士，誓死不投降。”一个游击队员说出了所有人的心声。

张海山五人边快速向山梁转移边向敌群扔出两颗手榴弹。滚滚浓烟只将敌人阻拦片刻，很快五六十日伪军开枪冲上来了。张海山等人跑上了河神庙梁山，可狡猾的敌人分兵两路，一路紧追不舍，一路跑到西山，架起机枪对准河神庙梁山。敌人将五名游击队员包围起来，豺狼般高喊着："冲呀，抓活的。"很快收缩着包围圈。

"别放弃，往山上跑，宁死不投降。"张海山用"狼牙山五壮士"精神鼓励大家，要坚持抗战到底。

张海山五人攀登到半山腰时，将仅存的几颗手榴弹向敌人扔去，十几个敌人被打倒了，其他敌人四散躲避。张海山他们乘机继续往山头上攀登。可是敌人很快重新聚拢在一起，叫喊："他们没手榴弹了，也没子弹了，快追！"

在精疲力尽和弹绝的情况下，四名游击队员先后壮烈牺牲。张海山也受了伤，他的左肩中弹，疼痛难忍，他想：只要我还有一口气儿，也要抗战到底！宁死也不投降。

他继续勇敢地向山头攀登，终于气喘吁吁地攀登上了山头。可是敌人从四面八方追到山头，张海山知道自己已陷入重围：党的秘密不能让敌人得到。他从身上掏出"密文"用火柴点燃，烧掉，"密文"还在冒着青烟儿，敌人就冲上了山头："哈哈，要想活命，赶紧投降。"

"想得美！死也不投降！"张海山举起手枪，将最后一颗子弹射向自己的太阳穴。年仅三十一岁的英雄，英勇自尽，为国捐躯。

很多日伪军都是被敌人抓去当兵的，他们的良心并没有完全泯灭，看见血泊中的张海山：棉衣被荆剐破，双脚被棘扎伤，肩部受伤，太阳穴中弹，他们暗暗佩服："土八路好样的，英雄呀！"

现如今，英雄牺牲的这座山上，长满了挺拔茂盛的青松翠柏，松涛阵阵，百鸟齐鸣，永远陪伴着英雄的英灵。

10团两次打柳沟

延庆柳沟，位于延庆城东南三十里，别名“凤凰城”。据传，大明太祖皇帝巡幸北方，见柳沟景美如画，遂登山远眺。以古城形似凤凰展翅欲翔之状，乃赐名“凤凰城”。柳沟古为长城关隘，作为居庸关外的一个重要门户。在明清时期为屯兵驻地，至今保留有城墙、城门、古庙等遗迹。柳沟西靠九龙山，东邻燕羽山，两山之间的开阔地带成为乡民繁衍生息的厚土福地。抗日战争时期，在村西两里处的西梁上，八路军打过两次漂亮的大胜仗。

日军在延庆所挖封锁沟

1943年7月，柳沟据点内的伪蒙疆大队，为了防止八路军袭击和封锁，强行抓了六百多民夫，沿着延庆南山根据地构筑一条封锁沟。敌人每天早上七点，便派出一个三十多人的小队到柳沟西梁占领阵地。他们居高临下，一方面监视民夫劳动，一方面防止八路军袭击。

八路军10团的王亢

团长得知情况后，决定消灭敌人这个小队，粉碎敌人的阴谋。他命令10团2连在西山制高点上担任掩护任务，1连埋伏在山鞍部担负歼敌任务。1连连长周德礼接到任务后，命令队伍深夜三点从马场川出发，一路疾行，于四点到达伏击地域。

周德礼仔细查看了地形，对指导员王非和连队干部说："根据柳沟地形特点判断，如果在山鞍部埋伏，位置过于靠西，容易打成击溃仗；如果在山鞍部和柳沟敌据点之间埋伏一部分兵力，就能将敌人的这个小队全部歼灭。"

"我也是这么想的。"指导员王非点点头，赞许地说。

见大家没有异议，周德礼派副连长李成忠率领1排埋伏在山鞍部，防敌占领有利地形顽抗和逃窜；周德礼率领连主力埋伏在敌人必经之路的南侧山鞍部东侧新挖的封锁沟里，待机歼敌。这样不仅可以隐蔽兵力，而且可以断敌退路。连里六挺轻机枪、一挺重机枪和全连的武器都能对敌人进行水平射击，地势非常有利。部队埋伏好后，静静地等候敌人上钩。渐渐地，东方露出一抹鱼肚白。柳沟据点敌人的起床号声、出操的口令打破了山村的寂静，传到八路军战士耳边。战士们暗下决心，一定要把敌人消灭在封锁沟里。

早晨七点钟左右，敌人的那个小队照常排成一路纵队，身背长枪、机枪，走出柳沟据点，直奔八路军埋伏地域而来。不一会儿，敌人不知不觉地进入埋伏圈。敌人的三个尖兵快要到达山鞍部一排埋伏的位置时，周德礼用小旗发出信号，令部队占好射击位置，等敌人完全进入埋伏圈。战士们隐藏在草丛中，紧紧盯着一个个走进埋伏圈的敌人。终于，敌人全都走进了埋伏圈。周德礼"打"的命令刚一下达，全连所有火器同时开火。几挺轻机枪组成密集的火网，弹雨打得封锁沟里烟尘四起。手握长枪的战士们纷纷把仇恨的子弹，如雨点般射向敌人。敌人做梦也没有想到，八路军会在离敌据点这么近的地方打伏击，一个个抱头鼠窜。敌小队长负隅顽抗，命令他率领的两挺机枪射手进行射击。敌机枪手卧倒在偏坡上，漫无目的地胡乱射击。1连2排从右翼，3排从正面同时向敌人冲击，一步步向敌人包围过去。战士们要瓮中捉鳖，一举歼灭敌人。

短短的三分钟时间，八路军全歼敌人小队。经统计，共毙敌二十八人，缴获轻机枪两挺、步枪十多支、战刀一把。八路军无一伤亡。

柳沟伏击战，王亢团长战机抓得好，周德礼连长地形选择得好，战士们火力发挥得好，天时地利人和占全，取得了胜利。漂亮的伏击战，严重挫败了敌人的士气，从此不敢再嚣张了。

柳沟伏击战，可以看成是一次演练，为端掉敌据点扫清前进路上的障碍。时隔几个月，10 团攻克敌据点的大幕逐步拉开。

柳沟是日伪的重要据点。五十多个日伪军驻扎在据点里，并在村西北玉皇山上修筑工事，还经常到南山“讨伐”八路军。随着抗日力量的壮大和发展，住在柳沟据点里的伪警察怕得要命，白天荷枪实弹地出去“扫荡”，晚上就龟缩在土围子里和北城头炮楼里。只有东西南三座城门，由三十多个伪自卫队员看守。

1943 年 11 月，天寒地冻，凛冽的西北风呼呼地刮着，枯枝无力地吱吱作响。王亢团长指挥 10 团主力的三个连，在部分游击队员及民兵配合下，准备利用特殊天气攻克柳沟据点。按照部署，两个连和部分游击队员、民兵包围据点，一个连在柳沟西梁做掩护。

20 日夜里，游击队、民兵利用熟悉的地形，割断了敌人通往县城的电话线。随后，在柳沟北城外路口布下了地雷阵，准备让慌不择路逃跑的敌人尝尝“铁西瓜”的滋味。外围工作完成后，部队迅速包围了柳沟城。八路军两个连从东西南城门闯进城内，一举歼灭了伪自卫队。

21 日凌晨，王亢派冯营长由伪甲长做向导，去土围子与伪警察队长李矮子联系谈判投降事宜。这个李矮子顽固不化，拒绝谈判投降。王亢气愤地说：“他不投降，咱就打！软的不吃吃硬的，给他点颜色看看！”

下午两点，王亢下达命令。早已隐蔽在中街房顶的战士，用步枪、机枪、枪榴弹对准土围子、炮楼进行猛烈的射击投弹。枪声大作，硝烟四起。战士们一边打，一边向敌人开展政治攻势：“中国人不打中国人，你们被包围了！快投降吧！缴枪不杀，优待俘虏！”敌人凭着据点易守难攻，不断地往外扫射。

战斗打到下午三点，八路军闯入关公庙的大乡院，活捉十二名汉奸特务和大乡人员，缴获长短枪十支和部分军用品，烧毁了坑害百姓苛捐杂税的账目和文件。

22 日拂晓，驻延庆县城的敌人纠集延庆、康庄三百多个日伪援军，妄图夺取西梁阵地，吃掉八路军。早已埋伏好的战士居高临下，从早晨七点打到下午两点多。经数次激战，战士们细小的枪口喷不完满腔怒火，手榴弹凌空爆炸，短促连续的爆炸声震耳欲聋，横飞的弹片呼啸而下。日伪军被打得像无头的苍蝇，东一头西一头地乱撞。战士们越战越勇，一次次把敌人打得溃退下山。日暮降临，敌人不敢恋战，趁着天黑前的微弱光亮，狼狈逃窜回县城去了。夜入子时，北风肆虐。柳沟据点里的敌人见援军迟迟不到，骑马偷出北门仓皇逃窜。不料，被事先埋好的地雷炸死炸伤十余人。有的逃到老君堂村边，被游击队、民兵截击，歼敌十数人。狡猾的

柳沟城门

李矮子带着二十个残兵败将，逃到县城找日伪军庇护。

23 日，抗战军民趁热打铁，拿着锨镐等工具拆毁了柳沟炮楼、土围子和城墙。这个盘踞在柳沟村的据点，一夜之间变成废墟。大家一面拆，一面说着笑话：“咱们的老 10 团真行，剥了狗皮，烧了狗窝。”

24 日，驻扎在延庆县城的日伪军不甘心灭亡，做垂死挣扎。他们调动五百多日伪军，向玉皇山和柳沟一带进攻。八路军按照毛主席“敌进我退”和“敌疲我打”的作战方针，掩护群众迅速转移到燕羽山上，留了个空村给敌人。敌人扑个空，追至玉皇山和柳沟，被地雷炸死炸伤二十多人。敌人见他们的“狗窝”和城墙被拆毁，没法再住了，一气之下抓走无辜百姓赵红文、段二计等十三人，抢走许多牲畜、粮食和财物，进行疯狂的报复。同一天，敌人三个连向燕羽山下的果树园、口子里、小金房进犯。八路军猛烈攻击，歼敌五十多人。

连续几天战斗共歼敌近二百人，缴获大批武器。从此，敌人再也不敢轻易向柳沟一带进攻“扫荡”了，形似凤凰的古城又恢复了从前的宁静。

回马枪

抗战时期，平北根据地流传着“天不怕，地不怕，就怕王亢一咬牙”的说法。军民浅显形象的话语，勾勒出八路军10团团长王亢的飒飒雄风，展现出骁勇善战、坚毅果敢的指挥员形象。10团战士每次临战，看到王亢团长“一咬牙”，就如出山猛虎，直扑敌阵，像离弦之箭，疾射敌心，打了一个又一个漂亮的伏击战、阻击战。当地老百姓称王亢为“老王亢”，以表达对他无限的尊敬和爱戴。一个特殊的称呼，拉近了军民的距离。

王亢原名王兴民，1911年4月18日，出生在辽宁省营口市后邱家坎子村王家庄的一个贫农家里。家里仅有四亩薄地，生活十分拮据，遇到天灾人祸，收成不佳，连口饱饭都吃不上。他排行第七，出生后母亲没有奶水，靠高粱和玉米面糊糊喂养。他四五岁了，还没有穿过裤子，隆冬季节，只能蹲在火炕上取暖。俗话说，男孩不吃十年闲饭。王亢还未满十岁，就给富裕人家放牛、放羊。大哥看他年龄这么小就懂得替家里分担困难，感觉将来一定会有出息。征得父母同意，全家省吃俭用，把王亢送到学校读书。

王亢学习刻苦，成绩优异。小学毕业后，于1930年考进海城讲习师范继续深造。在这里学习，费用要比小学时高得多，家里又要生活，又要供他读书，日子过得更加艰难。两难之下，全家商议，最终决定把仅有的四亩薄地典卖出去，继续供王亢读书。时至1931年3月，家里再也无力供养，只能让王亢退学。

王亢离开海城讲习师范后，一个有钱人看他是个人才，于1931年4月，主动出资，介绍他加入东北航空军技术班学习。不久“九一八事变”爆发，东北沦陷，东北航空军技术班迁入北平南苑航空学校，王亢跟随来到北平。

1937年2月，王亢又经人帮助，进入北平东北大学南校补习班学习。

此时正是北平抗日救亡学生运动向纵深发展时期，东北大学又是“一二·九”运动发起校之一，王亢长期被压抑的抗日爱国热情一下子爆发出来。他积极参加抗日救国和抵制日货运动，并为东北大学南下请愿团做后援工作。

王 亢

同年，王亢参加了中华民族解放先锋队，并光荣地加入中国共产党，历任晋西北抗日先锋总队中队长，平西抗日联军参谋。

1940 年 1 月，王亢担任晋察冀军区第 10 团 1 营营长。5 月 20 日，为实施冀热察挺进军提出的“巩固平西，坚持冀东，开展平北”的任务，在团长白乙化的指挥下，王亢率 10 团 1 营挺进平北，开辟丰滦密抗日根据地。途经沙塘沟，将前来堵截的伪满军击退，击毙重伤六十多个敌人。王亢卓越的指挥才能，在战火中得到淬炼。

1941 年 2 月，白乙化团长在密云马营战斗中不幸牺牲。三十岁的王亢临危受命，继任第 10 团团长。王亢面对国土沦陷，同胞惨遭日军蹂躏，自己爱戴的领导、亲密的战友白乙化团长被敌人罪恶的子弹夺去了生命，怎能不激起咬牙切齿的痛恨？况且，作为一个指挥员，只有具备所向无敌、有进无退、冲锋陷阵、气吞山河的气势和咬钢嚼铁的顽强意志及刚毅品格，才能把部队熔炼成钢铁队伍，才能把士兵锻造成钢铁战士。

1943 年初，王亢率领 10 团，奉命转战平北昌延地区，一直在寻找和创造歼敌机会。敌人也在变着法儿想吃掉10团，其间既有短兵相接时的厮杀，又有酷似捉迷藏般的智斗，当然更多的是两者兼而有之的较量。半年时间过去了，尽管王亢他们采取灵活机动的战略战术，但还是没有歼灭或重伤更多敌人，因而这个地区的形势也并没有发生对八路军有利的实质性变化。

平北地区是伪满洲国、伪蒙疆、伪华北政府三个伪政权的接合部，伪蒙疆联合自治政府，是日本操纵设置的一个傀儡政权，在日军的驱使下经常进犯平北地区，与抗日武装作战。驻延庆县城的伪蒙疆骑兵大队，凭借着剽悍的战马，时不时地突然袭击、包围某一个村庄，给10团的活动、地方工作的恢复造成了极大的困难。怎样拔掉这个钉子、铲除这个毒瘤，是摆在10团面前的一个十分棘手的问题。10团曾几次寻找机会歼灭他们，但都未能奏效。

1943年6月上旬的一天上午，王亢和曾威率领10团的1、2、4连正在延庆县东南方向十六里处的老银庄一带活动。伪蒙疆骑兵大队闻讯突袭，妄图凭借精良的装备一举"剿灭"10团。

老银庄在延庆山区，东西南三面群山起伏连绵。当伪蒙疆骑兵大队突然袭击时，10团借助这里的有利地形，沿着东山沟，越过窑湾东梁，往瓦庙村的石亩梁转移。骑兵可以在平川地带横冲直撞、信马由缰，然而到了山区就寸步难行。敌人看到10团战士从南山马场川退走了，以为把他们撵走就万事大吉了，就停住不走了。此时烈日当头，热浪阵阵。敌人人困马乏，准备在村里吃饭。他们闯进村里，把马拴在树上，挨门挨户搜罗米面蔬菜，生火做饭。老百姓敢怒不敢言，任凭敌人抓鸡撵狗。一时间村子里鸡犬乱叫，马嘶长鸣，还伴有喊叫声、小孩的啼哭声。

王亢率领10团刚转出去不远，看到敌人没有来追赶，智勇双全、心思缜密的王亢，登上附近最高的一道山梁，用望远镜眺望老银庄。当看到村中这幅情景时，他心中一动，既憎恨敌人践踏百姓的恶行，又觉得这是一个天赐良机，立即决定来一个"敌驻我扰、敌疲我打"的游击战。王亢同曾威商定，以奇袭手段痛打老银庄之敌，两人一拍即合。王亢当即指挥一连迅速抢占老银庄村东小山梁，以火力猛袭村中之敌。2、4连由村东南向西迂回包抄，切断敌人后路，防止逃跑。

当王亢带领部队翻过石亩梁，顺沟下到窑湾直奔老银庄东山时，便被敌人在山上设置的一名便衣侦探发现了。侦探惊呼一声，扭头就往村中跑，没跑几步，被战士一枪击毙。

在村里的敌人做梦也没想到10团会杀个回马枪，正当他们想饱餐一顿时，10团如神兵天降。毫无防设的敌人乱作一团，有的端着饭碗被击毙，有的扔下啃了一半的鸡腿，拼命逃进了村外的庄稼地里。二连战士见此情况，以迅雷不及掩耳之势抢占了有利地形，展开火力对准村中之敌猛烈射击。战士居高临下，怀着对敌人的刻骨仇恨，机枪、步枪、手榴弹，一起飞向敌群。子弹如雨点般飞落，手榴弹就地开花，枪声爆炸声交织在一起，响彻山间。机枪炮火，震得拴在树桩上的马匹挣脱缰绳，狂奔乱跑。敌人还没有顾得上骑马逃跑，一部分就脑袋开瓢，尸体横卧，扑通扑通地倒下了。残余敌人如热锅上的蚂蚁，漫无目的地东躲西藏，腿快的敌人慌不择路，要从西梁逃跑。当他们惊慌失措地逃到梁头时，又遇10团4连阻击。一群群敌人冲上来，被子弹打得东倒西歪，到处乱滚。有的要从大庙口子逃走，王亢立即命侦察连的两个排，绕路来到冯家庙村南，配合游击队，截击溃逃之敌。游击队民兵早已在这里布下了地雷阵，地雷发挥威力，石破天惊，敌人被炸死炸伤二十多人，其余的举手投降，做了俘虏。

10团2、4连包围圈拉得太大，收拢不及，又加上东北面有高山寺敌人据点，王亢团长担心腹背受敌，未能在此方向设置兵力，致使溃逃之敌从老银庄经达默口子逃回延庆县城。整个战斗，10团一名战士牺牲，毙敌十多个，其中有一个是日本指导官，缴获战马二十多匹，步枪、弹药一部分。

战斗结束后，有一个特务藏起来未能逃走。10团撤离后，村民们发现特务后，用石头把他砸死。10团撤离后的第三天，敌人重新返回村里，用老乡家的木柜装走被打死的日本指导官尸体。

战场上惨烈的搏杀，是敌我双方人员、装备、智慧等诸多因素的残酷较量。10团巧杀“回马枪”，蒙疆骑兵大队遭此打击，不久又在柳沟西山被八路军设伏，全歼该敌一个排后，其嚣张气焰完全被打下去，以后再也不敢单独出来骚扰村庄了。

鼙鼓动地，鼓噪入耳；抗敌御侮，思良将出。王亢带领10团英勇奋斗，一往直前，连续袭击攻打敌人据点、车站、警察所，不断刷新歼敌纪录。10团在王亢的带领下，打硬仗，打恶仗，打险仗，谱写了抗战的传奇。王亢带出了10团英勇顽强的战斗作风，勇于刺刀见红，手榴弹开花，敢于死打硬拼，打出了八路军的军威。

白刃战

早春平北的田野山峦，显得特别空旷。西北风照旧钻进了延庆川的群山，在山峰和沟谷间尖厉地呼啸着，似乎把裸露的岩石都冻裂了。户外活动的人，嘴上都像叼着个烟袋，呼呼地冒白烟。王亢命令分散在各地的连队进行刺杀训练。战士只有一身单衣，不活动活动就会冻死人，仅有的一两件棉衣，只能给上岗的哨兵穿。王亢笑着说："与其让战士们冻得乱蹦乱跳，不如练练刺杀，既练出一身汗又提高了战斗素质。"

只穿着一件单衣的副政委曾威冻得病倒了，高烧到了三十九度。

王亢一发愁就爱骂街，他骂天骂地骂西北风骂小鬼子，把老天爷和小鬼子的先人都骂了一遍。曾威从昏迷中醒来，听见王亢还在骂街，便抱歉地说："团长，我这一病，担子都放在你身上了，我这身体太不争气……"

王亢眼一瞪："谁没个头疼脑热的时候？再说就算是有点小毛病也不影响你曾副政委的判断力。"

曾威有气无力地笑答："你少给我戴高帽……"

"得想点办法啦！咱们从丰滦密转战到平北，棉衣还是小事，挺一挺也就过去了。最严重的是弹药问题，战士们的子弹袋都要空了，小规模战斗将就着打，如果有个大一点的战斗，我怕都打不起啊。"

1943 年正是战争最艰苦的时候，敌人重兵把守交通要道，妄图把海陀山军分区司令部困死在山上。军分区兵工厂的生产举步维艰，造枪弹的原材料运不上去，造好的武器送不出来。再加上 10 团刚刚从丰滦密地区转移回来，还没有和北山建立起密切的联系，现在只能自己想办法。

"我带着 1 连、2 连、4 连，这几天一直在南山上转悠，就盼着能碰上鬼子和伪军。碰上了少开枪，多近身战，夺他狗日的武器回来……"

"其实你在安排部队进行刺杀训练时我就想到了。"曾威稍稍翻了个身，“看看你安排的那些科目，单兵对刺，一对一、一对三对刺，当时我就猜出来，你打算在适当的时机、适当的地形条件下打一场白刃战。鬼子擅长白刃战，据说，他们最反感的是八路军在白刃战中开枪射击，认为这有损于一支正规军队的荣誉。我猜想，你希望能用事实证明，八路军的刺杀技术和勇气丝毫不逊色于日本军人。”

王亢点点头：“对，是这么想的。要我看，日本步兵那两下子刺杀技术根本上不得台面。咱们10团从平北打到冀东，又从冀东杀回平北。战士们不怵鬼子，再加上近期重点进行刺杀训练，我想一定能打赢几次近战，多缴点武器，今后有的是用场。”

曾威接着说：“选择地形是个关键，首先需要一个加强营的兵力能从隐蔽地点迅速展开，在日军没来得及组织火力反击之前，以迅雷不及掩耳的速度冲上去和敌人绞在一起。这种战术的前提是，尽量缩短冲击距离，最好限定在五十米内，这样一分钟之内就冲上去了。一旦和敌人绞在一起，他们不想拼刺刀也由不得他了。”

王亢眉开眼笑地说：“你看，一套完整的作战方案已经出来了嘛。曾副政委，你做好事做到底，帮我想想伏击地点选在哪里。”

曾威揶揄道：“得啦，别假谦虚了，这是你的作战方案，我不过是替你说出来罢了。你也别卖关子了，前些日子你带1连、2连、4连在南山那边转悠，我就知道你想干什么。”

王亢喊道：“知我者，曾威也。”

“不过我要提醒你一句，万一情报不准，鬼子的作战部队不是一个小队，而是一个中队或一个大队，你怎么办?”曾威问道。

“狭路相逢，勇者胜!”

一天下午，王亢继续带着1连、2连、4连在南山那边转悠。刚进驻石河村，侦察员跑到王亢面前，气喘吁吁地说：“报告王团长，一个中队的鬼子和二百多伪军从永宁镇向延庆县城走来，估计他们已经发现我们就住在石河村了。”

王亢一推帽子：“他娘的，来得这么快。1连长马上通知各连，准备战斗。”

说罢，王亢带着警卫员登上了不远处的山坡。北坡上冬日的积雪还没完全融化，南坡又被早春的北风吹得干燥而坚硬。山口的风比山下更硬，仿佛能把人的脑子吹僵，连思维都凝固住。路边几棵孤零零的槐树在风中摇曳着，时而可以听到树枝的折裂声，偶尔一截树枝被寒风吹落到地上，砸在潜伏的战士们背上。

王亢却巍然屹立，目不转睛地盯着山下蠕动的敌人。然而出乎王亢的意料，敌人竟一枪没有放，对山上的情况毫不关注，笔直地朝着延庆县城方向走去。山里的天比外面黑得快很多，没一会儿的工夫，太阳已经偏下了西边的山头。

几个连的百多号战士一动不动地趴在公路两侧的山坡上，他们进入潜伏位置已经有三个小时了。王亢冻得两排牙在不停地撞击，他用不连贯的声音对着被冻得脸色发青的1连长说："这……是……他娘的……啥情况？"

夜风中，王亢强迫着自己不要去注意寒冷，拼命地思考着：难道是敌人没有发现我们吗？不对，相距这么近，我已经清清楚楚地看到了他们，他们难道看不见我们吗？难道是他们害怕了？自从1942年下半年以来，整个平北地区的敌人，甭说是鬼子，就连伪军都猖狂得很呢。

王亢挺起身，依靠在槐树上，举起望远镜，重新审视脚下石河村的地形。石河村位于柳沟村东北四里远，在东大山的山脚下，永宁至延庆的公路从它西北方向通过。夜间，假如敌人从四面包围这里有交通之便，而此地却无险可守。

王亢急得向槐树上狠狠砸了一拳，震动着干枯的枝丫在风中乱摆："1连长，马上通知所有人，撤退！立刻通知，越快越好。"

"还有，要封锁消息，小心地撤退。"

王亢心中暗骂："小鬼子现在学得越来越滑头了，白天假装看不见，想等到晚上把我按死在这儿……"王亢带着部队迅速从石河村转移了出去，连夜来到据石河村西南约四里远的玉皇山。玉皇山南北走向、道路险峻，而且之前10团多次来过此地活动，地形熟悉，群众关系也好。

队伍一到玉皇山，王亢马上把战斗力最强的2连派到玉皇山顶峰。筑好工事，做好迎击敌人的准备，1连、4连埋伏在左右两侧。

10团刚刚从石河村转移不久，敌人就迅速地将石河村紧紧包围起来。原来这伙敌人正像王亢猜想的一样，并没有真正回到延庆城里。敌人发现了正在石河村隐蔽的八路军，也看到了石河村附近的地形。他们暗想：与其当时动手，不如让八路军集结完毕，扎扎实实打个歼灭战。于是敌人走到半路，又借着夜色掩护反转回来，扑向石河村。

敌人做着一网打尽的美梦，满心欢喜地以为，这下八路军一定会中计。他们哪里知道，八路军早已离开石河村。

扑了个空的敌人恼羞成怒，他们根据以往八路军的行动习惯，判断八路军应该转移到了柳沟。于是敌人又向柳沟西山扑来，然而险要的玉皇山成了敌人进攻的巨大障碍。当敌人来到玉皇山西坡底下的奚官营的时候，10团的战士正在枕戈待旦地等着他们到来呢。

天刚蒙蒙亮，敌人就开始由奚官营村顺着玉皇山西坡，急不可待地发起了进攻。据守主峰的2连连长曾哲、指导员郭声九率领战士，凭借着有利地形，居高临下英勇抗击着进攻的敌人。

战斗开始前，王亢曾反复叮咛2连："记住，你们的任务是吸引敌人进入我们阵地。子弹省着用，确保弹无虚发，尽可能牵着敌人往上走。"

2连只有六挺歪把子机枪和一挺重机枪，歪把子机枪是过去战斗中缴获的，重机枪是从打落的日本飞机上拆下来的。他们手中的子弹也是"定量供应"，不能痛快地开枪射击。但机枪手都是神枪手，他们小心瞄准，准确射击，子弹飞出，在一个个敌人身上穿出海碗般的大血洞。

敌人也被打红了眼，凭着他们引以为傲的武士道精神，不断地进攻。突然间，轰隆一声巨响，敌人脚下的枯草在一瞬间被掀开，敌人的队形当即便被打乱。10团1连、4连的战士潮水般冲上阵地，一排排雪亮的刺刀出现在敌人的眼前。在突如其来的打击面前，训练有素的日军士兵迅速做出了反应，他们嗷嗷地吼叫着，向我们的战士冲过来，哗哗的拉枪栓声响成一片，黄澄澄的子弹从枪膛里跳出来，掉在地上。训练有素而又墨守成规的日本士兵，百忙中也没有忘了在白刃战前要按《步兵操典》退出子弹。就这么一眨眼的停顿，有几十个敌人手脚稍微慢了些，被10团战士的刺刀捅了个透心凉。顷刻间，身穿黄色军装的人群和身穿灰色军装的人群绞作一团。

这是一场硬碰硬的肉搏战。双方都杀红了眼，刺刀相交的铿锵声、枪托击中肉体发出的闷响声、濒死者的惨叫声、杀得兴起的吼声……响成一片。军人的意志、勇气和战斗技巧完美地结合。

敌人的尸体一具具地倒在山坡上，那些受了伤的跌跌爬爬地往回滚，大日本皇军不可战胜的神话，被他们自己的丑态戳破了。而距此不远，驻扎在高庙屯的伪蒙疆军，听到了战场上的厮杀声，但是他们嗅到风中飘过的血腥，假装什么也没听见，什么也不知道，没有一个人敢来增援。

敌人不知道死伤了多少，10团的侦察员远远地看到，奚官营村二十多户村民家的门板都被敌人卸下来，去抬尸体。

这次战斗以后，10团又在古城和艾河滩与敌人发生了两次战斗。一共缴获了轻机枪两挺，其中还有一挺是新式的歪把子，步枪、子弹不计其数，极大地补充了10团的武器装备，为接下来的反攻做足了准备。

“……没有枪，没有炮，敌人给我们造！我们生长在这里，每一寸土地都是我们自己的，无论谁要强占去，我们就和他拼到底！”10团的战士们唱着胜利的凯歌，从一个胜利走向更大的胜利。

活捉赵海臣

1943 年深秋，凌厉的西北风阴冷而萧瑟。王亢率领的 10 团团部和昌延联合县领导机关都活动在果庄、北地一带深山区里。

果庄东北方向五十多里是延庆大庄科村，那里驻守着伪满洲军 35 团 2 营，少校营长叫赵海臣。赵海臣这个大汉奸真是恶贯满盈，是个杀人放火无恶不作的禽兽，群众称他是“见东西就抢、见房就烧、见人就杀的铁杆汉奸”。他是辽宁黑山县人，原是东北占山为王的土匪，烧杀掠夺，残害百姓。后来日本人占领了东北地区，他投靠日军，当上了伪满洲军驻四海 35 团的营长，更加残暴嚣张，诡计多端。每次出去“扫荡”，他都扮成士兵模样，悄悄地溜出，又偷偷地溜回，使人弄不清他的真实面目和行踪。

汉奸赵海臣在周边县的一些村庄“搜剿”袭扰，敲诈勒索，杀人放火，干尽了坏事。老百姓对他恨之入骨。赵海臣经常率部侵扰怀柔的黄花城、黄坎、沙峪、渤海所、慕田峪、三渡河等地区，一次他们在十天中疯狂对渤海所“扫荡”十次，搜捕滦昌怀顺地区的县长、区长肖尊一、李芳伶、卢化民及其他抗日军民。还有一次，赵海臣得知苇店村将一批军鞋送到北沟村，立即派兵将北沟村农会主任曹进祥抓到渤海所严刑拷打，逼问军鞋藏到哪里去了，抗日干部藏在什么地方。在延庆，仅在大庄科村，他就杀害抗日干部和群众十多人，他的双手沾满了人民的鲜血。他乘王亢团长不备，带着队伍偷袭了八路军在立石沟村的团供给处，抢走为部队准备的几百套过冬棉衣。

抢走了八路军的军需供给，让赵海臣的反革命气焰益加嚣张，口出狂言：“我要像捡芝麻一样，一个一个地捡老 10 团，最后要把王亢捡到手。”

汉奸赵海臣真是鲁班门前弄大斧——不知天高地厚。王亢团长善于打游击战和伏击战，在平北地区打过不少漂亮仗，因而当地老百姓流传着“天不怕，地不怕，就怕王亢一咬牙”的说法。说的是只要王亢团长制订的计划、部署的

太子沟战斗遗址

战斗，就一定能把敌人打趴下。10团在王亢带领下，专拣日本侵略者打，专拣铁杆汉奸打，专拣硬仗、恶仗、险仗打。王亢带出了10团英勇顽强的战斗作风，勇于刺刀见红，手榴弹开花，敢于死打硬拼，打出了八路军的军威。赵海臣扬言像捡芝麻一样捡到王亢，无异于痴人说梦。而10团团长王亢也下定决心要除掉赵海臣这条毒蛇，还周围百姓和部队一方安宁。

由于偷袭供给处得了一次便宜，赵海臣更加得寸进尺。10月10日，就在昌延县委开会布置工作后的第二天，伪满洲军35团在伪团长刘书元的带领下，窜到果庄，企图袭击八路军军政机关。赵海臣早晨八点左右，也溜出大庄科，带着队伍奔向果庄一带，妄图继续伺机偷袭供给处，给军政机关制造困难，釜底抽薪。

当时，10团的四个连队驻在北地和三道岭两个村，情形十分紧急，王亢团长决定亲自率着1、2、4连去太子沟查看情况，留下团部和3连在驻地防守。中午时分，王亢在北地村山梁上用望远镜向果庄北大梁细细察看，看到敌人警戒放哨，下撤向果庄村；又看到太子沟方向上空烟幕弥漫。

太子沟里里外外有很多石头，小如鸡蛋大如草帽，还有一人多高的石头立在那里，南北各有两座较高的山头，沟内散落着数十户人家，周围有些小块的山间耕地。太子沟地形特殊，便于隐蔽，是八路军的一个秘密基地。这里的老百姓心向八路军，所以10团把机要文件、王亢团长平时所记日记和军用物资等重要资料都藏在这里。如果这些东西被赵海臣部像上次那样搜掠去，损失就大了。

王亢率部队赶到太子沟东大梁上，向沟底一看，太子沟内一片狼藉，缕缕黑烟冲向空中，赵海臣率伪军正烧得起劲。他们见什么就烧什么，把老乡的筐笼、麻袋、棉被都点着火；烧不了的东西就用枪托砸，或者用脚蹬倒。他们到处搜索、焚烧10团的物资。敌人的野蛮行径更加激起了战士们的满腔仇恨，决心痛击敌人。

王亢命令4连一个排迅速占领果庄北大梁，扼守制高点，防止去往果庄方向的敌人主力回援，另两个排为预备队；又命令1、2连分别由太子沟左右两个小山坡上插下去，构成两面夹击敌人的态势，让敌人钻进我们布置的大口袋中，再无逃脱之路。

下午三时左右，在王亢的指挥下战斗打响了。战士们立刻就来了精神，作战十分骁勇，利用有利地形，同时向敌人开火。他们把憋在胸中多日的怒火，伴着机枪步枪、手榴弹投向敌人，一时间爆炸声震撼整个山谷。气势汹汹的敌人哪里料到会遭到埋伏，被突如其来的猛烈攻击吓得晕头转向，立即乱作一团。被击中脑袋的，还没来得及喊娘就扑通倒下，一命呜呼了；没有被击中的，捂住头慌忙躲到大石头后面，乱枪还击。战士们看到敌人的败相，越战越勇，越打越猛。

赵海臣这时才知道错打了算盘，没想到碰上了硬对手。他不敢在沟底恋战，带着残兵败将拼命往山上攻，企图占领制高点，负隅顽抗。再狡猾的狐狸也逃不出好猎人的手心，他万万没有料到王亢预先埋伏在山顶上的两个排，已等候他多时了，摩拳擦掌，准备瓮中捉鳖。当敌人爬到半山腰，距离埋伏的战士只有二十多米时，说时迟，那时快，一声令下，一阵激烈的枪声和手榴弹的爆炸声在敌人头顶上炸响，几十个伪军脑袋开了花，哭爹喊娘声中，伪军纷纷滚落到山下。10团战士如出山猛虎，边喊边冲，直扑敌阵；如箭离弦，势如破竹，疾射敌心。赵海臣的队伍，死的死，伤的伤，被俘的被俘，早已溃不成军。不大一会儿，太子沟里的枪声由密集到稀疏，渐渐停止了。八路军开始清扫战场，却没有发现汉奸赵海臣。

原来太子沟东侧有个小沟，狡猾的赵海臣不甘心束手待毙，想要从这个小沟越东梁逃跑，不料被战士们猛烈的阻击挡了回来。他同日本指挥官田岱，还有二十多个伪兵，慌里慌张地抱头鼠窜，钻进了一个大石头与山相接的地槽内。

战士们继续搜索，看到大石前的地槽，正欲进去，突然从里面射出一串子弹，一名战士负伤，其他战士立刻趴下，朝洞口还击。战士们一边还击，一边喊话，但死心不改的敌人却依然往出打冷枪，气得指导员接连往地槽里投了两颗手榴弹，敌人这才停止了反击。

战士们又继续喊话："快点出来，不投降就把你们全部炸死！"沉默了几分钟，这一小撮残敌此时看到大势已去，无路可走，才把枪扔了出来，一个个举着双手、耷拉着脑袋走了出来。那个把脑袋藏在石头缝里的赵海臣，也举着双手爬了出来。

战士如惊雷一般地质问："谁是赵海臣？"

半晌无人回答，伪军们不由得朝一个满脸横肉的人身上望。战士盯着他又厉声问："谁是赵海臣？"

长颈脖、鹰嘴脸、相貌凶恶的赵海臣，知道已无法像以前那样金蝉脱壳，便垂头丧气地回答："本人就是。"

同一时间，伪团长刘书元带领的伪军窜到果庄，扑了个空。他们听到太子沟一带的枪声，知道已发生激烈战斗。他们不知道王亢的军事部署，不敢贸然救援，赶紧带着队伍溜出果庄绕道逃窜。刘书元的离去，彻底破灭了敌人等待增援的幻想。

这次太子沟战斗，从下午三点开始到五点结束，整整打了两个小时，击毙敌连长、军医以下一百多人，俘虏伪少校营长及日本指导官以下七十多人，缴获机枪三挺，步枪、手枪一百多支。

恶贯满盈的赵海臣被活捉，伪军2营被歼灭。太子沟战斗胜利的消息像冬日的暖阳，极大地鼓舞了昌延地区人民群众的抗日热情。王亢带领10团继续秉承英勇奋斗、勇往直前、不怕牺牲的光荣传统，连续袭击攻打敌人据点、车站、警察所，不断刷新歼敌纪录。10团的威名远震平北，日伪军轻易不敢出动了。

县政府在延庆莲花滩村召开群众大会，公审赵海臣，惩治汉奸，鼓舞民心。临时搭成的公审台前挤满了观看的老百姓，足有千人，有些妇女骑着毛驴，拿着剪刀来参加，说要把赵海臣千刀万剐。大会由县政府秘书张子丰主持，县长郭韫讲话。王亢代表团部参加大会并简要讲了太子沟战斗的过程。接着群众开始揭发控诉赵海臣的罪行。人们手指着赵海臣控诉，朝着他唾口水，还有人冲上前去要扒他的皮吃他的肉。在群众的声讨中，赵海臣额上渗出冷汗，两腿不住哆嗦，瘫坐一团。最后县公安科长张俊英代表政府宣判赵海臣的死刑，众人拍手称快。

三名战士迅速把铁杆汉奸赵海臣拖到了树林中，举起大石头，照着他头上、身上砸去，结束了他罪恶的一生。

其余缴枪的俘虏，包括日本指导官田岱，根据党的俘虏政策全部释放。日本指导官田岱回到承德后，日关东军驻承德第 9 独立守备队司令安腾忠一郎少将逼令其剖腹自尽。事后，安腾忠一郎少将还特地就此写信给王亢，大意为：为了大日本皇军的体面，已责令被贵军放回的田岱剖腹成仁云云。

太子沟战斗大捷，伪满洲军赵海臣部被歼，是反“蚕食”斗争中的一次重大胜利。从此，昌延地区的抗日斗争形势向着更加有利的方向发展。

10团再回延庆川

1944年初，随着抗战局部反攻形势的到来，晋察冀军区第10团在团长王亢的带领下，从丰滦密根据地战略转移，来到了阔别已久的延庆川。团长王亢、副政委曾威在昌平德胜口外的果庄见到了时任昌延联合县县长郝沛霖。

当几双带着老茧的大手握在一起的时候，大家都想起了曾经一起并肩作战的往事，遥望着曾经转山绕岭和日军打游击的群山，战士们感慨万千。

"可把你们盼回来了！"郝沛霖拉着王亢的大手，"听说你们要转移回来，我早就从山里出来在这儿等着你们了。平北的老百姓都盼着你们呢！"

"放心吧，这次回来就是要配合大反攻，恢复昌延抗日救国军事活动。"王亢也激动地说。

"最近敌人好像老实多了，他们也知道自己没几天蹦头儿了。"

"老郝，这次我们回来驻扎在哪儿？"曾威问道。

"古城。"

古城村就在延庆城东北二十里远的旧县镇西北。这里奇峰林立，水曲幽深，村外，有一段东西走向约二百米的城墙，城墙是黄土夯成，上面长满树木、灌木和杂草。时代久远，没有谁来记述古城的大小高矮。至于古城名字的由来，村民中有着各种传说：萧太后曾住过此城，因之也叫萧太后城，附近的上花园村、下花园村是她的赏花处，马匹营村是她的养马所等等。古城历史悠久而底蕴深厚，延庆古八景中的"古城烟树"和"神峰列翠"皆在村域内。明代罗存礼专门写"古城烟树"景观的诗曰："古城偎僻郡城西，山势高连保障围。"就是对林木掩映着古城村及周边美景最好的描述。然而，战士们来到这里，却看到这片美景早被日军的铁蹄践踏得惨不忍睹。

1944年1月18日，恰好是腊月二十三，农历的小年。清晨的天气格外寒冷，灰蒙蒙的雪花从天际缓缓飘下来，地上的积雪已经没过脚脖子了，人踩上去咯吱咯吱地响。

10团的战士们却个个豪气万丈，一大早，战士们迎着刺骨的寒风，顶着漫天飘舞的飞雪出操去了，时而传来一声气壮山河的喊杀声：“杀!”

为了给联合县政府的工作人员和10团的战士们改善生活，炊事班的战士们包好了饺子。这会儿，饺子已下锅，他们正围坐在热气腾腾的土灶前等着战士们出操回来，吃顿热热乎乎的饺子。

正在这时，放哨的战士突然发现东南方向，距离古城约一百米的地方，一队日伪军向古城包抄过来。与此同时，在西边放哨的战士报告，古城西面有八十多敌伪警察也包抄过来。猝不及防间，小小的古城村腹背受敌，情况十分紧急。古城内，现在只有10团的团部人员和两个连，另外就是昌延联合县基干队和县大队的百十号人。

郝沛霖疾步冲进王亢和曾威的屋子：“敌人摸进来了。”

团长王亢、副政委曾威也正焦急地商量着对策，曾威说道：“看样子他们是有备而来。”

王亢点点头：“虽然有备，但我看他们未必知道我们的兵力部署。老郝你看呢?”

“这伙敌人和伪军肯定是打延庆城来的，应该还不知道我们的情况。”

“马上调七区游击队长杜林和指导员刘清富，让他们带领着炊事班的十几个同志向北山方向撤离。”命令一下，炊事员急忙把煮好的饺子，连汤带水装在木桶里，挑起就走。

北山的羊肠小道早已经被飘飘洒洒的雪盖得严严实实，哪里是路，哪里是石头谁也分辨不出来。杜林走在最前面，深一脚浅一脚地探着路，炊事员挑着木桶，循着杜林的脚印艰难地向山上攀登。

天色灰蒙蒙的，飘洒的雪花隐起炊事员的身形，但是西面的敌人还是很快发现了这支艰难前行的队伍。

“有人往北山上跑了……”一个贼眉鼠眼的伪军指向北山方向尖声喊道。敌人立刻停下脚步，向着北山的方向开火。

炊事员老张挑着两桶热乎乎的饺子，听见身后的枪声，不顾一切地想把木桶藏起来。他舍不得这些粮食，好几个村的群众，一口一口省出来这么点白面，专门送给10团战士，想着让他们过一个好年，来年痛痛快快地打敌人。没想到，饺子还没端上桌，敌人却先一步赶到。

断后的刘清富看见老张的举动，一把拉住他的胳臂："老张，快走!"

"不行，这可是老百姓攒了一年的白面……"

正说着，一颗子弹打中了木桶，饺子从大窟窿往外漏，冒着热气的饺子滚动在雪地里。老张赶紧脱下自己的大衣，把木桶包裹严实。

"老张，卧倒!"还没等刘清富的话说完，一颗子弹打在老张的肩头，血瞬间淌了下来。

老张一咬牙，将受伤肩上的扁担换了一个肩膀担，挑起两个木桶就往山上跑。

敌人认为山上逃跑的是八路军的主力部队，开始忘乎所以，满心盼着打个胜仗。一个伪军小队长疯狂地号叫着："兄弟们，山上的八路没几个，追！抓活的!"敌人毫无防备地向北山冲去。

敌人不知道，就在他们向炊事员队伍开火的时候，10 团副政委曾威已经率领一个排，带着一挺重机枪，在西北山坡埋伏好了。这时候八路军的重机枪突突射击，像喷火的巨龙，给冲上来的敌人当头一棒。子弹夹着飞舞的雪花，呼啸着扑向敌人。敌人像等待收割的韭菜一样倒下一大片。面对山坡上凶猛的火力，敌人号叫着："停止前进!"谁也不敢再贸然往前踏一步。

正当敌人和伪军站在原地四处张望的时候，东面的王亢举起驳壳枪，高喊一声"冲"，亲自率两个连冲出古城。瞬间枪声、炮声汇集到敌人的头顶，天崩地裂一般。呆若木鸡的敌人，费劲地吞咽着口水，辨识着枪声的方向。

此时枪炮声已经大得难以形容，面对面的两个人只能看到对方张嘴，却听不到一点声音。四处一片混乱，大地震动着，轰轰隆隆的炮火将沾满冰雪和血水的泥土搅动上半空，像火山爆发一样凶猛。10 团的战士像奔腾而出的岩浆，将敌人淹没在汹涌的烈焰之下。

害怕和惊慌让敌人不会思考，四散奔逃。一个敌人一把拉住逃跑的伪军，呵斥道："跑什么？顶住!"

"太君，顶不住了!"

"为什么?"

"来的是王亢!"

"啊！……"

敌人万万没料到，今天居然碰到了王亢的队伍。当时敌人当中流传一句话："天不怕，地不怕，就怕王亢一咬牙。"

情报只说古城有股八路军，没说是王亢的10团。如果知道是他在这里，要多带兵啊！敌军官像中了邪一样，一把拔出佩刀，拼命地大叫着："撤退……撤退……"敌人怯了阵，渐渐支持不住，且战且退。

"团长，敌人撤了！"

"撤了就行了?！这是中国人民的土地，他想来就来，想走就走？门都没有！同志们！冲啊！"

随着王亢雄狮般的一声怒吼，10团战士奋勇追击，一直把东部的敌人追到常家营以南。

与此同时，西面的警察队也在同样的打击下，被逼得节节后撤。

敌人满心以为，设计好的两面夹击法能够一举拿下刚刚在古城站住脚的八路，没想到却被10团的战士打了一个两面逃窜。

古城战斗打了将近一天，天近黄昏，漫天灰色的浓云被撕开了一条口子，落日余晖染红了西山的山峦。古城外的荒野上，到处横七竖八地躺着敌人，一声战马的嘶鸣，似乎向延庆大地上的人民报道着1944年开年第一场漂亮的大胜仗。

此次战斗缴获了一挺机枪、二十多支步枪，外加十六匹战马，俘虏了敌人负责通信的一个鸽子班。鸽子这种象征和平的吉祥鸟成了战利品，真是对战争的极大讽刺。战士们打扫完战场，北山上的炊事员也回到了城中。一轮明月升上天空，10团的指战员们围坐在一起，端起小年的饺子，大家笑着，唱着，迎接着抗日战争大反攻的到来。

歼灭“清乡狗”

古城战斗后，王亢率领10团向古城村西南方向的双营村转移。王亢团长回到延庆川后，他的耳朵里都是群众对“清乡队”的控诉。

“清乡队”直接受延庆日本警务署科长毛利和五县指导官垣野指挥。这五个县包括：延庆县、怀来县、龙关县、赤城县、涿鹿县。“清乡队”就是日军豢养的一条狗，是由当地的地痞流氓分子组成的伪警察队，1942年秋天抗日根据地形势恶化后，八路军队伍中的一些叛变投敌分子也加入其中，原平北地委警卫队队长王成起还当上了“清乡队”队长。

双营歼灭战遗址

"一定要消灭他们!"王亢团长一直在寻找歼灭这股敌人的机会。

10团打了几场胜仗之后，队伍向延庆川方向推进到双营。看着城墙坚固的双营城，王亢动了心，于是进驻双营，大胆地向延庆县城逼近，就是为了引诱日军前来进攻，以达到一举歼灭"清乡队"，为人民群众除去一害的目的。

"好地方啊，好地方!"战士们都在城中休整，王亢团长和曾威副政委信步走出村，围着古城墙散步。

"距离合适，地势平坦，视野开阔，城墙够高够厚，易守难攻。"两人相视一笑。

双营城是一座小城，平面接近长方形，有东、西两座城门。四周筑有高十米、底宽八米、顶宽三米有余的围墙。城门高耸，城墙很完整，四周基本能合围，村中住着不到百户人家。从地图上看，双营城的位置正好处于从岔道到旧县，然后至白河堡的缙山道附近。由于这里的城墙是用黏土垒起来的，既厚又高，真是易守难攻。城墙以外，一二里范围内没有村庄和树木，地势平坦，登上双营城墙四顾，可以一览无余，就是田里跑着一只兔子也能看得清清楚楚。双营城西边二百七十余米的地方，有一处古代烽火台遗址。烽火台现存约二十米见方，残高约八米，四周有围墙，占地约一百五十平方米。当年这座烽火台外包城砖，传说内部有隧道与双营城相连。如此规模的烽火台既可驻兵又可防守，与双营城形成犄角之势，更加有利于双营城的防守。

双营城距离延庆县城东北十余里，这里原是清代骑兵驻扎营地。1933年，日军侵占热河省，大举进攻长城喜峰口各口，国民党政府与日军关东军签订丧权辱国的《塘沽协定》，当时盗贼遍地，民无宁日，双营村也自发地组织伙会保卫村庄。遇到土匪前来骚扰，伙会、民壮登城防御。土匪看城上防守如此严密，只能在城下转悠，进不了城。

双营城从修建之初就是为了防御敌人入侵，几百年间一直以其坚固的城墙辅助勇敢的战士、民众与敌人顽强斗争，保护百姓生命财产安全。现在，这历经沧桑的城墙将再一次发挥作用，帮助八路军打败"清乡队"，护佑一方百姓平安。

"你看，这里距延庆北山不远，情况紧急时，可以快速往北山转移。"

王亢团长和曾威副政委登上了城墙眺目远望。北山是平北抗日根据地中心区，进了北山就是进入八路军的地盘，敌人根本不敢追过去。

“城里的情况也能看得清清楚楚。”王亢团长举起望远镜望向延庆县城的方向。

“想办法就在这里把‘清乡队’这帮汉奸走狗消灭掉!”两人决定在这里打一场歼灭战。指挥所就设在靠近城东门潘会的家里。

“轰——轰——轰——”炮声阵阵，尘土飞扬。

没等王团长和曾政委确定引敌上钩的计谋，敌人就主动送上了门。10团刚一进入双营村，延庆城里的敌人当天下午就得到了信息，想要偷袭双营城。

下午两点多钟，团长王亢站在双营城的城墙上，从望远镜中看到，近二百名敌人急急忙忙出了延庆城东门，出城不远便折转向北，停在县城东北不远处一个叫三里河的野地里。敌人架起八一式迫击炮，连续向双营村方向轰击，许多炮弹就落在指挥所附近。“清乡队”队长、叛徒王成起告诉敌人双营这个地方城高墙厚，所以日伪军只是远远地朝这边打炮，迟迟不敢发起进攻。

“他们打炮打得越热闹，越说明他们胆怯。”

“可他们不上前儿，这场戏开不了场啊。我们应该放个诱饵诱惑诱惑他们。”

“哈哈哈。”两人大笑。

王亢一看敌人远远地打炮，就是不上钩，于是和副政委曾威迅速商量决定：以散兵为诱饵，诱使敌人上当。

王亢立即命令周德的游击队和各连的所有勤杂人员，装扮成溃逃的散兵，出双营西门朝北山黄柏寺方向跑，并要求他们跑得越乱越好。

“报告长官，八路被咱们打跑了!”

“长官，我们清乡队愿意追击歼灭这股八路!”

“追!”

敌人突然发现一股“溃逃”的八路军向北山跑，而且都是些散兵游勇，毫无战斗力，立刻下令停止对双营的炮击，转而轰击这股“溃逃”的人群。这时候，王成起看到了效忠日本主子的机会，带着手下的“清乡队”，向佯装“溃逃”的人群追击而来。

日伪军以为八路军真的被炮火吓跑了，就以胜利者的姿态收起了迫击炮，耀武扬威地回县城去了，只留下了警务署科长毛利和五县指导官垣野率领着“清乡队”，一直追到米家堡西南的田野里。他们排成东西一列横队，用机枪和步枪对着“溃逃”散兵的方向一阵乱打。

正在“清乡队”大显淫威的时候，王亢指挥着1连、2连、4连的战士们，早已经包抄到米家堡村西敌人的背后，一声令下，机枪、步枪同时开了火。敌人怎么也没想到，八路军在自己的背后开了枪，一下子乱成了一锅粥，溃不成军。佯装溃逃的周德游击队听到枪声，也立即折转身来，从而形成了对敌四面合围的趋势。

激烈的枪声、手榴弹爆炸声，将这伙怙恶不悛的敌人吓蒙了。

“队长，毛利和垣野被打死了。”

“队长，咱们现在怎么办?”

“队长，咱们跑吧。”

“还找什么队长，王成起早就跑了。”

“咱们还在这里卖什么命？赶紧跑啊!”

“跑啊……”

“清乡队”成员如热锅上的蚂蚁，乱成一团。

战斗刚打响之际，10团首先击毙了挥舞战刀、声嘶力竭地叫喊指挥的毛利和垣野。“清乡队”这伙亡命徒，平日里耀武扬威，现在看到两个日本主子已经尸陈田野，队长王成起也不知在什么时候溜之大吉，变成了丧家之犬。他们有的如同被打蒙了的老鼠东奔西窜，有的趴在地上装死，有的一个劲儿地往同伴尸体底下钻，更多的是乖乖跪在地上举手投降了。

经过短短三十分钟战斗就结束了，击毙了毛利、垣野以下三十多人，俘获敌人三十多人，只有王成起和一两个随员趁乱逃脱。

“曾政委，今天这场仗有没有让你想起毛主席的一首词?”

“‘山下旌旗在望，山头鼓角相闻。敌军围困万千重，我自岿然不动。早已森严壁垒，更加众志成城。黄洋界上炮声隆，报道敌军宵遁。’你说的是不是毛主席的这首《西江月·井冈山》?”

“哈哈哈……”双营城前，看着得胜归来欢声笑语的战士们，王亢团长与曾威副政委畅谈着并肩进城。

“清乡队”覆灭了！延庆川地区的一颗毒钉子被老10团拔除了！

胜利的消息很快在延庆川大地传播开来，人民无不拍手称快。从此以后敌人再也不敢轻易到村里随便逞凶，乡亲们再也不用提心吊胆地过日子。虽然，延庆川的日军还没有最终被消灭，但是没有“清乡队”助纣为虐，日军就成了聋子、瞎子。延庆川的革命形势也日益好转，原先情绪低沉下去的群众又重新抬起头，垮下去的基层政权、各种群众组织，在10团帮助下，重新建立并开始发挥作用了。这场诱敌歼灭战，打破了敌人对山区的封锁，使平北抗日根据地得到了巩固和发展。

围困高山寺

1944年，抗日战争处于大反攻的前夜。晋察冀边区平北分区南山抗日根据地军民在延庆县委的领导下，在主力部队的配合下，发动全县民兵平毁了东起永宁、西至康庄的封锁沟，拔掉了敌人设在封锁沟沿线的两个岗楼，极大地打击了敌人的疯狂气焰。在新形势下，平北军分区首长对民兵提出了新的战术：在麻雀战、地雷战、破袭战的基础上开展“围点斗争”。延庆县委书记葛震、县武装部长李宝镛经过周密的研究，决定围困高山寺，拔出楔入抗日根据地的这颗“钉子”。

高山寺据点驻有一个中队的伪军，设在山上二百多米高的孤庙里。高山寺据点四面环山，周围的山都五六百米，只有北面有一条顺马场川流出的二十米宽的干河套。敌人占据高山寺，可以控制根据地的交通命脉，阻断经济来源，监视根据地军民的抗日活动。

1944年4月初的一天，葛震、李宝镛把一区区委书记姚德俊——化名雷英、治安员卢廷玉和当时担任区民兵大队长的黎光辉叫到孟家窑，葛书记拍了拍黎光辉的肩膀说：“小黎，主力部队还有其他任务，不能长期在这里，围困高山寺的任务就交给你们一区民兵，有没有困难?”

“请首长放心，一定完成任务。”

太阳快落山的时候，东沟、八家、窑湾和南六村的民兵游击组，带着各种各样的武器在冯家庙村集合了。雷英做了动员后，带着民兵，随同10团的部队一起，浩浩荡荡地开进了二道河。按照预定方案，兵分三路：一路由雷英带领10团一个连的兵力包围高山寺，给伪军上政治课；一路由黎光辉带领爆破组，在通往高山寺的路上埋设地雷，并负责填死高山寺脚下汪家门前的一口水井；另一路由卢廷玉带领部分民兵召开二道河群众大会。

雷英带领连队进入了阵地，隐蔽在一个高房上，冲着高山寺大声喊话：“伪军兄弟们，请你们李队长答话……”

话音未落，岗楼里向房上打了一枪。雷英很生气，向旁边的民兵一摆手。轰隆一声，一颗炮弹在炮楼上开了花。

只听“妈呀!”一声，高山寺据点乱了阵，有人冲山下说：“长官，请不要打枪，敝人姓李，是队长，我这里洗耳恭听。”

“李队长你听着，我们是八路军10团，现在我们首长和你讲话!”雷英操着陕西口音讲起国际、国内形势。最后一句话是：“我们已经包围了据点，出路只有投降。你们想想赵海臣的下场，何去何从，自己选择。”

雷英的话一下子把伪军镇住了。冯家庙游击组长李明德在10团掩护下，趁机带着游击组员在高山寺门外五六十米的地方挖坑埋雷，真真假假埋了一大片。

这边雷英正在围困高山寺，那边卢廷玉带领民兵在二道河召开群众大会，宣讲国际国内大好形势，最后特别向甲长和地主说：“从今天起，谁也不能向高山寺送水、送粮、送柴，违者按汉奸论处。”

甲长点头哈腰地说：“一定遵命!”

拂晓，部队悄悄地撤出了二道河。部队一撤，敌我力量发生悬殊变化，敌人一个中队一百多人，有三挺轻机枪、八九十支步枪；民兵人虽多，只有十几支步枪和土枪、单打一、手榴弹、地雷。在此情况下只能斗智，不能硬拼。雷英按原定方案在柳沟西梁和大门口子东侧山上派出了瞭望哨，监视柳沟和延庆州的敌人，通过点燃篝火传递消息；在东沟、八家、二道河，各设一个联络哨，发现山上的烟火立刻报告。大部分民兵也秘密撤出二道河，转移到东沟村。

一个白天过去了，山上的伪军没有下来，山下的换防人员没有敢上去。晚上，游击队把南六村和东沟、八家、窑湾的民兵集合在东沟村编成两个连，悄悄地进入了二道河，又包围了高山寺。

雷英大声地喊着：“1连长，做好战斗准备，防止敌人突围!”

“1排长，你们盯住大门。”

“2排长，监视东北角的炮楼。”

“3排长，你们做预备队。”

三个民兵排长连续地答应了三个“是!”

民兵所用石雷

高山寺的伪军听到山下三人的不同口音，以为10团还在山下，把雷英当成10团的首长，再加上二道河街上人来人往，真不知有多少部队，更不敢轻举妄动了。

第二天，游击队又在大门口子两侧山上，通往柳沟两侧山上和高山寺的南山上，各派出几十名民兵，故意忽隐忽现迷惑敌人。高山寺的伪军看了，误认为是打援和打掩护的部队，更六神无主了。

三天、五天过去了，还不见高山寺的动静。第六天，敌人储存的水只剩下一缸了，第七天断水了。狡猾的敌人让一个伪军班长换了便衣，趁游击队不备，拂晓时从围墙上跳了下来，偷偷地进入二道河一个姓吴的地主家，拿出了“李大气”的亲笔信，要他派人送到延庆城请求救援。

敌人接到报信来解围，发现八路军主力部队已撤走，他们便大模大样地开进了二道河。高山寺的敌人看到救星来了，自然喜出望外，可是他们一想外面埋设的地雷，还是不敢下来。

“李大气”扯开嗓子喊：“别上来，别上来，外边有地雷!”下边的伪军听了之后，吓得赶紧趴下不敢动。

伪军官让士兵抓牲口蹚地雷，山上的伪军以为地雷被排除了，一窝蜂似的跑了下来，刚一跑就听轰轰两声巨响，有两颗地雷开了花，十几个伪军被炸倒，其余的又都缩了回去。山下的伪军指挥官也被吓呆了，他只好强迫几个伪军顺着牲口跑过的蹄印向山上爬，折腾了一个多钟头，总算爬上去了。

下午，游击队转移到门前石村，葛震也在那里，他对战士们说：“不要灰心，要从失败中吸取教训。”

李宝镛也说：“要动脑筋，多想办法。”

大家一起制订了二次围困高山寺的方案。

傍晚，游击队到了窑湾村，通知南六村民兵在窑湾村集合，大家一起上了高山寺对面的南山，观察高山寺周围的情况，一直看到延庆州的伪军上了山，这才进入东沟村。

了解了敌人白天的活动情况，晚上掌灯时，大家按预定计划分成两个连队，重新开进了二道河，包围了高山寺。由冯家庙村游击组长李明德带领民兵，在高山寺门外重新埋设地雷。

雷英站在据点外，喊起伪军队长“李大气”，又给他们训了一顿话。开始“李大气”一再否认请援兵的事，直到给他摆出了事实，他才不吭声了。

雷英命令他们缴枪投降，否则死路一条。

“李大气”觉得这几天游击队没敢强行攻打，又露出了凶相：“老子倒要看看，你们几个土八路能把我李大气如何！来人，给我守住山口！”

卢廷玉再次在二道河召开群众大会，宣布处死报信的吴姓地主，从此再没有人敢向山上送水、到城里报信了。

雷英根据实际情况，决定长期围困高山寺，将他们饿死、渴死、困死。贫苦群众热情高涨，也参与到轮班围困高山寺的队伍中来。十几天过去了，进入阴历五月，青纱帐起来了，战士们转移到高山寺南面的高粱地里。

按照李宝镛“要动脑筋，多想办法”的思路，游击队在东沟村召开民兵中队长、游击组长会议。大家分析形势，一致认为现在山上的水又快用完了，要防止敌人狗急跳墙和延庆城的敌人再次增援。大家集思广益，纷纷发言。

东沟村长梁永说：“咱们的大铁炮可是威力无穷，一打一大片。还有咱们的大抬杆，打他一家伙。”

会埋地雷的冯家庙游击组长李明德说：“咱们还得使用拉火雷和坏水雷杀伤敌人。”

还有人提出坚壁清野，把柴米油盐都坚壁起来，把挑水的水桶、盛水的缸都藏起来。

游击队综合大家的意见，在当天晚上把两门一百多斤、长约一米的古炮装上火药和碎铁片，抬到高山寺门前南侧，炮口冲着高山寺大门，炮底靠在工事内的大石头上。李明德带着他的游击组，从高山寺南侧隐蔽着爬上围墙根，悄悄地绕到高山寺门外十几米处，埋好地雷，并且故意让坏水雷露出破绽。

十几天过去了，山上确实没有水了。“李大气”眼看着援兵无望、军心混乱，决定破釜沉舟、孤注一掷冲下来抢水。他满以为大门口没有地雷，命令机关枪、步枪掩护，派出一个小队贴墙根往北冲出去抢水。谁知二十多个伪军刚冲出大门，游击队的古炮和大抬杆就震怒了，轰轰轰，浓烟带着铁砂、铁片飞向敌群，伪军纷纷倒地，没伤着的拼了命往回跑。

“李大气”不甘心，指挥另一支伪军向下冲。这时，拉火雷开了花，又留下五六具尸体。黔驴技穷的“李大气”无计可施了，只好关上庙门缩了回去。

这天夜里，游击队爬上去捡回了敌人白天扔下的五支步枪和子弹，接着游击队按第二步方案开始行动。从山根底下开始，逐渐向岗楼下掏洞。掏的掏，运的运，由于是土山，进展很快。民兵们故意大声地说：“挖到炮楼下，装上一棺材黄色炸药，管叫黄狗坐‘飞机’。”

伪军被白天一仗打成惊弓之鸟，听了民兵的话，吓得尿了裤子，赶快报告了“李大气”。

“李大气”心里也明白，这一招可厉害，一颗地雷杀伤力就那么大，一棺材炸药，连尸首也得炸没了，急得他像磨道上的驴，在地上转来转去。一会儿，他找来一个小队长，让他换上便衣，化装成老百姓，拂晓时从西北角吊下去，秘密进入柳沟打电话。

延庆城的敌人接到电话，知道局势紧迫。第三天上午，二百多名敌人带着工兵，一路打枪开进了二道河，可是他们不敢上山，先让工兵排雷，还真起出了两颗。当敌人的工兵抱着剪断了弦的地雷兴高采烈的时候，坏水烧着了炸药，地雷发怒，轰轰两声，炸倒了四五个伪军。伪军吓得目瞪口呆，赶紧抓来一群羊，赶上去蹚地雷。地雷排除了，高山寺的伪军一哄而下，和延庆城来的敌人一齐撤走了。

敌人走后，游击队和群众带着锹、镐，连夜拆除高山寺围墙和古庙。群众边拆边说：“围困战术真叫好，民兵个个是英豪，不用机枪和大炮，敌人被咱打跑了！”延庆南山马场川“南六村”就这样在武装斗争和强大的政治攻势下脱离了敌人的统治，转变为抗日的一面政权。

古寺藏身

1945年1月，贺福加入了10团八路军队伍，当了一名侦察员。打小生长在北山的贺福，身量比一般大的孩子都魁梧，二三百斤的干柴，拎起来搁在肩膀上就走。来到部队贺福训练从不懈怠，他动作规范，完成质量高，不但班里的人都认识他，就是班长、连长都知道他的名字。在一次训练中，贺福看到几个首长在看他们训练。一会儿几位首长停下来，对着贺福指指点点，好像在议论着什么。

“贺福!”

“到!”

“班长找你!”训练刚结束，一个战士跑过来叫贺福。

“什么事啊?”贺福是丈二的和尚摸不着头脑。

“不知道，去了就知道了。估计是好事。”那个战士说完，转身离开了。

难道是自己犯错误了？不会，自己一向遵守“三大纪律八项注意”，从没有干过不合要求的事啊。训练不认真？也不是，自己训练每次都会被班长夸奖的，到底是为啥呢？贺福边往前走边忐忑不安地想。可是不管怎么想，都找不出班长找自己的原因。最后，贺福把心一横，做好任由班长批评的准备。

“贺福呀，你知道这位首长是谁吗?”班长指着旁边的一位首长对贺福说。

“不知道。”贺福看了一眼站在班长旁边的那位首长，低声回答，脸窘得通红。

首长笑而不语，只是默默地看着贺福。

“这就是我们的曾政委!”班长介绍着。

贺福早听说过政委曾威的大名。这位首长是江西省泰和人，1930年加入中国共产主义青年团，1931年参加中国工农红军，1932年加入中国共产党。土地革命战争时期，历任过战士、班长、特务员。参加了中央苏区

三、四、五次反“围剿”，参与创建了湘鄂川黔苏区，参加了两万五千里长征。抗战开始后，他先后担任八路军驻西安办事处警卫副官、总务科长、营教导员、科长。后来到了挺进军第9团做政治教导员、挺进军政治部组织科科长。1940年1月，抗日联军改编为八路军晋察冀军区第10团，曾威就任政治委员。

“曾政委好！”贺福连忙敬礼。

“贺福，今天叫你来呀，有件事要和你说。”班长扭过头来，“政委，您说吧。”

“好，我说。”曾政委看了一眼贺福，然后开始讲了起来。

原来，政委曾威来视察，看到贺福人高马大，又是地地道道的北山人，熟悉海陀山一带的情况，想让他当侦察员。此时，侵略者的末日即将来临，日军却更疯狂地对根据地进行“扫荡”、“清剿”，抗日形势更加严峻。为了早日赶走侵略者，刺探敌人的消息成为斗争的关键。为了得到更多的消息，发展侦察员成为当前的重要工作。

听了政委的话，贺福踌躇起来，虽然从小就打柴、种地、放牲口，什么活都能拿得起来，但只念过两冬私塾，斗大的字认识不了半筐。贺福忧心忡忡地说：“我怕，我怕做侦察员完成不了部队交给的任务。”

政委曾威笑了：“只要你机智灵活，能随机应变，就能干好侦察员的工作——没有文化没关系，以后啊，可以慢慢学。”

贺福听了团长的话，高兴得直搓手。

1944年夏，团长王亢到晋察冀军区党校学习。11月，李荣顺任副团长兼参谋长。1945年3月，王亢调任平北军分区参谋长兼热西支队司令员。李荣顺成为10团第三任团长。他听说贺福当了侦察员，拍着贺福的肩膀连声说好，并让团里给贺福准备了几张纸和半截铅笔。那时候吃的、穿的、用的都很困难，能用上纸和笔是不敢想的事情。贺福拿着笔和纸，激动得像个刚上学受到老师表扬的小学生。说是笔，其实只是一截攥不到手里的铅笔头。贺福拿着铅笔头看了又看，眉头拧成了一个疙瘩。忽然，他的眉头舒展开了，急匆匆地跑出去了。不一会儿，他又回来了，手里拿着几块废纸。他坐下来，用纸把铅笔头紧紧地裹起来，然后用力塞进废弹壳里。这样一来，笔就长了，拿在手里就方便多了。看着自己的发明，贺福开心地笑了。为了确保贺福的安全，部队还发给他一支“蛇腰子”枪，出山执行侦察任务时掖在腰里。

1945年3月的一天，贺福到山外小鲁庄、中羊坊一带侦察敌情。晌午过后，在黄柏寺村得知一个重要信息：3月3日，伪满洲军要出动大批军队，掩护由康庄向永宁运粮的车马大队。听到这个消息，贺福喜出望外。如果把敌人的运粮车马大队劫下来，不但能给敌人有力的打击，还能给八路军进行补给，提高部队的战斗力。这是机要信息，一定要在敌人到达前传到山里。想到这儿，贺福顶着烈日出发了。

曾 威

贺福做侦察员不到两年的时间里，脚步遍及黄柏寺、古城、玉皇庙、小鲁庄、靳家堡、上阪泉、黑龙庙等地。当时平北地委和县政府设在海沟村南的杨树河、南碾沟。由于频繁来往于各个村落和杨树河、南碾沟之间，贺福对当时村里的各条道路和山里的沟沟汊汊早已了如指掌。

一路疾行，穿过玉皇庙村径直进入村北的水口子，顺着沟谷攀岩而上。阳春三月虽不太冷，由于刚降过一场小雨，到处湿漉漉的，枯黄的野草一眼望不到边。贺福走得急，脚下一滑一滑的，走了一会儿就大汗淋漓。贺福顾不了这些，心急腿快，探着身子往前赶。他一会儿沿着蜿蜒曲折的小径钻入峡谷，一会儿又手抓灌木翻上山梁。急促的脚步踏过枯枝和碎石，惊扰得林间的鸟雀扑棱棱地振翅飞上蓝天。看看天色渐晚，贺福加快了脚步，终于提前到达了五里坡的三岔河。峡谷里到处是冰，像镜子一样滑，贺福扶着山石和树木，顺着山坡小心翼翼地往前走。

走着走着，贺福听到有说话的声音。他循声望去，发现上游的东南沟的三岔河下游古城河谷里，进来一群头戴铁帽子的日伪军。日伪军一边拨弄着丛生的灌木，一边东张西望地沿着小路往前走。贺福见势不妙撒腿就往西跑，脚下的石块稀里哗啦地滚下山去。日伪军听到声音，抬起头到处张望，看到一个人在山坡上飞奔，便大喊着追上来。

日伪军想抓活的，叫得震天响，却始终没有开枪。贺福听到日伪军的叫喊声，知道被他们发现了，心里反倒放松了。自己走了半天了，虽然还有力气，但要和刚进山的日伪军比，一定占不了上风，何况日伪军的人数远远超过自己。跟敌人拼不明智，尽快脱身才是上策。

贺福边跑边想，头脑中突然出现了路家河南沟，这条沟可以通往松山，翻过梁就可以到达大海陀。

贺福加快了脚步，向路家河南沟跑去。日伪军叽里呱啦地怪叫着，在后边穷追不舍。

山里的道路七沟八岔，有的开凿在崖缝间，有的隐入草丛中，走着走着，常常会不知所从。跑到路家河村东，贺福扭身钻进山核桃树林，爬上了青龙山。

青龙山山顶建有一座破庙，山顶丛林遍布，把一座破庙遮掩得严严实实。这破庙始建于明代，后毁于战乱，清代重建。由于此寺北靠青龙山，院内有两棵松树，故名“青龙山双松寺”。

若是没有来过双松寺，根本找到上山的路，更不要说从山下看双松寺了。寺里空无一人，只有阵阵松涛在耳畔回荡。贺福擦了一把汗，躲进双松寺的佛龛后静静地听着山下的动静。

只听日伪军在山下叽里呱啦地乱了一阵，又相互吆喝着向山谷里追去。大约过了半个时辰，山谷里响起了一阵枪声，接着山下又是一阵叽里呱啦的叫喊声和灌木枝叶折断的声音，最后什么也听不见了。贺福根据经验判断，日伪军应该离开了。

为安全起见，贺福并没有立刻离开，而是坐在破庙的台阶上。远处，一轮红日渐渐西沉，绚烂的晚霞把连绵起伏的群山照得火一样红。枝头的小鸟啁啾吟唱，仿佛陶醉在山乡夕照图中。贺福站起身，深情地望了一眼绚丽的景色，顺着长满灌木的小径跳跃着走下山来，直奔丁香沟。沐浴着夕阳的余晖，贺福的脚步更加轻盈了，翻山越岭如履平地。晚上七点左右，贺福终于到达杨树河，把消息告诉了部队领导。部队领导听到这个消息，高兴地说这回可要好好地教训一下敌人了。

1945 年 3 月 3 日，10 团 3 连和延庆县大队配合，在后吕庄村阻击伪满洲军护送的运粮队，歼敌一个尖兵排，缴获了一些武器，取得了战斗的胜利。

新团长的第一仗

1945 年注定是不平凡的一年。这一年，曾经骄横一时的日本侵略者，在声势浩大的抗日浪潮中陷入孤立无援的困境。侵略者困兽犹斗，但所到之处无不遭受沉重打击。1945 年 3 月 15 日的《晋察冀日报》登载了这样一条消息：

晋察军区 3 月 11 日战报：3 月 3 日，平绥路怀来东十二里，康庄伪满洲军三百五十余名向永宁城运粮。我某团一部于永宁城西南十里吕庄设伏，因暴露目标过早，仅将其先头部队尖兵排歼灭，缴获轻机枪一挺、步枪十一支、驳壳枪一支、子弹一万零八百五十三发、战马一匹、炮弹一枚、刺刀十六把。击毙伪十名、小队长一名，伤伪二十名，俘虏九名。我方仅伤亡六名。

简短的一百五十字的战报向我们讲述了发生在七十五年前的一个瞬间。

吕庄位于延庆城东北十余里处，前后分两个部分，也叫前、后吕庄。这里是永宁通往延庆的必经之地。按敌人的区域划分，当时延庆县属于伪蒙疆察南行政厅管辖。永宁属延庆县，但伪满洲军 35 团以保护伪满洲国境内安全为借口，长期在永宁驻扎一个营。军事和生活所需物资均由火车运到康庄车站，伪满洲军 35 团再派人运抵永宁。以往的惯例运送一次物资，往返需要三天时间。第一天，从永宁出发到达康庄住一宿；第二天，物资装车，返回延庆县城住一宿；第三天，由延庆县城返回到永宁。每次运送物资都有武装保护，每年春秋各一次，往返几年从没出过任何纰漏。

此时，驻守在延庆川的八路军主力是 10 团，团长是刚刚继任的李荣顺。这个从湖北省荆门县桥头村走出来的新团长，自小家境贫寒，八岁给地主放牛，十四岁到一家工厂当学徒工，刚十六岁就参加了工农红军，在湘鄂西的第 2 军团第 6 师第 18 团当战士。1935 年初加入中国共产党。1935 年 9 月，李荣顺随部队参加了长征，在一次反“围剿”的战斗中负了伤仍坚持行军打仗，最后胜利到达陕北。从 1938 年第 4 纵队挺进平北时，李荣顺就在 4 纵队第 31 大队任特派员，参加了沙峪战斗。1939 年 2 月 7 日，冀热察挺进军改编，李荣顺任第 7 团 2 营教导员，营长是红军强渡大渡河十八勇士的英雄连长熊尚林。1941 年到 1943 年间，李荣顺先后担任平北军分区警卫大队政委和龙赤区区队长，在开辟平北的斗争中，带领广大军民多次粉碎了日伪军的“扫荡”和进攻。此时，李荣顺成为 10 团第三任团长。

李荣顺早就注意到了伪满军每年两次的物资运送，但是敌人的武装护送总是让他眼睁睁地看着整车整车的物资流向永宁。自从 1944 年 10 团转战回到延庆，大大小小和敌人对峙了多次。虽然每次都能挫败敌军，但眼看珍贵的军用物资牢牢地攥在敌人手里，这位二十八岁的老红军有些不甘心。

1945 年，大反攻的炮声接二连三地把全国战场上胜利的消息传向平北，李荣顺也接到了军分区的命令：批准 10 团伏击永宁的物资运输队。李团长拿着刚刚接到的电报，兴奋地叫来侦察员：“马上化装，到永宁附近摸一下情况。”

很快，侦察员带回了让李荣顺振奋的消息：“驻扎在永宁的伪满洲军，带了驮子队出发去延庆了。”

“好！通知各排，马上开会。”

本就不大的指挥部，立即聚集了团里的领导和各排排长，大家纷纷把目光投向了李荣顺。李荣顺看了看大家，高声说：“同志们，根据我们的侦察，驻扎在永宁的伪满洲军，带了驮子队出发去延庆了。根据这个情况分析，敌人开始准备春季运输物资了。”

“团长，我们这回要去截击运输队了？”

“对！前线的大反攻已经给鬼子敲了警钟，军区指示我们不能再叫伪军这么肆无忌惮了。”

“团长，您说吧，怎么打他？”

伪满洲军 35 团团部遗址

“现在，我们在延庆川有三个主力连，守延庆县大队一个连也可集中使用。”政委吴迪补充说。

“敌人运送队有两个连的兵力，对比部队的政治素质、群众基础我们都占优势。”李荣顺转过身，向书记员说，“马上把我们讨论的结果电报军分区。”

段苏权接到了报告后，立即赶到 10 团驻地。段苏权拍着李荣顺的肩膀：“情况对我们很有利。你们打算怎么打？”

“报告政委，我们打算三个主力连隐蔽在后吕庄大道边的围墙内。这里的围墙可以给我们极大的掩护。1 连在村西南角，2 连在村东南角，4 连在村东门两侧。一个排就隐蔽在大门外大道边高粱地里。我和周德礼在 4 连的阵地上，1 连、4 连放过敌人尖兵，集中力量攻击本队。2 连阻击敌人尖兵，县大队一个连做预备队，埋伏在后吕庄的西北方孙家庄，它的作用有两个：既可以支援主攻连，又可以掩护转移。”

段苏权听着李荣顺的汇报点着头：“敌人的力量不要低估。要记住：‘在战略上要藐视敌人，在战术上要重视敌人！’”

“是！”

3 月 3 日拂晓前，10 团各队在黑暗中迅速进入各个隐蔽地点。10 团提前封锁了消息，断绝了吕庄周围各条来往的道路，战士们厉兵秣马，严阵以待。

九时许，伪满洲军的尖兵越过东八里庄，气势汹汹地向吕庄前进。

因为负重前进，每头驴子走得都很慢，与前边轻装简从的尖兵分队拉开了很远的一段距离。

“嘿！你们等会儿啊！”

“妈的，四条腿的撵不上两条腿的！快点。”

“废话，敢情你们身上什么都没有……”

“快走吧！回到永宁能赶上中午饭，老子下午还得找相好去呢。”

一边嬉笑一边赶路的驮队与尖兵队的距离越拉越远。

等待的时间长了，战士有些着急了。有的战士不停地用准星向敌人瞄准，有的战士不由自主地把手指放进扳机扣里，有的战士咬着嘴唇支起耳朵迫切地等待着冲锋的命令……一分钟，两分钟，三分钟……进入到伏击圈的敌人尖兵分队，突然停住了脚步，站在吕庄南门附近停下来东张西望。

“告诉后边，赶紧的！这地方我看着别扭！”

“队长，您这也是多余，八路军要是想截咱们，早下手了。您看这连棵树都没有咋藏人？除非八路军把自己埋在土里……”

伪队长望着不远处的城墙和道边的高粱地，厉声说：“少废话，让他们快点！你们几个进村去看看……”

“得嘞！”

隐蔽在道边的4连勇士看在眼里，急在心上，手痒难耐，盼望团长早下命令，好冲出去先和敌人大干一场。

“村子里有八路！村子里有八路！”

正当敌人本部离伏击圈还有三百米的时候，村内的敌人突然扯开嗓子叫起来。

李荣顺大吃一惊：“坏了！”

果然，没等李荣顺下命令，远处就响起了激

伪满洲军35团团部遗址

烈的枪声。

原来，周德礼听到敌人喊有八路，没等到总指挥的命令，就指挥1连、4连的尖兵冲出了隐蔽点，冲向敌人，机枪、步枪、手榴弹一起向敌人开火。

敌人听到了有人喊“村子里有八路”，还没来得及反应，就被冲出来的1连、4连的尖兵缴了械。敌人本部突然听到村内的枪声，不顾死活地掉头回窜。1连战士冲出村，向敌本部发起了勇猛的进攻。然而，最佳的时机没有等到，1连战士和敌人本部还有很大一段距离。敌人没有抵抗，守着驮队边掩护边向延庆方向撤退。

战斗只持续了一会儿便结束了。“谁开的枪?”李荣顺冲到最前面，大声问。周德礼低着脑袋一语不发。下午，战士们再次聚集到指挥部的小屋里，此时小屋里的气氛仿佛比战场上还凝重。

“同志们，这次战斗没有达到预期的目的，是有经验可总结的。”段苏权严肃地看着大家。

“团长，我做自我批评。”周德礼现在显得比在战场上有了些底气，“我不该……”

段苏权打断了他的话锋：“这次对敌人的行动规律掌握是准确的，在部队设伏选择地形得当，出敌不意部署，大胆集中优势兵力，这些都是对的。但是伏击圈很小，没有形成口袋，装了尖兵没有装进本队。注意集中兵力，却忽略了部队部署问题。”

“段政委，这次部署是我做的，我也要做自我批评。”李荣顺低着头说，“如果，当时吕庄放两个连，在沈家营放两个营堵击敌人前卫，出其不意侧击敌本部效果会好很多。”

“同志们，我们不能做事后诸葛亮，有优势而无准备，不是真正的优势，也没有主动。我看就这次行动我们可以展开一次军事学习。”段苏权和蔼地看着李荣顺和周德礼，“别总低着头，打仗打得不漂亮可以总结，你们的士气可不能沉下去啊。把缴获的物资清点一下，后面有让你们好好发挥的时候。”

段苏权走出指挥所，看着战士们清点物资和缴获的武器：“同志们，大反攻马上就开始了，你们要进一步发动群众，开展延庆川的工作，军民团结，建设好根据地，迎接大反攻的到来啊!”

“是!”李荣顺和周德礼唰地向段苏权敬了一个军礼。

向山区转移

“姜书记，我们一定要走吗?”

“必须走！马上撤离。”姜国亭语气凝重，年轻的面孔中透出一股少有的严厉和不安。

县委所有的同志都还记得，就在一年前的1945年10月，延庆和永宁城召开了万人庆祝大会，大会上葛震书记做了鼓舞人心的讲话，延庆县十二万同胞在中国共产党的领导下，经过八年艰苦卓绝的浴血奋战，同全国人民一道迎来了抗击日本帝国主义的伟大胜利。二十四岁的姜国亭，就是那时候由县委副书记接过了县委书记的担子，带领县委工作的同志和延庆的群众一道，准备全身心地投入到新的工作中来。然而，刚过了不到一年的时间，就在这个月蒋介石撕毁了《双十协定》，要重新发动全面内战。国民党整编第16军22师已经从南口出发，很快就会到达解放区，必须做战略转移。

此时，姜国亭忧心忡忡，内心深处他也反对转移。自从1941年10月，六区区委书记田梦熊牺牲后，他接替区委书记以来，一步都没有离开过平北这块生养自己的土地。工作中遇到再大的困难、再多的曲折，咬咬牙全都挺过来了。战争的残酷让年轻的姜国亭必须有更高的觉悟，再苦再困难都是为了民族解放、人民幸福。夏天一身粗布衣，一套冬衣穿两冬。一年四季都是穿着衣服睡，有敌情起身就打。那时候到县里开会，每次都会少一些旧面孔，添一些新面孔。同志们见了面，最高兴最亲切的就是互相一拍肩膀：“嘿！你这个家伙还没死呢?”这样打下来的果实，谁能心甘情愿地拱手相让呢?

此时，全副美式装备的国民党整编第16军22师从南口出发，已抵达了三堡、八达岭一带，不断派出小股部队进犯周边村庄。姜国亭曾经带领县游击队，一次次击退敌人的进攻。 姜国亭从几次战斗中看到，如今的国

1945 年庆祝抗战胜利大会

民党军队不再是几年前的伪军装备，无论武器装备还是作战指挥，都决定这次的仗要比打鬼子还惨烈。

9月天气转凉，塞外秋来满目肃杀。驻扎在康庄的解放军晋冀鲁豫第1纵队司令员杨得志，接到了晋察冀军区司令员聂荣臻发来的电报，开始补充新兵。每团充实至二千五百人，作为突击力量。同时在平北各地构筑碉堡，准备痛击来犯之敌。

一大早，杨得志司令员就立即给姜国亭写了一封信，让通信员送到县委。当姜国亭接到司令员的信时，他想了很久，不知道该怎样把这个消息告诉县委的同志们。

"姜书记，既然第1纵队已经准备固守了，我们为什么还要走?"

"同志们，我们做行政工作，要服从军事指挥。前方战场已经准备和国民党军队交战，我们不能拖了前线的后腿。司令员要求我们做好两手准备：一方面坚持工作，另一方面要做好进山打游击的准备。现在的形势很危急，我们只能服从指挥。立即准备，把县委的公文、资料全部整理好，由县游击队护送，向北部山区的白塔、大边一带迅速转移。"

就在姜国亭带领县委转移的同时，解放军晋冀鲁豫第1纵队和冀热察军区独立第5旅，已经完成了康庄、怀来一线的第一线筑堡，并开始策划构筑下花园、延庆、龙关地带，准备在要口择重点筑堡。

9月29日，从南口出发的国民党整编第16军也分两个梯队，沿平绥铁路西进。他们是奉国民党北平行营主任李宗仁的命令，摧毁热河、察哈尔、绥远三省的解放区，打通平绥铁路。为此，李宗仁调集第11、第12战区部队共十一个师七万人，由南口、怀柔和集宁、丰镇两个方向，进攻晋察冀解放区首府张家口。

冀热察军区独立第5旅旅长詹大南，早就在延庆附近等着这支美式装备的整编第16军了。詹大南1914年出生于安徽省金寨县的一个偏僻山村。1932年参加中国工农红军，曾给红25军军长徐海东当警卫员。抗日战争中任营长，团长，平北军分区参谋长、司令员，一直战斗在山区，屡建奇功，威震平北。1944年下半年，他由平北军分区参谋长升为司令员。此时，正率领冀热察军区独立第5旅驻守在延庆，奉命阻击国民党整编第16军。

9月30日，国民党第16军94师向康庄发起猛攻，先后发射炮弹上千发、冲锋十余次，但在解放军阻击下未取得丝毫进展；激战至当日下午六时，解放军主动撤出战斗，国民党第16军94师占领康庄。与此同时，国民党第16军22师扑向了延庆川区，在延庆县城东南十二里处的大泥河筑起了军事堡垒。大泥河是重要的交通枢纽，现在遍地都是战壕工事，让站在这里的詹大南愤恨不止。

凌晨，国民党第16军22师与解放军独立第5旅24团3营接火了。詹大南站在村外的凤凰山上远眺。阵地上炮声隆隆，空中敌机盘旋。看着眼前的一切，詹大南眉头紧锁。

此时，24团副团长梁岐率领部队顽强地阻击着，炮火在空中划出一道道弧线，仿佛把天撕出了一道道血红的口子。天刚蒙蒙亮，国民党军便开始了急促的炮火攻击，前后两次。长达一小时之久的炮火，把大泥河松动的泥土炸得已经焦黄了。第三次炮击开始，炮火再次延伸。

詹大南果断命令："迅速撤退，争取时间撤至延庆城外，与团主力会合。"

梁岐率领部队边打边退。此时，在延庆城外的主力团团长吴迪也接到了詹大南的命令："死死守住延庆城南边，给城里县委撤退留出时间。"

团长吴迪命令2营担任守城任务，1营守卫城西，3营守卫城东，摆开阵势阻击国民党军。

远在怀柔黄花城的独立第5旅22团的两个营，也紧急从驻地赶到延庆增援，在曹官营一带布防。

10月1日，国民党22师在数十门大炮和几十辆坦克的掩护下，向解放军各个阵地发起猛攻。解放军24团3营在城南百眼泉一带阻击敌人。炮弹在战士的身边炸裂，伤员被县游击队和当地百姓组织起来的担架队抬下战壕。而趴在战壕里的战士却像钢铁铸成的一般，猛烈地回击着敌人的数十次进攻。敌军坦克被奋不顾身的战士扛着炸药包，用身体阻拦在阵地之外。解放军的炮火在百眼泉的土地上，连续坚守了三个昼夜。

解放军采取避敌锋芒、小部队出击等灵活战术机动作战，战斗间隙迅速抢修工事，利用缴获的武器弹药补充自己。独立第5旅22团则在曹官营一带牵制国民党军，有力地配合了24团的正面阻击。

10月11日，国民党军队孙兰峰部占领张家口，驻扎延庆的解放军主力部队奉命撤出战斗。延庆保卫战历经十三天激烈战斗，给进犯解放区的国民党军队以沉重打击，胜利完成阻击任务，为掩护延庆县委、县政府机关顺利转移赢得了宝贵时间。

为了解放

1947年春，国民党军队进入延庆后，占据了川区和半山区。延庆县川区、半山区共有二百四十一个村，其中一百九十八个被国民党军占据。只有南山和北山里的四十三个村，仍是共产党领导下的解放区。国民党军在高山寺和孟家窑修筑了两个军事据点，用来控制南山根据地；并在晏家堡村组织了所谓“关山队”，严密封锁北山根据地。同时，国民党军还多次“进剿”北山的白塔、野猪窝、五里坡以及南山的门坎石、北地等村。

县委在白塔村召开县、区、村干部会议，分析形势并制定了“坚持以南北山区为根据地的游击斗争”的工作方针。会后，县委将县、区领导干部组成两支队伍，一支由县委书记姜国亭带领留在北山地区开展游击战争，另一支由县委副书记郑英年率领前往南山地区活动。

郑英年是四川乐山人，1937年参加革命工作。在抗日战争进入最艰难的阶段，他们每天和日伪军打交道，在延庆川上演了一幕幕敌后抗战的精彩好戏。1945年，抗战结束，原本想好好建设家乡的郑英年，被国民党的枪炮阻止住了。郑英年经常向南山根据地的百姓说：“八年我们打跑了鬼子。可是国民党还是不让咱老百姓好好过日子。咱不怕，跟他们打，再打八年，打出咱们老百姓的天下，到时候国家、土地都是咱们老百姓自己的。”

国民党军队的罪恶，总是让解放区的军民憎恶。1947年4月，国民党军准备向高山寺和孟家窑修筑的两个军事据点增派二百人的兵力，更加严密地控制南山根据地。敌人刚一出动，消息便被我们截获了。

二百人的国民党军增援部队，对根据地是个不小的威胁，这里刚刚搞起来的“土改”就会因为他们的增援打乱部署；如果能把这伙增援部队消灭……郑英年得知了这个消息既焦急又兴奋，在心里暗自盘算。“通信员，立即发电给平北独立团。”

他迅速将准备消灭这股增援部队的消息，通知给了平北独立团和周边各县根据地，请求增援。很快平北独立团一个营和延庆、昌平、顺义、怀柔各县地方武装队伍集结在南山根据地。

高山寺据点遗址

郑英年说："同志们，这次我们要对付的是装备精良的国民党军两个连，我准备在东三岔一带设下埋伏，等敌人靠近我们，打他个措手不及。"

"敌人的兵力不如我们多，应该没问题。"平北独立团1营长说。

"但是敌人的武器的确比我们好啊。"怀柔地区根据地的同志不无忧虑地说。

"没错，敌人的武器的确精良，但决定战争胜负的关键因素是人！我们有包围南山根据地的决心，有南山地区广大群众的支持，有正确的战略部署，我看这一仗消灭他们不是问题。"

郑英年的话让在场的每一个人都跃跃欲试，很快大家随着郑英年观察地形，确定埋伏位置，指定各地点的兵力部署。天还没有亮，所有的部队都到达了指定位置。

国民党军前来增援的两个连，趾高气扬地向东三岔一带靠近。他们毫无顾忌地行走在公路上，没一个担心这里会有共产党的埋伏。一个连长骑在马上，漫不经心地边走边看道路两边，一丝轻蔑的笑浮现在脸上。

"兄弟们，不用着急，天还早呢，中午开饭前一定能到……"

他的话还没说完，道路两旁枪声早已响起。

"不好，有共军……"他一边扯开嗓子喊，一边翻身从马上滚下来。

此时，枪声早就打乱了国民党军队行进的脚步，有的抱头鼠窜，有的不知所措，有的虽然从肩膀上卸下了枪，可新发的美式装备还没有告诉他怎么用呢。顿时，队伍一片大乱。

国民党军连长从腰间拔出枪，向天上放了两枪，又扯开嗓子喊道：“别乱，共军没多少人，不要怕，给老子顶住！”

枪声提醒了他们，共军并没有那么厉害，何况还是土枪，和自己手里的美式装备比起来，简直就是老鼠遇见猫。想到这儿，他们又放心了，抬枪的抬枪，还击的还击。

此时，平北独立团1营和各县地方武装的战士，料定了敌人会反抗，早就做好反击的准备。郑英年一声令下，各县地方武装的战士们用猛烈的炮火吸引住敌人的火力。平北独立团1营迅速绕到敌人左翼，随着营长一声命令，所有的人一起开火。

经过一天激战，根据地击毙击伤国民党军三十余人，俘虏二十余人。不少精良装备被根据地的战士缴获。郑英年看着打扫战场的战士们，心里洋溢起振奋的暖流。

此后的1947年秋，国民党军到南山一带破坏秋收。延庆、康庄地区的民兵小组采用游击战术，一个月内作战十余次，击毙、击伤国民党军数十人。康庄区武委会主任杨金瑞领导的民兵爆炸组多次出击，在延康公路上炸死、炸伤国民党军二十余人。南山根据地的战士们用手中的武器一次次地保卫着人民的领土，一次次打退敌人的进攻。

解放战争开始后，解放军独立第5旅一直在平北地区活动，1947年10月被改编为冀热察军区独立第2师。詹大南任师长，黎光辉任政委，吴迪任参谋长，下辖4、5、6团。1947年10月8日，独立2师开进延庆旧县地区。驻扎旧县的国民党军闻讯后，急忙集结兵力在永宁后所屯村设伏，企图偷袭独立2师。独立2师获悉，迅速派前卫营向国民党军左翼迂回进攻，6团2营则向国民党军右翼和侧后方实施包围。经过一个多小时激战，解放军全歼国民党军1个营。战后，独立2师迅速转移到南老君堂、东龙湾、石河村一带。

10月9日，国民党暂编第3军第11师一个团从怀来出发，寻机报复独立2师。几天后，暂3军11师在阜高营、曹官营一带与独立2师遭遇，独立2师6团和4团迅速将其包围，经四个小时激战，独立2师全歼国民党军第11师的两个营。

1947年12月上旬，为配合解放军在平津地区的冬季攻势，独立2师决定打通川区与南山根据地的通道，拔掉高山寺据点。

高山寺靠近南山的长城隘口，有国民党军九十余人驻守。这个据点居高临下，虽然并不高，但是周围没有比它再高的制高点，很难控制。独立2师面对这样一颗硬钉子，准备用包围的打法把它端掉。

詹大南指示战士们："高山寺据点不打通，我们就不能打通八达岭的一系列关口，对我们今后沟通张家口和北平是不利的，所以你们务必要端掉它。"

"高山寺抗战的时候我们就打过，那里的地形大家都熟悉。我们不担心拿不下来，但是大家一定在时间上和敌人赛跑。"参谋长吴迪指着战略地图补充说，"我们攻打高山寺，敌人一定会从南老君堂一带增援。我们已经在这里派出部队截击，但是不能把希望完全寄托在这里，还是需要你们在预定时间拿下这个据点。"

詹大南微笑着说："同志们，你们是经过战火洗礼的，相信你们一定能够完成任务。有什么困难吗?"

"报告师首长，没有困难，坚决完成任务!"

12月8日，独立2师6团一个营包围了高山寺，4团、5团和6团另外两个营，分别部署于永宁以西的南老君堂、二司一线。

独立2师以优势兵力，迅速将高山寺团团包围。据点的敌人看到山下共军迅速地包围，吓得直咽唾沫。驻守据点的国民党军连长，手扒着据点的工事，探出半个脑袋，看着山下的动静。

"连长，咱们怎么办?"

"什么怎么办?你问我，我问谁啊?"

"连长，要不咱就投降吧，你看山下的共军数都数不过来，咱们可就不到百十人啊，咱们要是反抗，估计全都得……"

"你给我闭嘴，让我再想想……"

还没等国民党军连长想明白，山下的独立2师早就发起了冲锋。战士们像登山的猛虎，冲锋枪、步枪、手榴弹响成了一片，瞬间全歼了敌人，拔掉了据点。

次日，独立2师在南老君堂截击了缓缓来增援的国民党军暂3军11师，全歼其两个营，缴获轻重机枪四挺、迫击炮二门、步枪一百余支。此次战斗之后，独立2师转移至四海地区休整。

在人民解放军和县大队的有力还击下，国民党军队的进攻屡遭失败。以南北山区为根据地的游击斗争和独立2师主力在延庆川区多次战斗的胜利，沉重打击了国民党军的嚣张气焰，鼓舞了延庆群众士气，有力配合了解放区“土改”工作的开展。1948年，延庆土地改革运动后，土地绝大部分归还给农民，真正实现了“耕者有其田”。广大的贫苦农民翻身获得解放，解放的日子离延庆百姓越来越近了。

东进序曲

1948年初，严冬包裹着四海的群山。此时，天边的一钩残月已经消失在天际，太阳还没有出来，只剩下一片乌蓝的天。群山之中只有惨烈的西北风撞击着山峦，发出野兽饥饿时才会有的嘶吼。山谷中的营房里，整晚都亮着萤黄色的油灯，詹大南还在读着《甲申三百年祭》，这已经是在四海的第三十个夜晚了。

拂晓，白霜蒙地，寒气砭骨。营地上悠扬的军号划过长空，冲破黎明的寂静。练兵场上，哨声、口令声、步伐声、劈刺的杀声，响成一片，雄壮嘹亮，杂而不乱，十分庄严威武。

詹大南军容整齐，腰间的橙色皮带上，佩一支玲珑的手枪。这位三十四岁的军官精悍俏爽，健美英俊。他快步向练兵场走去，当他出现在练兵场时，喊声“立正”，热火朝天的操场，顿时鸦雀无声。战士们庄严端正地原地肃立。首长在跟前，战士们精神豪爽激昂，在寒风中像一棵棵挺拔的白杨，周围的空气也在激荡和卷动。

此时，东南山上的红太阳刚露出半边。通信联络参谋气喘吁吁地跑到詹大南跟前。

“报告！”他行了军礼，“报告师长！国民党暂3军第11师伙同延庆十三个‘还乡团’共三千余人，分别从延庆、永宁向四海进发。”

这个情况，詹大南显然是早有准备的。自从国民党军队进入延庆后，他们迅速占据了延庆川区和半山区。冀热察军区独立第5旅一直在平北地区活动，1947年10月已被改编为冀热察军区独立第2师，詹大南是现在的2师师长。这几个月来，詹大南没少和他们打交道。詹大南略一思索，立即回答：“你马上去报告副师长和政委。立即开会。”

“是！”通信联络参谋答应着，转身跑出练兵场。

詹大南眉头紧锁，边向师部走边想：延庆川的国民党军多次遭到解放军沉重打击，看来他们是寻机报复。

师部的墙壁上挂满了军用地图，保密帘已拉开，政治委员李光辉已在判断着敌情。

“怎么样?”詹大南一进门就急忙问。

“这次敌人来得不少啊!”

“三千人。够我们打一阵的。”

黎光辉向屋外的警卫员点了点头：“让大家进来吧。”

瞬间，本就不宽敞的师部里挨挨挤挤地站满了人。

詹大南双眼紧紧地盯着墙上的军用地图，果断地转过身：“同志们，我们在平北已经连续作战六年了。鬼子让我们打跑了，现在是国民党反动派，我们一定也要把他们消灭在平北的群山中。现在，暂3军第11师伙同延庆十三个‘还乡团’三千余人，分别从延庆、永宁向四海进发，这可是一场硬仗啊!”

屋中顿时沸腾起来，大家都摩拳擦掌地想好好教训一下这支三千人的“清剿队”。5团长李洪元响亮的声音第一个压住了屋中的嘈杂：“师长，您就下命令吧!”

詹大南的国字脸上露出了微笑，随即厉声道：“5团团长李洪元部抢占南湾北山和大胜岭后山，第6团团长梁岐部抢占四海南湾乔玉顶主峰，在南湾东西六里长的峡谷布下口袋阵。”

“是!”

“立即通知察东军分区独立团和延庆县大队，由军分区司令员钟辉琨率领，在米粮屯和烧窑峪一带牵制延庆和康庄的国民党援军；电话通知，平北军分区独立团司令员曾威、团长黄炳南，立即参战。”

“是!”

政委黎光辉轻声在詹大南耳边说：“怀柔黄花城、石湖峪一带活动的4团也应该火速转移，赶往黑汉岭以东地区，阻止国民党军东逃。”

“对！立即通知。”

当独立2师5团和6团进入阵地不久，战斗随即打响。

战事进行得比预想的更为激烈，枪声中子弹掠空而过，解放军没有给国民党军一线希望。詹大南站在坡上，眺望着远处的阵地，回头向身边的人微笑着说：“看来国军的美式装备也不过如此啊!”话刚说完，又是轰隆隆一连串的巨响，敌人碉堡跟前腾起了数十根烟柱，然后汇成一片黑烟，冲天而起，制止了敌人的枪声。“毛主席说得对啊！决定战争胜负的关键因素是人而不是武器，我们这些用毛泽东思想武装起来的战士，果真是以一当十啊！”

暂3军第11师进攻乔玉顶部队受到独立2师6团的顽强阻击，无法前进。国民党军指挥官瞪起了恶狠狠的眼睛：“给我冲！冲！”

蹲在一旁的国民党参谋官，轻轻地拉了拉指挥官的衣角：“长官，这么打不行啊。常言说得好，重赏之下必有勇夫，不给钱，他们谁也不会卖命啊。”

气急败坏的指挥官掏出手枪，向天鸣响：“都给我听着，老子要五十人的敢死队拿下乔玉顶，每人赏一百块银圆！”

“长官，枪炮没长眼，您给涨点钱吧……”

“一百五十块！”

很快，五十人的敢死队便在叫得响当当的银圆声中组建起来。在机关枪和重炮的掩护下，五十人的敢死队向乔玉顶主峰发起一次又一次猛烈冲锋。黄昏时分，国民党军在付出巨大代价后，占领了乔玉顶一线制高点。

“参谋长，我们不能撤。”

独立2师参谋长吴迪笑着说：“我们不撤，敌人就不能上来，他们不上来，我们打谁去？”

当国民党第11师主力冲上乔玉顶时，他们做梦也没想到，自己已经掉进了解放军的重重包围中。英勇的中国人民解放军冒着敌人密集的子弹，举着枪炮向敌人冲去。他们有的拼命地射击，有的丢出一颗颗手榴弹，站在高耸的山峰间，将敌人团团包围，使敌人无路可逃。随着一声声枪声、炮声，敌人乱作一团。

激战中，吴迪深入前沿阵地指挥，不停地指挥着战士们向敌人的阵地发起一次又一次猛烈的冲击。正当吴迪挥手指挥战士们冲杀的时候，一颗无情的子弹穿过了他的胸膛……战士们踏着吴迪的血迹，更加奋不顾身地冲向敌人的阵地。

此时，4团已赶至黑汉岭，占据了东大嵖、楼子坡等处有利地点，将国民党军严密包围。

入夜时分，解放军发起总攻，与国民党军展开白刃战。

午夜，4团2营4连2排排长王谦率全排战士冲进南湾村。两个哨兵见八路军攻进师部所在地，跌跌撞撞地冲进师部，惊慌得磕磕巴巴，满嘴角白沫："共军！共军！到房根了……"

国民党师部里顿时一阵慌乱。

国民党军慌忙到墙上摘枪，提着向外边跑边喊："共军来了！开火！"这时，屋里乱成一团，有的去抓枪，有的把桌上的资料丢进火炉中，有的甚至还没有出屋便乱放了几枪……师部周围一片乱响。

王谦一急，抽出大肚匣子，一脚踹开师部的大门，大喊一声："缴枪不杀！"

匪徒们以为值日官在指挥，都满头冷汗呆立在那里，只有七大金刚窜到门口，塌鼻梁当当向外打了两枪。

国民党军正拥挤在门口，随着嘟嘟嘟一梭子冲锋枪子弹，头一批准备逃窜的国民党军被消灭了一大半。接着，王谦带着全排战士冲进师部，十一支冲锋枪向几个方向对准了所有的国民党军。

"不要动！谁动打死谁！"

王谦一步冲进屋中，一把扭住了国民党军的一个参谋长，枪口对准了这个家伙的胸膛，怒吼一声："快下令，缴枪，限你十秒钟。"

国民党军参谋长被吓得直瞪着两眼，还没等说话，又从外面射进了一排子弹。原来，蹲在墙根黑影里的一伙国民党军正摸着枪向王谦瞄准，却被赶来的战士看见，一阵猛射结果了他们的性命。

国民党军只能集中于大胜岭东侧和乔玉顶一线负隅顽抗。黎明前，解放军主动撤出战斗，迂回到四海至永宁公路沿线设伏。当国民党军残部向永宁逃窜时，又在大观头村遭到伏击。

此次战斗，俘获三百余人，毙伤一千五百余人，缴山炮一门、六零炮五门、重机枪十二挺、轻机枪四十五挺、步枪二百二十六支，其他军用物资不计其数，十三个"还乡团"基本被全歼，史称"四海战斗"。战后，独立2师第4团2营4连2排被师部授予"南湾排"光荣称号。

四海战斗的胜利，给予国民党军队沉重打击，有力配合了人民解放军在东北及平津地区的冬季作战，成为延庆地区政治、军事形势转折的起点。四海战斗之后，独立2师奉命开往东北，编入中国人民解放军4野第11纵队。察东独立团和平北独立团及热西独立团编为冀热察独立第7师，继续活跃在长城内外，与国民党残余势力展开斗争。全国各个战场的人民解放军已开始转入战略反攻阶段。

拦腰斩断长蛇阵

1948年11月2日，辽沈战役结束，淮海战役激战正酣。国民党剩下最大的一支武装力量，就是在华北由“剿总”总司令傅作义指挥的六十余万人马。他们以张家口、北平、天津、唐山这几座中心城市为核心，在京张铁路沿线摆出长蛇阵，目的是扼守张家口、宣化、怀来、康庄等战略要地，与人民解放军华北军区对峙。

此时，为了拖住傅作义，防止他放弃平津向南逃跑，中央军委审时度势，在不同的地区采取不同打法：有些地区采取“围而不打”的原则，如对新保安、张家口；有些地区则是“隔而不围”，即只做战略包围，不做战役包围，如对北平、天津等地。待时机成熟，一举将傅作义摆下的一字长蛇阵切成数段，然后按照“先打两头，后取中间”和“先吃小点，后吃大点”的攻击次序，先攻占小城市，后解放大城市，从容歼灭各点之敌，即先打张家口、新保安、塘沽，后打天津、北平。为此，中央军委一面命令东北野战军第4纵队和第11纵队先遣队，昼夜兼程向平津进发，准备发起平津战役；一面命令华北军区突击北平至张家口一线，迅速包围张家口。

11月29日，华北军区第3兵团，突然向张家口外围国民党军发起攻击，由此拉开了平津战役序幕。

傅作义判断，华北军区部队对张家口的进攻是一次局部行动。他决心趁东北野战军尚未入关之际，集中主力首先击破华北军区部队的进攻，然后以逸待劳，迎击东北野战军的攻势。他命令嫡系主力部队第35军从丰台和长辛店出发，乘坐四百辆汽车驰援张家口；又命令驻昌平第104军移至怀来，驻涿县第16军移至昌平、南口、康庄，保障北平与张家口间的交通安全畅通。

解放军吸引傅作义三股主要兵力向西挺进的目的已经达到。12 月 2 日，中央军委命令华北军区第 2 兵团，由易县经紫荆关向涿鹿、下花园急进，切断怀来、宣化间国民党部队的联系；命令东北野战军先遣兵团第 4 纵队，由蓟县向怀来、康庄、南口一带急进，切断北平与怀来间国民党部队的联系，从而协同华北军区第 3 兵团控制住平绥线，使敌人既不能西逃，也不能东撤，并将完全斩断傅作义的三股主要兵力和外界增援的联系。

12 月 5 日，东北野战军 4 纵队和 11 纵队攻克密云城。

坐在北平指挥部的傅作义，接到东北野战军已经入关的消息，正在写信的手抖了一下，手中的笔掉在了面前的信纸上，一个墨点迅速晕染了信纸。傅作义的心头也像眼前的信纸，顿时被乌云笼罩起来，他有一种不祥的预感。他缓缓站起身，踱步到地图前："解放军来得太快了，密云失陷，直接威胁北平……"

康庄之战遗址

他迅速转身，走到电话机前，抓起电话，命令第35军立即向东撤离，命令第104军、第16军由怀来、康庄向西接应。他急切地盼望着第104军、第16军主力与第35军在平绥线上连成一体，为自己西守或者南撤创造条件。放下电话，他重新回到地图前，目光渐渐聚焦在一个关注了很久的点——康庄。

可是让傅作义万万没有料到的是，东北野战军第4纵队打下密云后并没有挥师南下继续向北平进军，而是从蓟县出发，日夜兼程，以急行军速度赶往平绥线。

12月6日，国民党第35军的汽车队如同一条长蛇，沿着山前的公路，从张家口向东开进。此时，华北第4纵队第12旅在冀热察军区部队的配合下，早就埋伏在了新保安。国民党第35军的车队缓缓地驶入包围圈，被死死地按在了新保安。

12月7日，东北野战军4纵队到达延庆县四海。按照上级命令，4纵队于8日夜插入怀来、康庄、八达岭之间，包围康庄守敌，切断康庄、怀来与南口敌军的联系，堵击敌人东窜，阻击北平之敌西援。

东北野战军4纵队司令员吴克华、政委莫文骅在行军帐篷里和身边人员仔细地研究着作战部署。

“10师以一个团占领养鹅池、屯军营、外炮西高地、榆林堡，负责包围康庄之敌。”吴克华镇定地指着作战地图，“师主力集结于下屯、西桑园地区，做好攻击准备，并随时准备追击退却之敌。”

“报告司令员，11师来电，已经到达指定位置。”

“好。11师以一个团占领康庄、怀来之间的石柱、石桥、东西花园有利地形，负责切断康庄、怀来之敌的联系，师主力部署在铁路以北的大王庄、石柱、石桥、小王庄地区，随时准备追击可能退却之敌。”吴克华转身，向正在接发电报的电报员说，“立即通知12师，占领大浮坨、小浮坨、西拨子、营城子地区，负责切断康庄、岔道城之敌的联系，堵击康庄之敌向东逃窜，阻击南口方向之敌的增援。”

吴克华胸有成竹地望着在场的每一个人：“同志们，我们是在东北战场的枪林弹雨中成长起来的人民军队，在那样恶劣的条件下，我们的战士英勇地赢得战争。我相信这一次，大家也一定能够克服困难，完成任务。”是啊，在那冰天雪地的东北平原，在那武器装备和敌人相差甚远的东北战场，中国人民解放军在一次又一次的战斗中早已百炼成钢。

9 日拂晓，东北野战军第 4 纵队的 3 个师犹如神兵天降，突然出现在平绥线上的怀来、康庄、八达岭一带，一下子将国民党第 16 军指挥所、109 师、94 师一个团、22 师 66 团死死地包围在康庄地区。

康庄处在延庆盆地的中南部，平坦开阔的土地上几乎没有任何遮挡，这里是大兵团作战的天然战场。敌人在康庄构筑起严密的防御工事，想借此抵御解放军进攻的步伐。他们以为人民解放军一如四年前，扛着步枪，吃着小米，打着绑腿，在山沟沟里打游击。而此时吴克华率领的东北野战军第 4 纵队早已用从东北战场缴获的物资、武器将自己武装一新。

面对如此强大的人民军队，国民党康庄守军害怕得要死。10 日凌晨两点，趁着黑夜，他们悄悄向北平方向撤逃。敌人的逃跑决定是正确的，因为东北野战军第 4 纵队就是在新开岭战役中，首创东北战场在一次战役中全歼国民党军一个整师的范例；就是在塔山地区，激战六昼夜，击退国民党增援锦州的十一个师的进攻，为攻克锦州起了重要作用的钢铁队伍。

在康庄东侧、南侧布防的是东北野战军第 12 师的 36 团和 10 师的 29 团，其接合部是个相对薄弱的地方，狡猾的敌人选择从这里撤逃，自以为棋高一着，却没有逃出人民解放军的眼睛。

东北野战军第 4 纵队第 10 师 29 团 3 营发现一股敌人，立即向团里做了报告。29 团立即请示师部，但是团部与师部电话始终没打通，全团部队又住得分散，很难快速集合起来。危急时刻，29 团政治委员刘玲带领机关七八个参谋干事冲在最前头，追上一股敌人，利用夜暗敌人分辨不清的机会，扯着嗓子对敌人喊话："你们被包围了，赶快缴枪！"黑暗中敌人判断不出野战军兵力，担心被全部歼灭，纷纷把枪扔在地上，举手投降。

另一伙敌人也已经悄悄进入东北野战军第 4 纵队第 12 师 36 团 3 营的防区。黑暗中，野战军哨兵未发现敌人的行动。此时，团政治处保卫股长阎寿正在查哨，突然发现不远处有人影晃动，立即鸣枪示警，随即派人向团部汇报。团长江海、政治委员王淳赶到阵地，组织部队占领西拨子西北公路和铁路之间的有利地形，以火力正面阻击敌人，同时迅速向师部报告情况。此时，已有三百多敌人突围了出去。

拂晓，敌人被野战军正面的火力压住，试图从两侧突围。江海团长命令一个连从营城子方向出击，从南向北包围堵截敌人；同时，东北野战军第4纵队第12师35团也派出一个连，从北面向铁路包围。敌人三面被堵，只好掉头回窜。恰巧此时10师29团的先头部队7连已追上敌后尾，敌人又重新被包围在外炮村以东的西拨子地区。

野战军政治攻势和军事打击同时使用。包围圈中的敌人像没头的苍蝇，四面突围，四处挨打，越来越恐慌。随着包围圈不断缩小，敌人终于崩溃了，只好投降。

10日上午八时，从康庄逃窜之敌被歼灭，康庄宣告解放。

东北野战军第4纵队自进入指定位置到歼灭国民党第16军，完全占领平绥铁路康庄至青龙桥一段，切断平绥线，前后仅用二十五个小时，共歼敌六千八百八十五人，缴获山炮十五门，缴获大量其他军用物资。这是解放战争期间，在延庆地区发生的最大的一次战斗——康庄战斗。

康庄战斗是平津战役的重要组成部分，一次消灭敌人一个军，拦腰斩断了傅作义的一字长蛇阵，彻底摧毁了敌人整体西逃或者南撤的企图，为全歼怀来新保安的国民党35军、推动北平和平解放创造了有利条件。

延庆二次解放

1948 年是唐家礼在平北战斗的第十个年头。他记得，1938 年随邓华的第 4 纵队来到这里的时候，自己已经三十七岁，每次和段苏权站在一起，都会自称“老夫”。如今四十七岁的他鬓边又多了一些灰白。

已经成为平北军分区司令员的唐家礼，这几天高兴得像个孩子。1948 年 3 月 23 日，解放军西北军转入反攻。与此同时，华北解放军连克石家庄、洛阳、临汾等重要城市，晋察冀和晋冀鲁豫两大解放区连成一片。

唐家礼想起 1947 年 7 月，段苏权离开冀热察去往东北的时候，东北大部分地区还在国民党的掌控之下，短短八个月的时间，人民解放军强大的攻势，已经使东北百分之九十九的地区解放，国民党军队只能龟缩在少数几个孤立的大城市负隅顽抗。

唐家礼看着频频传来的捷报，对身边的战士说：“快了，解放延庆川的时候快来了。”

延庆地区是连接东北和华北的枢纽，战略位置十分重要。1948 年初，解放军以平北军分区直属队、独立团和热西、察东地方武装为基础，组建了冀热察辽军区独立第 7 师，下辖 19 团、20 团、21 团、26 团，隶属东北军区管辖。3 月起，华北军区和东北军区协同作战，发起冀热察战役，目的是解放延庆及周边地区，打通这一战略枢纽。

不出唐家礼所料，4 月 20 日，正在连队检查工作的唐家礼终于接到了上级的命令：“平北军分区司令员唐家礼统一指挥。1948 年 4 月 22 日，冀热察辽军区独立第 7 师第 26 团与延庆、怀柔、四海的县大队配合，向延庆县城东部的永宁城进攻。”

4 月 22 日的永宁像一座死城。黑云密布如织，在城的上空翻滚，不时传出阵阵雷鸣催人心魄。成千上万的解放军部队和民兵游击大队，从东向

延庆公祭抗日解放战争先烈大会

西把这座城包围得水泄不通，连空气中都弥漫着紧张的味道，紧闭的城门似乎也在颤抖。

驻守永宁的国民党武装有：县保警大队近四百人，“还乡团”武装三百多人。这些日子，几百人的国民党武装就像躲在蜗牛壳里的蜗牛，百无聊赖地度日。他们有的抱着烟枪，守着身边空空如也的大烟袋子，有的呆滞地望着面前的棋盘残局，有的打着麻将牌却拿着“白板”当“西风”，更像等待秋后处决的犯人，早已心灰意懒。他们知道等待他们的结局只有灭亡，但是这场大戏到底什么时候开锣，他们不知道，他们只能默默地等待。

突然，城外传来一声清脆的枪声，牌桌上的保警大队长吓了一跳，手中的麻将咣当一声掉在桌上。他故作镇静地叼起一棵烟，继续摸着手里的牌，骂道：“派几个人出去看看，没什么大不了的。几个土八路还能翻天？都别怕，离攻城远着呢。”

话音未落，一颗炮弹已经在县保警大队院外炸响了。

按照平北军分区统一部署，怀柔县大队3连配合26团2连攻取北门；26团1连进入北门后，负责顺南北大街直捣南门；26团3连埋伏在南门外，负责歼灭逃跑之敌；26团4连负责夺取西门。四海县大队1连攻取东门；2连埋伏于东门外截击逃跑之敌。延庆县大队两个连负责歼灭西门外居民区“还乡团”，并以一队佯攻西门；另一个连和部分区游击队埋伏在延庆至永宁之间，负责警戒和截击延庆增援之敌。部分区游击队负责护送担架、粮菜供应和押送俘虏等后勤工作。

26团2连爆破组在火力掩护下炸毁北门，全连冲进城内，并迅速夺取街中心的玉皇阁。其他各连也按预定计划迅速攻克南门、东门、西门。

23日晨，敌人被包围在东南一隅的保警大队部内。人民解放军发起总攻。战斗在下午十四时结束，俘虏敌保警大队长以下五百四十五人，毙六十五人，缴获各种枪支三百一十五支。伪镇长吴寿清被活捉，“还乡团”被彻底消灭。

4月23日，永宁解放的炮声如一声春雷，宣告着春天的来临。老百姓热切地盼望着延庆全境早日得以解放。

冀热察独立第7师在延庆县大队和赤城县大队配合下，迅速采取行动，5月18日晚以雷霆之势扫清延庆城外围阜高营、孟庄子、黑龙庙、小纸坊屯、石河营、下屯、南辛堡的各个敌据点。

5月18日，独立第7师接到攻克延庆县城的命令，华北军区杨罗耿兵团11旅一部奉命掩护和炮火支援。

杨罗耿兵团，是指杨得志任司令员、罗瑞卿任政治委员、耿飙任参谋长的华北军区第2兵团，后改称中国人民解放军第19兵团。1949年1月兵团改称后参加太原战役。

担任主攻延庆县城任务的是由周德礼任团长的独立第7师20团。21团负责助攻，19团为预备队。

延庆县城的国民党守军是察哈尔省保安第2纵队及保警团等，共两千余人。队长焦子午早就听说了永宁失陷的消息，他在办公室不住地咒骂着：“都是一帮草包，为党国效力在他们嘴里就是句屁话！我焦子午生为党国效忠，死为党国尽命！我就不信，凭着三丈六尺高的城墙、两丈宽的护城河，还有那数十个碉堡，共军能飞进我这延庆城！”

的确如焦子午所说，延庆城确实易守难攻。为顺利攻下延庆城，20团早有准备。此前在赤城的样田镇进行了模拟攻城训练，制订了攻城方案：以1营为突击营，主攻东城门，而后攻打南城区；2营主攻东关，而后转为预备队；3营为二梯队，主攻北城区；团迫击炮连负责攻城时的火力支援。

5月17日，20团从样田出发，5月18日晚抵达延庆城东关，刚一抵达便受命攻城。当晚二十二时五十分战斗打响，2营在营长任和、教导员李化新率领下迅速攻下东关主阵地，控制住了各个路口。1营和迫击炮连在团长周德礼、政委邱阜率领下炸毁了东门瓮城外一个火力凶猛的地堡，战士们蹚水过了护城河炸开东门。其他突击队乘势登上城头，分四路向城内逼近。在炮兵配合下，迅速扫除了城内碉堡中敌人的顽抗，把守城残敌紧压在街中心的玉皇阁上。玉皇阁是敌人的核心工事，火力可以控制四面八方，守城敌人企图以此固守待援。突击队集中火力，对玉皇阁进行猛烈打击，迫使敌人无法还手。

拂晓时分，天空中已经出现一抹鱼肚白，1营和迫击炮连进入东部城区后展开激烈巷战。防守延庆城的国民党主力被解放军打得步步后退，沿着街巷向玉皇阁败退。正在1营侧翼掩护作战的3连、4连马上进行阻击。敌人为抢夺活路，凭借仅存的兵力拼命反扑，企图攻占玉皇阁，掩护残余部队逃窜。团长周德礼在政委邱阜的协助下，利用居高临下的有利地形，与敌人展开了激烈的战斗。3连、4连的指战员在左右翼的紧密配合下，用步枪、刺刀、手榴弹向敌人发起了猛攻。敌人越逼越近，眼看就要冲到玉皇阁底下了。4连排长冒着敌人密集的炮火，端起机枪，利用墙体为垛口掩护，站起来向敌人猛烈射击。机枪打红了一挺又一挺，打退了敌人十多次冲锋，始终没有让增援的敌人靠近玉皇阁半步。迫击炮连的炮火此时已经对准了玉皇阁的碉堡，在隆隆的炮声中，玉皇阁上负隅顽抗的敌人终于变成了哑巴。

3营攻打北城区时，遇到碉堡里守军强大的火力杀伤，营长李曲金、教导员王又谦英勇牺牲。这时，在杨罗耿兵团11旅多门山炮猛烈炮火掩护下，7连班长刘贵全冲到碉堡前面，从射孔塞进去两颗手榴弹，国民党县长兼保安团长崔少荃被当场炸死，残余守军投降。2营在城西南区连夺四个碉堡，歼国民党军三百多人。

19 日二十时，战斗结束，全歼热察省保安二纵队、县保警团等共计一千八百八十三人，俘敌上校中队长焦子午、少校营长刘玉良以下一千四百七十三人，击毙伪延庆县长兼 2 纵队副警团长崔少荃及以下二百三十四人，伤敌一百七十六人，缴获六〇炮三门、马炮两门、轻机枪十七挺、步枪八百五十六支、短枪二十九支、炮弹六十四发、手榴弹二千余枚、子弹四万余发，及多项其他物资。

《冀热察导报》于 5 月 24 日发布解放延庆县城消息："……自十八日，我军扫除延庆城外的据点后，于十九日晨三时向延庆城关发动进攻，三十分钟后，我军即突入城内，激战至八点钟，守敌全部被歼，该城遂被解放。"

从 1946 年 10 月 12 日县委县政府撤出县城到 1948 年 5 月 19 日，历时一年零七个月七天，延庆县城即获得第二次解放。至此，除康庄、八达岭、青龙桥一线外，延庆县全境解放了。

燕山天池

刘才厚被人叫作“白河老人”，他对白河堡水库的感情比所有人都深。他曾负责白河堡水库的工程管理和质检工作。说起延庆白河堡水库，“白河老人”有满肚子说不完的故事。

白河堡水库是座中型水库，位于延庆区香营乡后山白河干流中段，居群山环抱当中。其“高峡出平湖”之静美，早已闻名遐迩。“平湖碧碧，大坝巍巍，泻玉流银，膏腴万顷”，这座水库是在激情燃烧的岁月，为立志改变家乡面貌的延庆英雄儿女战天斗地的精神凝结。“自力更生，艰苦奋斗”，纯真地寄托着那一代人的理想。许多热血青年出大力、流大汗，甚至流血牺牲，没有谁计较个人得失，十三年劈山引水的努力，建成白河堡水库及其配套南北引水干渠，合誉为延庆的“红旗渠”。随着时代的发展，水库功能转移，这里又成了游览胜地，被游人雅称为“燕山天池”。

白河堡水库1970年9月开始建设。水库工程量最大、最艰苦的重点工程是全长七千零九十米的输水隧洞。开工初期，施工采用人工打眼爆破、手推车推运材料这些原始方法。开凿竖井时，民工要在井口上方支起木架，安装滑车，再以人工拉抬方式运出渣石、废土。

1971年的初春，峡谷内仍然是寒风呼啸，雪花飞舞，滴水成冰。这一天，在输水隧洞的山顶上，沿着地势险恶的“肉锅子”山路，走过来一名技术员，他就是测量员李建生。

此时，指挥部接到任务——在工程测量初期，尽快完成测量任务。从那天开始，测量队的技术员们便不分昼夜忙碌在工地现场。所有技术人员不走大路偏登悬崖，只为了取得更准确的测量数据。他们都想：修白河堡水库是为了革命创业，是为后代子孙造福，一定要打好这场改天换地的战斗。

李建生一边走，一边从兜里掏出一封被揉搓得皱皱巴巴的信。信是他

白河堡村遗址

未婚妻托人带到工地上来的。在工棚里接到信时，李建生把信封攥在手心里，他没敢当着工友的面打开，他知道信中一定又是催他回家办喜事。

李建生今年二十五岁了，和未婚妻谈了整整三年的“马拉松”恋爱。他知道早就应该回家把喜事办了，可是白河堡水库设计方案一出，他就跟着第一拨测绘大军进了山，这一进山便是两年。两年来他从来没有离开过工地，从来没有放下过手里的测量工具。未婚妻抱怨他将婚期一拖再拖，却不知道在一个个深夜，他打着手电筒，趴在被窝里偷偷地给心爱的姑娘写下一封又一封缠绵的情书。

李建生看着信，心却始终没有离开脚下的这条羊肠小道。

“建生，等等我。”李建生停住脚步，看见招呼他的是刘才厚。

“队里知道你的事了。你也老大不小了，个人问题也是要解决的。这不，队长叫我告诉你，让你休假回家……”

李建生的脸腾地一下红了，他感觉脸上直发烫。李建生连忙摇头：

“我不走，为了自己的事，把工作都耽误了，这不是拖革命的后腿吗?”光顾着说话，没顾上看路，李建生脚下一滑。

刘才厚一把拉住他的左臂：“当心啊，这地方太陡了。”

晚上，在队长的帐篷里，队长和几名党员给李建生开了一个“批判会”。会议时间很短，内容只有一项：赶紧回家结婚!

队长是个四十出头的复员军人，说话直来直去：“小李，你听我的，结婚也是革命需要，工作也是革命需要。结完婚再回来，革命路还长着哩。”

帐篷里所有人都举起手，赞同队长的意见。

第三天中午午饭后，刘才厚便找不到李建生了，工地上没人看到过这个准新郎。

下午1点，测量员们陆续来到现场，开始工作。让刘才厚奇怪的是，工地上并没有李建生的人影。有人说李建生肯定回家结婚去了，刘才厚忧心忡忡地说：“他不是那种人。即使回家结婚，也一定会先请假，别出什么事儿。大家赶紧找找。”

测量员们都着急了，到处寻找李建生。人们的呼喊声回荡在山谷间，只有回音传来。大家顺着原路返回的时候，一个眼尖的测量员突然惊呼：“啊！血!”

人们看见，地势险恶的“肉锅子”山路悬崖下，有一片殷红的血迹。

大家慌忙下山，来到悬崖下的河边，看到了静静地躺在血泊中的李建生。人们的眼前模糊了，谁也不敢相信，眼前的烈士便是即将当上新郎的李建生。

每每说起这些事，“白河老人”刘才厚便

白河施工现场

白河堡水库落成典礼大会

会情不自禁地流泪："李建生牺牲时只有二十五岁啊！生命的最后一刻，他一定还在惦记那组未确认的数据！生命的最后一刻，他一定还在想着要保护好他的测量工具！"

整个白河引水工程的关键，是在坚硬的岩石上打出一条长七千零九十米的输水隧洞，打通佛爷顶这座大山。隧洞施工环境非常恶劣，"夏天洞外一身汗，洞内穿绒衣。冬天洞内一身水，出洞一身冰"，隧洞施工的地质条件也非常复杂，经常面临塌方的危险。

为了尽快打通输水隧洞，延庆群众争先恐后地报名参加工地工作，1974 年，报名的人把报名点堵得水泄不通。招工的同志抬起头，面前站着一个少年："小同志，你还不够年龄线，不能报名。"

这个少年叫辛金庚，听后不服地说："十七还小啊。你没听样板戏里唱吗？铁梅十七不算小，千斤的担子还能挑上八百斤呢。再说我还是个男的哩。"

一句话逗得所有人都笑了，招工领导拍着辛金庚的肩膀："小同志，你的革命豪情不低啊。不过我们工地有规定，年龄可是第一道关啊。"

"那明年可一定要收我啊！"

第二年，辛金庚没等招工队来招工，自己扛着行李卷主动来到了工地。招工领导一眼就认出这是去年哼着样板戏来报名的辛金庚，高兴地接收了他。别看他年纪小，但是特别肯吃苦，又聪明好学，慢慢成为技术骨干。白河建设工地环境艰苦，任务繁重，辛苦工作一年后，十八岁的辛金庚得了急性阑尾炎，动了手术。刚做完手术，他就申请回到工作岗位。领导为了照顾他的身体，准备把他调到相对轻松的明山上干活，但他执意不肯，又坚持回到六号井下。

回到工地，辛金庚看见高山被劈开，棱坎被削平，沟谷被填满，水库的轮廓已经出现。在这绿色的世界里，它像一条黄色的巨龙，摇头摆尾地游动着，显得特别精神。

每天天刚亮，辛金庚和民工们就已经在工地上热火朝天地干起来了。刨土的，开石的，推车的，挑筐的，还有背石头的，你来我往，你呼我叫，加上呼啦啦飘动的红旗，唱着样板戏的广播喇叭热闹非常，真是一幅动人的图景！一声铜哨的脆响，大家撤离爆破区。轰隆隆爆破成功，大家欢呼起来，六号洞又向前延伸了十几米。

美丽的燕山天池

转眼到了8月，进入汛期，开始频繁下雨，有时一下就是几个小时。原本的山涧潺潺小溪，如今变成湍急的河流，顺着陡坡而下形成一道道大树杈一样的瀑布，瀑布飞溅下来的水珠又细又密。连日大雨，将本来很不好走的山间小路冲得更加泥泞难行。

六号洞这几天极不太平，不是渗水，就是往下掉石块。技术人员说这里可能会塌方，队里立刻停止了工作，队长和技术员一边检查着地形地貌，一边研究下一步的工作方案。

"看来还得用七号井的经验，横板支撑加水泥，这个工作可要抓紧时间啊，下旬汛期更严重，恐怕想补都来不及了。"

辛金庚第一个站出来："队长，我去！我个子小，爬脚手架我在行。"

队长看着辛金庚，摇摇头："不行，你太小。"

第二天，技术队员和工作队进了六号井，抬头一看傻眼了，脚手架通到隧道顶，地方窄，大人根本没法施工。辛金庚再次请缨："还是我来吧。"

队长只得同意。大家看着辛金庚爬上脚手架，钻进施工位置，灵巧得像小猫一样。小小年纪的辛金庚，干起活来一点不比年长的工人慢，一会儿就将一块裂缝补齐了。

1975年8月14日下午，大家在六号洞里紧张地工作，辛金庚加快了速度，他想乘着晴天赶紧把塌方的位置修好，避免延误工期。突然，六号竖井里轰隆隆一声闷响，烟尘遮住了所有人的眼睛，无数大小石块裹挟着泥土纷纷落下，现场一片混乱。

工人迅速在塌方位置寻找伙伴，半个小时过去了，始终没有找到辛金庚。大家不顾生命危险，继续向塌方现场的深处寻找。当工友们终于扒开覆盖在辛金庚身上的石头和泥土，发现遍体鳞伤的辛金庚已经停止了呼吸。十九岁小伙子的生命定格在1975年8月14日16点55分，在场的人忍不住失声痛哭。人们在整理他的遗物时，发现两本记得满满的日记，日记中写道："工棚虽小连天下，五洲风雷胸中装。劈山凿洞为革命，誓为人民献青春。"

像这样不计名利、迎难而上、无私奉献的感人故事还有很多。历时十四年修建起来的白河堡水库，总投工七千九百万个，动用土石方六千万立方米。水库修建期间，各公社、大队派出了大量民工，1976年高峰时达到六千五百三十七人。除大庄科公社外，全县二十五个公社均先后派出干部、民工或技术人员参加修建。其间，十九名民工、技术人员以身殉职。有十个村庄，五百六十户人家，两千两百一十三人毁家纾难，进行搬迁。

1983 年，延庆人民靠着愚公移山精神实现了引水入川的梦想。白河堡水库的落成，解决了当时延庆二十二万百姓的用水问题。白河堡水库用纯净的水回馈人民，用美丽的容颜惊艳世人。

图书在版编目(CIP)数据

妫川儿女英雄谱 / 林遥主编. -- 北京 : 中国文史出版社, 2021.6

ISBN 978-7-5205-2991-4

Ⅰ. ①妫… Ⅱ. ①林… Ⅲ. ①革命故事-作品集-中国-当代 Ⅳ. ①I247.8

中国版本图书馆 CIP 数据核字(2021)第 087517 号

责任编辑：卢祥秋
资料图片提供：北京市延庆区档案史志馆
平北抗日烈士纪念园服务中心
北京市延庆区博物馆
书名题字：郤占军
图片摄影：郭 强
手绘插图：张思维

出版发行：**中国文史出版社**
社　　址：北京市海淀区西八里庄路 69 号院　邮编：100142
电　　话：010-81136606　81136602　81136603（发行部）
传　　真：010-81136655
印　　装：北京新华印刷有限公司
经　　销：全国新华书店
开　　本：720×1020　1/16
印　　张：25.5　　字数：406 千字
版　　次：2021 年 6 月第 1 版
印　　次：2021 年 6 月第 1 次印刷
定　　价：88.00 元